KB091857

전흥웅의 단편소설

굴레의 덫

차례

1. 나의 왕국

1

매직아이…… 사각이 도드라질 때 자리에서 일어났다.

오늘도 얼마나 따라갔을까?…… 일상이지만 날카롭게 각을 드러낸 바위산은 언제나 눈과 머릿속을 난도질했다. 떨치려 도리질했다. 오히려 조각난 칼날을 머릿속에 풀어놓은 격이었다. 시간은 얼마나 흘렀을까…… 몇 년이고 훌쩍 지났으면 좋을 텐데…… 날이 선 사각 잔상들이 의뭉 사라질 때쯤 깡마른 스프링 소리를 뒤로하고 침대에서 내려왔다.

와인색 문갑…… 문갑과 짝인, 한쪽 벽에 병풍처럼 늘어선 열두 자 장롱…… 그리고 여기저기…… 반드시 사라질 의미 없는 것들…… 당장은 그 자리를 지키고 있다. 아니, 정확히 말하면 유예된 것들이다. 아니, 더 정확히 말하면 뭐든 처음으로 되돌리고 싶은 마음에……

방문을 열었다. 스틸의 싸한 기운이 손바닥에서 전신으로 더럽게 퍼졌다. 휑한 공간이지만 나의 존재를 일깨워 주는 곳이다. 널브러진 휴짓조각, 깡통…… 검고 흰 알 수 없는 비닐봉지들이 가만히 반겼다. 소파에 기대앉았다. 적막을 깨는 생뚱맞은 소리…… 고개를 돌렸다. 오전 11시였다. 다시 고개를 돌리자 길게 든 햇빛이 오른쪽 다리를 사선으로 깔끔히 잘라 놓았다. 섬뜩해 다리를 끌어 세웠다. 이번엔 발가락을 토막 냈다. 느닷없이 그토록 잊으려 했던 일이 사각으로 헤집어 놓은 머릿속에 선연히 일어나는 듯했다. 물끄러미 토막 난 발가락을 내려다보았다.

"제기랄……."

흰 봉지 밑 떼꾼히 머리를 내민 리모컨을 꺼내 버튼을 눌렀다. 세뇌하듯 모니터 회사 이름이 언제나 먼저 나오다 그다음이 나왔다. 다음은 다름 아닌 대통령의 두 번째 사과였다. 누가 돌려놓았는지…… 돌린 기억은 없는데 종편 채널이었다. 낯선 대통령의 얼굴이었다. 굳어 있는 얼굴…… 사뭇 달랐다.

연기인 줄 알지만, 욕정의 눈빛 하며 터질듯한 가슴 하며 이내 쏟아내는 괴성의 음탕한 신음…… 습관이 된 영상과 음성…… 뇌의 한 부분을 차지한 탓인지 에로 채널이 아니라 종편의 대통령 모습은 도시 이해할 수 없는 모습이었다. 무슨 죽을죄를 지었다고…… 살다 보면 그럴 수도 있지…… 그러나 여전히 굳은 대통령…… 시간은 그대로 멈춘 듯했다.

"제기랄……."

고정된 채널이 바뀐 이유를 더듬으며 한참을 돌려 익숙한 곳에 멈췄다. 돌아온 평온함…… 그리고 거실은 다시 완벽하게 세팅되기 시작했다. 익숙한 그곳에는 으레 그들이 나를 기다리고 있었다. 일상의 일을 하며…… 땀을 흘리고 있었다. 충성스러운 종들이었다. 한데 누군가 따라왔다. 다름 아닌 이유를 더듬었던 종편 채널 사건이 그것이었다. 도대체 왜……

일상의 종들이 야릇한 신음을 연신 쏟아냈다. 남근에 힘이 들어갈 그때 의뭉하게 더듬고 있던 사건의 전말이…… 종편 뉴스 시간대의 전말이…… 아니, 극구 모른 척했던 그 일의 전말이…… 확연히 드러나고 말았다.

"제기랄…… 그게 무슨 죄가 된다고!"

종들은 주인의 마음을 알았는지 연신 힘을 내 주인을 다독였다. 그리고 주인을 종용했다. 그 일은 하루에도 수천수만 일어나는 사소한 일 중 하나일 뿐 어떤 의미도 없다고…… 비록 건방진 다그침이라 해도 당장은 위로가 되었다. 아니다. 힘이 되고, 피가 되고 살이 되었다. 격정의 순간을 넘어가면서까지 끝끝내 저들은 그렇게 내 편이 되어 주었다.

희열…… 비린 나른함……

신기하게도 저들은 나를 나 되게 하는 마법을 알고 있는 듯했다. 둘이 잠시 일을 멈추고 다른 종들을 불러들일 때쯤 비린 나른함은 독한 니코틴을 요구했다. 폐부로 들어갔다 나온 독이 빠진 연기는 와락 베란다까지 뻗은 햇살 속에서 부유하는 먼지와 엉켜 거실 가득 묘한 분위기를 연출했다. 언제나 그렇듯이 환상의 섬에 와 있게 했다.

"그래! 무인도…… 환상의 섬……."

다른 두 종이 느닷없이 석양이 짙게 드리운 배경을 뒤로하고 희끄무레 좁다란 다리 위를 걸으며 연신 웃어댔다. 맥 빠진 웃음…… 기획된 웃음…… 꺼져 가는 희열의 끝에서 단박 찢어 함께 묻어 버리고 싶었다. 자리를 고쳐 앉다 슬그머니 일어났다. 15층 베란다에서 내려다보이는 텅 빈 아파트 주차장은 비스듬히 곤두박질로 깨진 햇빛의 황황함에 을씨년스러웠다.

"제기랄⋯⋯."

의뭉한 역한 힘에 끌려 거실로 되돌아왔다. 아까와 달리 소파에 깊이 몸을 묻자 이미 종들은 아담한 침대가 놓인 거실로 들어서며 나를 다시 초청했다. 하지만 초청된 거실을 걷어차고 바투 달려드는 종편 채널로 다급히 회귀했다. 그야말로 손을 들고 만 거였다.

저쪽 너머의 종들과 달리 이곳의 연놈들은 일은 하지 않고 입만 놀리고 있었다. 대통령을 언제 끌어내리고 말 건지 연신 입씨름이었다. 하나같이 쓸데없는 소릴 지껄이고 있었다. 누구나 다 아는 이야기는 지루함에다 연놈들의 대갈통을 꾹 눌러 짓뭉개고 싶은 적의를 더했다. 먹잇감을 앞에 두고 언제나 아귀다툼하다 옳거니 하나 건지면 잘근잘근 씹어대는 신물 나는 이런 연놈들을 보지 않기로 했었는데, 웬일인지 모를 일이다. 오늘은 아니, 어제부턴가 종편 이곳저곳을 쑤시며 돌아다닌 듯했다.

"수사하는 거야! 마는 거야! 제기랄!⋯⋯."

애써 견뎠지만 나불대는 입가엔 이미 웃음⋯⋯ 도표까지 준비해 대통령의 지지도 변화를 일목요연하게 정리해 설명했다. 마치 그다음 장엔 '탄핵'의 타당한 근거와 한 치 오차 없는 데이터를 삼척동자라도 단박에 알 수 있도록 준비한 듯 기운찼다. 그야말로 작정한 듯했다. 그의 근거 자료는 아주 오래전부터 꼼꼼하게 준비한 듯했다. 물론, 오래전부터라 해도 신선하기까지 했다. 화면 가득 둘러앉은 연놈들은 마치 하이에나와 진배없었다. 만찬 앞에 한껏 고무된 하이에나들 입에선 쉴 새 없이 침이 흘러내렸다. 침은 모든 것을 신선함으로 바꿨다.

"제기랄⋯⋯."

나불대는 동안 몇 번이고 욕지기가 올라왔지만, 속보나 화면 아래 줄 광고 어디에도 그 일은 낌새조차 찾아볼 수 없었다. 매도 빨라 맞는 게 낫다는 생뚱맞은 말이 왈칵 머리 위로 쏟아지는 듯해 짜증이 순간 확 일었다.

"뭐!…… 누가 잘못했나! 제기랄……."

일목요연한 도표는 기름을 부은 격이었다. 수컷 암컷 가릴 것 없이 막 무가내 달려들었다. 조금도 지칠 줄 모르고 물어뜯고 뜯었다. 단박에 결 딴낼 요량이었다. 마치 왕국에 숨어 있는 그녀를 지금 당장 끌어내지 않 으면 큰일 날 것처럼 분주했다. 지금 하지 않으면 영영 철옹성이 되어 버 릴 것 같은 강박 때문인지 만찬 앞의 굶주린 하이에나들은 하나같이 몸 을 떨었다. 그러나 집요한 하이에나라도 시간의 한계는 극복하지 못했 다. 그랬다. 시간은 힘이었다. 그렇게 내 시간도 힘이 되어 갈 거였다.

"미친놈들……."

그런데 집요했던 미친놈들은 이상하게 쉬이 물러서지 않을 것 같았다. 한꺼번에 이판사판 덤벼들 것 같은 여운이 닫힌 시간 뒤에도 쉽게 가라 앉지도, 어둑한 모니터 안의 회색 시간 속에서도 희석되지 않았다. 지금 어딘가에서 모의를 하고 있을 게 자명했다.

'김두필 씨 안에 있는 거 다 압니다…….'

2

명단이라는 폴더를 열자 또 다른 폴더가 날짜를 달고 아래로 길게 늘 어졌다. 아마도 2016년 3월이 마지막 달일 거였다. 마우스 포인트를 끝까지 내리자 화면 가득 폴더들이 말똥말똥 눈으로 들어왔다. 그중에 2016년 1월의 폴더가 유독 눈에 띄었다. 서재에 왜 들어왔는지 이어 컴퓨터를 왜 켰는지 도시 모를 일이지만, 사선으로 누운 날카로운 마우스 포인트는 이미 2016년 1월의 폴더 위에서 숨을 고르고 있었다.

김명자라는 이름이 여지없이 날아들어 눈 깊숙이 박혔다. 순간 뜨악함이 영혼을 집어삼키는 듯했다. 서재에 들어온 이유를 단박에 깨달았다. 언제부터 이 여자의 이름이 이렇게 힘이 셌나 싶었다. 하지만 그 의뭉함이 꼬리를 물기 전 그 이유는 바투 고개를 쳐들고 모니터에서 또 한 번 눈과 가슴으로 연신 날아들었다. 그리고 그 비릿함은 전신으로 퍼져 숨을 옥죄였다.

"야! 제기랄!……."

서재를 흔들었다. 아니, 영혼을 흔들었다. 눌렸던 살기가 바투 머리를 쳐들고 일어나 괴성을 질렀다.

"실수라고!…… 뭐라고!…… 그럴 수밖에 없었어!"

김명자는 웃고 있었다. 아니, 조롱하는 듯했다. 아니, 조용히 숨을 고르고 있었다.

"미친년……."

김명자는 날카로운 화살 아래서 여지없이 사라졌다. 아니다. 영구히 사라졌다. 한결 가벼웠다. 이곳 내 왕국에서 첫 번 아니, 두 번째 벗어난 여자였다. 그러나 가벼움은 마치 돌연변이처럼 또 다른 무거움으로 변해 마음 한구석 아니, 이곳 왕국 또 다른 한편에 자리 잡고 있었다. 뜨악!……

왜 그동안 떠나보내지 않았는지 도시 모를 일이지만 작정하고 떠나보낸 지금. 괜한 분란은 오히려 여기 왕국을 쑥대밭으로 만들고 말았다. 김명자!…… 그때의 대담함은 어쩐 일이었나?…… 돈의 힘? 아니면 요염한 그녀의 사타구니 힘?…… 아니, 돈일 것이다. 그것만 순순히 내놓았더라면…… 그 많은 걸 혼자 누리려고만 하지 않았어도…… 아니, 그녀의 사타구니다. 그것만이라도 허락해 주었더라도 더는……

다른 창을 열었다. 허기진 탓이다. 늘 주문하는 대로 장바구니에 담았다. 이곳은 나의 왕국을 온전히 유전케 하는 또 다른 나의 세계다. 나의 왕국은 또 다른 세계와 연결돼 영원불변할 거였다. 웃기긴 해도 말이다. 물론, 김명자로 인해 쫓겨나지만 않는다면…….

또 다른 세계의 창을 닫자 허기가 밀물처럼 찾아들었다. 순간 어제부터 술만 마신 게 생각났다. 단박 허기가 더했다. 탄수화물이 당겼다. 창을 닫은 그 세계에서 장바구니가 도착하려면 아직 서너 시간이 남았다. 그렇다고 이곳을 나갈 수는 없는 일이었다.

"곱으로 주세요."

배달통에서인지 배달원한테서인지 꾸역한 냄새가 반쯤 열린 현관문 사이로 역하게 밀려들었다. 랩을 씌운 자장면 그릇과 단무지를 받아 들고 문을 닫았다. 처음이자 마지막인 냄새가 '뚝' 잘렸다. 이내 자장면 냄새가 풍겼다. 랩을 씌웠는데도 냄새나는 게 이상했다.

"하기야 현미경으로 들여다보면 뭐가 없을까마는……."

이미 입안 한가득 군침이 들어찼다. 이제 아까와는 분위기가 생판 다른 하이에나들이 나와 또 다른 재잘거림으로 야단을 떨었다. 거실 바닥으로 널브러지는 지랄 같은 소리를 뒤로하고 식탁으로 향했다.

"무슨 죄를 그렇게 지었다고……."

게 눈 감추듯 자장면을 흡입하다시피 퍼 넣었다. 목울대를 타고 내려가는 끈적한 면발과 춘장의 달고 구수함은 널브러진 영과 육을 다그치듯 희한한 힘으로 일깨웠다. 당장 골리앗과 싸워도 이길 것 같았다. 하이에나가 떼거리로 몰려온다 해도 당장은 넉넉할 것 같았다. 물론, 이 왕국의 문을 열어줄 리 만무하지만……

다시 담배를 물었다. 베란다 문을 오래간만에 얼었다. 손잡이 스틸의 싸한 느낌과 사뭇 다른 싸함이 억세게 밀고 들어 왔다. 싫지만은 않았다. 그리고 보니 밖을 나가 본 게 2주가 넘은 듯했다. 담배 연기는 거실 안과 달리 연신 시나브로 사위였다. 이렇게 갈 거였다. 모두가 이렇게 갈 거였다. 지리멸렬…… '훅' 하고 들이민 맑디맑은 신선한 공기…… 새것이었다.

"새것? 뭐가 새것?…… 다 돌고 도는 그렇고 그런 거지…… 제기랄!"

멀리 검은색 승용차 한 대가 미끄러지듯 부드럽게 주차장 안으로 들어왔다. 잠시 후 차주가 내렸다. 남자였다. 서쪽으로 약간 기운 햇빛을 왼손으로 받았다. 빛은 뭔가에 받쳐 희번덕했다. 이 시간이면 아마 보험쟁이가 맞을 거였다.

"제발 조용히 왔다가 조용히 가거라…… 다른 곳은 몰라도 여기는 안 된다!"

철옹성 같은 여리고 성이 무너진 건, 여하튼 기생 라합이라는 여자 하나 때문에 망했다. 저놈이 사고를 친다면 안 될 일이었다. 12동으로 들어갔다. 유독 노인들이 많이 산다는 동이다. 그래, 그게 맞다……

화들짝 한바탕 웃음에 베란다 문을 닫고 거실로 돌아왔다. 햇빛이 반대편 벽을 심하게 때린 탓에 천장과 거실 바닥이 환했다. 대신 하이에나의 재잘거림 영상은 흐릿했다. 나른한 거실 분위기 탓에 몸이 부풀어 두둥했다. 또 한 번 화들짝 놀라게 하는 웃음…… 다시 돌아온 의식…… 그리고 기다리던 소식…… 하지만 기다리던 소식이 아니라 엉뚱한 속보가 화면 아래 붉은 바탕에 굵은 흰 글씨로 선명하게 도드라져 읽혔다. '사과 담화 후 여전히 국민의 냉랭한 반응……'

짜증이 났다. 단박에 튀어나오는 여론과 논평들…… 몰려다니는 군중들…… 그 군중에 편승해 쉬이 가는 자들…… 하지만 그 일이 얼마나 지났는가 말이다.

물론, 사람들이 쉬이 왕래하지 않는 다리라 하더라도 그래도 등산로가 아닌가! 태화강의 범람과 같은 일이 없었다고 해도 다리 밑이기에 적은 양의 물이라도 흘러내릴 게 아닌가! 정말이지 이것들이 한꺼번에 달려들려고 지랄인가! 여하튼 맞든 엉터리든 용의자의 인상착의라도 내걸어야 하지 않는가! 그래야 방향을 잡을 게 아닌가! 정말이지 수사 기관이 지금 청와대 때문에 멘붕인가……

"제기랄……."

3

주인이 잠시 바뀐 것에 불과하다. 언제 또 주인이 바뀔지 모른다. 다 돌고 도는 거라지 않는가! 돈도 그래!……

여자는 돈이 많았다. 거기다 나이에 맞지 않게 끌어당기는 데가 있었다. 그 탓에 언제나 갈등했다. 그녀의 돈인지 아니면 그녀 몸인지…… 아니다. 지금은 분명히 모른다. 이미 둘 다 가진 탓에……

그녀는 보기보다 어리석었다. 물론, 꽃뱀은 아니더라도 정년퇴직한 여러 남자에게서 피를 빨아 먹고는 아무 탈 없는 주도면밀한 여자이긴 했다. 그런 그녀가 어리석은 건 누군가 자신의 속을 빤히 들여다볼 수 있다는 것을 미처 인지하지 못했기 때문이다.

"한 번 찾아와요. 재테크도 논의할 겸요."

그녀의 이 한마디는 지금의 나의 왕국을 태동케 했다. 인제는 영영 모를 일이 되었지만, 작정하고 달려들었던 것인지 아니면, 정말이지 노후 자금을 준비하려고 한 것인지 도시 모를 일이다. 사실 내가 조기 퇴직할 거라는 말을 어디서 들었는지는 모르나 그 말을 듣고 역시 퇴직금을 흡혈귀 피 빨 듯 빨려는 저의로 달려들었다면, 내 말만 듣고 적은 금액이 아닌 그것도 상당히 큰 금액을 투자하지는 않았을 것이다.

"더 가진들 다 쓰겠어요?"

이 말을 놓고 보면 분명 재산 증식에는 관심이 없다는 이야기였다. 하지만 뭔가 양다리의 기운은 나를 갈팡질팡하게 했었다. 물론, 그 일은 지리멸렬 사달이 나고 말았지만.

"내게 뭘 원합니까?"

"아무것도……."

"거짓말하지 마!"

"……."

"당신의 그 돈과 사타구니 때문에 숨을 제대로 쉴 수 없다고! 알아!"

"미친놈!"

"……."

그녀는 그렇게 그 한마디 남기고 돈과 사타구니를 싸구려로 넘기고 영영 떠나갔다. 아니, 결과론적인 일이지만, 미친 그녀는 여기 나만의 왕국을 세우게 하고 이곳에다 똬리를 틀고 의뭉한 공권력과 함께 밤낮으로 나를 옥죄고 있는 거다.

갑자기 하이에나의 입에서 나온 말이 귀를 사로잡더니 이내 영혼을 사로잡아 버렸다. 있는 것들의 돈을 좀 뺏는다는 말이었다. 물론, 그 이전의 말과 이후의 말은 오롯이 귀에 남지도, 듣고 싶지도, 들려오지도 않지만, 좀 뺏는다는 말은 내겐 당장 복음이며 희소식으로 영혼을 소성케 했다.

"할렐루야……!"

그랬다. 나는 뺏었다고 생각지 않았다. 단지 좀 옮겨다 놓은 것으로 안다. 그 많은 걸 그녀가 어떻게 감당하려고…… 그렇다. 단지 옮겨 놓은 것뿐이다. 이곳, 그녀가 만든 이 왕국에. 그 때문에 하이에나의 입에서 나온 말의 진의를 위해 구구절절 들을 필요는 없다. 단지 그 말 한마디, 그것만으로 충분했다. 있는 것들……

수일 째 그런 적 없는 모니터를 껐다. 마치 하이에나들이 지옥으로 끌려 들어가듯 순식간에 모니터 속으로 빨려 들어갔다. 남겨진 살점…… 마치, 먹다 '툭' 던져 준 살점…… 붉디붉은 신선한 살점만이 남은 적막한 거실…… 아니다. 적막 속에서 그동안 잊고 있던 익숙한 소리가 여기저기에서 자잘하게 살아났다. 냉장고 소리에다 출처를 알 수 없는 모터 돌아가는 소리며 째깍거리는 시계 초침 소리까지…… 생뚱맞은 또 다른 세계가 내 왕국에 잠입한 듯…… 불안했다. 익숙한 일상의 세계와 판이한 또 다른 세계는 김명자가 똬리를 틀고 앉은 뒤 새로이 기획, 추진하는 작품이 틀림없었다.

4

매직아이…… 사각이 도드라질 때쯤 깡마른 스프링 소리를 뒤로하고 문을 열었다. 스틸의 찬 기운이 손바닥에서 손목을 뚫고 팔에서 전신으로 싸하게 퍼질 즈음에 문득 돌아서 다시 방 안으로 들어갔다. 밤새 뿜어댄 역하고 시큰한 온기가 사위지 않은 탓인지 그대로 남아 있었다.

"더럽다……."

천장을 올려다보며 불쑥 내뱉었다. 몸속 어딘가가 나도 모르게 썩고 있는 듯한 의구심은 아까 머물던 그러니까, 도드라진 사각이 다시 눈에 들어오면서 가슴 한구석으로 밀려났다.

"뭐지?……."

어제와 다른 기분에 한참을 망부석처럼 그렇게 서 있었다. 망부석이 생기를 다시 찾는 데는 그리 오랜 시간이 걸리지 않았다. 그렇게 깨어진 일상의 의뭉함은 거실 바닥에 놓인 담배와 리모컨 그리고 널브러진 비닐봉지와 휴짓조각 거기다 술병들과 같은 또 다른 잔상 때문에 잠시일 뿐 그 이상은 아니었다. 잔상은 끄는 힘이 있었다. 그 힘을 오늘 처음 느꼈다. 습관도 아닌 또 다른 일상의 힘이었다. 잔상의 힘은 그렇게 나를 끌어다 거실 바닥에 다시 평안히 앉혀 놓았다. 그리고 리모컨을 들게 했고 전원 버튼을 누르게 했다. 이미 세뇌된 모니터 제품의 회사 로고를 먼저 떠올리며 이곳 왕국과 또 다른 세상을 맞고자 준비했다. 나의 종들이 먼저였다. 종들은 벌써 일의 끝을 알리고 있었다. 밤새 일을 한 모양이었다. 물론 배턴을 받아 그 짓을 하고 또 하고 했겠지만 말이다.

또 다른 일상의 한 부분으로 자리한 종편 채널은 아편처럼 묘했다. 반드시 지나쳐야 했다. 나의 종들과 전혀 다른 일을 하는 나름 익숙한 얼굴의 연놈들은 항상 그 시간 그 자리에 붙박여 나를 기다렸다. 그리고 애를 달궜다. 그 흔한 속보나 원하는 줄 광고 한 줄 내보내지 않고서……

'사회/북한산 일부 등산로 한동안 입산 금지 등산객 불편'

가슴이 철렁했다. 드디어 올 것이 온 것 같았다. 이유는 모르나 기억으론 한 번도 그런 적이 없던 조처가 그것을 방증했다. 순간 김명자의 이름 석 자가 전광석화같이 뇌리를 스쳐 지나갔다. 머리통 왼쪽 언저리 어딘가가 아렸다. 숨이 차고 가빴다. 손이 떨렸다. 자리가 그만 불편했다. 왕국의 일상이 한순간에 깨져 버린 듯했다. 거실을 부유하던 연무는 가쁜 숨 때문인지 요동쳤다. 회오리바람에 휘돌듯 구르다 흩어지고 부서졌다. 줄 광고의 위력이 이렇게 셀 줄은 몰랐다. 그토록 바라던 소식이었지만 정작 그 충격은 영혼을 꽁꽁 얼게 했다.

"이렇게 간이 작은 인간이 어째…… 웃겨…… 제기랄!……"

소식을 그토록 기대했던 이유를 도시 찾을 수도, 알 수도, 느낄 수도 그렇다고 그 당위성도 끌어낼 수 없었다. 가히 미친 짓에 불과했을 뿐이었다. 아니다…… 그랬다. 그 의뭉한 미친 짓은 바로 그것이었다. 방에서 나오다 말고 돌아서 들어갔던…… 천장을 멍하니 올려다본 그 일이었다. 9개월 전 떠난 아내를 줄곧 생각했던 그 일이었다.

"저거 매직아이처럼 떠오른다……"

"무슨 소리야……"

아내는 내 등 뒤로 무엇을 빤히 올려다보았을까? 이후 나란히 누웠어도 아내는 여전히 그 자리를 응시했다. 아니면 그 언저리쯤이라도……

그 자리…… 혹여, 지금의 나의 왕국을……

김명자라는 글자 석 자가 선연해지자 붙들 게 필요했다. 뭐든 잡고 싶었다. 아니, 확인해 보고 싶었다. 그러니까 진위를 알고 싶었다. 얼른 컴퓨터를 켰다. 일찌감치 꺼 둔 휴대 전화를 책상 서랍에서 꺼내 벽에 박힌 충전기에 꽂았다. 비릿한 떨림과 함께 이내 전원이 들어왔다.

특별한 것은 없었다. 조금 전 막 나온 정보도 확인되지 않았다. 거기다 북한산이라는 검색어도 내가 찾고 있는 그런 정보를 주지 않았다. 며칠이고 기다릴 수 없었다. 뭔가 당장에 확인하고 싶었다. 그럴수록 뭔가 손에 잡히지 않은 허함은 자꾸만 누군가를 떠올리려 했다. 그러나 김명자 이름만이 머리에 맴돌 뿐이었다.

그랬다. 정작 떠올리려 한 이름은 아내의 이름이었다. 허영숙이라는 세 글자였다. 맞았다. 허영숙이라는 이름은 오늘 아침 아니, 9개월 전부터 침대에서 눈을 뜨고 나면 줄곧 생각했던 이름이었다. 궁극의 이름…… 그 자리를 더듬은 탓은 그 때문이었다.

"당신도 알다시피 인제 더는 당신 곁에 머무르고 싶지 않아."

"……."

아내는 그렇게 갔다. 당신도 그 이유를 안다고 하면서 차고 시린 겨울 어느 날 그렇게 떠나갔다. 당신도 안다는 말의 진의를 한동안 묵인했었다. 그러나 그 묵인은 오늘의 나를 만들어 놓은 거였다.

"그래 혼자만 갈 수 있나……."

봇물 터진 듯 줄 광고는 우에서 좌로 속절없이 흘렀다. 그 위로 연놈들은 보란 듯 웃고 떠들었다. 역한 생목에 충실한 나의 종들이 있는 곳으로 옮겨가려다가 그만 전원을 껐다. 깔깔거리던 웃음소리가 그 후로도 한동안 거실을 맴도는 것 같았다.

베란다에서 올려다본 시린 하늘은 너무 가까이 와 있었다. 마치 건드리면 '툭' 터져 물이라도 '확' 쏟아낼 것 같았다. 연거푸 피워댄 담배 때문인지 순간 머리가 '핑'했다. 모든 게 하나같이 달려드는 느낌이었다. 하다못해 머릿속 세포까지도……

어질했던 기운이 가시자 아내의 얼굴과 이름 석 자가 다시 머릿속에 확연히 각인되었다. 각인된 아내의 얼굴은 서재로 옮겨 가는 동안 머릿속에서 요동쳤다. 충전 중인 휴대 전화기를 켜자 그동안 밀린 메시지가 매섭게 달려들었다. 하지만 확인하지 않아도 될 그런 메시지일 게 자명했다. 조기 퇴직 후 며칠은 위로한답시고 여기저기에서 전화해댔다. 하지만 그것으로 끝이었다. 물론, 실망하지 않았다. 알고 있었으니까……1위를 했을 때 조직에서 없어져야 할 존재로 시기며 견제를 얼마나 받았는지 모른다.

몇 주지만 휴대 전화기 화면의 메뉴와 폴더가 순간 낯선 모습을 하고 빤히 올려다보았다. 무엇을 선택해야 할지 한참을 돌리고 밀고 하다 익숙한 그림이 눈으로 확 튀어 올라 멈췄다.

아내의 상태 메시지는 외로움이었다. 그 남자와 헤어진 것인지 아니면 잠깐 휴식기인지 여하튼 사진도 없고 연계된 소식도 깡그리 지워져 있었다. 단지 외로움이라는 단어만이 아내의 상태를 짐작하게 할 뿐이었다. 예정된 희열……

'한번 보자, 빠를수록 좋고.'

생뚱맞은 메시지이긴 해도 사실 메시지의 저의는 짐을 나누고 싶다는 구원 요청의 메시지였다. 쉬이 '1'이라는 글자가 지워지지 않고 메시지 앞을 지키고 있었다. 마치 초병이라도 세워둔 듯 그렇게 '1'이라는 숫자는 요지부동 꼼짝하지 않고 아내를 지키고 그렇게 서 있었다. 기대하지는 않았지만, '1'이라는 숫자의 위력을 또 한 번 경험하는 순간이었다. 그 달 건수 1위로 누렸던 영광이 조기 퇴직이라는 돌팔매에 약간 희석되고 색이 발하긴 했지만, 1위는 그렇게 영광을 가져다주더니 결국, 내리막길로 치닫게 했었다. 1위…… 인제 내려가는 일만 남았다는 누군가의 명언은 영원불변의 진리였다. 그 1위는 이렇듯 아내를 떠나가게 하고 김명자를 찢어 놓는 일까지 판을 벌여 놓은 거다.

바닥에 놓인 리모컨을 들자 답신이 왔다. 초병을 물린 아내라는 것을 단박에 알 수 있었다.

'그래요. 어디서?' 였다.

우연이라는 말의 진의를 두고 싸운다지…… 허튼소리…… 그것은 잠재된 힘이 어느 시점에 표출된 것뿐. 역시 아내의 상태 메시지도 나중에 마그마가 분출할 분화구에 불과한 것뿐이다. 9개월의 잠잠함…… 다신 보지 않을 듯 암묵적인 약속…… 그리고 묵혀진 힘……

극구 오라고 하지 않았다. 하지만 잠시 망설이다 집으로 오겠다고 했다. 그것은 내 바람을 넘어 또 다른 희망을 불끈 품게 하는 아내의 선택이며 기대하지 않은 나의 음흉함에 혹여, 이바지할 수 있는 선물이기도 했다. 아내가 손에 닿는 듯하자 황망했던 가슴은 이내 잦아들고 사뭇 다른 쿵쾅거림의 요동이 그 자리를 대신하고 있었다. 모니터 전원 버튼을 눌렀다. 화면 아래로 쉴 새 없이 흐르는 물결을 뒤로하고 나의 종들을 보러 갔다. 종들은 역시 나를 실망하게 하지 않고 열심히 일하고 있었다.

당장 남근에 힘을 보탰다. 순간 나의 여종이 김명자로 바뀌더니 아니, 아내 허영숙으로 바뀌었다. 아내는 연신 음란한 신음을 토했다. 9개월 전의 일이 생생히 화면 속에 도드라졌다.

　김명자는 아니, 아내 허영숙은 천장을 올려다보며 그렇게 소리를 내질렀다. 어딘가에 시선을 고정한 채 그렇게 내지르고 있었다. 그때의 아내 허영숙이 분명했다. 여종들은 여태 가면을 쓰고 있었던 모양이었다.

　"인제 보니 미쳤어, 당신!"

　아내는 자신에게 미친 듯이 쏟아 놓은 사건 전말을 듣고 그렇게 첫마디 악을 쓰며 부르르 떨었다. 그러나 아내의 반응은 왠지 시원하고 담백한 느낌을 주었다. 분명 짐을 나눈 느낌 그것이었다.

　"신고할 거야."

　"당신은 못해……."

　"왜?…… 당장에 할 거야!"

　"그럼 해 봐……."

　"……."

　"나는 당신과 한배를 타고 싶었거든."

　"정말 단단히 미쳤군……."

　"그래, 나 미쳤다. 왜! 너 때문에! 제기랄!……."

5

　아내는 그렇게 그날 떠났다. 하지만 얼마 후 다시 올 거라는 나의 믿음은 적중했다. 물론, 돈의 힘이 한몫한 것이지만 말이다. 거기다 음흉한 저의에 기꺼이 기여도 해 주었다. 그 일에 관한 암묵적인 비밀까지……
김명자의 현금다발까지…… 짐을 완전히 나눈 거나 진배없었다.

"확인을 꼭 해야 해?"

"해야 해…… 내일부턴 입산 금지야……."

"하필 왜 거기다가…… 그리고 확인해서 뭐하게?"

"…… 처음엔 꼭꼭 숨기려 했지. 한데, 그게 아니더라고. 그래서 그냥
쉽게 두었지 뭐."

"…… 정말 미쳤어."

"완전 범죄?…… 다 작위적인 이야기야…… 그리고 당신과 빨리 해결
하고 싶었거든."

"뭐? 무슨 말이야?……."

"시린 바람이 불던 그 날…… 유독 차가웠었지…… 빚을 정산해야 했
어."

"……."

생애 마지막 날인 양 또다시 죽을힘을 다해 아내를 품고 또 품었다. 왠
지 그래야만 할 것 같았다. 돈에 눈이 먼 아내 역시 거기에 공감한 듯했
다. 그렇게 둘은 마치 9개월 동안 밀쳐 둔 숙제를 하듯 밤이 새도록 지칠
줄 몰랐다.

"여전히 이렇게 있으면 떠올라……."

"도대체 뭔데?"

"…… 나의 왕국이랄까…… 아무도 모르는…… 둘이 저곳에만 갈 수
있다면……."

"…… 언제 나갈 거야?"

"가야지…… 지금……."

"……."

아내의 묵언이 아리송했다. '꼭 가야 하나'나 '조심해' 둘 중 하나이긴 해도 왠지 휑했다.

"왜 들킬까 봐?"

"몰라……."

젖무덤을 움켜잡다 놓으며 자리에서 일어났다. 오늘은 이상하게 사각형이 도드라지지 않았다. 나의 왕국은 일어나지 않았다. 불안과 답답함…… 땡땡한 젖무덤의 여운……

방을 나섰다. 스틸의 비린 기운이 다시 손바닥과 손목을 뚫고 팔로 전신으로 퍼져 나갔다. 아!…… 비린 기운의 기억…… 악! 잘게 부서진 칼날의 춤판…… 혈관이 요동쳤다. '헉' 목구멍이 막혔다. 풀썩 주저앉았다.

"씻김굿 판이라도 벌어졌나…… 제기랄……."

아내를 부르려다 그만두었다. 아니, 용기가 나지 않았다. 맥없이 주저앉은 위로 침대 밑 현금다발의 힘을 빌려 칼이라도 당장 들이대는 날엔 결판나고 말기 때문이다. 지금은 안 된다. 뭐든 순서가 있는 법인데.

모니터의 전원 버튼을 눌렀다. 회사의 로고에 이어 종들의 지칠 줄 모르는 충성…… 쫓기듯 얼른 채널을 돌렸다. 왠지 그래야 할 것 같았다. 단박에 넘어온 화면엔 산에 오르지 않아도 될, 굳이 확인하지 않아도 될 광경이 민낯을 한 채 연놈들에게 격한 난도질을 당하고 있었다. 모니터를 껐다. 하지만 패널들의 서슬 퍼런 그 눈빛과 격양은 여전히 같은 모습으로 거실로 부려진 채 무딘 환상의 섬, 나의 왕국을 무너뜨리기 시작했다.

　나를 향한 난도질…… 예상한 일이지만 아팠다. 무서웠다. 방 안의 아내가 무서웠다. 하지만 아직 방문은 열리지 않았다. 아내도 또 다른 패널인가? 그것도 야무지게 작심한 패널……

　어떻게 알았는지 이미 내 얼굴을 닮은 사진을 그들은 나눠 가지고 있었다. 아무래도 보험 관계에서 걸린 것이 틀림없었다. 물론, 예상은 했지만 당장은 저들의 저의가 생경했다.

　그랬다. 그들은 숨어서 준비하고 있었다. 김명자가 사라진 바로 다음 날일지도 모른다. 여하튼 그들은 그렇게 모의해 나를 단번에 옥죄어 죽이려 준비했던 거다.

　들이친 햇빛…… 오늘은 몸통을 깔끔히 잘랐다. 칼날이 오른쪽 신장쯤에서 왼쪽 젖꼭지쯤 위쪽을 지났다. 무슨 죄를 저질렀기에…… 그것도 다시 잇기가 어렵게 사선으로…… 제기랄…… 고개를 들어 창 쪽을 바라다보았다. 아내의 짓이었다. 발가락이 잘려나갔을 때 분명 커튼을 닫아두었건만……

　누군가 필요했다. 눌렀다. 종들은 여전히 일에 여념이 없었다. 주인이 어떻게 되든 말든 종들은 그렇게 자기 일에 열중했다. 한 치의 흐트러짐도 없이…… 한순간 이렇게 달라질 수가…… 무서운 배신자들이었다. 배신자들은 느닷없이 지금까지 느껴보지 못했던 터질듯한 기를 와락 퍼붓는 것 같았다. 소리를 올리자 그것은 사실이었다.

　안방의 아내를 또다시 뭉개고 또 까뭉개도 여전한 막힌 혈의 응어리…… 아내는 남근을 기꺼이 받고 또 받았다. 그것도 이미 기획한 일인 듯…… 그것도 기신기신 헐거운 영과 육을 철저히 태워 삼키듯 그렇게 즐기며 주도하듯……

딩동…….

영과 육이 격하게 타고 재만 남은 안방으로 날아든 멜로디…… 제기랄…… 매직아이…… 사각이 아직 도드라지기 전인데…… 애를 썼지만, 사각은 일어나지 않았다. 완전한 나의 왕국은 더는 일어나지 않았다. 대신 자리에서 일어났다. 제기랄……

"누구지 이 시간에?……."

아내는 모른 척 시치미를 뗐다.

"누구긴……."

아내도 따라 나왔다.

"뭐야 이건!……."

아내는 열정적인 나의 배신자들을 경멸 투로 돌려세우고 그들과 진배 없는 하이에나들을 불러냈다.

"누구십니까?"

"김두필 씨 안에 있는 거 다 압니다. 문 여세요!"

싸한 스틸의 익숙한 기운…… 하지만 낯선 발원지…… 순간 하늘이 무너지는 듯했다. 아……

아내를 따라 나가다 언뜻 헐거운 나의 왕국을 돌아다보았다. 무슨 죽을죄를 지었는지 맞은편 거울 속에 대통령의 몸통이 사선으로 섬뜩 잘려져 있었다. 그 밑 '5%'의 글도 역시 댕강 잘린 모습이었다. 이 노름은 저 창의 커튼을 굳게 닫아야 끝이 날 거였다.

2. 굴레의 덫

그는 폭발하듯 터져 나온 생소하지 않은 생각이 잘된 것인지 아닌지 모른다. 한데 오래전부터 아니, 아내와 헤어지고 난 후부터 수개월도 아닌, 단 며칠 만에 든 생각이긴 하다. 굳이 따진다면 이혼하기 전부터 이미 그 생각을 가졌다고 해야 옳다. 그러나 우스운 이야기지만 자신에게 자유롭다.

"될 수 있으면 당분간 조용한 곳에서 요양 시간을 가지시는 게 좋을 듯합니다만."

수도 없는 고민 끝에 뒤통수에 눈을 달고 어렵게 찾아든 정신과에서 에둘러 얻은 정신병은 끝내 모든 게 무너지는 전주곡에 불과했다. 전주곡은 제일 먼저 아내와의 이혼이라는 어렵고 힘든 일을 쉬이 떠올리게 했다. 다음으로 자녀 양육과 직장 그다음으로 부모와 친척의 눈 그다음으로 직장 동료와 친구 순이었다.

전주곡은 그야말로 서곡이 아니었다. 위기와 클라이맥스를 넘어 수습하는 단계까지 데려다 놓는 마지막 악장의 한 줄 남긴 마지막 대목의 곡이었다. 시작과 함께 종말의 결과물까지 일사불란하게 앞으로 도래할 미래를 확증해 보여 줬다.

물론 이러한 결과물이 단박에 꼬리를 물고 일사불란하게 연결된 것이 전주곡의 영험인지 아니면 이것 또한 오래전부터 질서 정연하게 잘 준비되었던 것인지는 당장엔 알 수 없다. 여하튼 그는 그 길로 짧은 내용의 쪽지 한 장만을 두고 집을 나왔다. 마치 이 모든 일의 책임이 자신에게만 있는 것이 아니라는 의뭉스러움을 아내가 직접 풀도록 한 채 그렇게 나왔다.

그 의뭉스러움에 관한 답을 아내가 찾든 풀든 그것은 그에게서 떠난 일이었고 상관할 바 아니었지만, 끊으려야 끊을 수 없는 연결 고리로 이어져 있다는 것은 그는 누구보다 잘 안다. 사실 어쩌면 이런 연결 고리가 그를 쉬이 집에서 나오게 한 것인지도 모른다. 아니 그랬다.

사람이라면 적어도 "사실 아이 아빠가 집을 나간 건, 물론 내게도 책임이 있지만, 여하튼 집을 나간 아빠가 더 문제가 있지 않을까" 하는 아내 입에서 이 정도의 말은 나오지 않겠는가!…… '내게도 책임이 있지만'이라는 말을 얼마나 듣고 싶었던가!……

그는 한 번 건하게 찢고 싶었던 아내의 입을 오늘 아침 보고 있다. 아니 듣고 있다. 밀양의 어느 한적한 요양원에서 나온 지 일주일 만에 수개월의 치료는 수포로 돌아갔다.

"이제는 내려가셔도 되겠습니다."

원장의 진단은 틀렸다. 물론 그 당시 일주일 전에는 어땠는지 몰라도 당장은 원장의 그 진단은 틀렸다. 지금 와서 보건대 그동안 요양원에서는 조용하게 치료를 받은 게 아니라 정신병의 원인균이 뇌를 완전히 장악하게 하는 시간이었고, 앞으로 어떤 식으로 범죄를 저지를까 하는, 체계적이고 세밀한 계획을 세우는 기간이었다.

그 체계적인 계획은 오늘 아침 확연히 드러나고 말았다. 물론 그 체계적인 계획의 끝은 입을 찢는 일이다. 그는 그 계획의 전말에 숫제 당황하지 않는다. 으레 당연한 일인데 하며 극구 거기다 한 표를 행사하는 표정을 짓는다. 그는 그 대상자, 적임자를 지금 보고 있다. 아니, 듣고 있다. 아니, 확인하고 각인한다.

범행의 대상자는 아니, 적임자는 자신이 그 대상의 적임자임을 누누이 강조하듯 그 당위성을 증명하느라 정신이 없다. 그는 두 번 생각도 하지 않는다. 단지 어떤 식으로, 어떤 방법으로 찢을 것인지를 속내를 타진하느라 머릿속이 바쁘다. 다른 건 몰라도 먼저는 그녀를 따라 내리는 일이 제일 우선이다.

그는 적임자를 확증하는 순간 비로소 그녀 옆에 앉은 남자가 눈에 들어왔는지 그녀에게서 시선을 남자에게로 돌린다. 남자는 그녀의 말에 연신 고개를 갸웃거린다. 남자의 의중을 정확히 알려면 정면에서 그 표정을 봐야 할 듯한데 여의치 않다. 뒷좌석으로 걸어올 때 본 듯한데 기억이 나질 않는다. 굳이 남은 잔상이라면 의뭉스런 얼굴의 무뚝뚝함 정도다. 물론 여자 또한 그랬다. 아내와 달리 좀 통통한 편이라는 것만 다르지, 지금도 곁눈질로 확인하는 바지만 그리 다르지 않다.

그는 슬몃슬몃 남자를 훔쳐본다. 버스 진행 방향에 따라 고개가 앞뒤로 그러니까, 그가 보는 방향에선 좌우로 흔들려야 함에도 남자의 고개는 앞뒤로 그러니까, 차의 방향과 달리 전후로 흔든다. 갸웃하는 이유가 순간 궁금하다. 여자의 말에 대놓고 부정하는 남자의 모습은 아닐 테고…… 그렇다면 그냥 무의식적으로 흔드는 몸짓인가?…… 아, 어쩌면 그럴 수도 있겠다. 여자는 남자의 갸웃하는 행동에도 연신 웃으며 조잘 대고 있으니.

미세하지만 멀어졌다 가까워졌다 하는 왼쪽 측면으로 보이는 남자의 얼굴은 동상과도 같다. 그는 부러 자신과 같은 모습은 없는지 먼저 다른 생각을 미루고 거기에 집중한다. 그래서인지 그는 그에게서 자신과 같은 모습을 찾는 데 어려움이 없다. 경직된 몸을 이야기하듯 굳어 있는 얼굴 은 자신과 닮았다는 것을 찾고 만다.

거침없이 쏟아내는 아내의 말에 돌처럼 굳어 갔던 몸과 특히나 아내의 말과 한마디도 섞고 싶지 않은 탓에 입을 굳게 닫아 버린 얼추 비슷한 자 신이 눈앞에 있다. 자신과 달리 뭉텅한 콧부리와 완만한 이중의 턱선 그 러나 완만한 턱선과 달리 신경질적으로 툭 튀어나온 울대뼈는 자신과 똑 닮았다.

그는 자신을 보는 듯한 환상에 속에서 다시금 불이 이는 것을 느낀다. 속에서 일어난 불은 오래전부터 준비되고 계획된 일을 실행하는데 주저 하지 않도록 힘이 되고 용기가 되고 실행함에 관한 당위성을 자명하게 한다.

여자에게로 슬며시 시선을 옮긴다. 시선을 옮기자마자 봇물처럼 터져 나온 절절함은 다름 아닌 남자를 향한 애절함이다. 남자는 그였다. 당장 은 그랬다. 그는 여자 옆에 앉은 남자다. 그를 위해서라도 자신을 위해 서라도 계획은 실행되어야만 했다. 틀림없다. 남자는 그와 같은 병에 걸 린 것이 확실하다. 굳어 있는 얼굴과 신경질적으로 튀어나온 울대뼈가 그랬다.

벨을 누른다. 사방으로 일시에 빨간 불이 버저 소리와 함께 들어온다. 다행히 남자만 내린다. 간단한 손짓으로 먼저 간다는 인사가 전부다. 남자가 일어난 자리가 휑뎅그렁하다가 만다. 여자의 영험은 대단한 것이어서 남자의 자리를 금방 메꾼다. 그뿐 아니다. 여자의 영험은 남자의 자리를 넘어 그에게로 온다. 그는 그러한 여자의 영험에 당황하지만, 일찍이 그러한 영험에 면역이 아니, 병을 얻은 경험에 당당하다.

그는 남자가 있을 때와 달리 시선을 여자에게 던지지 않는다. 다만 지금껏 보아온 여자의 이미지를 재생해 가며 적절한 시기를 타진하는 데 골몰한다. 자신이 내려야 할 곳은 기차역 부근이었지만, 여자를 만나고 자신이 내려야 할 곳은 애초에 어디에도 없었다는 것을 깨닫는다.

늦은 오전이지만 역 부근은 여느 때와 같이 한산하다. 간간이 캐리어를 끌고 지나가는 사람들이 언뜻언뜻 보이긴 해도 황량한 광장엔 그저 멀건 흔적뿐이다.

아내와 이혼 후 아니, 정신병을 얻은 후 모든 것을 잃고 먼저 찾아든 곳이 역 부근 지금 보이는 분수대 바로 옆이다. 방금 캐리어를 끌고 간 사람 바로 옆이다. 키 작은 가문비나무 아래 원목으로 만든 나무 의자가 그의 자리다. 오늘은 아마도 자리 지키기가 어려울 듯하다. 물론 거기엔 그의 흔적이라곤 없다. 황량한 광장…… 그는 새삼 자신이 철저히 없고 흔적도 없다는 것을 느낀다.

여자가 벨을 누르려다 누군가 먼저 눌렀는지 버저가 울리고 불이 들어오는 것에 당황한 듯 손을 든 채 잠깐 있다가 내린다. 그는 여자의 행동에 여자가 만만찮다는 것을 깨닫고는 계획 실행에 하나 더 주의 사항을 첨부한다.

여자가 일어난다. 이번에 그는 여자의 얼굴을 대놓고 쳐다본다. 짐작한 대로 여자의 얼굴은 입이 찢어져야 할 얼굴임을 확인한다. 내리기 위해 앞으로 나아가는 여자의 몸도 처음 생각한 대로 그대로다. 하지만 정작 약간 퉁퉁한 외형을 다시 확인하자 계획에 없던 주의 사항을 하나 더 추가한다. 쉬이 제압할 수 있을 것 같지 않아서다. 느닷없이 떠오른 사람 하나가 있다. 같은 시기에 만난 광장의 친구다. 그렇다. 노숙인 동료다. 하지만 벌써 일주일째 나타나지 않은 탓에 그의 힘을 빌리기가 여의치 않음에 현기증이 난다. 현기증은 다름 아닌 스스로에 대한 분노이리라. 순간 섬뜩한 칼이 떠오른다. 칼은 현기증을 밀어내고 당당함과 의연함을 가져다준다.

"입이라 할지라도 여하튼, 살기는 힘들 것 같은데…… 그렇다면 그래 죽으나 저래 죽으나 뭐……."

정차하는 순간 그도 자리에서 일어나 황급히 그녀를 따라 내린다.

사무실은 대로변을 벗어나 외진 곳에 자리한 조금은 허름한 6층 빌딩 4층이다. 밖에서 봐도 알 수 있듯이 허름한 빌딩은 엘리베이터가 없는 계단식으로 된 건물이다. 그는 5, 6층에도 사무실이 있는지 당장에 궁금하다. 여자가 사라진 4층 사무실 문에 '생식홍보팀'이라는 흰 바탕에 푸른 샘물 글씨체로 쓰진 표식이 붙어 있다. 여자는 생식과 관련된 일을 하는 모양이다. 여자가 직접 열쇠로 사무실 문을 열고 들어갔다. 늦은 오전 시간인데 30분 넘게 사무실 앞을 서성였지만, 여태 아무도 오지 않은 것을 보면 아마 여자 혼자 근무하는 모양이다. 물론 5, 6층에도 올라가는 이 그렇다고 내려오는 이나 인기척이 들리지 않는다. 1, 2, 3층과는 뭔가 확연히 다른 분위기다. 그는 여자의 입을 찢는 일에 첨가된 주의 사항이 있다 해도 어렵지 않다는 생각을 한다. 물론 그 흔한 CCTV는 어디에도 없다는 것을 이미 확인한 탓에 그는 여자 사무실 문 뒤에서 들려오는 소리에 귀를 기울이며 늦은 오전을 그렇게 보낸다.

간간이 들려오는 전화벨 소리와 상담 내용인지 몰라도 조잘대는 소리가 언뜻언뜻 들려오는 것을 놓치지 않고 듣는다. 마치 입을 과감히 찢어도 하등의 잘못이 없다는 그 근거가 되는 동기가 조금 부족한 듯, 좀 더 확고한 근거를 찾기라도 하는 것처럼 애달았다.

차에서 숨 쉴 수 없을 만큼 강력히 쏟아낸 말에서 기억나는 것이라곤 교수, 그들, 하청, 은행 등의 당장에 연관성 없는 단어들만 생각날 뿐인데, 지금 여자 사무실 문 뒤에서 들려오는 말에선 물론 생식이라는 편견을 가지고 들어서 그런지 여자의 말이 귀에 들어온다. 간간이 끊어진 듯한 약해 빠진 말도 나중에 튀어나오는 강력한 말과 한 문장을 만들기엔 부족함이 없다. 여자는 생식을 홍보하는 일을 하는 것만은 확실하다.

"미친것. 그렇게 생식이 좋으면 뭘 해. 얼마나 산다고……."

그는 혹시 모를 퇴로를 확보하기 위해 조심스레 5, 6층을 지나 옥상까지 오르기 위해 계단을 오른다. 물론 CCTV가 없는 탓에 오르는 일은 문제없다. 5층엔 덕문기획이라는 간판을 내건 사무실 문이 반쯤 열려 있었지만, 불도 꺼져 있고 인기척이 없다. 오히려 그는 섬뜩함을 느낀다. 5층 내부가 돌연 궁금했지만, 그냥 6층으로 오른다. 사무실 위쪽 벽면에 철학관이라는 간판이 내걸려 있었지만, 이곳도 5층과 같이 인기척이 없다. 물론 문이 닫힌 상태라 안에 누군가 있을 수도 있지만 삐딱한 간판이나 주위에 깡말라 있는 화분, 거기다 얼기설기 쳐진 거미줄의 방만을 봐선 아마도 오래전부터 사람이 드나들지 않았다는 짐작을 쉬이 하게 한다. 사무실 맞은편으로 음양오행설과 만다라가 그려진 인쇄물이 먼지를 뿌옇게 뒤집어쓰고 아무렇게나 걸려 있다.

"음양오행설은 모르지만, 철학관과 만다라가 무슨 연관이 있나?……."

옥상 문은 안으로 잠겨 있다. 그는 조심스럽게 문을 열고 옥상으로 나간다. 보기보다 옥상은 깨끗하다. 옥상 표면은 최근에 방수제를 발랐는지 아니면 오후의 뜨거운 햇볕 때문인지 이글거리며 번뜩인다.

기지창이 있는 한쪽만 빼곤 큰 건물 때문에 사방이 다 막혀 있다. 굳이 있다면 부산항과 하늘만 올려다볼 수 있는 건물이다. 기지창 너머로 한창 공사 중인 부산항 대교가 보인다. 아직 이어져 있지 않은 다리…… 그는 끊어진 다리가 마치 그의 인생이라는 느낌이 들었는지 담배 한 개비를 꺼내 불을 붙인다.

한두 모금 깊이 빨았나 싶을 때 누군가 옥상으로 올라온다. 그는 의식적으로 모른 척 태연하게 담배 빠는 일에 열중한다.

"어머, 누구세요?"

여자다. 아니, 그 여자다. 생식, 아니, 입을 찢을 그 여자다.

"아, 예……."

"이 시간엔 언제나 혼자였는데 이렇게 담배 친구가 생겼네요, 하하하."

친구? 이 여자가 나보고 친구란다. 자신의 입을 찢을 자를 말이다. 순간 어이가 없고 기가 찬다.

"아, 예……."

"몇 층에 계세요? 5, 6층은 아닐 테고……."

"2층에 새로 오려고 사무실을 보러 왔어요."

"아, 그래요. 2층이면 성일해운 사무실 말씀하시는군요."

"아, 예……."

"외진 곳이라 사무실이 나갈 하는데도 워낙에 싸서 사무실은 잘 나가는 편이죠. 5, 6층만 빼고요."

여자는 시키지 않는 이야기까지 처음 보는 사람에게 줄줄이 쏟아 낸다. 역시 여자는 입을 찢어야만 한다. 그는 느닷없이 또 하나의 당위성에 속으로 쾌재를 지른다.

"그러게요……."

"그런데 2층에 이전한다는 말도 없었는데…… 언제 그랬죠?"

"아…… 아는 사람 소개로 오늘 오전에 연락받았어요."

"그랬군요…… 저는 4층에 있어요. 자주 뵙겠네요."

"그러겠죠."

그는 황급히 건물을 빠져나온다. 여자와 계속 이야기를 나누면 어째 자신의 계획이 탄로 날 것 같아서다. 다행히 건물 입구 오른쪽 한쪽에 '2층 성일해운 이전'이라는 안내문이 나붙어 있다. 그는 여자가 물었을 때 쉬이 대답이 나온 이유를 인제야 깨닫는다. 그는 여자의 입을 찢는 일에 완벽한 주변 환경도 확보되었다는 것을…… 거기다 서로 얼굴까지 튼 예상 못 한 반전에 연신 쾌재를 지른다.

그는 돌아오는 길에 자신의 자리가 여전히 비어 있음을 알고도 내리지 않고 그냥 집으로 간다. 공원 인근의 산자락에 위치한 2층의 텅 빈 공간은 대낮에 난데없는 주인의 출현에 놀란 듯 쇠쇠거리는 소리가 들리는 듯하다.

오전에 집을 나오며 씻었던 흔적이 채 마르지 않고 그대로다. 마치 누군가 주인의 출현으로 황급히 빠져나간 듯한 기괴한 분위기는 그리 달갑지 않다. 한밤중 깜깜한 시간대에 들어올 때와 사뭇 다르다.

오후의 후덥지근한 공기와 함께 방 안 가득 들어찬 태양광에서 비롯된 밝음은 낯설고 어딘가 부담스럽다. 불을 켜지 않아도 되는 그런 혜택을 누리는 자신이 낯설어 그렇다. 앞으로 계속 노숙으로 일관한다면 국가로부터 아니면 누군가로부터 도움을 받아야 할 처지지만, 아직은 전세금이 건재하기에 그리 비관적이지 않다. 그러나 전세금 외엔 인제 팔아먹을 게 없는 그로서는 낯섦에 적응해야 하는 시기가 된 것을 스스로 알고 있는 바다.

그렇다고 당장에 하고 싶은 아니, 할 수 있는 일이 있는 것이 아니어서 그로서는 낯섦이라는 생소한, 물론 그렇게 생소하진 않지만, 어쨌든 그 대상에 익숙해져야만 한다. 낡기는 했지만, 침대는 역 광장에 있는 원목 의자와는 판이하다. 포근히 감싸 안는 느낌은 생소하리만치 낯설다. 사실 해가 떠 있는 낮 시간대에는 항상 광장에 가 있었으니까, 낮 시간대 침대의 포근함이 낯선 것은 당연한 일이다. 벌써 3년이라는 세월을 역 인근에서 깨작깨작 그렇게 보내다가 한밤중에 나타나 골골 그렇게 잠이 든 탓이다.

언제 그랬는지 모를 낯선 두근거림이 몇 시간째 계속되었는데, 침대에 누워 있어도 여전하다. 할 일이 생긴 것이다. 그야말로 집중해야 할 일이 생긴 것이다. 담배 연기로 전 천장의 국화 모양의 문양은 멀리 안개 너머 간당간당 형체만을 간신히 내밀고 있는 듯하지만, 지금 그의 머릿속은 선연하고 확연하다.

수도 없이 보았던 경직되고 죽어 있던 보면 볼수록 무료해지게 해 결국, 단박에 혀라도 콱 깨물고 죽어 버리고 싶게 했던 답답하고 정형화된 빛바랜 국화밭은 이제는 파노라마의 연속성으로 살아 하나의 예술 작품으로 아니, 살아 움직이는 생명체가 되어 눈앞에 펼쳐진다. 뭔가 해야 함에 편승한 것인지는 모르나, 그러다가 어느 순간 단박에 '확' 하고 사라져 버릴지 모르나 빛바랜 국화의 살아남과 가슴속 방망이질은 묘하게 절묘한 역동성으로 가슴을 달군다.

"참, 그것도 해야 할 일이라서 그런가……"

순간 천장의 국화가 여자의 벌어진 목구멍쯤으로 보인다. 물론 목젖도 보이고 아래위로 적나라하게 드러난 여자의 치아도 보인다.

"왜, 이래요?……"

"이유는 당신이 말을 많이 한다는 거야."

"뭐라고요?……"

"할 수 없어. 오래전부터 계획한 거라 인제는 어쩔 수 없어."

"……"

꿈속 여자가 발끈하며 대들었다. 하지만 여자를 간단히 제압한 그는 여자에게 자신이 왜 입을 찢어야 하는지를, 여자가 왜 입이 찢어져야 하는지를 단언적으로 설명했다. 여자는 더는 이유를 묻지 않고 망연해 했다. 그것이 끝이다. 좀 더 이유를 여자가 물어온다면, 그리 괜찮은, 적어도 누구나 공감할 수 있는 이야기를 할 수 없을 것 같았는데 다행히 감자 팔러 온 아저씨가 곤란한 상황을 일단락해 주었다.

언제 잠이 든 것인지는 모르나 이미 시간이 많은 흘렀다는 것을 깨닫기는 그리 어려운 일이 아니다. 어둑한 방 안의 밝기는 그것을 방증해 준다.

여자의 목구멍 속이 침침한 어둠 속에서 희미하다. 손을 뻗어 불을 켠다. 신기하다. 이른 시간에도 불이 들어오다니…… 불이 켜지자 여자의 목구멍은 사라지고 경직된 국화가 무료하게 거기에 나붙어 있다.

경직된 국화를 얼마 동안 또 객쩍게 좇아갔을까, 국화 속에서 언뜻 여자 하나가 나타난다. 단박에 알 수 있다. 그 여자다. 그런데 그 여자는 아내다.

"아…… 누구라고, 당신이군."

"당신은 이 국화마냥 여전히 무료하게 살고 있군요."

"국화?…… 그렇다 해도 당신처럼 정신없이 살진 않아."

"언제나 똑같은 대답. 당신은 그게 문제예요. 알아요?……."

"그만, 입 닥쳐."

"오, 그건 달라졌어요……."

"난 당신을 죽이기로 했어, 입을 찢기로 했다고."

"…… 입을 찢는다고 당신 삶의 그 무료함과 무능력함이 바뀔 수 있다고 생각하지 마요."

"상관없어, 나는 당신 때문에 피해를 보았다고!…… 그걸 뒤늦게 깨달았거든…… 아니, 말은 안 했지만, 오래전부터 그렇게 생각했었거든…… 그래서 이제 미루지 않고 결행하려고 하거든. 알아?…… 당신의 그 잘난 주둥아리를 발기발기 찢고 말 거야!"

"그렇게 해요. 당신 소원이라면……."

"그 입은 끝까지 나불대는군."

"하하하."

"……."

허기에 자연스레 눈이 떠진다. 아직 침대 위 그대로다. 잠깐 자는 동안에도 불은 꺼지지 않고 자신을 밝힌 것 같다. 섬뜩한 순간이다. 어둠에 익숙한 그는 자신이 자는 동안 불이 자신 몸 위에서 뭔가 섬뜩한 일을 저지른 것은 아닌지 황망하다.

그는 빛의 저의를 털어내듯 손을 뻗어 머리맡에 있는 스위치를 황급히 누른다. 불이 순식간에 꺼진다. 평온함이 찾아든다. 마치 기다리고 기다렸다는 듯이 일제히 '와' 하고 밀려든다. 일촉즉발 위기 순간에 우군이 나타나 도움을 주듯…… 그렇게…… 빛의 저의가 물러가고 일상이 어둠 속에서 밝음으로 펼쳐진다. 자리에서 일어난다. 요동치는 뱃속을 뭔가로 달래긴 달래야 했다. 주방으로 가면서도 거실 불을 켜지 않는다. 좋았다. 일제히 달려든 우군들의 축제 분위기가 채 가시기 전이라 불을 켤 수 없다.

주방 입구에서 한참 서 있다. 그리고 그는 자신의 뺨을 후려갈긴다. 얼얼하다. 수년이 지났지만, 주방 앞에만 서면 언제나 아내가 생각나기 때문이다.

주방 불을 켠다. 바퀴벌레들이 느닷없는 불빛에 혼비백산하는 모습에 묘한 쾌감을 느낀다. 텅 빈 냉장고라는 사실을 알지만, 무의식적으로 냉장고 문을 연다. 사실 주방으로 들어오면 언제나 제일 먼저 하는 행동이 냉장고 문을 여는 일이라 오늘도 별 의미 없이 연 거다. 환한 냉장고 안. 어벙한 물병 하나에, 깡말라 버린 김치통 하나. 의자에 풀썩 앉는다. 그리고 싱크대 위 양은 냄비를 물끄러미 쳐다본다. 라면이 생각난다. 물을 올려야 하는데, 당장 힘이 없다. 한동안 그렇게 앉았다.

말은 많았지만 요리할 때만 그러겠지, 주방만 나서면 그러지 않겠지…… 물론 그랬다. 결혼하기 전 집에 드나들 때 그랬다. 물론 주방에서 조잘대던 만큼은 아니지만, 말이 줄었기에 그는 자기 판단이 맞는다며 자족했다. 그리고 당시 그녀의 조잘거림은 결혼하는 데 그렇게 문젯거리가 되지 않았다. 하지만 그건 그의 결정적인 실수였음을 곧 깨달았다. 물론 이미 때는 돌이킬 수 없는 상황이 된 뒤였다.

연봉이 오르면, 신앙생활을 하면, 아이를 낳으면…… 그녀의 조잘거림은 아이가 태어나고 걸음마 할 때까지 요지부동이었다. 그녀는 아마 말을 하기 위해 태어난 여자였다.

세상에 아내와 같은 여자가 없을 거로 생각했었다. 아니, 그래야만 했다. 그러나 아내와 같은 여자가 또 있었다. 아니, 세상 곳곳에 있을 거였다. 그것을 오늘 깨달았다. 그런데 두 번 다시 만나고 싶지 않은 아내와 같은 여자를 만났는데 묘한 흥분이 가슴 가득 들어찬 이유는 다름 아닌, 여자의 입, 아내의 입을 찢는 일 때문이다. 어쩌면 세상 곳곳에 찢어야 할 입이 많이 있을 거라는 생각에 전신으로 힘이 '쑥' 하고 들어오는 것을 느끼며 지금껏 바라보고 있던 싱크대 양은 냄비를 행해 걸어간다.

아, 입을 찢어야 할 여자 하나가 더 있다. 다름 아닌, 중년의 혼자 사는 주인집 여자다. 처음 집을 계약할 당시는 그러지 않았는데 각종 세금이 밀리기 시작하면서 여자는 본색을 드러냈다. 그를 내보내기 위해 갖은 이유를 들어대며 집을 비워 줄 것을 종용했다. 최근까지 그랬다. 한데 들리는 말로 시댁 어른이 중풍인지 뭔지 하는 병으로 쓰러진 탓에 타지방으로 당분간 갔다는 말이 있었던 후 며칠 그러지 않았다. 모르긴 해도 여자는 돈에 밝았다. 아니, 돈을 밝혔다. 사실 오랜 세월 남편도 없이 살아온 여자가 웬 시댁 어른을, 그것도 중풍으로 쓰러진 사람을 병간호하러 집을 내팽개치고 갔겠는가!…… 아마도 시댁 어른이 가진 게 분명 있을 거였다. 아무튼, 그녀의 시댁 어른이 오래오래 일어나지 말고 있었으면 하는 바람이다. 물론 언젠가는 나타나 또 나가라고 종용할 것이지만, 그땐 입을 꼭 찢을 것이지만.

'덜컹' 하며 아래층 주인집 문 여는 소리가 난다. 여자가 돌아온 것이지 싶다. 다시금 안달복달할 시간이 된 거다. 그는 서둘러 집을 나선다. 나서며 시간을 타진한다. 생식 홍보 여자와 혹 같은 버스를 타지 않을까, 하는 생각에서다. 어제와 같은 시간대여서 자연스레 그랬다. 모르긴 해도 엇비슷한 시간대가 맞았다. 그는 걸었다. 반대 방향으로 걸으려다가 같은 방향으로 걷는다. 적어도 세 정류장은 걸어서 가려 작정했다. 물론 그 여자와 같은 버스를 타는 것이 별스런 일은 아니다. 하지만 적어도 가해자와 피해자가 함께 출근하는 모습이 그리 달갑지 않아서다. 혹, 그럴 리는 없지만, 심경의 변화 같은 것이 일어나 망설이게 된다면 안 되기 때문이기도 했고, 다시금 속의 불을 달궈야 했다. 잘 계획된 일을 서툴게 해 망칠 수도 있기 때문이다. 이제는 킬러로 그리고 사냥감으로 거리감을 두고 긴장감을 조성하는 것이 지금 상황에 맞는 것 같아서다.

그녀의 입을 찢을 때는 그냥 전부터 아내를 보며 느꼈던 것처럼 손을 직접 입에다 넣어 힘껏 양옆으로 찢을 것이다. 그러기에 찢기 위해 가지고 온 연장은 어떤 것도 없다. 하지만 만일 사태 대비해 끈과 날카로운 칼 정도는 준비해야 함은 자명한 일. 물론 그것은 역 인근에 있는 마트에서 쉬이 살 수 있기 때문에 문제는 없다.

그러니까, 무려 6시간을 지키고 있었지만, 여자는 나타나지 않는다. 옥상과 4층을 오르내리며 어둑할 때까지 그녀를 기다렸지만, 여자는 나타나 주지 않는다. 결행은 다음 날로 미뤄야 했다. 등기 우편물이라는 말에 여자가 문을 열어 주면 달려들려고 했는데…… 여자의 집행은 하루쯤 유예된다. 그 또한 유예된 것에 긴장이 풀려 머릿속이 하얗게 되었다, 까맣게 되었다 하다 결국, 망연함에 머릿속이 몽롱하다.

건물을 막 빠져나올 때 모자를 눌러쓴 남자 하나가 어물쩍 건물 안으로 황급히 들어간다. 남자의 오른편 팔뚝쯤에 해운이라는 흰 글씨가 언뜻 보인다. 2층 직원이다. 하지만 2층 직원이라는 판단이 달갑지 않다. 뒷모습이 아는 사람을 닮았기 때문이다.

그는 역 인근에서 김밥으로 저녁을 해결한다. 해결하면서 7시 뉴스를 본다. 휴대 전화 가게를 턴 절도범들의 수법을 화면으로 보여 준다. 뉴스 전하는 기자의, 주도면밀한 그들의 범행 수법에 혀를 내두를 정도라고 칭찬 아닌 칭찬 같은 말로 그들을 추켜세우는 듯한 말에, 속이 눌눌하다.

김밥 2천 원을 계산하고 나오는 그는 절도범들이 자신을 따라 나오는 것 같아 자신도 모르게 고개를 돌려 가게 안 TV로 시선을 던진다. 하지만 TV엔 이미 다른 뉴스가 전해지고 있었고 절도범들은 벌써 자신을 따라 나온 뒤다. 따라 나온 그들은 그에게 무차별적으로 질문을 아니, 질타한다. 얼마나 준비하고 덤비느냐?……

그랬다. 오래전부터 철저히 준비했다는 계획에는 정작 실행에 옮기는 매뉴얼이 없다. 그 계획엔 단지 의욕만이, 억울함만이 가득했을 뿐 구체적인 실행 방법은 아예 없다.

다 된 계획에 느닷없이 두 개의 주의 사항을 포함한 것이나 오늘같이 집행 날짜가 뒤로 미뤄지는 일에 관한 대비가 전혀 없었다는 것은 아직 준비가 덜 된 것을 방증했다.

"준비가 뭐 필요하지? 단박에 찢어 버리면 그뿐 아닌가!……"

남이 그에게 말하듯 아니, 술이 건하게 된 누군가가 지나가다 혼잣말로 밑도 끝도 없는 객쩍은 소리를 질러대는 그런 말 그 이하도 그 이상도 아닌 허망한 말이 튀어나온다.

밤새 쫓고 쫓기는 달음질로 초주검이 된 몸은 감자 아저씨의 확성기 소리에 간신히 정신을 차린다. 수많은 사건이 턱밑까지 따라왔는데 그 문턱을 넘지 못하고 간당거린다. 하지만 그 간당거림의 실체가 뭔지 어떤 내용인지는 도무지 생각나지 않는다. 주방으로 가 냉장고 문을 열고 생수병을 꺼낸다. 어제저녁에 사서 넣어 둔 탓에 찬 기운이 손을 타고 팔을 타고 뒷목 어느 지점께서 다시 전신으로 퍼져 나간다.

냉장고 문을 연 채 생수병을 입에 물고 목을 뒤로 젖힌다. 목을 타고 쉴 새 없이 흘러드는 찬물은 순간 속을 얼얼하게 할 뿐 오히려 갈증을 더 부채질해댄다. 한 병을 거의 다 마신 그는 통을 들고 열려 있는 휑한 냉장고 안을 물끄러미 바라다본다. 그리고 돌아선다. '툭'하는 소리와 함께 등께로 '훅'하는 찬 기운이 달라붙는 것을 느낀다.

"사지 멀쩡한 인간이 백주에 해야 할 일이라는 게……."

방으로 들어온 그는 벽을 올려다본다. 그저껜가 20분이 늦었던 벽시계가 10시 20분을 가리키고 있다. 평소보다 조금 늦은 시간이다. 한데 평소 같으면 상관없던 일이 오늘은 그렇지 않았다. 시간을 확인하는 순간 단박에 긴장감이 밀려든다. 마치 기다렸다는 듯이…… 가슴이 분분했고 머리와 뒷머리쯤에도 당장 없던 열이 난다.

외투를 입기 전 안주머니에 들어 있는 끈과 칼을 싼 두툼한 뭉치를 확인한다. 확인하는 순간 희끄무레했던 의식이 싹 가시는 것을 그는 느낀다.

"오늘이 최후의 결전의 날…… 깨끗하게 빚을 갚는 날이지."

그는 집을 나와 현장에 도착할 때까지 줄곧 자신은 피해자라는 생각과 인제는 그 피해의 보상을 받아야 하는 채권자라는 사실을 주문 외듯 하며 머리에 각인한다. 멀리 건물이 보인다. 왠지 건물이 어제와 달리 멀리 보인다. 아니 낯설다고 해야 하나……

건물 주변으로 사람들이 많다. 며칠 동안 느꼈던 상황과는 판이하다. 다시금 자괴감이 든다. 철저한 준비…… 이러한 돌발 변수를 또 놓쳤다는 황망함이 스스로 욕을 하게 한다.

건물 입구를 막아 놓은 '수사 중'이라는 펜스가 뜨악이 눈에 들어온다. 가슴에서 '쿵'하는 소리가 분명 들렸다. 건물을 올려다보며 지나가는 발걸음이 천근만근이다. 경찰 하나가 서성이며 가까이 오는 사람을 돌려세운다. 적어도 1층 사무실엔 사람이 있을 것인데 그것조차 허용하지 않는지 아니면 애초 이 건물엔 4층만 사람이 있었던 것인지 도무지 알 수 없다.

길을 돌아 광장을 지난다. 지하도로 내려와 상가로 황급히 몸을 숨긴다. 그리고 휴게 공간에서 자판기 커피를 뽑아들고 간이 의자에 앉는다. 비로소 그는 자신이 이곳이 어딘지 가늠할 수 있다. 그리고 건물에서, 여자가 근무하는 건물에서 사람이 죽었다는 사실을 깨달을 수 있다. 아니, 그게 아니다. 사람이 죽었는지 빈 건물에 불이라도 난 건지 그래서 통제를 하고 있는지 몰랐다. 입속에 남아 있던 욕이 스멀스멀 기어 나온다.

"웬 호들갑이지……."

하지만 그것을 확인하기 위해서 쉬이 다시 갈 수는 없다. 그러나 어떤 식으로든 확인은 해야 했다. 일찍 집으로 돌아온다. 그리고 TV를 켠다. 뉴스 채널을 찾아 연신 돌리고 돌린다. 사실 눈앞엔 채널이 돌아가지만, 머릿속은 현장에 가서 돌고 돈다.

꼬박 밤을 새우다시피 했지만, 역 인근에서의 사건은 보도되지 않는다. 오래전 컴퓨터와 휴대 전화기를 멀리한 탓에 실시간으로 올라오는 사건과 사고를 접할 수 없다. 순간 세상은 매우 급하게 돌아가는데 자신만은 제자리걸음으로 뒤처진 채 그렇게 버림받은 자로 여겨져 뜨악하다.

그는 다시 옷을 입는다. 그리고 집을 나선다. 누가 죽었는지, 그녀가 죽었는지, 아니면 건물에 미세한 방화 사건이 발생해 그런지 알아봐야 할 것 같아서다. 그는 현장을 향하는 차 안에서 머릿속이 횅해 휘청한다. 휘청하다 옆 사람에 부딪혔는지 옆 사람이 슬며 고개를 돌려 자신을 쳐다보는 것을 그는 느낀다. 하지만 내색하지 않고 도망간 졸음을 다시 좇아가기라도 하듯 얼른 눈을 감는다.

감은 눈 속으로 어제는 너무 성급했다는 생각과 다시 현장으로 가는 대책 없는 자신의 미련한 모습이 환하게 파고든다. 물론 그 사건과 자신은 아무 관련이 없다. 하지만 범행 장소에 갔던 일과 실제 입을 찢기 위해 건물을 오르락내리락하며 현장을 지켰던 일은 이번 사건과 묘하게 연관되어 가는 듯했다. 그런 나머지 여하튼 사건의 전말은 어쨌든 알아야 했다. 그래야 자유로울 것 같기 때문이다. 여자와 전혀 무관한 사건이었으면 하는 기대는 무엇을 뜻하는지 모르겠으나 그랬으면 한다. 한 가지 자명한 것은 여하튼 꼬인 상황이 정리되고 처음부터 다시 자신을 중심으로 일이 전개되었으면 한다.

멀리 건물이 보인다. 일단은 인근에 있는 편의점에 들른다. 그리고 넌지시 직원에게 묻는다. 아르바이트하는 사람이라 자신은 모른단다. 아르바이트랑 그게 무슨 상관인지 모를 일이라 생각한다. 나오는데 담배를 사서 막 나간 남자가 담배를 피우고 있다가 직원에게 묻는 말을 들었는지 처음 보는 사람인데도 편의점 직원 대신 나름은 상세히 알려 준다. 아니길 또 어쩌면 그러길 바란 사건이 발생한 것을 남자를 통해 알게 된다.

4층 여자가 죽었다. 옥상에서 발가벗겨진 채 죽었다고 한다. 부검해 봐야 알겠지만, 성폭행 후 살해한 것으로, 당장은 그렇게 결론이 났다고 한다. 사건 발생 이틀 후 TV에도 보도된다. 물론 그의 방에도 그 소식이 오롯이 전해진다. 전해지는 소식은 갈수록 자신을 옥죄어 온다. 그녀와 전혀 상관없는 그였지만 시간이 흐르면서 그녀와 연관돼 갔다. 인근 CCTV에 사건 전후 건물을 드나들던 사람들의 인상착의가 TV로 공개된 거다. 물론 먼 거리라 희미해서 화면에 보이는 사람들이 아니, 이제는 용의자들의 모습이 불분명하지만 섬뜩하다. 그는 그 불분명한 용의자 안에 자신이 있다는 것을 알아본다.

사실 희미하다고는 하나 인근에 있는 CCTV를 다 뒤져 희미하게 보이는 자들을 계속 추적하고 좁혀 간다면 화면 속 용의자들을 확인하는 일은 시간문제라는 것을 그는 안다.

그는 프로가 아니었다. 다만, 의욕만 앞세운 초보였을 뿐이다. 하다못해 모자라도 하나 뒤집어썼더라도…… 모자 하나 뒤집어쓸 여유나 잠깐이라도 집중할 수 없을 만큼 그렇게 그녀를 아니, 아내를 향한 적대감이 절절했던 건가?……

　당장 건물 인근에 있는 역 근처 노숙인을 대상으로 수사를 진행할 것이다. 그것은 자명하다. '툭' 하면 그랬으니까. 실제로 노숙인 중에 잡혀들어간 사람이 있긴 하다. 그래서 당연히 노숙인을 대상으로 삼지는 않겠지만, 일차적으로 만만한 대상이 노숙인이기 때문에 어쩔 수 없는 일이다.

　내 자리는 며칠 비어 있다. 물론 누군가 와서 자리를 차지했겠지만, 수사관이 와서 묻는다면 후임자는 그렇게 말할 것이다. 전임자가 며칠 보이지 않았다고, 아니면 자리가 비어 있길래 앉았다고 말이다.

　노숙인은 잠정 범죄인으로 분류한 탓인지 그랬으면 그랬냐고 끝나지 않고 물어물어 찾아 발겨 드러내기까지 수사관들은 집요하다. 물론 실적 때문이기도 하지만 혹, 장기 미제 사건이라는 시각이 고개를 들 때면, 시간을 버는 완충 지역으로 이용하기 때문이기도 하다. 여하튼 수상쩍은 사람은 결국 추적을 당하고 만다.

　그는 온종일 불이 꺼진 방 안에서 생각의 생각을 이어가다 끊고 또 이어가다 하며 하루를 보낸다. 의심을 피하려고 자리로 나갈 수도 없다. 그렇다고 범인도 아닌 자가 계속 피해 다닐 수도 없는 노릇이기도 하다. 머리가 터질 듯한 순간에 무연히 스쳐 가는 영상은 암흑 속에서 발견한 아니, 암흑 속으로 찾아든 한 줄기 서광이다.

　모자를 깊이 눌러 쓴 자가 범인이다. 그자다. 그자가 여자를 죽인 거다. 그는 확신에 어쩔 줄을 몰라 한다. 하지만 그 감격, 그 서광은 잠시 잠깐 비추다 곧 시들해 버린다. 마치 한낮 뜨거운 태양 아래서 기진해 '쿡' 하고 고개 쑥인 한 송이 꽃과 같은 비릿함이다.

"그 사실을 어떻게 알려 씨발!…… 그리고 굳이 그럴 필요가 있나?……."

입에서 욕이 터져 나오자 지금껏 TV로 보도했던 내용이 새삼 정리되어 머릿속에서 하나의 긴 끈처럼 연결된다.

남자의 팔뚝쯤에 있었던 글은 해운이 아니라 '해은'이다. 왜냐하면, 여자가 근무했던 그러니까, 4층의 생식 사무실이 '해은생식'이기 때문이다. 거기다 4층을 제외한 모든 사무실은 이미 몇 주 전부터 텅 빈 사무실로 확인되었기 때문에 굳이 노숙자가 드나들었다면 몰라도 그렇지 않다면 모자를 눌러 쓴 그자가 범인이 자명하다. 또 하나 첨가하자면 어디서 본 듯한 친구처럼 낯익은 등과 걸음걸이는 그가 아는 친구가 아니라 맨 처음 여자와 함께 있었던, 차 안에 함께 있다가 먼저 내린 남자다. 뒷모습이 그랬고 걸음걸이가 그랬다.

그 남자는 자신을 대신해 그녀의 입을 찢은 것이다. 물론 입이 찢어져 죽었다는 말을 어디에도 없다. 하지만 그 여자는 분명 입이 찢어져 죽었을 것이다. 그 남자는 다름 아닌 자신이었기 때문이다. 그때 그 여자 옆에 앉은 남자는 분명 아내의 입을 찢기로 한 자신이었다. 어쩌면 누명을 쓸 일이긴 해도 당장은 남자가 고맙다는 생각이 인제서 든다. 아내의 입을 찢어 주어서 고맙다. 하지만 노숙의 대가는 엉뚱하게 치러야 할 판이다. 혹여, 노숙 생활에 언뜻 서광이라도 들이치기를 은연중 기대했다면 너무 큰 죄악이었나……

아래층 주인의 움직임이 수상쩍다. 숙원이었던 입을 찢었다는 이유만으로 내일부터 선 광장에도, 이곳 방 안에도 머물 수 없게 되었다.

3. 견인된 자

남겨 둔 자리 저곳은 뭘 의미하는 걸까? 3분지 1의 넓이. 간신히 올라 눕는다. 무연히 밀고 드는 새벽녘의 미명은 벌써 방 안을 묵직이 눌러 깨운다. 하지만 얼음과 물이 공존하는 응고점처럼 잠과 또렷한 의식이 공존하는 공간에서 나는 어제와 같이 오늘도 헐떡인다. 갈수록 몸은 천근만근, 의식은 또렷하다.

매일 반복되는 일상이지만, 언제나 낯설고 비루하다. 3분지 2를 차지하고 돌아누운 아내의 등이 그렇고, 아내의 규칙적인 숨소리가 그렇고, 남겨 둔 3분지 1의 좁은 공간의 의미가 그렇고, 밀려든 날 선 새벽 미명이 그렇고, 천장의 빈센트 반 고흐의 해바라기 벽지가 그렇고, 벽에 걸린 액자 속 이중섭의 아이들 고추 그림이 그렇다.

하지만 마냥 싫지만은 않다. 그 이유는 똑 부러지지 않지만, 아마도 오래전부터 일상이 돼 버린 탓이리라. 그러나 백번 양보해 꼭 싫은 게 있다면 남겨진 3분지 1의 좁은 공간의 의뭉한 의미이리라. 자는 사람 깨우지 말고 그냥 거실에서 자라는 말인지, 아니면 가정에서 당신의 존재감이 이만큼이라는 것을 새벽마다 상기시키는 뜻인지 도무지 모를 일이다.

2년 전부터 이런 생각을 했나?…… 여하튼 그 의미를 쉬이 확인할 수 없다. 아니, 어쩌면 확인하고 싶은 마음을 애써 밀쳐 버렸는지도 모를 일이다. 혹여, 혼자 한 생각이 맞을 게 두려웠던 탓인가?

사실 이 비루한 생각을 2년 내내 계속할 수밖에 없었던 것은 2년 동안 아내를 한 번도 품지 못했고, 아내 또한 잠결에 실수로라도 내게 손 한번 뻗지 않았기 때문이다. 물론 나 또한 아내의 그런 행동에 황망히 동의했지만.

"무슨 일 하는지 누가 물으면 그냥 조그마한 사업 한다고만 해요."

언젠가 식탁 머리에서 내게 무연히 건넸던 아내의 말을 곱씹으면 얼른 답을 찾을 것도 같은데…… 정말이지 나는 지금 뭔가가 두려운 것이 자명하다. 그런 탓에 이것도 저것도 아닌 간당간당한 위험 구역에서 그냥 있는 게 당장은 더 나을 것 같은 비루함을 묵인하고 있는지도. 사실 요즘 그 진위에 관한 의뭉함 때문에 혼절이라도 할 것 같다. 때론 영영 깨어나고 싶지 않은 것은 그것을 방증한다. 시간만 비루하게 흐른다.

언제나 혼곤한 의식 속에서 아내는 움직인다. 아내의 움직임에 따라 아내에게서 향수 냄새가 난다. 나는 아내의 체취와도 같은 그 냄새에 몽정한다. 시원히 뿜었으면 하는 욕정의 갈망은 변질한 형태로 몇 개월 전부터 있기 시작했다. 상대는 분명 아내였는데 결국엔 그날 기억에 있는 고객의 의뭉스러운 얼굴로 귀착되고 만다. 그러나 죄책감은 어디에도 없다. 당연한 결과라고 작위 했다기보다 마땅히 그럴 수밖에 없다는 당위성의 힘이 더 크기 때문이다.

이 시간만 되면 그 소리에 깨고 만다. 어디서 하는 공사인지 몇 개월째 돌을 깨는 기중기의 둔탁한 소리는 변함없이 오늘도 알람으로 귓속을 아슴아슴 파고든다. 그런데 공사는 어디서 하는지 도무지 모를 일이다. 신기하다. 몇 번이고 확인하려 했지만, 번번이 실패로 끝났다. 몽정의 허망함 때문에 생긴 부작용일까?

나른한 방 안의 공기, 아내가 있다가 사라진 흔적은 어디에도 없다. 자로 잰 듯한 화장대 위의 물건들. 명령만 내리면 금방이라도 총을 들고 일어날 것 같은 화장품 병정들은 아내가 나간 후 그렇게 나를 지키고 명령을 기다렸다. 오늘따라 더 낯선 3분지 2가 꽤 넓어 보인다. 의식적으로 나는 낯선 공간으로 들어가 본다. 넘지 말아야 할 선을 넘은 탓인지 가슴 한쪽이 쿵쾅댄다. 범행의 장소에는 3분지 1과는 다른 안락함과 여유 그리고 주도적인 갑의 위치와 당당한 느낌이 서렸다. 3분지 1에 없는 만족함이 거기에 있었다.

식탁 한쪽에 아내가 올려놓은 쪽지는 오늘 내가 우선으로 해야 할 일을 규정해 놓고 있다. 거기다 '마지막 회 차 은행 가서 확인하고 처리해요.'라는 메모는 아내가 우위에 있는 듯한 뉘앙스보다 지금껏 아무것도 한 것 없는 자괴감을 일깨운다. 망연할 뿐이다. 정말이지 아파트 대출금을 다 갚는 마지막까지 한 것 없는 나로선 그럴 수밖에 없다. 새 아파트 살 때부터 시작한 사업은 불황의 불황으로 자본금까지 다 날렸고 급기야 빈털터리가 되고 말았다. 중국 제품과 차별화를 위해 무리하게 일을 벌인 말로는 참으로 처참했다. 결국, 단가의 경쟁력을 극복하지 못하고 20년을 해 온 액자 도매업은 그렇게 무너져 버렸다. 가정에 경제적인 도움은커녕 적잖은 아픔과 어려움을 겪게 했다.

"더는 안 되니 쉬운 일부터 찾아봐요."

약사인 아내는 당시 관대해 보였지만, 굳이 말한다면 2년 동안 잠자리에서 내게 채찍을 들었다. 그렇지 않고서야 어찌 2년 동안이나 같은 침대 위에서 손 하나 건드릴 수 없게 했단 말인가?……

식탁 위 한쪽에 놓인 수저통엔 스테인리스 수저와 젓가락이 하늘을 찌르듯 견고하게 버티고 섰다. 싱크대와 주방 집기 그리고 냉장고와 잇닿은 식탁은 방금 공장에서 막 생산해 배달된 듯한 정갈함과 반듯함으로 아직 맑지 못한 머릿속에 갇혀 있는 나를 나른하게 내리누른다. 오늘따라 숨이 턱 하고 멎는다.

자리에서 벌떡 일어나 냉장고 문을 열었다. 그래야만 숨길을 열고 살 것 같았다. 아마도 찬물이나 마실 것을 찾았으리라. 아이가 먹고 남긴 햄 구이가 기름을 뒤집어쓰고 번들거리며 말라 갔다. 단박에 눈에 들어온 것은 맥주 캔이다. 캔 두 개가 나란히 놓여 있다. 혼자선 절대 마시지 않는 술을 인제 마시는 모양인가? 그렇다고 내가 마실 거로 생각하고 사 두진 않았을 테고.

반쯤 마시다 거실로 나와 좀처럼 켜지 않는 TV를 켜고 소파에 앉아 다시 마셨다. TV도 인제 아내의 소유물이 되어 있었다. 성격 탓인지 수많은 채널이 있지만, 종편과 지상파 채널만 자동으로 저장해 둔 탓에 이리저리 돌려도 몇 개의 채널 안에서만 돌고 돈다.

간밤 고객들의 푸념과 그들의 정치적 성향에 따라 쏟아낸 이야기 탓에 웬만한 뉴스는 훤히 뚫고 있는 터라 뒤늦은 아침에 와서 눈을 부라리고 뭔가 새로운 이슈를 전하는 듯한 아나운서의 진지한 말은 진부할 뿐이다. 자고 일어나 새날을 맞아도 여전히 새로운 것이 없는 변함없는 일상에 뉴스마저도 정형화되어 나른함을 더한다.

사실 중년의 삶을 사는 내게 모든 게 낯설지 않아 좋긴 하지만, 그래도 삶에 조금은 자극이 될 만한 일이라도 있었으면 하는 바람은 잠자리에서 외면된 후부터 서서히 그러니까, 2년 전부터 갖게 된 것일 게다.

아! 생각이 TV 안으로 빨려 들어간 것인가?…… 바람은 느닷없이 자막으로 치환되어 화면 하단에 우로부터 좌로 흘렀다. 그리 달갑지 않은 자막은 일상의 나른함을 송두리째 뒤흔들어 놓고 돌연 사라진다.

2년 전 형의 사망 원인이 된 '집이 있어도 가난한 사람'이라는 하우스 푸어의 내용이다. '하우스푸어의 비극, 3대가 뿔뿔이 흩어져……'라는 자막이 좌측 구석으로 사라짐과 동시에 아나운서의 입에서 다시 그 말이 튀어나왔다.

대출해서 비싼 아파트로 이사해 3대가 함께 살다가 대출금을 갚지 못해 뿔뿔이 흩어져 할머니와 손자가 어느 공중 화장실에서 살고 또 할아버지와 손녀가 주검으로 발견되어 아들 내외는 이 사건의 유력한 용의자로 지목되었다는 이야기였다.

"너도 어려운 거 안다. 이번만 좀 부탁하자."

"없어. 내 사정 형이 더 잘 알면서 왜 그래."

"제수씨한테 좀 부탁하면 안 될까……?"

"형! 되는 소릴 해. 집사람 눈치 보고 사는 거 알잖아?"

그리고 다음 날인가, 형은 돌아올 수 없는 길을 가 버리고 말았다. 사인은 실족사라고 했지만 나는 안다. 형이 16층에서 일부러 뛰어내린 것을. 하지만 그 후로도 죄책감은 없었다. 사실이 그랬고, 한 치의 과장도 포장도 없었던 내 말은 형의 주검 앞에 내심 당당하게 어깨를 펼 수 있게 했다. 나중에 형의 채무 관계가 확인되면서 실족사보다 자살 쪽으로 무게가 실리자 가족 안에서 적잖은 진통이 있었지만, 그때도 나는 당당했다.

"아주버님은 하우스푸어 지원 대책도 있는데 뭐가 그리 급하셔서……엄마도 없는 아이를 어쩌라고."

그때 아내의 말은 나름 나의 당위성에 강력한 힘이 되어 주었고, 반대로 형의 주검은 아주 경솔하고 대책 없는 일로 치부되고 말았다. 물론 한가지, 아이 그러니까, 조카는 어쩌느냐는 말은 좀 신경에 거슬렸지만.

그런데 그때 당당했고, 지금까지 아니, TV를 켜 하우스푸어의 3대의 비극에 관한 보도를 접하기 전까진 견고했던 당위성의 실체가 느닷없이 드러나는 느낌에 나는 무연했던 일상의 일대 격변을 예감했다. 나는 그 격변 속에 쉬이 감당할 수 없는 무게가 들어 있음을 깨달았다. 그것은 아내가 남긴 쪽지와 묘하게 연결되었다. 마지막 납부금이니 은행에 가서 잘 처리하라는 내용이 그것이다.

그땐 내 코가 석 자라 몰랐던 형의 형편…… 아스라이 잊혀 갔던 형의 삶의 무게가 오늘 마지막 상환금으로 내 집이 되는 상황에 와서 한꺼번에 내 위로 와락 쏟아졌다.

TV를 얼른 껐다. 그리고 앞에 놓인 캔을 입으로 가져가 단번에 털어 넣었다. 싸한 느낌이 목구멍을 타고 어디까지 끝없이 흘러내려 가는 것 같았다. 그 느낌은 소파에서 일어나는 순간 쓰디쓴 신물로 바뀌어 역하게 올라왔다. 얼른 주방으로 달려들어 개수대에 머리를 처박았다. 위액의 산과 알코올 그리고 간밤에 먹었던 국수가 차례대로 올라왔다. 역한 냄새가 개수대에서 올라오는지 아니면 뒤엉킨 위 속의 내용물에서 나는 것인지 순간 궁금했다.

수돗물을 틀었다. '꽉'하는 소리와 함께 물이 개수대로 한꺼번에 쏟아져 나왔다. 평소 수돗물 소리가 이렇게 컸나? 수도꼭지에 입을 가져다 댔다. 쏟아져 나오는 물이 쉴 새 없이 입으로 들어왔다. 비릿한 소독 냄새가 입안 가득 들어찼다. 마냥 싫지만은 않았다. 형의 생각으로 순식간에 벌어진 일은 개수대에 흥건한 내용물이 역한 냄새를 뒤로한 채 하수구 구멍으로 흘러들어 가면서 일단락되었다. 순간 앰뷸런스 소리가 났다. 마치 개수대로 내용물이 빠져나가길 기다렸다는 듯이, 그것을 확인이라도 하겠다는 듯이……

주민증과 혹시 모를 인감도장도 함께 챙겨 집을 나섰다. 16층에서 좀처럼 엘리베이터가 내려오지 않고 서 있었다. 뭔가 옮기는 물건이 많은가 보았다.

"이사 가는 건가?…… 그럴 리 없는데……."

혼자 중얼거리며 한참을 서성거렸다. 순간 그저께 16층 남자와 마주친 일이 기억났다. 남자가 생각나자 이사 갈 가능성은 없어 보였다. 왜냐하면, 그렇게 친하진 않지만, 분리수거로 앞을 튼 뒤 이웃과 나눌 만한 이야기는 하고 지내는 사이여서 확신할 수 있었다. 물론 이사 가는 이야기가 이웃 간 나눌 수 없는 이야기라면 또 몰라도.

지루한 시간이 흐르고 12층에 엘리베이터가 섰다. 경비 아저씨? 가 아니고 경찰이다. 순간 소름이 쫙 끼쳤다. 느닷없는 엘리베이터 안의 경찰 출현은 천재지변에 버금가는 당황스러운 느낌이었다. 평소 경찰의 느낌하곤 생뚱맞아도 이럴 순 없었다. 굳어 있는 그 표정에선 결연함이 느껴졌다. 무슨 일이 일어난 거였다. 그것도 16층에서.

"혹, 16층에 무슨 일이라도?……."

이 물음은 2년 전 형이 사망하고 난 후 경찰이 내게 물은 말이었다. 그

이야기를 경찰에게 되묻고 있었다.

"아…… 예."

그것뿐이다. 잠시 뒤에 알게 된 일이지만, 경찰의 의도는 이것이었으리라. 인제 1층에 도착했으니 직접 확인하라고……

2라인 앞엔 벌써 앰뷸런스와 경찰차 그리고 다수 주민과 경비 여럿이 서성이고 진을 쳤다. 분주함과 삼엄함 그리고 낯선 침묵…… 그런 상황 속에서 나는 앰뷸런스에 구조대원이 뭔가를 막 싣고 있는 것을 보았다. 뭔가는 사람이었다. 허리께만 덮인 천 아래로 사람의 다리가 확연히 보였다.

은행 창구를 황망히 바라보는 내내 몸이 떨렸다. 물론 같은 아파트 그것도 같은 라인의 아는 사람이 떨어졌다는 이유도 있겠지만, 그보다 근원적인 뭔가가 있었다. 사실 나는 그 뭔가가 머릿속을 비집고 들어오려는 것을 아까부터 사력을 다해 막고 있었는데, 형은 끝내 동생의 기를 깡그리 밟고서 현현해 다시 앰뷸런스에 실려 가는 영상을 재생했다.

형을 생각했을 때, 그 순간 형에 대한 생각으로 역하게 올라오는 이물질을 토하러 개수대로 달려들었을 때, 급기야 수돗물을 틀기 위해 수도꼭지를 틀었을 그때였다. 순간 막혔다가 '콱'하고 터져 나오는 듯한 물소리는 다름 아닌 16층의 남자가 떨어지면서 적어도 한쪽 다리가 우리 베란다를 치는 소리였다.

위에서 올라온 역한 것을 하수구로 흘려보낸 것으로 형의 일이 수월하게 일단락된 것으로 알았지만, 그건 착각에 불과했다. 조금 전에 있었던 사건이 자꾸만 형과 결부되어 살아 펄떡였다.

"형이 어려운 갑다. 연락했다며? 할 수만 있으면 돕거라. 여자도 가고 없는 홀아비가 불쌍해 죽것다."

"그래서 누가 혼자 살래요?"

형의 부탁 때보다 어머니의 부탁 때 형에게 하지 못한 이야기까지 꺼내며 어머니를 무안하게 했던 일이 인제 와서 가슴 한쪽에 펼쳐졌다. 형이 그렇게 가고 태연했던 내게 언뜻 던져 왔던 어머니의 시선이 황망함의 중심에서 요동쳤다.

"뼈 빠지게 벌어 갚은 게 무슨 큰 죄라도 되나?……."

나도 모르게 혼자 중얼거렸던 모양이다. 앞에 앉은 여자가 슬몃 돌아본다. 여자의 눈빛은 무던했지만, 꼭 그때 엄마의 눈빛을 닮았다. 한쪽으로 마련된 대출 상담 창구에 흰머리를 한 나이 든 여자가 빨간색 의자에 달떠 앉아 앞에 앉은 창구 여직원과 뭔가 열심히 주고받는다. 아마도 흰머리 위로 걸린 현수막을 봐선 대출이나 보험 상담을 하고 있겠다, 싶었다.

창구 여직원이 브로슈어를 흔들며 끝없이 설명하는 이야기를 저 흰머리 여자는 과연 얼마나 이해할 수 있을까? 창구 여직원 또한 설명을 그렇게 한다고 나이 든 여자가 얼마나 알아들을 수 있는지 알고나 있는 것일까? 적어도 나는 그때 형을 도와주지 못하는 이유를 분명하게 설명했고, 또 나름은 형의 공감을 얻었었다. 물론 비극으로 끝은 났지만.

"딩동, 123번 손님!"

책방 골목 근처의 아담한 커피집을 들르는 건 출근 전 버릇이 되어 버렸다. 그다지 시간 보낼 곳도, 그렇다고 뾰족이 뭔가 할 일도 없어 자연스러운 일이 된 거다. 양쪽으로 길게 늘어선 책방 골목을 바라볼 수 있는 '나루' 카페는 책과 커피 그리고 음악이 있어 좋다. 사실 뭐, 특별한 것도 없는데 그냥 편하고 좋았다. 물론 주위에 몇 군데 있는 엇비슷한 카페 여기저기를 다녀보지 않아 모르지만 무심코 처음 와 본 그때 느낌에 지금까지 발목을 잡혔던 거다.

카페는 이야기하는 곳이지만 기억으론 이곳에서 한 번도 남의 이야기 때문에 거슬려 본 적이 없다. 그런데 오늘은 창가를 정면으로 앉아 밖을 내다보는 내 뒤로 앉은 중년 건너에 중년보다 적은 나이의 여자 둘이 주고받는 이야기가 내 의지와는 상관없이 귀에 속속 들어왔다. 순간 멋쩍기도 하고 당황스러웠다. 당장은 뭐 그렇게 특별한 이야기는 아닌데 그랬다.

앞에 놓인 커피잔 속의 김은 머리를 풀며 시나브로 사위었다. 평소와 달리 약간 쓴맛에 저만치 있는 각설탕을 당겨 하나를 풀어 넣는 그 순간 뒤에서 들려오는 이야기가 아까부터 내 의지와는 상관없이 왜 귀에 속속 들어왔는지, 그 이유를 알게 하는 핵심이 무겁게 내 뒤로 가라앉았다 튀어 올랐다 했다.

"그나저나 대출금 못 갚아 다음 달부터 나도 어디 나가 봐야겠다. 시발……."

많은 이야기 중에 유독 이 말이 바닥에서 툭 하고 튀어 올라 내 귀를 때렸다. 순간 내 귀는 그다음 말에 촉수를 세우며 침을 흘렸다.

"그러게. 조만간 나도 그럴 것 같다. 시발…… 대리운전도 못 할 것 같고…… 이참에 노래방 도우미나 해 봐?"

'시발'이라는 말을 받은 또 다른 여자는 그렇게 장단을 쳤다.

"야! 성자야, 도우미는 아무나 하는 줄 아나? 우리 얼굴 봐라. 가시나야. 하하하."

다시 말을 받은 여자의 어투는 이참에 긍정의 냄새를 확 풍기며 말을 쏟았다.

"야, 누가 얼굴만 보냐, 가시나야! 다 알면서…… 그리고 우리가 어땠어?"

이 대목에서 살짝 목소릴 낮췄지만, 당장에 노래방 도우미로 나설 기세는 오히려 결연했다.

"하기야, 사는 집에서 쫓겨나는 것보다야 백번은 낫지. 쪽팔리게…… 무슨 창피고 능력 없는 놈 만나서. 시발."

결국은 듣고 싶지 않았던, 어쩌면 어떤 결론을 내릴지 궁금해했던 내게, 그녀들은 비수를 가슴 깊이 찔렀다. 유리창에 만연의 미소를 머금은 아내의 얼굴이 순간 그려졌다. 그 모습은 낯설지도 익숙하지도 않은 사무적인 아주 사무적인 얼굴이었다. 식어 빠진 커피를 단번에 입에 털어넣었다. 단맛도 쓴맛도 그렇다고 커피 맛도 아닌 맹물에 몹쓸 이물질을 넣은 듯한 구정물이 목구멍으로 넘어가는 것 같아 꾸역했다. 아침에 역하게 올라왔던 것처럼 뭔가 올라온다면 그녀들을 향해 쏟아내고 싶었다.

"살다가 한 번쯤은 마주치기를 아직도 그곳에 살아~~"

벨 소리에 아담한 공간은 순간 경직된 듯 아무 소리 없이 조용했다. 카페에 들어오면서 언제나 진동 모드로 돌려놓는 일을 순간 잊었던 모양이다. 적어도 뒤에 앉은 여자 둘 중 하나는 나를 노려보았으리라. 그리고 미친놈이라 했으리라. 그래, 당연히 그랬으리라. 출근도 퇴근도 아닌 그렇다고 공휴일도 아닌 어정쩡한 시간에 양복을 입은 남자가 청승맞게 커피잔을 앞에 놓고 지나다니는 사람들을, 어떻게 보면 멍청하게 쳐다보고 있는 듯한 자를 정상으로 보지 않았을 터.

대학에 다니는 조카였다. 잠깐 기다리라는 말을 하고 카페를 나왔다. 뭔가 덤터기를 쓰고 나가는 것 같아 짜증이 났다.

"오래간만이네. 왜?"

"삼촌, 대리운전하고 싶어서요. 지금 하는 아르바이트는 시간도 그렇고 돈도 안 돼서."

"…… 안 돼."

평소 같았으면 적어도 먼저 대리운전의 어려움 정도는 이야기해 주었으리라. 한데 오늘은 그러지 못했다. 느닷없는 전화 때문에 짜증도 났지만, 그보다 녀석과 이야기하는 자체가 싫었다. 아빠를 잃고 엄마와 떨어져 사는 녀석에 대한 측은한 맘은 이미 2년 동안 무디어져 인제 일상이 되어 버렸는데, 왠지 오늘은 녀석의 아픔이 대번 꼭 나 때문인 것 같다는 자책에 그랬다. 알아서 하라는 삼촌의 말에 당혹했으리라. 하지만 내겐 최선이었다. 그래야만 했다. 오늘은 제대로 일할 수 있을지 황황할 뿐이다. 낮에 16층에서 뛰어내린 남자 때문에 뭔가에 쫓기고 있는 듯한 다급함과 불안함에 갈피를 잡지 못한 마음을 커피집에서 나름 정리하려 했던 일은 오히려 덤터기를 쓰고만 형국이었다.

그동안 아무렇지도 않았던 형의 죽음이 오늘 새롭게 재현돼, 영영 묻혀 버릴 줄로만 알았던, 그래서 영영 사라질 줄로만 알았던 아픔이 돌연 익숙한 죄책감으로 변해 여지없이 무겁고도 잔인하게, 거기다 시퍼렇게 날이 선 저주의 칼이 되어 날아와 가슴팍에 박혔다.

이 저주는 분명히 준비된 것이리라. 두 명의 여자와 한 남자 그리고 조카가 악귀에게 붙들린 준비된 제물들이었다. 평소에 들리지 않던 다른 사람의 목소리가 들렸고 그 순간 느닷없이 걸어온 조카의 삶의 비애 그리고 하필이면 오늘 뛰어내린 16층의 남자는 분명 이날을 위해 준비된 것이 자명했다.

아, 성수라도 있다면 저들을 당장 태워 죽이고 싶다. 흔적도 없이⋯⋯ 홀가분하게⋯⋯

'오늘 정리 잘했어요? 그리고 지금 일해요?'라고 아내가 문자를 보냈고, '할 거야 지금.'이라고 답했다. 책방 골목을 가로질렀다. 글방의 아저씨가 벌써 얼근한 얼굴로 아는 체했다. 책을 사러 이 집만 왔으니 자연스레 앞을 튼 관계라 그랬을 거다. 하지만 오늘은 다르다. 싫다. 사실 글방의 사장은 형을 꽤 닮았다. 그래서 그 집만 찾아들었던 것인데 오늘은 친근히 건네는 눈인사마저 부담스럽고 당황스럽다.

'원이 아빠, 냉장고의 맥주 손댔어요?' 문자가 또 왔다. 그랬다고 했다. 다시 답은 없다. 내가 손대면 안 되는 물건인가?⋯⋯ 하기야 어제도 그제도 없던 술이 오늘 아침에 있었으니⋯⋯ 누군가 오나?⋯⋯ 저녁에 누굴 초대한 건가?⋯⋯ 대리운전 나간 남편 대신 동료나 친구 약사들 불러 오늘에야 상황이 끝난 자축 파티라도 하는 건가?⋯⋯ 오늘 16층에서 떨어진 사건은 알고 있으려나?⋯⋯

서쪽에서 밀려든 어둠이 인제 가슴 속까지 밀려 들어와 거세게 눌렀다. 단말기면서 휴대 전화인 액정은 오후 6시 59분이다. 콜 프로그램을 실행시켰다. 정확히 7시가 되면서 출근 대기라는 흰 글자와 기타 정보들이 푸른 바탕에 검은 단추 위에 올라앉아 나를 올려다본다.

반경 100m 안에 기사 25명이라는 메시지가 초저녁 콜 받기가 수월찮음을 알려 주었다. 사실 초저녁 첫 콜이 들어올 수 있는 곳은 몇 군데로

국한되어 있어 어쩔 수 없는 상황이지만, 오늘은 참 힘겹다는 생각이 아까부터 계속 들었다. 일상적인 것이 이토록 일상적이지 않음에 망연할 뿐이다.

"혹시, 대리운전 필요하세요?"

족히 60대의 신사는 콜센터에 접수하지 않고 현장에서 기사인 나를 만나 집으로 향한다. 어디서 들은 이야기로 불안했는지 내심 의구심으로 뒤통수를 바라보다가 급기야 '사고 나면 괜찮소?' 한다. 목적지까지 계속 성가시게 할 것 같아 달리던 차를 한쪽으로 세우고 단말기로 직접 콜 접수해서 보여 줬다.

"기사 양반 오해는 마소."

오해? 무슨 오해를 말하는 건가? 무슨 말인지 언뜻 알 것 같다. 그런데 오해라는 말이 귀에 익다. 아! 아내가 자주 쓰는 말이었다. 그것도 2년 동안에 그랬던 것 같다. 내가 이러는 거 오해하지 마요, 그래도 오해 안 했으면 좋겠어요, 그것 때문에 오해했어요? 오해 안 했다면 다행이고요, 등등……

아! 그랬었다. 2년 동안 잠자리하지 않은 이유를 지나가듯 말했었다. 건성으로 흘려들어 그 말을 까마득히 잊고 있었다. '계속 피곤하고 몸도 안 좋아 그래요. 오해하지 마요.'라고 했었다. 그것도 모른 채 나는 최근 들어 3분지 1의 의미를 깨닫기 위해 그렇게 애를 태웠단 말인가?…… 하지만 내가 그 말을 잊고 당연히 고민할 수밖에 없었던 것은 피곤하다는 말로는, 그것도 당시엔 의뭉했던 말로는 설명이 안 됐던 탓이리라. 뒤에 앉은 노인의 스스럼없이 건넨 오해라는 말 한마디가 풀리지 않는 아내의 의뭉스러운 저의의 실마리를 잡게 했다.

인제는 뭔가 아쉬운 듯 무연히 앞만 쳐다보는 노신사의 얼굴이 룸미러로 확인된다. 모든 걸 잃어버린 사람, 포기한 사람, 어쩌면 가다가 다리 위에 잠시 세워 달라 하고서 천길 물길 속으로 떨어져 버릴 것 같은 망연한 사람. 가끔 아주 순간적으로 번뜩이는 눈빛의 살기가 슬핏 느껴지는 것은 나의 착각이길……

"고객님, 피곤하시면 좀 주무시죠. 도착하면 말씀드리겠습니다."

아는 아파트다. 그것도 제일 큰 평수라고 한다. 100평. 노인네 둘이 사는데 허망하단다. 노인 둘 남기고 일 따라 사람 따라 그렇게 자식들이 외국으로 표표히 다 떠났단다. 수억을 가지고 있으면 뭣하냐며 쏟아내는 노신사는 인제 눈을 감고 있다. 잘못 본 건가? 마주 오는 자동차 전조등에 언뜻 보기에 얄팍한 주름이 있는 볼을 타고 흘러내리는 것은 분명 눈물이었다.

"기사 양반 올해 몇이요?"

50이라는 말에 잠시 말을 잊는다. 그리고 방금 생각한 말을 하려는지 아니면 평소 그의 지론이며 소신을 말하려는 건지 목소리에 힘을 실었다.

"사람은 조금 갈증이 있어야 해요…… 목이 말라야 한다는 말이오."

그렇다면 이 노신사는 갈증도 모자람도 없다는 말인가, 그래서 힘들다는 말을 하는 것인가?

"저도 그렇게 생각합니다."

웃기다. 뭐가 그렇게 생각한다는 말인가? 노신사가 말하는 참뜻을 과연 알고 그렇게 답한 건가? 내가 뭘 안다고? 2년 동안 침대에서의 굶주림의 결과가 뭐였지?…… 너무 갈증이 난 나머지 어땠지?…… 몽정……

그런 유의 것이 아닌가? 그게 아니라면 혹여, 죽었다 깨어나도 모르는 그 무엇?……

오해하지 말라는 말을 앞세워 아무것도 하지 않고 마냥 손 놓고 있으면 폐인 된다는 아내의 매몰찬 말에 내몰려 밤거리를 헤매며 5만 원 남짓 버는 나로선 노신사의 깊은 속내의 뜨거움은 모르겠다. 불현듯 노신사가 부럽다는 생각이 든다. 당장은 눈물도 멋있어 보인다. 기름진 실팍한 주름도 당당해 보인다.

"얼맙니까? 만 원이면 되지요?"

콜센터에 접수한 콜이었다면 정상적인 요금인 1만 5천 원을 받았으리라. 지하 주차장까지 내려가 안전하게 주차하고 받은 대리운전비는 1만 원이다. 팁은 없다. 아니 정상적인 요금도 거부했다. 아마도 노신사는 선대로부터 받은 유산으로 줄곧 살아온 모양이다. 바닥의 인생을 살아보지 못한 사람이 틀림없을 것이다. 위에만 있다 보니 아래는 도무지 알 수 없는 삶을 살았나 보다. 수억을 가지고도 5천 원에 핏대 세우는 노신사의 모습에서, 멋있고 당당해 보였던 모습이 추락하는 허망함에서 나는 이해 못 할 야릇한 성취감을 느꼈다.

"저 사람은 아직 나락으로 떨어지지 않았어. 한 번도…… 그냥 겁에 질려 우는 것뿐이야."

혼자 중얼거리며 지하 주차장을 빠져나오는 걸음이 참 무겁다. 모르긴 해도 저렇게 위에만 있다가 돌연 죽는 사람, 아래만 있다가 돌연 죽는 사람들로 세상엔 주검이 넘쳐나는 모양이다. 그렇다면 중산층은 돌연 죽지 않는다는 말인데, 아뿔싸 그렇다면 중산층이 사라져 간다는 말은 인류의 종말을 이야기하는 게 아닌가? 그런데 나는 어디에 속한 건가? 빈곤층? 맞다. 나는 빈곤하다. 하지만 사실 나는 빈곤하지 않다. 누군가 나를 중산층의 자리에 앉혀 놓았다. 누군가? 그 사람은?…… 그래, 아내다. 3분지 2를 차지하고 3분지 1만을 남겨 둔 아내가 나를 중산층으로 견인해 놓은 것이다. 그렇다면 적어도 나는 임의로는 죽지 않으리라. 누구 때문에? 아내 때문에. 그렇다면 나는 형의 죽음에 관한 한 무죄다. 죄책감? 그건 내가 가질 것이 아니다. 적어도 나는 아니다.

멀리 광안대교가 언뜻언뜻 보인다. 세상 반대편으로 길게 누웠다. 명멸하는 수많은 불빛이 드러누운 대교를 또다시 명멸케 한다. 어느 순간 뚝 하고 끊어져 있을 것 같은 다리. 끊긴 너머에 형이 있을 것 같다. 나와는 영영 만나지 못할 그런 관계로, 하지만 멀리서나마 억지가 아닌 자연스러운 모습으로 서로 화해할 것 같다.

"형, 형도 알잖아. 내게 돈 없었다는 거."

형을 대교 너머로 편히 보낸 탓에 기력을 회복한 나는 양기에 몸을 떨었다. 영과 혼이 깊은 수렁에서 허우적대다 천신만고 끝에 극적으로 기력을 회복한 나는 오히려 어제와 달리 몸이 더 좋아진 것 같다. 아랫도리의 묵직함은 급기야 의지와는 상관없이 욕정으로 끓어올랐다. 누군가 유혹한다면 단박에 넘어가 버릴 것 같았다. 그렇다고 등을 돌려 누운 아내를 범할 수는 없다. 사창가라도 들러 시원히 뿜어내고 싶다. 그동안 꽉꽉 막힌 것을 시원스레 쏟아내고 싶다. 그러면 형으로부터 조카로부터 어머니의 그 무연한 눈빛으로부터 시원스레 영영 해방될 것 같았다.

나는 그동안 고상하게 아내를 따라 할 필요는 없었던 거다. 아내에게 견인되고 포획된 삶이지만 그 안에서 자유롭게 살았어야 했다. 그런다고 그 자리에서 벗어나거나 떨어져 나갈 위험은 절대 없었다. 물론 아내가 나를 내친다면야 그땐 문제가 달라지지만. 적어도 아내는 그러지 않음을 나는 안다. 그것을 자신한다. 그 자신이라는 것은 인제 와서 느끼는 것이지만, 둘 사이에 흐르는 기우를 깨달은 탓이다.

마지막 콜은 집 근처로 떨어졌다. 아마도 시원히 뽐을 날이 아닌가 보다. 욕실 거울에 비친 충혈된 벌건 눈알은 전장에서 승리하고 취한 전리품쯤으로 보였다. 당당함과 자유로움 그리고 깊고 깊은 슬픔의 눈망울쯤으로 보였다.

아내는 여전히 3분지 1만을 남겨 두었다. 물론 작거나 좁지 않았지만, 오늘은 아내를 약간 밀쳐 볼 요량이다. 그리고 벽을 허문 성취감에 취해 다디단 잠에 빠져 볼 것이다.

아, 아내는 알몸이다. 어제도 그랬나? 모르겠다. 아내는 손을 뻗은 내 손을 기다렸다는 듯이 받아들인다.

"안 죽고 살아온 거야……."

죽어? 내가? 낯설다, 하는 생각이 자리 잡을 여유도 없이 아내는 나를 끌어당긴다. 견인하는 아내의 힘은 깊고 저돌적이다. 순간 나는 흡입되듯 아내에게 빨려 들어간다. 긴긴 황홀경은 끝날 줄 모른다. 아내는 몸이 안 좋은 것이 아니라 몸이 달아 해소하지 못해 안 좋았다. 아내는 그것을 증명이라도 하듯 절묘한 타이밍에 나를 멈추게 하고 긴긴 극락의 극지점까지 갔다가 오기를 반복하며 기를 쏟는다. 새벽의 미명도 놀랐는지 창문을 넘지 못하고 망설이고 있는 듯하다.

"여보, 영이 듣겠어……."

"들으라고 해요."

"그런데 지난밤에 술 마신 거야?"

"술 마시지 않으면 잠이 안 와서요."

"정말이야?"

"그런데 인제 그럴 필요 없겠어요."

"……."

"참, 16층 사건 알아?"

"알아요. 뛰어내렸다면서요."

"응. 응급실로 실려 가던데…… 어찌 됐대?"

"……."

방금까지 타올랐던 아내의 몸은 순간 급격히 식었고 경직되어 갔다.

"들은 거 없어?"

"없어요. 그리고 사람들이 왜 그래? 왜 자꾸 극단적으로 생각하는지 몰라. 하우스푸어가 인제 300만 명이나 된다잖아요. 근데 꼭 자기만 그렇다고 생각하니까 그렇지. 남은 아이는 어떻게 인제……."

"……."

먼저 간 형이 순간 떠오르다. 다시 16층의 남자가 얼른 생각났다. 분명 아내는 형을 두고 하는 말이 아니다. 16층의 남자를 두고 한 말이다. 그러면 어떻게 알았을까? 그 집이 하우스푸어라는 걸…… 그리고 아이가 있는 것도……

차디찬 응고점은 그대로 있었다. 혼곤한 수면도 명쾌한 정신도 아닌 얼음과 물이 공존하는 응고점은 여전히 그대로 건재했다. 아내를 따라 흩날리는 향수 냄새와 체취 또한 얼음이 설익은 연못 가득 비릿하게 흩뿌려졌다. 또다시 명쾌히 밝혀야 하는 의문들이 연못 표면을 부유하며 애달게 했다. 2년 전 16층의 저주는 또 다른 16층으로 옮겨와 부활했던 것이다.

'아주버님 돌아가시고 얼마나 미안하고 가슴 아팠는지 몰라요. 형을 그렇게 보낸 당신에게 쉬이 안길 수 없었어요. 그래도 한 번쯤 먼저 안아줄지 알았는데…… 시간이 흐르면서 가까이 가기는 더 어색해 갈수록 어쩌나 하는 마음에 당황스러워 힘들었어요. 근데 오늘로 모든 게 제자리로 돌아왔네요. 사랑해요. 그리고 고마워요.'

'추신: 꿈을 꿀 때면 항상 사고 나는 꿈을 꿔요. 당신은 죽고 나는 언제나 울고…… 알아요? 내 맘? 치, 분명 모를 거예요. 2년 동안 비좁게 만든 자리의 의미도 몰랐으니 어련하겠어요. 오늘같이 한 번만이라도 밀쳤더라면…… 암튼 운전 조심하세요. 그리고 아직 대리운전하는 거 부끄러워요? 그러지 마요. 아시겠죠. 당신의 예삐가.'

16층의 저주는 없었다. 나가다 나이 든 경비에게 물었다. 어제 어떻게 되었냐고. 경비는 의뭉스러운 얼굴로 웬만한 사람들은 다 알 거라며 도리어 묻는 내게 무안을 줬다. 머리 위 16층의 베란다는 굳게 닫혀 있다. 아이가 어디로 떠나갔는지 궁금하다. 대리운전하려고 물었던 조카가 16층 베란다에서 삼촌이라고 부르는 것 같다. 지하 주차장에서 검은색 승용차가 빠져나온다. 하루가 벌써 시작되었나 보다.

4. 골목 끝에 버려진 방

내게 무슨 잘못이 있다고…… 그래, 백 번 천 번 양보해 있다 하자. 그건 원하지 않은 생명체가 된 일이겠지……

고추장과 설탕이 바닥날 때쯤 언제나 떠오르는 생각은 아니, 떠오르게 하는 생각은 매번 지옥의 구렁텅이 속으로 나를 밀어 넣는다. 그런 지옥에 떨어진 나는 허우적대다 언뜻 아브라함 품속에 안긴 거지 나사로를 볼 때쯤 할매를 경멸하며 자리에서 일어나곤 한다. 물론 오늘도 그랬다.

할매는 나와 엄마 아빠 사이에 존재했다. 할매는 사흘에 꼭 한 번은 마치 꽉 잠겨 깡마르고 선조한 수도꼭지를 비틀듯이 틀어 애써 막아 놓은 비릿한 것이 콸콸 쏟아져 나오게 했다. 쏟아져 나온 건 다름 아닌 나를 생명체 되게 한 엄마와 아빠다. 둘에게선 항상 역한 모습과 비릿한 냄새가 났다.

고추장과 설탕이 저들과 묘하게 버무려진 것은 너무도 자연스러운, 그렇지만 너무도 이상한 일이 아닐 수 없다. 하지만 고추장과 설탕이라는 끈을 끌어당기면 끝에는 언제나 둘이 존재하는 건 부인할 수 없는 사실이다.

택배를 이용해도 상관없는데 할매는 매번 닦달한다. 직접 사서 가지고 오는 것이나 택배를 이용해 시키는 것이나 가격은 똑같다는 짜증 섞인 말에도 할매는 아랑곳하지 않고 막무가내다. 영수증을 보여 주며 설명을 해도 결국은 음식에는 정성이 들어가야 한다며 객관적인 사실을 옹진 주관으로 매번 무시하고 만다. 언제나 그런 식이다. 그럴 때면, 며느리만 욕할 게 아니라 어쩌면 할매의 고집을 닮은 아들을 먼저 욕해야 하는 게 아닌가 하는 생각이 들곤 했다.

낡은 문갑을 단박에 뭉개버릴 듯 육중해 보이는 TV에서 흘러나오는 부모 잘 만난 탓에 군에 간 군인이 집단으로 구타당해 결국 죽었다는 이야기를 뒤로하고, 부모 잘못 만난 탓에 영원히 벗어나지 못할 이 비릿하고 칙칙한 구석진 방에서의 유일한 탈출구인 군에도 가지 못할 나는 온종일 떡볶이를 만들기 위해 방을 나섰다. 오늘이 그 사흘째라 간당간당한 고추장과 설탕을 사기 위해서다.

할매는 떡을 가지러 나갔는지 보이지 않았다. 떡도 방앗간에 직접 가서 가지고 와야 한다는 할매는 어쩌면 자신의 말이 올무가 돼 이러지도 저러지도 못하고 있는 건 아닌지 모를 일이다. 간간이 늙은 년이 이 나이에…… 라는 넋두리는 그것을 얼핏 방증하기 때문이다.

해는 중천에 떠올라 있을 터이지만, 골목 끝에 버려진 내 방에서는 그 시각을 감지할 수 없다. 하지만 내 방과 할매 방 그리고 할매 방과 현관 사이에 있는 미닫이문을 차례로 열면 현관 유리문을 넘어 들이친 희뿌연 빛과 함께 일찍 서두른 개념 없는 관광객 탓에 이미 시작된 하루 시각을 감지한다.

투명 유리창 위로 위에서 아래로 '떡볶이'와 '어묵'이라는 비뚤비뚤한 붉은 페인트 글씨가 반대편으로 돌아누워 쓰인 현관문 안쪽의 언뜻 고즈넉한 분위기는 쑥 꺼진 골목 안의 외진 집이라는 사실을 새삼 깨닫게 했다.

4개의 식탁이 휑했다. 두어 시간 지나면 그래도 사람들이 북적댈 것이지만, 당장은 한없이 차고 휑했다. 할매는 매사 깔끔했다. 하지만 나는 반듯하고 깨끗하게 정리된 가게가 왠지 싫었다. 그냥 분분하고 복잡했으면 하기 때문이다.

"힘들고 어려울수록 더 반듯해야 한다."

무슨 말인지 대략은 안다. 물론 어디서 비롯된 아니, 어디에 근거한 말인지 모르나 반듯함의 힘은 그렇게 내 삶의 한 부분을 의뭉하게 차지하고 있다 하겠다. 하지만 정말 그들의 눈엔 어떨까? 물론 보이는 단면을 보고 손뼉을 칠지도 모르겠다. 그러나 정작 내 속에 아니, 할매와 내 속에 든 상실감과 허한 감정을 그들이 안다면 그때도 그들이 두 손을 들고 손뼉을 칠 수 있을까? 하루 찾는 수십 수백의 관광객은 그렇다 해도 골목 가장자리에 쭉 늘어선 오래된 집의 늙은 유지들은, 우리 집의 숟가락 개수까지 알 만한 저들은 이미 두 손 대신 끌끌 혀를 차고 있을지도 모를 일이다. 거기다 그 탓에 고인 혀 밑의 다디단 침까지 삼키며 비릿한 웃음마저 물고 있지 않을까 싶다. 모르긴 해도 장성한 손자와 할매의 질척거리는 삶의 모습은 이미 저들 삶의 일정한 자양분이 되고 있을 거였다.

"인제 손자도 다 컸어……."

다 컸으면 어쩌라는 말인지? 그래서 사흘에 한 번씩 고추장과 설탕을 사러 다니지 않는가!…… 거기다 온종일 역겨운 떡볶이와 구린 어묵이랑 씨름하지 않는가!……

물론 가게는 할매한테 맡겨 두고 인제 성인이 되었으니 번듯한 직장이라도 가지라는 말인 줄 안다. 하지만 집을 벗어나 사방이 훤히 트인, 그래서 익명의 누군가와 날마다 피 터지게 경쟁해야 하는 링 위론 절대 올라갈 수 없는데 어떡하라고…… 왜냐고? 나는 여기 이 골목 끝에 버려진 방에서 24년을 살아왔기에, 아니 엄밀히 말하면 십수 년을 방치된 채 있었기에 보기에는 번드르르하게 보일는지 모르지만, 우습게도 나는 아직 여물지 않은 어린아이라서 집 밖으로는 한 발짝도 나갈 수 없기 때문이다. 사흘에 한 번씩 나가기 전에 언제나 지옥을 연상하게 되고 그 지옥 속으로 떨어지는 경험을 하는 것도 다 그 탓이다. 아직 온실에 있어야 함에도 어떤 안전 조치도 없이 방치되고 아무렇게나 내던져진 탓에 인제는 작은 불똥에도 화락 타버릴 듯 속이 깡마른 작대기 같기에 오프라인 링 위로는 결코 올라설 수 없는 거다. 정확히 말하면 그 둘이 나를 히키코모리와 같은 은둔형 인간도 아닌 이상한 돌연변이 병신으로 만들었기 때문이다.

현관문을 열었다. 길게 뻗은 골목길이 눈에 시렸다. 깊숙이 들어앉은 골목 끝 집이라는 사실도 여전히 어제처럼 황망히 가슴으로 파고들었다. 왼쪽으로 늘어선 지붕에 잘린 햇볕이 사선으로 골목길 바닥 오른쪽 끝으로 길고 반듯하게 진한 색으로 내려앉아 있다. 하지만 9월이 지나서인지 이른 아침 골목은 담백하고 깔끔하지만, 한층 싸한 느낌에 무거워 보였다.

할매가 방앗간에 나가다 한쪽으로 밀쳐 둔 나무 의자를 끌어다 놓고 앉자 무겁고 싸한 느낌이 더했다. 하지만 나는 언제나 이곳이 안락한 곳임을 금방 자인하고 만다. 기약 없이 둘을 기다린 곳이어서 슬픔이 절절한 곳이기도 하지만, 이곳은 결국 그 둘이 돌아와야 할 곳이기에 비록 버려진 골목 안 끝 집이라 해도, 방이라 해도 나는 푸근했다. 왜냐하면, 사흘에 한 번은 둘을 저주하다시피 하긴 해도 둘이 있을 곳은 여기며, 반드시 돌아올 곳도 이곳이기 때문이었다.

사실 어쩌면 둘을 향한 저주와 경멸함은 시간이 흐르면서 또 다른 엄마와 아빠를 마음속에 만들어 놓은 건 아닌지 모를 일이다. 경멸하다가도 가슴 가득 들어찬 둘의 실루엣은 생뚱맞게 삶의 활력이 되니까 말이다.

하지만 최근 들어 그 활력도 시들하다. 그 이유는 엄마 아빠의 혼몽한 실루엣이, 녀석이 아니, 엄마가 골목 초입에 실제 나타났기 때문이다. 실루엣으로만 느낄 땐 왠지 의뭉하고 신비한 탓에 실체가 곧 도래할 것 같은, 그래서 장래를 희망케 했는데, 실루엣도 실체도 아닌, 눅진한 느낌으로 와 닿는 녀석 아니, 엄마 탓에 최근 삶의 활력에 맥이 딱 풀린 것이다.

사실 최근 들어 골목길을 벗어나고 싶지 않은 이유 중 하나를 더 든다면 엄마를 닮은, 그래서 엄마의 실루엣을 사라지게 한 녀석 때문이다. 특별한 문화 공간이면 언제나 빠지지 않고 문화 아이콘처럼 등장하는, 가끔 TV로도 낯이 익은 녀석이 글쎄 어느 날인가, 골목을 딱 돌아서는데 정면에 녀석이 아니다, 이상하게 변해 버린 엄마가 나를 쳐다보고 앉아 있는 게 아닌가!······

"얼른 안 가냐?"

"지금 가요."

"방앗간 이 씨가 그러던데 부두에 취직하려면 이야기하란다."

"싫어요."

"이눔아……."

떡 포장을 뜯는 할매를 뒤로하고 골목을 빠져나오자 엄마를 닮은 녀석이 나를 물끄러미 쳐다봤다. 나도 질세라 뚫어지게 쏘아봤다. 최근 활력을 잃게 한 주범이다.

사람들이 제법 눈에 띄었다. 어중간한 시각이긴 해도 멀리서 온 사람들이 삼삼오오 짝을 지었다. 인근에 사는 사람이나 부산에 거주지를 둔 사람은 아침 일찍 이곳을 찾지 않기 때문에 그들이 타지 사람이라는 것을 아는 일은 어렵지 않다. 벌써 수개월째 겪은 일이어서 잘 안다. 떡볶이를 팔면서도 알았다. 그뿐 아니다. 떡볶이와 어묵이 국가적인 음식인 것도 알았다.

녀석과 눈싸움을 얼떨결에 끝내고 벌써 녀석을 한참 지나쳐 떠나왔다. 매번 그랬다. 왜냐하면, 사실 마음 먹고 날을 잡는다면 눈싸움으로는 온종일로도 모자랄 듯했고, 볼 때마다 단박에 달려들어 목을 꺾고 싶었기 때문이다. 혹여 모를 그런 일을 피하고 싶었다. 누가 저런 걸 저곳에 가져다 놓았는지 알다가도 모를 일이다. 문화 마을이면 응당 있어야 하는 것처럼 버젓이 가져다 두었는데, 꼭 그래야 하는지 누군가를 붙들고 묻고 싶은 건 날이 갈수록 더하다.

커피숍 창으로 사람들이 삼삼오오 자리를 잡은 모습이 눈에 언뜻언뜻 들어왔다. 마을버스에 올랐다. 마을을 벗어나자 매번 그렇듯 움츠러들었다. 안타까운 일이 아닐 수 없지만, 나로서는 어쩔 수 없다. 이상하게 문화 마을만 나서면 모든 사람이 낯설기 때문인데, 그들 모두가 나를 쳐다보며 마치 '어미 아비도 없는 병신 같은 놈이 그래도 다 컸다고 기어 나오네.'라고 하는 것 같아서다.

텅 빈 차는 비탈길을 요리조리 잘도 돌아 달린다. 또 엄마 생각이 났다. 엄마가 이렇게 떠나갔을 거였다. 하긴 길이 이 길밖에 없으니…… 지금 아니, 전에도 전전에도 내가 앉은 이 자리에 앉아 떠나갔을 거였다. 비탈진 좁은 도로와 쉴 새 없이 지나가는 낡은 집들을 뒤로하고 이리저리 잘도 흔들리면서 말이다. 마치 애걸복걸하는 자식을 매몰차게 뿌리치듯 말이다.

그렇게 떠난 녀석은 아니, 엄마는 오늘도 수없이 사진을 찍을 것이다. 어린아이로부터 나이 든 어른들과 함께 묘하게 웃으면서. 물론 사람들은 그 녀석 아니, 엄마가 거기에 앉아 있으면 안 되는 이유를 모른 채 아니, 깡그리 무시한 채 엄마를 부둥켜안고 셔터를 마구 눌러 댈 것이다. 버려진 구석진 방의 아들이야 어찌 되었든 간에……

맞다, 어쩌면 모두는 그 진위를 묵인하고 있는 줄도 모르겠다. 누가 고아가 되었든, 병신이 되었든, 죽어가든 간에 자신만 좋으면 될 거니까 말이다. 사실 동화 이야기가 아름답기도 하고 그 이야기가 하도 유명하기에 저 녀석 아니, 엄마랑 사진이라도 한번 찍으면 뭔가 문화적인 사람이 되는 듯한 착각 탓에 굳이 진위를 알려고도, 설령 알아도 함께 사진 찍는 것 이상의 의미를 느끼지 못하기 때문이 아닐까 싶다.

대로변에 차가 올라서자 또다시 움찔했다. 매번 그렇다. 단박 생각의 끈이 끊어진 탓에 눈을 질끈 감았다. 할매는 참 나쁘다. 하기야 며느리 뒤를 따라서 홀연히 떠난 못된 아들을 둔 것을 보면 할매는 진짜 나쁜 사람이 맞다.

정성 들여 만들어 봐야 떡볶이에 불과할 뿐이고 저들에게 무슨 감동을 줄 것인가? 그래, 백번 양보해 그들에게 감동을 준다고 하자. 그게 뭐?
뭐?…… 그렇다고 다시 또 저들을 오게 할 수 있단 말인가?…… 그래,
그게 뭐? 뭐?…… 그런 허망한 일에 매번 이렇듯 나를 희생 제물로 삼다
니……

"할매는 진짜 나쁘다……."

그새 마을 어귀는 북새통이다. 그야말로 와글와글 사람 천지다. 누군
가 한꺼번에 하늘로부터 사람을 와르르 풀어놓은 듯하다. 얽히고설킨 형
국에도 사람들은 셔터를 잘도 눌렀다. 물끄러미 벽을 바라다보는 사람
들, 커피를 든 사람들, 누리끼리한 소스가 질질 흐르는 꼬치를 든 사람
들, 이쪽이야 저쪽이야 뒤질세라 고래고래 소리치는 사람들…… 천태만
상 분주함의 외인들은 문화와 그리 상관없는 모습을 하고 문화 마을의
원주민들을 일찌감치 밀어내고 하루의 반을 차지하고 있었다.

역시 그랬다. 또 녀석 아니, 엄마에게 달려들어 야단이다. 곳곳에 촬영
할 수 있는 곳이 많은데도 유독 엄마에게만 붐볐다. 운집한 무리를 뒤로
하고 골목으로 접어들면서 언뜻 돌아보았다. 엄마를 가운데 두고 젊은
부부가 양쪽으로 섰는데 마치 아들을 가운데 앉힌 행복한 한 가정을 연
상케 했다. 순간 잊고 있던 상실감이 섬광처럼 가슴 한복판을 뚫고 지나
가는 것에 망연했다.

"골목 안에 떡볶이 하나 보다!"

떡볶이라는 소리를 듣고 나는 엄마를 사람들 사이에 두고 얼른 골목
안으로 뛰어들었다.

"뒤에 가서 국물 가져오너라."

어묵과 떡볶이가 붉게 어우러져 모락모락 김을 피워 올리고 있는 사이

로 할매가 고개도 들지 않고 돌아서며 말했다.

"인제 진짜 안 가요. 시킬 겁니다."

"뭔 소리고?"

"안 가고 시킬 거라고요."

"…… 정 그러면 니 맘대로 해……."

"떡도 배달해 달라고 해요."

"그냥 둬라. 그건 이 할미 일이다……."

"……."

더 밀어붙이려다 말았다. 여차 니 맘대로 하라는 말까지 없던 것이 될까 봐 그랬다. 돌아서서 휘적대는 할매의 등 뒤로 그의 아들이 느닷없이 튀어 올랐다. 내겐 아빠다. 엄마를 찾아 아니, 그냥 막무가내 따라나선 대책 없는 아빠다.

교통사고 장애로 인해 아무 일도 하지 못하자 엄마 아빠는 하루가 멀다고 싸웠다. 언제나 시비는 아빠로부터 시작되었고, 언제나 아빠가 엄마로 인해 깡그리 뭉개져 끝이 났다. 아빠는 항상 적지 않은 보상금으로 엄마와 함께 가게를 운영하고 싶다는 이야기를 했고, 엄마는 경험도 없는 장사로 보상금마저 날릴 수 없다고 맞섰다. 갓 초등학교 1학년 입학한 어린 나이였지만, 둘의 악다구니는 아직도 확연히 기억에 남아 있다.

"그러다 망하면 어쩔 건데!"

"해보지도 않고 웬 지랄이야!"

"그런 몸으로 뭘 어떡해! 말아 먹으려고 환장했어?"

"……."

그러던 어느 날 엄마는 아빠의 보상금을 가지고 홀연히 사라졌고 대신

친할머니가 대구 삼촌 집에 계시다 지금의 집으로 오셨다. 그 후 아빠도 초등학교 1학년 아들을 자신의 어미에게 맡기고 엄마처럼 홀연히 그렇게 사라져 버린 거다. 물론 약을 먹었다지만 나는 아직도 아빠는 엄마를 찾아 나섰다고, 그리고 아직 돌아오지 않고 있다고 믿고 있다.

이상하게도 아빠가 사라진 그 시점에 다른 건 몰라도 적어도 둘에 관한 기억만은 수년이 흘렀지만, 한 발짝도 옴짝달싹하지 않고 고정된 채 그대로다. 물론 아빠가 삼촌 손에서 강물 위로 흩뿌려지는 것을 보았다. 하지만 내겐 그것은 아빠의 뼛가루일 뿐 아빠의 실체는 아니었다. 아빠가 지금도 엄마를 찾아 길을 나서고 있다는 생각에는 변함없다. 물론 돌아올 리 만무하다는 것도 알지만.

생각할수록 아빠는 무서운 사람이다. 그 아빠가 돌아선 할매 등 뒤로 언뜻 떠오른 거다. 아빠는 그렇더라도 엄마는 어쩌자는 건지 원……

왁자지껄 소리에 생각의 끈이 뚝 잘려 버렸다. 황망함에 몸을 돌리자 대여섯 명이 몰려오는 것이 보였다. 오늘의 첫 손님이 될 터였다.

"야, 너? 아니, 엄마?"

엄마는 대답이 없다. 온종일 지친 모양이다. 하기야 언제나 그랬으니 뭐, 별스러운 일도 아니지만, 그래도 항상 침묵으로 일관하는 엄마가 때론 견딜 수 없을 만큼 싫다. 물론 오늘도 싫다. 가물가물 실루엣으로만 그려지던, 그래서 어느 날 불쑥 실제로 나타날 것 같았던 의뭉한 엄마는 온데간데없고 버젓이 가짜 엄마의 형상을 하고 나타나 오늘도 묻는 말에 대답하지 않는다.

"뭐라고 말을 좀 해 보세요? 어디 갔었어요? 여태?……."

순간 무슨 엉뚱한 대답을 할까 봐 고개를 얼른 돌렸다. 그것은 사흘에 한 번씩 백번 천번 양보한 말을 되레 들을까 봐 서다.

"죽었으니 기다리지 마……."

멀리 어둠 속 감천항의 불빛이 명멸했다. 싸한 느낌이 전신을 휘감았다가 풀었다. 고개를 늘어뜨리자 마을 전체가 무슨 나무 상자를 머리에 이고 끝없이 길게 내려앉아 있는 듯한 모습이 뜨악하게 눈에 들어왔다. 마치 지옥으로 내려가는 계단처럼 여겨졌다. 엄마가 돌아온다면 아마 저 계단으로 올라와야 할 것 같은데 큰일이 아닐 수 없었다.

"아니지, 벌써 올라앉았는데 뭘…… 저기 저렇게……."

꼴도 보기 싫어 몸을 휙 돌려 골목을 향해 걸었다. 골목 초입에 이르자 멀리 골목 끝에 진한 백열등이 어제와 달리 낯설게 빤히 나를 바라다보고 있었다. 의뭉스러워하자 이번엔 할머니의 움푹 꺼진 눈에서 빛이 나오는 듯해 섬뜩했다.

"그래, 가요. 들어간다고요."

느닷없이 고래가 눈에 들어왔다. 신기하게 생긴 고래였다. 마치 희귀한 종이 아니면, 전설 속에나 존재할 듯한 희한한 고래였다. 그런데 언제 이 녀석을 여기다 그려 놓았는지 도시 기억이 나질 않았다. 어저께까지도 없었는데 말이다. 그것도 하필이면 꽃 그림도, 집 그림도 많던데 이상한 고래 그림을 말이다.

아, 엄마가 그렸나?…… 아니, 어쩌면 저 고래는 엄마 소식을 가지고 온 것일 수도 있겠다. 엄마는 아무도 모르는 희귀하고 무인도와 같은 그런 외딴곳에 사니까 당연히 그럴 수도 있겠다. 내일 시간을 갖고 녀석에게 자세하게 물어본다면 적어도 묵묵부답으로 일관하지만은 않을 것 같았다. 그런데 정말…… 섬뜩한 일이다.

가끔은 세상의 모든 것들이 밀려드는 꿈을 꾸기도 하는 골목 끝에서도 가장 후미진 내 방이 오늘따라 싫다. 왠지 오늘도 잠에서 깨 멍하니 천장을 바라보며 울까 봐서다. 울면 엄마와 아빠가 교차해 나타나 사라질 거였다. 그러다 다시 잠들면 영영 깨어나지 못하는 세계에 빠져들듯 그렇게 나락으로 떨어지는 꿈을 또 꿀 거였다. 그렇다고 잠드는 것이 두렵지는 않다. 여하튼 엄마 아빠를 만나게 되니 말이다.

그런데 오늘은 쉽게 잠이 오지 않았다. 낮부터 가슴 한구석에 뭔가가 박혀 있는 듯한 묵직함 때문이었다. 그것은 엄마도 아빠도 아니다. 할매 때문이었다. 수년째 해 오던 고추장과 설탕 구매를 마음대로 하라는 말씀이 그것이다. 무엇 때문에 심경의 변화가 있는지 의뭉스럽기 때문이었다.

나는 뭔가 바뀌고 변하는 게 싫다. 그냥 불안하기 때문이다. 수년이란 세월은 내게 짧은 시간이 아니다. 영원과 같은 시간이었다. 한데 그 시간 동안 해 오던 물론, 하고 싶지 않았던 일이긴 해도 오늘 단박에 마음대로 하라는 할매의 말은 적잖은 충격이 아닐 수 없다.

나는 하나가 바뀔 때 연이어 뭔가 따라서 바뀌는 것을 보았다. 엄마 아빠의 일도 그랬고, 우리 마을이 문화 마을로 바뀌는 과정도 그랬고, 하루 아침에 삼촌에게 버림받은 할매의 삶도 그랬다.

'큰아들만 아들인교?'라는 삼촌의 말에 할매가 '그래, 큰아들만 아들이다.' 하지 않았는데도 삼촌은 스스로 아들이 아니라고 자인하고 그렇게 떠나갔다.

그렇게 떠나가고 변한 것은 나와 할매를 철저히 고립시켜 고아가 되게 했고, 골목 끝에 철저히 내버려져 떡볶이로, 어묵으로 하루의 끈을 근근이 부여잡게 했다. 하지만 적어도 내게는 언제나 엄마 아빠가 돌아올 내일이라는 게 있기에 오늘 밤 끝끝내 절망하고 내일 다시 자리에서 일어나면 그뿐이라 상관하지 않았다. 그러나 할매는 왠지 달랐다.

불을 껐다. 순간 어두운 바람이 창을 흔들었다. 달무리로 퍼진 희끄무레함이 작은 유리창에 서서히 살아났다. 희끄무레함이 살아나 창의 형태가 도드라질수록 왠지 몸과 마음이 차가웠다. 순간 녀석이 아니, 엄마가 떠올랐다. 춥겠다…… 자리를 틀고 앉은 뒤 처음 맞는 겨울이 될 터다. 그러니까 엄마가 보이지 않은 지 두 달쯤 뒤 한겨울에 아빠가 돌아가셨으니 엄마가 집을 나간 건 이맘때였다. 작년에도 언뜻 그런 생각을 한 적이 있는데 올해도 바람에 그런 생각이 들었다.

"하필이면 추울 때 나갈 게 뭐람……."

엄마는 그렇게 나가고 나서 그동안 수많은 사람을 만났을 건데, 정말이지 집을 나간 걸 후회하는 마음은 들지 않았을까? 아니면 누군가 엄마의 돈을 보고 놓아 주지 않고 있는 건 아닐까? 그것도 아니라면 정말이지 엄마는 두고 간 남편이랑 아들을 아니, 적어도 나만이라도 생각해서 이곳으로 불쑥 찾아올 수는 없는지…… 아, 저 녀석 아니, 저 생뚱맞은 골목 앞 엄마 말고……

아……, 그럴 것이다. 돌아오기가 부끄러워 어딘가에서 어느 술꾼과 함께 돈을 탕진하며 부끄러움을 망각하기 위해 술에 빠진 게 맞을 것이다.

"아, 엄마…… 그러지 말고 집 나간 그대로 그냥 슬쩍 들어오세요. 제발…… 왜 저를 만들어 이 난리를 쳐요?……."

엄마는 비행기 고치는 남자랑 함께 있다. 남자는 단박에 알 수 있는 사람이다. 바로 아빠다. 아빠는 손에 연장 같은 것을 들고서 엄마를 업기도 하고 볼에 입을 맞추기도 한다. 한데 엄마는 자꾸만 내 눈치만 살핀다. 웃지도 않는다. 그냥 무표정으로 일관한다. 그렇다고 아빠를 마냥 싫어하는 것도 아니다. 그게 느껴진다. 나는 그게 싫어 눈에 불을 켜듯 엄마를 뚫어지게 바라다본다.

아빠가 손에 든 것은 연장이 아니라 돈이었다. 돈뭉치였다. 아빠는 그것을 내 손에 쥐여 주면서 미안하다는 말을 하고 돌아선다. 나는 돈뭉치를 아빠 등에 세게 내던진다. 돈뭉치는 다시 연장이 되어 아빠를 쓰러지게 한다. 엄마는 모든 상황을 물끄러미 바라다보며 그냥 서 있을 뿐이다. 내가 엄마에게 다가가자 언제 나타났는지 아빠가 아니, 낯선 남자가 엄마를 보낼 수 없다며 막고 선다. 나는 남자를 향해 바락 악을 썬다. 돌연 남자는 뱀이 된다. 뱀은 엄마를 문다. 여전히 엄마는 가만있다. 나는 세상에서 뱀을 제일 싫어한다. 뱀은 그것을 알았는지 내가 돌아선 뒤에도 자꾸만 따라온다. 엄마는 이미 사라지고 없다. 오줌을 찔끔 싼다. 엄마는 참 못됐다.

창문이 덜컹하는 탓에 잠에서 깼는지, 한쪽 팔이 저려 깼는지, 뱀 때문에 깼는지 모르겠다. 그런데 한쪽 팔에 힘이 들어가지 않고 단지 찌릿했다. 흐물흐물한 것이 마치 꿈속 뱀을 닮은 것 같았다. 나머지 팔을 사타구니에 넣어 보았다. 눅진했지만, 오줌은 지리지 않았다. 차츰 어둠이 눈에 익자 시계가 눈에 들어왔다. 어렴풋이 바늘이 벌린 각도를 봐선 4시 40분쯤인 듯했다.

뱀에 물려 죽지 않고 피한 것에 어둠이 시샘이라도 했는지 아니면 시신경이 힘을 잃었는지 어둠이 다시 눈앞 가까이 바투 선 탓에 눈을 감았다. 감은 채 반듯하게 누웠다. 얼마간 있었지만, 의식만 또렷해질 뿐 끊어진 잠이 좀처럼 이어지지 않았다.

감은 눈 안으로 녀석이 아니, 엄마가 들어왔다. 추워 떨고 있는 모습이었다. 애써 떨치려 하지만, 역부족에 그만 다시 눈을 뜨고 말았다. 느닷없이 냉장고 돌아가는 소리와 할매의 깡마른 기침 소리가 섞여 들렸다. 순간 목이 칼칼하다는 것을 느꼈다. 주기적으로 윙윙거리는 냉장고 소리에 맞춰 미닫이문을 조심스럽게 열었다.

"물 찾냐?"

물은 달고 맛있었다. 단물은 끊어진 잠을 단박에 이어 주었다. 아마도 할매가 물에 뭔가를 탄 모양이었다. 분명 뭔가 결단내려고 하는 못된 할매다. 마음대로 하라며 돌연 변한 모습은 그것을 방증했다. 하기야 인제는 지겨워질 때도 되었을 거다. 수년간 손자의 병치레에 진이 다 빠지지 않았다면 되레 그게 더 이상할 것이다. 초등학교 입학해 졸업할 6년 동안 그랬으니 말이다.

"알아서 하라고 할 때부터 이상했어……."

다시 든 꿀잠 속에서도 황량한 바람은 계속 불어 왔다. 그리고 둘은 그렇게 떨고 앉아 있었다.

일찍 나갔다. 허망했다. 어젯밤 고래를 잘못 본 거다. 색을 칠하다 잠시 그만둔 그림이었다. 하지만 오늘 중으로 다시 색을 칠해 완성될 고래는 당장은 희귀한 고래로 보이긴 했다.

"그러면 그렇지 엄마 있는 곳을 누가 알아!……."

고래를 뒤로하고 골목을 빠져나왔다. 녀석 아니, 엄마의 얼굴을 보기 위해서다. 그냥 그랬다. 녀석은 아니, 엄마는 조금 다른 모습을 하고 있었다. 기억에 있는 그런 앳된 모습이 아니었다. 나름은 나이가 던 모습이었다. 밤새 떨어 그랬나 싶었다.

순간 마음이 바빴다. 그 길로 휙 돌아오고 말았다. 그리고 거울 앞에 섰다. 나도 나이가 들어 있었다. 가슴 속에서 '쿵'하는 소리가 들렸다. 모든 게 하룻밤 사이에 일어나고 말았던 거다. 녀석 아니, 엄마도 나도 고래 녀석도 그랬다. 아니 할매도 그랬다.

"그냥 사서 올게요."

"사내자식이 이랬다저랬다……."

할매는 변한 게 맞았다. 언제 사내자식이라는 말을 한 적이 없다. 요 며칠 사이 할매는 변한 게 틀림없었다. 다시 또 가슴속이 쿵쾅거렸다. 전에 앓던 심장에 구멍이라도 다시 뻥하고 뚫린 건가? 아마도 틀어막아 놓은 곳에 이상이 생긴 게 아니라면 이럴 순 없었다.

"그냥 하던 대로 한다고요. 그러니 할매도 할 수 있으면 앞으로 계속 방앗간에 직접 갔다 와요."

"어마, 뭔 일이래 저 잡것이……."

벌써 떡을 시킨 것인지 떡이 배달되었다. 감사하다며 환하게 웃고 돌아서는 할매의 얼굴에서 뭔가 정말 의뭉스런 변화의 조짐을 피부로 감지할 수 있었다. 단박에 무슨 일이 일어날 것만 같았다. 언제나 변화가 있을 때는 한꺼번에 그랬으니 물론, 엄마 아빠가 돌아올 수 있는 변화라면 얼마나 좋을까마는 적어도 내게 치명적인 뭔 일이 일어날 것은 자명했다. 언제나 그랬으니 말이다. 고래도 생겨난 마당에 인제는 변화를 거스르기엔 때가 많이 지나 버린 것이다.

뭘까?…… 천천히 생각해 보자. 할매가 떠나려 하는가? 저렇게 정정한데…… 아니다. 아빠도 그랬다. 단지 다리만 못 쓸 뿐이었지 펄펄했던 아빠도 그렇게 엄마를 따라가지 않았는가! 할매라고 다를까? 그래, 할매도 인제 아들을 찾아 떠나려 하는 것이다. 하기야 그렇게 떠나 보낸 아들이 얼마나 절절했을까. 그렇다면 연이어 또 다른 일 하나가 더 일어난다면 뭘까? 단지 할매의 일만이 아닐 터.

혹, 엄마가 돌아오려나? 그것밖에 없지 않은가? 당장은…… 맞다. 아무리 생각해도 그 일 말고는 없다. 엄마가 오려나 보다. 엄마가…… 바보같이 왜 그걸 생각하지 못했을까?…… 바보같이…… 그랬다. 할매는 이참에 반드시 떠나야……

"어디 가? 골목이라도 쓸 테냐?"

"골목을 왜 내가 쓸어요?"

"그러게…… 멀리 가지 마라."

"갈 곳이 어디 있다고……."

녀석은 아니, 엄마는 벌써 사람들 틈에 끼여 사진을 찍고 있었다. 다행히 두 커플만 있어 녀석과 아니, 엄마와 이야기를 잠시 뒤 나눌 수 있었다. 당장에 꼭 묻고 싶은 것은 없지만, 여하튼 무슨 말이라도 하고 싶었기 때문이었다. 녀석은 아니, 엄마는 굳게 입을 다물고 물끄러미 나를 올려다보기만 했다.

"그 어떤 조치도 하지 않고 엄마는 떠나갔어요? 왜 그랬어요? 가족보다 아니, 나보다 돈이 좋았나요? 벌레들이 달려들어 아들 심장을 마구 파먹은 것은 알아요? 네?…… 왜 그랬어요?…… 아빠요? 아빠가 뭐요? 아빤 엄마를 찾기 위해 바로 떠났어요? 만나지 못했어요? 아! 맞다. 엄마가 어디 있는지도 모르면서 약을 먹고 무작정 물속으로 들어갔으니…… 여하튼 이번 기회에 오실 거죠? 인제는 할매도 떠나가려 한다고요. 모두가 떠나고, 돌아가고 하는 판에 엄마만 예외는 아니겠죠?"

녀석은 아니, 엄마는 물끄러미 내 눈만 바라볼 뿐 역시 아무 대답이 없다. 하지만 마치 망설이는 듯한 표정이었다. 그렇게라도 반응했어야 했나 보다…….

"그럼, 여기 왜 오신 거예요? 아니, 누가 이곳에 데려다 놓으신 거예요? 그 남자 아니, 그 뱀이에요? 네?…… 대답 좀 해 봐요. 답답해 죽을 것 같아요. 그리고 정말 돌아가지 아니, 돌아오지 않을 거예요. 아들한테요? 혹여, 꿈속 그 낯선 그 아저씨와 함께 있으려는 것은 아닐 테지요? 맞아요. 제가 볼 때는 그 사람은 고장이 난 비행기에만 매달려 있을 것 같아요. 엄마는 안중에도 없다고요. 혹여, 제가 모르는 다른 사람 때문이라면 그 사람도 마찬가질 거예요. 모르긴 해도 세상엔 엄마 마음에 쏙 드는 그런 사람은 없을 거예요! 저 녀석에게 물어봐요! 아니, 아시잖아요. 벌써……."

녀석은 아니, 엄마는 자신을 향해 바투 선 아들이 있음에도 아랑곳하지 않고 사람들 틈에서 사진을 찍었다. 언제나 그런 표정으로…… 묘한 그런…… 웃지도 울지도 않는 그런 묘한 표정으로……

빗물로 생긴 얼룩인지 아니면 쥐의 배설물로 인한 얼룩인지 누른 얼룩은 길게 늘어져 있었다. 지금까지 보지 못한 얼룩이었다. 수없이 바라다본 천장이 아닌가? 정말이지 변화는 이미 시작돼 모든 것을 바꿀 태세였다. 물론 엄마 아빠만 돌아온다면 변화가 천만 번 있다 해도, 모든 게 다 바뀌고 다 떠나도 좋겠지만, 혹여 엄마 아빠가 돌아오지 않는다면 큰일이 아닐 수 없다. 정말이지 상실의 기억은 이럴 때일수록 번뜩이는 이유를 모르겠다. 하지만 엄마 아빠는 그 변화 가운데 반드시 주역이 되어야만 한다. 그래야 맞다. 그 변화 속에서 둘은 꼭 돌아와야만 한다.

할매가 전에 내가 마셨던 그 물을 마셨는지 문 여는 소리에도 꼼짝하지 않았다. 설마 아들을 향해 길을 떠난 건 아니겠지만, 혹 떠났다 해도 어쩔 수 없다. 엄마가 나를 찾듯이 할매도 아들을 찾아갈 거니까 아니, 갔을 테니까⋯⋯

나는 비행기 고치던 남자처럼 손에 연장을 들었다. 묵직한 뭔가는 금속이었다. 가로등 하나 없는, 저 멀리 가로등 불빛의 미력도 닿지 않는 칠흑의 골목은 끝없이 멀리 뻗어 있었다. 이 밤 저 끝에 있는 녀석을 아니, 엄마를 돌려보내야 진짜 엄마와 아빠가 올 것이기에 천 리고 만 리고 저 녀석은 돌아가야 했다. 물론 이미 떠나 버렸다면 슬프지만 고맙겠는데 말이다.

순간 골목 끝 깊숙한 곳에 버려진 내 방을 향해 칠흑의 어둠 속에서 뭔가가 다가왔다. 누군지 알 수 없지만 아는 사람일 것 같았다. 더 가까이 다가오자 그것은 엄마 아빠의 실루엣이라는 것을 깨달았다. 아, 녀석이 아니, 엄마가 떠난 모양이었다.

5. 낯선 우화

1

그의 몸을 날마다 찾았고 누렸지만, 그의 물건을 이렇게 찾은 때가 있었나 싶다. 없었다. 아마도 색 바랜 기억 저편에도 없으리라……

나는 지금 낯선 남자의 옷장을 열어 놓고 망연히 그 앞에 섰다. 매일 아침 내 옷을 꺼내며 맞붙은 그의 옷장에 눈길이라도 갔던가?…… 갔다. 그런데 느닷없는 이 낯섦은 도대체 뭔가?…… 황망한 이 질문에 잠깐이라도 더듬을 만한 답은 끝끝내 없다. 깨진 조각 하나라도.

이러한 낯섦은 아마도 난생처음 남의 집 담을 넘는 밤손님이 느끼는 그런 감정이 아닐까?…… 반듯하게 걸려 있는 여러 벌의 정장과 한쪽으로 걸린 작지 않은 넥타이가 왜 여기에 있는지 모르겠다. 넥타이에 손이 갔다. 한 번도 본 적 없는 것들이다. 아니, 기억 못 하는 것들이라고 해야 옳겠지.

"아빠 속옷은 가면서 다시 사자, 엄마."

극구 따라나설 미연은 열차 시간을 염두에 두고 나를 종용한다. 옷장을 닫고 돌아섰다. 순간 낯익은 장면 하나가 눈으로 따라 나온다. 한쪽 모퉁이에 낯익은 파편 하나가 그것이다. 그러나 그것은 사고가 난 후 지금까지 미뤄 뒀던 그의 상태를 분명하고도 확연하게 인식시키는 전령에 불과했다. 거기다 극구 부인하며 황망히 벼랑 끝에 서 있는 나를 확 하고 천 길 낭떠러지로 밀어내던지는 것이나 다름 아니었다.

"모자는 왜?"

"필요할 거 같아."

"…… 언제 거야?"

"글쎄…… 아마 5, 6년쯤."

"외출할 때 씌우게?"

"응."

"아빠한테 이런 모자도 다 있었나?……."

"…… 미영이 혼자 챙겨 먹을 수 있을까?……."

"다 컸어. 벌써 고2이야."

그것도 모르느냐는 윽박은 아닐지라도 여하튼 미연은 보름의 시간이 흐르는 동안에 마냥 우군이 아니라는 사실을 알게 했다. 그래서인지 한 2주 동안 그 앞에서 조심스러웠다는 것이 새삼 우울하다.

약자 편인가?…… 그동안 내게 보내왔던 지지는 다 어디로 간 건가?…… 그러고 보니 피난처가 될 만한 곳을 생각하면 할수록 시간이 흐르면 흐를수록 줄어들고 있는 느낌이다. 그걸 깨닫자 인제 시간은 내 편이 아닐 거라는 생각에 망연하다. 근데 내가 특별히 잘못한 일은? 없다…… 그래.

"할 수 없네요. 그럼 거기로 할게요."

쏟아지는 전문가 과정을 이수하기 위해 방학을 빼고 매달 4번은 기본으로 탔던 KTX 열차 내부와 무궁화호의 내부는 매우 판이했다.

"이 자리도 감사하자. 엄마. 없었음 버스 타야 했어."

"그러게……."

'엄마 공부하러 다닐 땐 미리미리 표 끊고 다니더니만, 또 바쁘다는 이유로 결국, 무궁화야! 그것도 간신히?' 하는 것 같아 급기야 누구를 향한 것인지 모를 짜증이 은근히 인다.

"불편해?"

"아니…… 대신 간만에 2시간 정도 잘 수 있어 좋아."

"…… 내려서 아빠 속옷 사는 거 기억해."

"응."

구포를 한참 지나 밀양이 가까워질 때까지도 잠은 오지 않는다. 눈은 감고 있지만, 의식은 갈수록 또렷하다. 자는 척했던 위선을 들키지 않으려 조심스럽게 실눈을 떴다. 정말 갈수록 죄인이 되어 가는 느낌이다. 의자에 등을 대고 미연은 창밖에 시선을 던지고 있다. 뭘 보고 있는 걸까?…… 멀리 야트막한 산을 바라보는 걸까? 그 앞으로 정지된 듯한 낙동강의 강물을 내려다보고 있는 걸까?…… 그랬으면 좋겠다. 혹여, 아빠나 엄마를 머릿속에 떠올리고 있다면…… 안 될 일이다. 만약 둘을 떠올린다면 분명 나는 나쁜 자가 될 것은 자명한 일. 근데 미연아, 엄마가 뭐 잘못했니?…… 건강은 스스로 챙기는 거 아닌가? 아빠가 그렇게 된 것을 옆에서 잘 챙기지 못했다며 몰아세우는 건 지나친 비약이라 생각해. 안 그래?…… 근데 엄마? 누가 뭐래?…… 그래 맞아, 내가 왜 이래?……

덜커덩거리는 규칙적인 소리에도 실내에 흐르는 적막은 육중하고 어듭기까지 하다. 아무 움직임이 없는 실내와 연신 뒤로 사라지는 창밖의 풍경과는 사뭇 이질적이다 못해 잠잠한 실내의 분위기가 의뭉스럽다. 먼지 하나 부유하지 않는 실내는 말 그대로 옴짝달싹 못 하는 오래된 화석과도 같다. 남편을 위해 아무것도 할 수 없는 내 모습을 닮았다. 일순 호흡이 불편하다. 정형화된 틀. 적어도 보름 전까진 내게 없었던 세계다. 아니, 느끼지 못한 세계다.

"그렇게 바빠?"

"이렇게 살지 않으면 안 되는 거 당신도 잘 알잖아. 새삼스럽기는……."

"전혀 빈틈도 없고 여유도 없는 삶이 안쓰러워서 그래."

"이렇게 산 지 하루 이틀도 아니고 당신도 참……."

당연한 물음을 한 것에 자괴감이 일도록 내버려 둔 시간과 일들이 마치 강 건너 멀리 내다보이는 교회의 종탑이 햇빛을 받아 번뜩이듯 일순 머릿속에서 번뜩였다.

곧 밀양인 모양이다. 기관사의 안내 방송이 언제 나왔는지 기억은 없지만, 기차는 벌써 역사를 들어서고 있었다. 멀리 산도 강도 보이지 않고 꽉 막힌 터널로 들어온 것 같아 순간 또 숨이 찬다. 아직 기차가 정지하지도 않았지만, 적지 않은 사람들이 자리에서 일어나 가방과 짐을 챙겨 문 쪽으로 몰려가 밀리기 시작한다. 저렇게도 바쁠까? 넌 아니니?…… 응…… 난 일상의 삶을 열심히 산 것뿐이야. 저들도 일상이야!

미연은 언제 잠이 들었는지 기척이 없다. 창밖으로 돌린 얼굴은 영영 이쪽을 보지 않을 것 같다. 있던 사람들이 빠져나가고 밀양을 떠나는 사람들이 빠져나간 자리를 대신했다. 건너편 옆자리에 자리 잡은 노부부가 가방을 선반 위에 올리느라 애를 썼고 뒤쪽으로 새로운 사람이 앉았는지 분주한 것 같다. 아직 5월이지만 실내는 새로운 이들의 가세로 더웠고 공기는 일순 탁했다.

"엄마 안 자?"

"깼니?"

분주한 사람들로 인해 자는 척했던 위장은 갈무리되었다. 그래서 더불어 사는 것인가…… 당장은 낯선 이들이 나의 유일한 우군이다. 사실 매일 낯선 사람을 대하는 일을 하지만 그들이 고마운지 아닌지 모르고 산다. 그들이 아파서 병원을 찾고 약국을 찾으니 굳이 그들의 덕으로 산다는 생각을 수년간 하지 않은 것은 당연한 일이다. 그들은 아파서 오고 그들의 필요에 따라 약을 팔기 때문이다. 그런데 당장은 우군이라?……

"좀 더워."

"물 마실래?"

물을 마시고 다시 잠을 청하는 미연의 모습은 한참 전에 떠올라 세상을 달구는 햇살의 나른한 모습을 닮았다. 양손을 깍지 껴 아랫배 근처로 늘어뜨린 오른손에 낯선 시계가 보였다. 언제 산 걸까? 대학 들어가기 전엔 하나부터 열까지 죄다 이야기했던 미연이 대학생 되면서부터 그런 모습은 점점 줄어들었다. 하지만 나이가 들어 당연히 그러겠지 생각했다. 그러나 지금 미연의 손목에 있는 낯선 시계는 섭섭함을 너머 보름 동안 그래도 조금은 남아 있을 것으로 여기고 간신히 피해 있었던 피난처의 자리가 완전히 사라지게 하는 것 같아 아찔하다.

간신히 피해 있던 자리까지 완전히 잃었다는 생각이 들자 일순 외롭고

서글펐다. 가족이지만 다 따로 움직이는 낯선 이들. 미영이도 미연이도 그리고 나와 그이까지도. 손을 잡은 채 걸어와 자리에 앉은 노부부 할아버지는 감 말랭이를 자신의 입과 아내에게 연신 넣어 주고 우물거린다. 아내는 할아버지가 입에 넣어 주는 족족 받아먹고 입을 쉬지 않고 똑같이 우물거린다. 할머닌 손수건으로 할아버지의 입과 턱을 닦는다. 할아버지는 만족해한다. 감 말랭이 한 봉을 다 드실 참인지 말랭이가 들었던 비닐봉지는 이미 발기 찢어져 있다. 아마도 드시는 속도를 봐선 반 정도 드셨을 때쯤 우린 내릴 것이다.

"우리도 늙으면 저렇게 될까?"

그이는 TV를 보면서 그리고 길거리에서도 그렇게 물었다. 물론 그때 어떻게 대답했는지는 기억나지 않는다. 아마도 짐작건대 '그렇게 살면 좋지.' 하는 정도의 말을 했지 싶다. 당장 지어낸 기억이지만……

2

"애, 성자야! 너희 남편 진급했다며? 가시나 넌 좋겠다. 다들 죽거나 산다고 하는 판에 기집애……"

"그런가?……"

"기집애 능청은…… 한턱내라고 할까 봐, 쉬쉬하는 거야? 가시내……"

"돈도 돈이지만 남자가 밤일도 잘해야 하는 거 아냐?"

"어마, 가시내. 말하는 것 봐. 저번엔 돈만 벌어오면 만사 오케이라며?"

"그랬어. 저번에. 우리 남편 밤일 잘한다고 할 때 남자는 돈을 잘 벌어야 한다고 방방 그랬잖아. 기집애."

"인정해. 그러니 그만."

그동안 완전히 생각이 바뀐 건가? 전쟁에 패한 병사 마냥 저 질척한 표정은 어디서 온 걸까?

"왜, 기수 아빠한테 무슨 문제 있어?"

문제가 있기를 바라는, 그것도 더 큰 문제가 있기를 바라는 저들의 비릿하고도 적의 찬 눈빛.

"문제는······."

급히 마무리인가? 아니면 의혹을 증폭시키려 하는 것인가? 대책 없는 성자의 태도는 한 달에 한 번씩 모이는 동창 모임의 화두를 저렇게 달아 버린다. 하지만 꺼져 가는 불씨를 이어가려 저들은 나를 불쏘시개로 쓴다.

"야, 애자야, 너희 남편은 잘 있어?"

"미영이 아빠?······ 당근 잘 있지."

"그러겠지. 약사인 네가 있는데 어련하겠어."

약사 남편은 좋은 약이라는 약은 다 먹는 줄 아는 모양이다. 특히나 중년을 넘어서면서 오는 질환들은 대부분이 다 혈관과 관련이 있어 의사의 처방 없이는 안 되는 약이 많은 법인데 저들은 몸에 좋다는 약은 약사 마음대로 죄다 먹는 줄 아는가 보다.

"아직 미영이 아빠는 약 없이도 별 무리 없어."

"아이, 좋겠다. 가시내. 미영이 아빠 특별히 먹는 약이나 건강식품 있지? 숨기지 말고 이야기해 봐. 요즘 좋은 거 많이 나오는가 보던데."

"숨길 게 뭐가 있어? 특별한 거 없어. 거기서 거기야. 꼭 필요하다면 최근에 나온 비타민제나 오메가3 같은 건 원가로 사 줄게."

"아이, 가시내. 그것 말고 없어? 요즘 비타민제 그런 거 집에 한두 개 없는 집이 어디 있냐? 있잖아, 밤에 힘쓰는 거."

"호호호. 그래, 요즘 처방 없이도 살 수 있는 그런 거 나왔다며, 비아그라 대신해서 먹을 수 있는 거. 뭐라더라……."

"…… 처방전 없인 안 돼."

"야, 애자야……."

하나같이 자신의 남편들과 생각이 같은 것인가? 아니면 일방적으로 남편을 강요해 약을 먹이려 하는 것인지……

"기집애들아, 잘 들어. 살면서 그것만이 전부가 아니야?"

"누가 전부래?……."

"웬, 강의."

"야, 정신적인 교감 이런 거 몰라?……."

"알지. 정신적인 교감. 섹스. 호호호."

"하하하……."

"그만하자. 어이구…… 그리고 너희는 TV도 안 봐?"

"갑자기 웬 TV 타령?"

"어느 노부부가 손잡고 가는 거 못 봤어? TV 광고에 나오던데. 얼마나 보기 좋아."

"아이, 가시내. 그게 현실에서 가능할 거 같아? 그것도 남편이 밤일 잘해 줄 때 가능한 거야? 이 바보야."

"또 또…… 물론, TV 광고긴 해도 사실 길거리에 다니다 보면 그런 사람들 많이 있잖아."

"하하하. 바보니 너? 길거리에 손잡고 가는 사람들 자기 게 어딨어? 다 남의 것이지."

"뭐야! 그렇다고 모두가 불륜이라고 말할 수 없잖아."

"그럴까?…… 맹꽁아."

나도 안다. 70, 80을 넘긴 사람은 물론이고 90을 넘기고도 처방받아서 약을 타 가지. 뒤늦게 사귄 짝을 만족하게 해 줘야 한다며 넋두리 같은 푸념을 매일 듣고 살지. 그것도 열에 아홉은 죽을 맛이라는 이야기까지. 알지, 내가 왜 모를까! 이런 저질들아……

"의사가 왜 이 약을 처방했노? 의사한테 전화해서 전에 먹던 약으로 처방하라고 해 주소."

"아버님, 그건 의사 선생님이 알아서 내신 처방입니다. 그리고 처방받기 전 선생님께 미리 말씀드리지 않고요?"

"내가 알았나. 한번 물어봐 주소."

"아버님. 사실 이 약도 그 약과 성분은 같습니다. 단지 이름이 많이 알려지고 아니고 한 차이일 뿐입니다. 그래서 조금 저렴한 것으로 의사 선생님이 처방하신 것 같아요."

"효과 없으면 책임질 끼가?"

"아버님……."

이런 말은 하루 일상적인 대화다. 그러기에 틀에 박히고 교과서적인 이야기로만 설명하고 약을 조제해 줄 뿐이다. 최근엔 40대가 부쩍 늘어난 것에 잠시 의아해 했는데 역시나 내겐 관심 밖의 일이었다. 누가 뭘 먹든…… 굳이 이야기한다면 타성에 젖었다고 해야 옳을 것이다. 일은 일로 거기서 끝나고 삶의 현장까지 이러한 사례들을 결코 끌고 오지 않았다.

군이 내게 그런 사례의 유형이 있었다면 한두 번은 있었던 것 같다. 일전에 남편이 회사 사람들 이야기하면서 했던 것으로 기억된다.

"회사 사람들 약에 관심이 많더군."

그러나 그이는 아니다. 부부 관계는 문제가 없었고 활기찼다. '여보, 약은 최후의 보루라 생각하고 그때 먹어.'라는 말에 그이는 언제나 그러겠다고 이야기한 것 같다.

"혈관 관련된 약은 한번 먹기 시작하면 계속 먹어야 해."

"……."

남편이 무연히 던지는 말을 뒤로하고 우리도 나이가 들면 꼭 손을 잡고 걸을 줄 알았다. 하지만 그것은 어느 특정한 사람들에게만 주어지는 특권인지 아무런 대책 없이 그런 꿈을 꾸는 사람에겐 절대 주어지지 않는다는 황망함이 지금 나를 휘감고 있다. 나는 지금 손을 잡아 줄 수 있을지 아닐지 모르는 사람을 두 번째 만나러 간다.

바삐 지나가는 밖으로 저 멀리 낮게 엎드린 마을이 뻑뻑한 눈으로 들어온다. 옆에 눈을 감은 미연이도 저 마을을 보았다면 나와 같은 생각을 했을까?…… 마치 남편이 병원에서 나와 가야 할 요양 시설쯤으로……

햇빛을 받은 집들은 꾹 눌려 있고 일순 답답하긴 해도 아늑한 모습이기도 하다. 외딴곳, 소외된 곳, 그런 곳이 내 가까이엔 없는 줄 알았다. 하지만 눈앞에 저렇게 눌려 있듯이 가까이에 있다. 마치 오래전부터 준비된 듯한 모습은 순간 당황스럽고 낯설다. 사실 아침에 그이의 옷장을 열고 나서부터 느꼈던 낯섦의 느낌들은 좀 채 떠나지 않고 눈으로 보는 하나하나에 전이되어 또 다른 낯섦으로 증폭되어 다가오는 것 같다. 한 마리 물새가 낯섦의 세계로 길게 선을 그리며 날아올랐다 내려앉는다. 마치 그 낯섦의 세계를 벗어날 수 없다는 것을 인정하듯이.

자리를 툭 하고 흔들며 뒤쪽 사람이 일어나는 것 같다. 아마도 화장실을 가는 모양이다. 물론, 우리가 앉은 자리 뒤쪽으로 가는 통에 남자인지 여자인지 알 수는 없다. 하지만 잠시 후 그가 누구인지 알 수 있었다.

"자기 고장 난 거야?"

고장? 남자는 말이 없다. 그리고 조용히 자리에 가 앉았는가 보다. 무엇이 고장 난 걸까?…… 그것은 남자의 비뇨기 쪽 이야기라는 것을 나는 어떻게 알았을까?…… 전에 없던 민감함이 생겨난 건가?…… 일순 우습고 객쩍다.

목소리를 봐선 기껏해야 40 초반인 사람들이 부끄럼도 없는가 싶다. 여자의 고장 난 발언을 끝으로 시들할 것 같았던 조금은 낯 뜨거운 이야기는 한참 만에 나온 남자의 대꾸로 이야기의 방향이 새로운 국면을 맞았다.

"걱정하지 마. 아직 힘 있으니까."

"난 힘 없는 남자는 싫어. 별 볼 일 없다고."

"얼씨구."

둘이 주고받는 힘의 의미는 물론, 상상하지 않아도 될 법한 이야기지만, 적어도 남자의 어투로 봐선 좀 더 두고 봐야 할 것 같았다. 하지만 그것도 잠시 나의 모든 의구심은 여자의 한마디로 정리되고 말았다.

"오늘 밤 확인해 보면 돼."

물론, 여자는 비뇨기 계통의 질환을 염두에 두고 말하지 않았을 것이다. 남근을 두고 이야기한 원색적인 말일 것이다. 남자가 만족을 주지 못하면 남자를 싫어하겠단다. 정녕 여자는 자신의 말처럼 별 볼 일 없는 남자를 떠날 것인가?

청도를 막 지났다. 실내의 공기는 조금 전보다 올라간 듯했고 미연이 자세를 조금 바꾼 것 그리고 노부부의 감 말랭이의 양이 거의 동이 나 있는 것 말고는 달라진 게 없다. 물론, 떠난 자리는 다시 채워져 그대로다.

처음보다는 조금은 지친 듯한 할아버지의 우물거림을 떼꾼히 올려다 보던 할머니가 오른손에 들고 있던 빨대를 끼운 우유를 할아버지 입으로 가져갔다. 순간 할머니와 눈이 마주쳤다. 웬일일까! 불에 댄 것처럼 가슴이 뜨끔했고 시선을 피한 후로도 데인 자리가 지리하게 아팠다. 다음이면 내릴 건데 그새를 참지 못하고 적군의 총알이 가슴 한쪽을 정확히 관통해 버린 것이다. 흡혈귀가 작열하는 태양 빛에 노출된 듯, 지금까지 베일에 숨겨져 왔던 모든 비밀이 백일하에 드러난 것처럼, 급기야 단두대나 교수대 앞에 집행을 앞둔 망연한 죄인이 되어 버렸다. 아침에 그이의 옷장이 낯설었던 느낌은 잘못된 느낌이 아니었다.

저들은 서로의 옷에 관심이 있었으리라. 옷을 입혀 주었으리라. 감기로, 질병으로 때로는 사경을 헤매는 몇 날 며칠에도 밤을 새워 가며 곁에서 손을 잡고 있었으리라. 아이들이 성장해 자신의 영역으로 떠나갈 때 함께 울고 함께 위로했으리라. 서로의 만족을 위해 한발 양보하고 고민을 나누며 서로 격려했으리라. 때론 삶의 고달픔으로 푸념하며 서녁을 바라볼 때도 아무 말 없이 옆에서 같은 곳, 같은 서녁을 바라보며 고달

품을 공유했으리라. 그들 삶에는 바빴던 일은 없었을까? 지금도 할아버지는 할머니의 성욕을 아니, 할머니는 할아버지의 성욕을 아니, 서로의 성욕을 채워 주며 사는 걸까? 그래서 서로 떠나지 않고 있는 것인가? 꼭 그런 것도 아닌 것 같은데…… 아, 뒤쪽의 사람들은 오늘 밤이 그들의 운명적인 날이 될 것인가!…… 그리고 나의 앞날은?……

3

그랬다. 대구역 대기실의 횡함 그리고 마음의 횡함. 횡함이 전이되어 숨어 있던 징그러운 횡함을 일깨운다. 그이와 나 어디서부터 어긋난 것인가? 그런데 정말 어긋난 느낌이 맞나? 도대체 이 횡한 감정은 어디서 온 건가?…… 쉼 없이 앞만 보고 달린 탓에 허한 찬바람이 몰래몰래 둘 사이에 들어차 결국 횡함이라는 산물을 만들어 낸 것인가? 그렇다면 누구의 잘못도 아니잖은가! 열심히 산 것이 무슨 잘못이란 말인가! 미연아, 엄만 잘못 없어!

"엄마, 아빠 속옷."

미연이 망연한 내 모습을 보고 먼저 말을 꺼낸 건지 아니면 나보다 먼저 생각이 나서 그랬는지 모를 일이지만, 여하튼 구구한 가슴에 다시금 돌을 던졌다.

"알아!"

미연이 작정하고 달려들 건가?……

그리고 보면 그이는 둘도 없는 우군이다. 가정을 우선으로 생각했고 자신의 감정보다 오히려 내 감정에 충실했던 그였다.

"사장이 바뀌는 바람에 묵은 장급들이 윗사람 눈치 보느라 힘든가 봐."

"당신은 올해 팀장이 됐는데 무슨 상관이야."

"그렇긴 해."

"요즘 정가나 경제계에서 정년 연장 이야기가 솔솔 흘러나오는 것 같은데 죽었다 하고 있으셔요. 성명식 씨."

"친구 녀석들은 이미 명퇴한다고 난리들이야. 그렇다고 옛날처럼 돈도 더 받고 나가는 것도 아니고 더구나 젊은 신인들에게 밀려 나가는 듯한 모양새인데도 어쩔 수 없나 봐."

"하여간 나는 모릅니다요. 성명식 씨."

"걱정하지 마세요. 우리 마나님. 죽을 때까지 붙어 있을 거니까."

작은 공간조차도 여유도 확보하지 못한 그와 나. 언제나 꽉 찬 공간 속에서 나는 풍요로웠다.

"엄마, 105, 110?"

단박에 대답할 수 없는 이유는 뭘까?……

"……110 사이즈."

"그렇게 커?"

작은 것은 못 입지만 큰 것은 그래도 입을 수 있을 테니까! 너무 크다면 그동안 살이 빠졌다는 이유가 최소한 방어할 수 있는 무기쯤은 될 터이기에 아무래도 큰 것을 말했으리라. 정 안 될 것 같으면 뭐 바꾸든 누굴 주든 하면 될 터.

"경민아, 이거 너 입어."

"웬 거?"

"명식이 것 샀는데. 커서. 바꾸러 가기도 그래서."

"명식이 알아?"

"응."

다시 옷 판매장으로 올라갔다. 일단 뭔가 사례를 해야 할 것 같았다. 미연은 다시 올라가는 어미가 이상했는지 멀뚱히 바라보다 간격을 두고 에스컬레이터에 올랐다.

"아저씨한테도 선물 하나 사자."

"그래. 그동안 아주 잘해 주셨는데. 근데 뭘 할까?"

"옷."

"치수 알아? 엄마."

"응."

단박에 나온 대답에 스스로 뜨악한다. 미연도 그런다. 온통 혼란스럽다. 본의 아니게 경민이도 저쪽 편으로 만들어 버렸어……

허브힐즈를 지났다. 인제 택시로 2분 거리에 그이가 있다. 가까워지자 보름 전보다 야윈 모습이 그려져 속옷을 잘못 샀다는 생각이 든다. 하나는 알고 하나는 모르는 사이즈의 선물 꾸러미는 내려다보는 나를 올려다보며 정죄하고 있다. 나는 그이의 무엇을 알고 있나?…… 약밖에 몰랐나?……

오후로 넘어가는 시각의 병원은 짙은 초록의 산자락 아래 장승처럼 무연하게 서 있다. 그 모습은 일순 아침 일찍 나선 나를 나른하게 한다. 한 점 구름 없는 하늘에 노란 구멍으로 이글거리는 열기 때문에 병원도, 나무들도, 간간이 걷고 있는 환자나 의료진도 그리고 방문객들까지 기신거린다.

"늦었네."

"빨리 온 거야."

"미연이도 온다고 고생했겠구나?"

"별로요."

"오늘 저녁 늦게나 내일로 미뤄졌으니까 그렇게 알고 일단 준비해."

"알았어."

"아무래도 마지막 결과가 저녁 늦게 나오니까 내일이 될 가능성이 커."

"응."

"진짜 이러길 천만다행이야!"

진짜 아무 이상 없이 보름 전 모습으로 돌아갈 수 있다는 것인지 물을 수 없다. 그가 어떤 말을 하더라도 비참할 것 같아서다. 꼭 '그동안 무슨 문제라도 있었느냐?'라는 말이 나올 것 같았기 때문이다.

"고마워. 정말 고마워."

언제나 나와 그이는 이렇게 말했고.

"너무 그러지 마. 친구들끼리."

언제나 경민인 이렇게 말했었다. 어쩌면 우리 셋 사이엔 이러한 모습이 공식화되어 있었다고 해도 틀린 말이 아닐 것이다. 결혼 후 이러한 공식과 같은 틀을 깨기 위해 부단히 애를 알게 모르게 썼지만, 한번 나 버린 길은 좀처럼 지워지지 않았다. 등록금 문제 앞에서도 그랬고, 아이 둘을 낳을 때도 그랬고, 남편의 직장 문제도 그랬다. 그의 손길이, 입김이 가지 않은 곳이 없다. 고맙고 부담스럽지만, 그에게서 벗어날 수 없었다. 이번 일만 해도 그렇다. 친구인 그가 우리 아니, 내 곁에 너무 가까이 있다. 그래서 오늘 미연이 앞에서 사이즈 문제로 당황할 수밖에 없었던 것.

병실은 온화했다. 그는 친구 덕으로 1인실의 호사를 누리고 있다. 링거 속의 액이 규칙적으로 떨어지는 것이 섬뜩섬뜩하다. 뭔지 모를 액이 그이의 몸속 깊숙한 곳으로 들어갈 거였다. 보름 전엔 저런 액이 필요 없었다. 하지만 이젠 저렇게 인공적인 액이 필요한 그이도, 낯선 액도 모두가 섬뜩하다. 30도로 기운 침대에 그이가 반듯하게 죽은 듯 잠들어 있다. 그이의 머리 너머엔 멀리 야트막한 산이 보이고 그 앞으로 병원 주차장에 차들이 즐비하게 주차된 모습이 보인다. 주차된 차들은 장식되었는지 아니면 병실의 환자들을 신경 써 옴짝달싹도 하지 않는 것인지 여하튼 어떤 미동도 없는 그림이다. 조금 전 밖에서 본 구름 한 점 없는 하늘의 시퍼런 색은 창문 오른쪽 모퉁이에 조금 내밀고 있다. 오른쪽 벽면 구석진 곳의 가습기는 수증기를 연신 피웠고, 환자에게 필요한 장치들은 제자리에서 그 기능을 다 하고 있다. 그이만 정지된 모습이다. 그의 얼굴은 지난주에 보았던 얼굴과는 확연하게 달라 보인다. 수술 후 있던 고통이 사라졌나 싶다. 참 평안해 보인다. 낯설다. 이런 모습은 처음인 것 같다. 이이의 이런 모습 본 적이 있나?…… 없다. 기억에 없다.

물론, 잠들 때 이이의 모습을 확인하지 않고 잔다. 둘 다 그렇다. 그러나 인제 와서 비참한 마음으로 짐작한다면, 모르긴 해도 취침등 아래 이인 지쳐 일그러진 모습으로 잠들었을 거다. 혹독한 업무, 회식, 늦은 귀가 그리고 내 기준에 맞는 성관계로 어쩌면 이인 매일 밤 죽어 갔던 것일 거다. 관심 분야가 다른 이야기를 잠시 나눌 동안 왜 한 번 얼굴을 보지 못했을까? 아니, 않았을까? 왜 둘은 그대로 잠들어 버리고 말았나? 그렇다면 우린 사랑의 감정을, 서로가 하나라는 희열과 존경 그리고 인정이라는 감정을 마지막까지 성실하게 나눈 게 아니라 그저 육체의 본능에만 충실한 것이었나? 그래, 틀린 말도 아닌 듯……

"엄마. 꽃 어때?"

늦어도 내일이면 떠날 병실에 웬 꽃이란 말인가? 아빠가 꽃을 좋아한다는 것을 알고 있어 그랬는지 아니면 병실엔 으레 꽃이 있어야 한다고 생각한 건지 나보다 낫다. 그다지 꽃을 좋아하지 않은 나를 둔 그이는 참 재미가 없었으리라. 갖가지 꽃들을 사 들고 와 꽃말을 일일이 일러 주었지만, 그것은 그때뿐이었다. 굳이 하나가 있다면 직원들과 나누었던, 그이가 들려 준 네 입 클로버 이야기만 오롯하다.

"우리는 행운을 찾기 위해 행복을 짓밟지 맙시다. 클로버 이야긴데 네 잎은 행운이고 세 잎은 행복이라는 사실이랍니다. 그동안 네 잎을 찾기 위해 얼마나 많은 세 잎을 짓밟으며 헤맸는지 돌아보면 알 거예요."

한데 책에만 관심이 많았던 나는 경민이의 기쁨이 되었으리라. 이제 생각하니 책까지도 경민의 손길이 서재와 침실 곳곳에까지 미쳐 있는 것이 깨달아진다. 각종 의서와 자기 계발서 그리고 베스트셀러까지.

"아빠 퇴원하면 매일 꽃 사다 드릴게요."

"아빠 깰라……."

미연의 귓속말을 알아들은 양 조금 전보다 얼굴이 더 편해 보인다. 격정의 희열을 만끽하고 잠들기까지 둘은 서로 다른 이야기를 했다. 나는 책 이야기, 이인 꽃 이야기였다. 꽃을 이야기해 놓은 책도 있으련만……

"참. 엄마, 아저씨가 진료실로 좀 내려오래. 선물은 드렸어."

4

"결과가 늦네."

KTX 하행선의 옆자리는 군인이다. 가물가물하게 보이는 미연의 정수리가 실내조명을 받아 때아닌 눈을 뒤집어쓴 것처럼 희고 윤이 났다. 자신을 닮아 유난히 머리숱이 검고 윤기가 난다며 너스레를 떨던 그이가 거기에 앉아 있는 것 같다. 모두가 지친 모습들이다. 나도 미연이도 옆의 군인도 옆의 커플도 그렇다. 모두다 어디서 무슨 일을 하다 돌아가는 것일까? 저 지친 얼굴 안으로 소담히 담긴 일들은 다 다를 것이다. 누군가의 죽음으로 인한 궂은일에서부터 생명 탄생의 기쁨 그리고 결혼 예식의 축복과 회한들이 거기에 담겨 있을 터이다. 나는 뭘 담았나?……

옆의 군인은 어디서부터 타고 내려온 것일까? 휴가를 나온 것일까? 그렇다면 요즘은 비싼 열차 운임도 군에서 지원해 주는 것인지…… 남편은 완행을 타고 내려오면서 겪었던 이야기를 하곤 했었는데…… 어머니가 얼마나 보고 싶었던지 앉은 자리에서 달렸다는 우스갯소리도 했었다. 세상에서 제일 맛있는 것은 삶은 달걀이라는 말도 했었지 아마. 무거운 눈꺼풀엔 어떤 장사도 이길 수 없다는 말을 증명이라도 해 보일 양, 군인은 왕방울만 한 눈을 감고 연신 좌우로 흔들어 댄다. 자면서도 반듯한 자세를 유지해야 하나?

"팀장 자리가 위태롭다며 한두 번 이야기했었어."

그때가 언제였나? 가끔 그런 이야기를 최근 들어 했었다. 하지만 우리 가정의 이야기가 아닌 터라 귀담아듣지 않아서 기억이 안 난다. 아니, 극구 부인한 탓으로 분명히 기억이 난다. 그이는 왜 친구에게 그런 이야기를 했을까? 그전처럼 일자리라도 알아봐 달라는 부탁을 하려 했던가? 물론, 경민에게 확인은 하지 않았다. 마찬가지 비참함을 걱정한 탓이다. 그렇게 힘겨움을 왜 나누려 하지 않았던가? 물론, 내가 그렇게 했다손 하더라도 몇 번이고 찔러 봤어야지…… 자신 혼자서 그것을 해결하려 했단 말인가? 가장으로써 그게 직무며 반듯함이었나? 혹, 내가 잠자리라도 거부할까 봐서? 남몰래 그렇게 흔들렸으면서…… 아니, 나 몰래.

부산역이라는 안내 방송은 모든 이들의 의식을 돌아오게 했다. 마치 마법과도 같다. 일어나지 않으면 큰일이라도 날 것처럼. 숙명적으로 운명적으로 일어나야만 한 사람들처럼……

군인도 일어났다. 그동안 흔들렸던 모습은 당장에 반듯함으로 갈무리하려 애쓴다. 하지만 그가 남긴 흔적은, 내 마음에 남은 시종일관 흔들렸던 그 잔영은 한동안 남아 있을 것을 그는 알까? '피곤하다'라는 한마디만 아니, 표정이라도 짓는다면 그의 의뭉스러움은 한결 가벼워졌으리라. 군인은 '여보, 나 지금 엄청나게 힘들어.'라는 말을 끝까지 숨기려는 그이다.

"엄마, 아빠 헬스 다녔어?"

"헬스? 글쎄……."

"연일 무리하게 운동을 했나 봐. 쓰러졌을 때 근육이 얼마나 경직되어 있었는지 몰라. 꼭 무리한 운동 후 뭉쳐진 근육처럼 말이야. 사실 난 처음에 몸 구석구석의 혈관이 다 터져 버린 줄 알고 얼마나 당황했는지 몰라……."

그이가 쓰러지기 일주일 전에 등록했나 보다. 3개월 15만 원 현금 영수증과 등록증이 그의 소지품에서 나왔다.

소지품은 경민이 이번 방문 때 전해 준 거다. 그동안 환자에게 집중하다 깜박했다며 이제야 전해 준 거다. 그이의 관한 말까지. 남편의 말을 듣는 동안 나는 또 한 번 경민 앞에 자존심이 상했다. 그인 어떤지 모르지만 난 면역되질 않고 겪을수록 더 아프고 상처가 깊어지는 느낌이었다. 그런 말과 함께 건네받은 소지품에서 헬스장 등록증이 나온 거다. 그가 왜 느닷없이 헬스 하기로 했을까? 아니, 그이에겐 느닷없는 일이 아닐지 모른다. 하지만 적어도 살을 맞대고 사는 나에겐 한 번쯤 이야길 해야 하지 않나?…… 그런데 정말 건강을 위해?…… 그것도 카드 결제도 아니고 현금으로 한 이유는? 나도 모르게? 왜?……

그를 만졌지만, 여느 때와 같았다. 부부 관계는 언제나 나체 상태로 가졌다. 뭉쳐진 근육들은 느껴지지 않았다. 조금은 오랜 시간 서로의 몸을 어루만지는 전희를 즐겼기 때문에 그땐 그런 느낌이 없었다는 것을 기억한다. 부드러웠고 말랑했다. 그런 그의 몸 전체가 근육으로 경직되었다? 이상한 일이다. 경민은 나의 남자가 아니라 낯선 남자를 이야기했다.

그렇더라도 그이는 내 남자고 헬스를 시작했던 것은 부인하려 해도 소용없는 일이다. 흔하디흔한 파스 하나 제대로 붙이지 않은 이유는? 내가 알까 봐? 내가 알면? 하지 말라 할까 봐? 내가 왜?……

"스트레스가 이만저만이 아니라고 했었어. 그리고 몸도 예전만큼 좋지 않다는 말도 했었고. 그런데 그런 녀석이 일만 하는 내가 안쓰럽다며 그날 오프인 나를 필드로 끌고 나간 거야. 도리어 녀석이 쓰러지고 말았지만."

스트레스라면 뭘 두고 한 말인가? 직장? 돈? 건강? 나와의 부부 관계?…… 그래, 그건 그랬다. 최근 들어 조금은 힘들어 하는 것 같았다. 시간도 점점 짧아지고 있었고 거기다 꽃 이야기, 책 이야기 없이 돌아누워 일찍 잠이 들었었지. 맞아.

"엄마, 그럼 아빠 완전히 퇴원하면 부산으로 오는 거야?"

"일단 부산으로 오셔야지."

"직장도?"

"그렇겠지, 아마도."

"야! 이젠 아빠 대구까지 왔다 갔다 안 해도 되겠다."

"물론."

"근데, 아빠한테 언제 또 가?"

"주말에 가지. 왜?"

"그날 콜팝 시켜 먹었거든. 또 먹으려고……."

콜팝? 콜라와 닭을 먹은 모양이다. 동생이 고2라 혼자서 할 거라고 말하더니…… 될 수 있으면 기름에 튀긴 음식을 못 먹게 했었는데 그날은 미영이 해방된 날이었나 보다. 또 콜팝이 당긴 모양이다.

"그게 그렇게 맛있던?"

"당근."

"웬만하면 기름에 튀긴 것 먹지 말라고 했을 텐데. 딸!"

"힝……."

"엄마, 아버지 폰에도 콜팝이라는 전화번호가 있네. 부재중 전화도 많이 들어 와 있네."

"…… 어디?……."

"봐, 여기. 콜팝."

정말 낯선 전화번호가 거기에 있었다. 건네받은 그이의 소지품은 판도라 상자다.

"내가 해 볼게."

웬 난린가? 평소에 안 하던 짓을, 나는 지금 그걸 인식 못 한다. 왠지 다급함에 쫓기듯이.

"응. 기왕 하는 거 콜팝 시켜 줘."

"……."

"명식 씨?"

"……."

"여보세요? 명식 씨 휴대 전화 아니에요?"

"거기 닭집 아닌가요?"

"그렇긴 한데…… 누구시죠?"

닭집 여자가 그이를 안다. 그이가 그녀와 집중적으로 통화한 때가 보름 전쯤이다. 그이가 헬스를 등록한 시기 언저리다. 뭐야 이런 생각은…… 바쁘다는 일상으로 내가 잘 챙기지 못해서 그런가? 권태기인가? 동창들이 말한 이만한 나이에 남자나 여자나 애인 하나 없으면 바보 소릴 듣는다는 그런 소릴 듣기 싫어 그랬던가? 이것도 저것도 아니면 진짜 그이가 다른 여자를 마음에 둘 정도로 허했단 말인가! 한데 지금 내가 너무 비약하는 건 아닌가?

그렇더라도 그가 꼭 예전처럼 회복되어야만 하는 당위성은 어디에도 없다. 잘 챙기지 못했다는 그동안의 자괴감은 다시 돌아볼 일이다. 전화기가 켜지기를 기다렸다는 듯이 전화가 또 걸려온다.

"여보세요? 혹, 조금 전에 전화받으신 분이 성명식 씨 아내 아닌가요?"

"…… 그렇습니다."

"야, 이 기집애야! 내 목소리도 몰라! 나 은애야, 김은애. 포항으로 시집간 부일 쌀집 둘째 딸!"

"네가 어떻게?……."

나는 남편을 여전히 모르고 있나 보다. 오늘 중으로 옷장을 활짝 열어 손빨래며 드라이며 뭐든 해야 할 것 같다. 그이는 빨리 회복되어야 할 당위성이 있다. 아니 꼭 일어나야 해.

6. 삶의 굴레 - 륵勒 1

사는 게 신통치 않아 어제 이사를 왔습니다. 물론 큰 기대는 하지 않지만, 그래도 이전보다는 살림이 나아지길 원했습니다. 다들 그러잖아요. 심기일전이라고. 사실 이번에도 살림살이가 나아지지 않으면 그땐 정말 전보다 더 막막할 것입니다. 저는 이사 다니는 것을 탐탁지 않게 여깁니다. 그런데 이번 이사는 증·개축인지 하는 공사 때문에 마지못해 하게 된 것입니다. 증·개축은 일순 가족의 해체를 가져다주었지요. 으레 아비는 그렇다 하더라도 그 난리 통에 자식들을 다 잃고 이렇게 혼자 떠나온 것입니다. 마음이 휑하긴 해도 저희에겐 종종 있는 일이기 때문에 시간이 약입니다. 그래서인지 슬픔, 아픔 이런 감정들보다는 앞으로 또 어디서 뭘 먹고 사나 하는 걱정이 그러한 감정들보다 먼저 가슴 한가운데 자리를 잡습니다. 이번에도 마찬가지입니다. 혼자 왔지만 그리 슬프지는 않습니다. 다만 어딘가에 자리를 잡고 다들 잘살아야 하는데, 하는 마음만 간절하다는 것은 이야기해야 할 것 같군요.

있는 힘을 다해 죽어라, 집을 지었습니다. 사흘이 되었습니다만, 파리 새끼 하나 보이질 않습니다. 간간이 하루살이들이 찾아들곤 하지만 저에겐 가장 성가신 손님입니다. 먹지도 못할 뿐 아니라, 한꺼번에 몰려들면 집을 쑥대밭으로 만들어 놓기 때문입니다. 그렇게 되면 집을 다시 지어야 할 지경까지 갑니다. 그렇지 않으면 다른 손님들이 집을 알아보고 아예 접근 자체를 하지 않기 때문이죠. 그러기에 사흘을 굶었지만, 저들을 먹지 않고 집을 위해 조금 전 다 발라내었습니다. 여하튼 하루살이는 성가시고 짜증이 나는 자들입니다. 이렇듯 아무리 허기가 져도 먹지 못하는 것이 있습니다.

그나저나 뱃속은 번개와 천둥으로 난리가 한창입니다만, 찾아올 손님은 낌새도 없습니다. 집의 위치, 규모, 환경 등을 고려해 볼 때 손님이 찾지 않을 이유가 없는데 안타까운 일입니다. 이래서 한곳에 붙어 있는 것을 좋아했던 겁니다. 자주 옮긴다는 것은 이렇게 여러모로 고충이 따르기 때문이지요.

그런데 사실 이사를 잘못 왔다고 생각할 수 없는 것은 앞집의 상황을 보면 그렇습니다. 앞집은 사흘 동안 하루도 거르지 않고 호의호식했습니다. 다양한 먹거리가 풍부했습니다. 언뜻 보면 위치상으로는 제가 더 유리한 것 같은데 이상한 일입니다. 저의 집엔 파리 하나도 들지 않는데 앞집은 기본이 파리, 모기 심지어는 귀뚜라미까지 찾아들어 먹거리가 차고 넘칩니다. 그래서인지 앞집 양반은 체구도 크고 힘이 장사여서 하루가 멀다고 집을 새로 짓습니다. 그리고 앞집 양반은 수완도 좋고 힘이 장사인 탓에 왕성하게 번식하는 것을 보고 저는 입을 다물지 못했습니다. 이사 온 지 닷새가 지나는 동안 무려 열 번이나 그 짓을 했으니 말입니다. 물속에 집을 짓는다는 희한한 자들이 있다는 말을 듣기는 했어도 그 짓후 상대에게 자신을 내놓지도 않고 오히려 위협을 가해 내쫓는 일을 보고 아연하지 않을 수 없었습니다. 물론 자식을 위해 취하는 아비의 행동도 아예 볼 수 없었죠. 그렇다고 다른 종족이라면 또 몰라도 같은 종족이라 더욱 고개를 갸우뚱하게 했습니다. 제가 만났던 아이들 아비와는 판이한 양반이 아닐 수 없습니다.

　오늘도 저는 굶어야 할 것 같습니다. 물론 24시간 개방해 놓은 집이지만, 가능성은 여전히 희박해 보입니다. 오늘도 하루살이를 떼어 놓는다고 쓸데없이 힘을 썼습니다. 죽을 지경입니다. 앞집은 오늘도 푸짐한 먹거리로 풍성합니다. 기가 찰 일은 먹거리도 인제는 골라서 먹습니다.

　싫증이 나는 파리나 모기는 이미 그의 식탁에서 사라졌습니다. 물론 제가 이사 오고 난 후 사흘 정도 파리가 저 양반의 주식이었기 때문에 진수성찬이 올라온 것은 그리 오래되진 않았다는 것을 알 수 있지만, 여하튼 저 양반의 먹거리는 인제 차진 귀뚜라미나 나방으로 완전히 바뀌었습니다. 아무래도 제가 자리를 잘못 잡은 것 같습니다. 그렇지 않고서야 이럴 수는 없는 게 아니겠습니까? 그러고 보니 목이 좋아 보이는 곳인데도 아무도 없었다는 것이 새삼 의뭉한 깨달음으로 다가옵니다. 당장은 상황 판단을 잘하지 못한 탓이라 여겨집니다. 오늘내일 중으로 멀리 이사는 아니지만, 근처로 옮겨야 할 듯합니다. 정말이지 이러다 아사할 것 같습니다.

　그런데 건너편으로 간다면 가깝습니다만, 바람 한 점 없는 곳이라 날아갈 수 없습니다. 그렇다고 펄쩍 뛰며 날아다니는 종족이라면 또 모를까. 아닙니다. 만일 날아간다고, 뛴다고 하더라도 잘못했다간 언제 들이닥칠 모를 인간의 머리나 어깨쯤에 안착한다면 그날로 결딴나는 일이니 그런 일은 아예 생각할 수 없습니다.

사실 이런 상황이어서 제가 앞집을 부러워해도 그림의 떡인 것과 저 양반이 저를 넘보는 것도 피차일반입니다. 오늘은 그러니까, 이사 온 후 엿새 만에 포식했습니다. 눈먼 나방인지 뻔히 보이는 대낮에 저의 집으로 찾아들었기 때문입니다. 얼마나 차지고 기름진지 살이 되고 피가 되는 느낌이었습니다. 너무 급한 나머지 설사를 했지만 말입니다. 그것은 으레 있는 일이라 별로 대수롭지 않습니다. 설사는 다반사니까요. 며칠 쫄쫄 굶다가 기름진 것을 먹으면 그렇습니다만, 저희의 체질은 그렇게 지어졌나 봅니다.

그런데 어제부터 앞집은 파리가 날립니다. 그러니까, 손님이 없어 한가합니다. 그 흔한 파리며 모기가 찾아들지 않아 제가 다 이상할 정도입니다. 마치 상황이 역전된 듯합니다. 그런데 꼭 그런 것만 아닌 것 같습니다. 하루살이가 집을 더럽혀 놓아도 집을 찾는 이가 많아 좀처럼 집을 치우지 않던 양반이 요즘 이상합니다. 연신 청소하느라 여간 바쁜 게 아닙니다. 좀 이상해도 너무 이상해졌습니다. 아무래도 귀뚜라미나 차진 나방들을 기다리고 있는 모양인 듯합니다. 파리나 모기는 거들떠보지도 않으니 식생활이 바뀐 건지 참 기가 찰 노릇입니다. 저도 사흘을 맹탕으로 보냈고 앞집도 사흘을 그렇게 미친 짓을 하며 보냈습니다.

급기야 저 양반이 집을 나설 모양입니다. 하지 않던 벽을 타는 것을 보아하니 그렇습니다. 처음엔 영역을 조금 더 넓히려는가 보다 했지만, 저의 예상을 깨고 그는 집을 떠나고 있었습니다. 그 모양은 닷새 동안 열 번이나 그 짓을 했던 때와는 분명히 다른 분위기였습니다. 영영 돌아오지 않을 그런 느낌을 주었기 때문입니다. 저 양반의 씨를 받아 볼록한 배를 하고 여기저기 이웃한 그의 상대들은 그가 떠나는 것을 물끄러미 바라다볼 뿐 아무런 간섭도 하지 않습니다. 물론 그 짓을 하고 난 후 자신을 주지도, 오히려 위협을 주었던 그를 자연스레 떠나보내는 것은 당연한 일로 보였습니다.

그렇게 그는 가 버렸습니다. 무슨 이유인지 도무지 알 수 없는 일입니다. 그래도 앞집의 양반을 보는 재미까지는 아니지만, 적적한 저의 집 주위 환경을 고려한다면 그가 유일한 저의 눈요깃거리였는데, 이젠 영락없이 홀로 남아 버렸다는 느낌에 사위가 허한 느낌입니다. 물론 그의 씨를 받은 상대들이 있긴 하지만 그들에게 관심이 없는 탓에 저에겐 아무도 없는 것과 같습니다.

그런데 어쩌면…… 저도 혹 그의 왕성한 성욕을 동경했나 봅니다. 오우…… 낯 뜨거운 일입니다. 정말 그랬나 봅니다. 그가 떠나기 전 몰랐습니다. 정말 몰랐습니다. 느닷없이 그의 자리가 참으로 컸다는 생각이 민망하게 이제야 듭니다.

그 탓인지 그가 남기고 간 빈집은 을씨년스럽기까지 합니다. 바람에 요동치는 그의 집을 온갖 잡동사니들이 날아와 엉망으로 만들어 버렸습니다. 물론 먹거리로 보이는 것도 있긴 합니다만, 그 양반이 좋아하지 않았던 것들입니다. 저의 집으로 날아들었으면 얼마나 좋을까, 하는 것들이지만 그것은 저의 바람일 뿐입니다.

그나저나 그가 사라지고 난 후에도 저의 집은 매일같이 깨끗이 청소되었지만, 손님 하나 여전히 들지 않습니다. 오늘도 열심히 하루살이들을 제거하고 새로 집을 청소했지만 말입니다. 아무래도 다시 이사해야 할 듯합니다. 사실 며칠 전부터 이사를 생각하기 시작했는데 그것은 앞집이 비어 있고 또 누구 하나, 그의 씨를 가진 자들까지도 앞집으로 이사해 오지 않았기 때문입니다. 그래서 은근히 그런 생각을 했던 것 같습니다. 말이 나온 김에 나서야 하겠습니다. 물론 그 주위의 반응이 어떨지는 몰라도 일단 나서 봐야 할 것 같습니다. 사실 꼭 그 집이 아니더라도 여기보다는 아무래도 나을 것 같기 때문입니다.

그렇습니다. 이사를 한 번 다니기 시작하면 이렇듯 자꾸 이사하게 됩니다. 참 이상하죠. 전에 살던 곳에서 저는 그것을 깨달았습니다. 저의 집 근처에 있던 집들이 이틀이 멀다 하고 주인들이 바뀌었지요. 여하튼 한 곳에서 진득하니 눌러 있는 게 여러모로 보나 상책인 것은 틀림없나 봅니다. 그렇게 생각하고 있는 제가 이번에 또 이사를 생각했다지요. 우습습니다만 어쩔 도리가 없습니다. 사실 자주 이사를 하는 자들에게 돌을 던졌던 과거가 조금은 계면쩍습니다만, 저도 당장 살아야 하지 않겠습니까. 그야말로 목구멍이 포도청입니다.

옮겨 가는 일은 낮을 피해야 합니다. 그렇다고 밤에도 쉬운 일이 아닙니다. 물론 천적이 찾아들지 않는 곳이긴 해도 밤에는 온갖 잡것들이 저희의 위협 거리니까요. 그러나 낮에 활동하다가 느닷없이 인간을 만나 결딴나는 것보다 그래도 잡것들이 나타나면 삼십육계 줄행랑을 치면 되기 때문에 오히려 잡것들을 만나는 게 훨씬 더 안전합니다.

그런데 하나 큰 문제가 있습니다. 이곳 아래는 습지라 지네들이 엄청나게 들끓고 있다는 사실입니다. 사실 이사 온 그 날이 저의 제삿날이 될 뻔했다는 것을 이사 온 후 알고 오금이 다 저렸습니다. 그것도 저는 모르고 이곳으로 이사를 온 것입니다. 천만다행인 일이었죠.

이사는 좀 더 심사숙고해 보아야 할 것 같습니다. 인간이 매일같이 싸지르는 오줌과 물이 사방으로 뛴 탓에 바닥에 깔린 합판 밑이 지네와 귀뚜라미 등이 살 수 있는 곳이 되지 않았나 싶습니다. 그들이 저의 집으로 먼저 방문한다면야 그들은 저의 피가 되고 살이 되겠지만, 그들이 먼저 오지 않는 이상은 제가 그들의 살과 피가 되는 겁니다.

느닷없이 귀뚜라미 새끼 하나가 어디서 뛰어 왔는지 집 안으로 뛰어들었습니다. 자신도 놀랐는지 발버둥을 쳐댔습니다. 저도 놀랐습니다. 물론 그가 놀란 것과 제가 놀란 것은 판이한 것입니다. 저는 횡재하여 놀랐고, 그는 공포와 망연자실하여 놀란 것입니다. 그가 요동치지만 저는 걱정하지 않습니다. 매일같이 집수리하는 통에 집은 안전하고 든든하기 때문입니다. 그러니까 언제나 새집인 거죠. 물론 끈적이지 않는 세로줄에 아슬아슬 올라선다면 모를까 말입니다. 그에겐 안타까운 이야기겠지만, 시간만 지나면 저는 모레까지는 포식할 수 있을 것 같습니다. 그래도 이사는 갈 것입니다.

그런데 이웃에 이사 온 양반이 있습니다. 뭐 부담은 되지만 그다지 싫은 건 아닙니다. 수컷이라 그렇지만 적적했던 저에게 나름의 동무가 생긴 탓입니다. 물론 체구는 저보다 크지만, 건너편 앞집에 살던 그 양반보다는 훨씬 작습니다. 한눈에 봐도 싱싱해 보이는 저와 흘레 생각으로 접근했는지는 몰라도 저는 아직 그럴 생각이 없습니다. 물론 한 번 허락하고 단박 집어삼키면 그만이지만, 앞으로 먹거리도 그렇고 몸도 그냥 그렇기 때문입니다. 일단은 먹는 문제부터 해결된 후에는 몰라도 지금은 그럴 생각은 추호도 없습니다.

이사 온 양반은 저 밑으로 집을 짓기 시작합니다. 생긴 모습과 달리 크고 굵고 실하게 집을 짓습니다. 저를 유혹하는 것인지 마음에 쏙 듭니다. 그러나 상황이 어떻게 전개될지는 몰라도 먹거리 문제로 분란이 없었으면 하는 바람이 슬며시 가슴으로 차갑게 파고듭니다. 이 양반은 식량난에 허덕이는 곳임에도 알고 온 것인지 아니면 모르고 온 것인지 그것도 아니면 무슨 저의가 있는 것인지 뒤늦은 생각이 계속 꼬리를 뭅니다.

한껏 멋을 부린 집은 저의 집과 확연히 달라 보입니다. 그러나 저는 주눅이 들지 않습니다. 수컷은 으레 그렇게 지으니까 말입니다. 일종의 자기 과시용이면서 암컷에게 자신의 능력을 보여 자신을 받아들이게 하는 포석이기도 하니까요. 그렇다면 이 양반은 실수한 것입니다. 저는 전혀 그럴 생각이 없기 때문입니다.

한데 얼른 가서 괜한 짓 하지 말라고 일러야 하나 싶습니다만, 어떻게 하나 두고 보려고 합니다. 쉽사리 움직였다간 오히려 오해를 살 수 있기 때문이니까요. 오해를 사면 여간 골칫거리가 아니거든요. 저번에도 그런 경험이 있어 알지만, 다행히 제가 선택한 수컷에게 결국, 굴복당하고서야 스토커 짓이 끝이 났으니 제가 얼마나 힘이 들었겠습니까. 적적하다고 지나치게 호의적이지도, 그에게 오해 살 만한 행동도 당분간은 하지 말아야 하겠습니다.

그런데 그가 오고 나서 먹거리가 끊어지지 않고 이어졌습니다. 오히려 그가 와서 더 풍성해진 것 같습니다. 이윤 모르겠습니다만, 좌우지간 먹거리는 풍족해졌습니다. 그러나 언제 또 허기로 인한 고통을 맛볼지 몰라 미리미리 저장해 두기 시작했습니다. 저장은 아직 한 번도 해 본 일이 없는데 이곳에서 여러 가지를 배웁니다. 아래 저 양반도 열심히 저와 같이하고 있습니다. 그런데 아래 저 양반은 굶지도 않는데 체구가 더는 커지지 않습니다. 이사 온 지도 벌써 열흘이 되어 가지만 이사 올 그때나 지금이나 별반 다를 것 없이 배가 날씬합니다.

물론 저보다는 통통하지만 말입니다. 아, 그리고 보니 저 양반 다리 몇 개가 없는 것 같습니다. 무심코 보았을 땐 몰랐는데 오늘 보니 그래 보입니다. 확연히 보입니다. 오른쪽 뒷다리와 왼쪽 앞다리가 없습니다, 대칭 방향으로 없습니다. 물론 나머지 다리 때문에 기우뚱한 모습은 아닙니다만, 왠지 마음이 싸합니다. 그리고 등 쪽에도 상처 흔적이 보입니다. 아마 천적들에게 곤욕을 치른 듯합니다. 그래도 그는 아랑곳하지 않고 열심히 자신이 해야 할 일을 묵묵히 하고 있습니다. 물론 먹잇감이 집 안으로 달려들어도 서두르지 않고 사태 추이를 거의 관망하는 분위기지만, 그러나 여차하면 달려들 그런 기세를 늦추지도 않습니다. 불구이면서도 날렵하고 부지런하고 지혜롭기까지 합니다. 일순 그에게 호감이 덜컥 들어 버립니다. 큰일입니다. 오늘은 일찍 잠을 청해야겠습니다. 먹거리가 몰려온다 해도 내일 아침에나 작업해야 할 듯합니다. 그냥 그러고 싶습니다.

사흘 동안 먹거리 하나 찾아들지 않습니다. 있는 양식이 동났습니다. 아래의 그는 뭘 하는지 매일 바쁩니다. 물론 먹이가 찾아든 것도 아닌데 말입니다. 언제나 새벽이면 집을 새로 수리합니다. 귀찮지도 힘들지도 않은가 봅니다. 이사 와서 자리를 잡은 후 한 번도 거르지 않습니다. 부지런도 유난합니다. 물론 그 부지런함이 저의 마음을 동하게 했는지는 몰라도, 하지만 그 부지런함이 다시 그에 대한 거부감으로 마음 한가운데 자리를 잡으며 저를 고민하게 합니다. 그를 보면 인제 저까지 피곤해지는 것 같습니다. 하지만 그는 저의 이러한 속에서의 분탕질과는 아주 다른 일상을 살아가고 있는 듯합니다. 오직 저만 이 난리를 치고 있나 봅니다.

  아무래도 이사를 해야 할 듯합니다. 그렇게 하는 것이 좋을 듯합니다. 물론 그가 싫어서가 아니라 지금의 저의 모습이 싫어서 그렇습니다. 사실 그를 바라보며 살아가면 그뿐입니다. 물론 그가 저를 어떻게 보는지는 뒤 문제지만요, 아니 그게 제일 큰 문제인 것 같군요. 아…… 언제부터 그에게 마음을 주었는지…… 여하튼 저의 이런 속에서의 자맥질이 당장은 싫습니다. 떠나는 것이 맞나 봅니다. 물론 그는 여전히 저만의 분탕질엔 아랑곳없이 집을 짓고 청소를 하는 일로 하루를 바쁘게 살아갑니다. 은근히 화가 나기도 하지만 그래도 저의 마음은 인제 정해졌습니다. 어쩌면 그의 장애를 떠나고 싶은 것일까, 라는 생각을 해 봅니다만, 꼭 그런 것 같지도 않은 것 같고……

  저는 비어 있는 건너편 앞집으로 이사를 결심했습니다. 다행히 쉽게 결심을 할 수 있도록 아직 집이 비어 있습니다. 물론 새로 집을 짓고 자리를 잡는 일은 그렇게 문제가 안 되기 때문에 걱정은 없습니다. 다만 저기까지 가는 일이 문젭니다. 때마침 인간도 없고 바람이 쌩하고 불어 준다면야 금상첨화이겠지만, 저는 천장을 선택했습니다. 당연히 위험이 따르기도 하지만 저만 실수를 하지 않으면 되는 일입니다. 사실 실수를 하지 않는다면 당장은 천장으로의 이동이 가장 안전한 방법입니다. 물론 실수한다면 치명적일 수 있습니다. 인간의 머리나 어깨 아니면 인간의 눈앞으로 떨어져 내린다면 삶은 끝나고 맙니다. 그래도 천적들이 우글거리는 아래의 소굴로 들어갈 수는 더더욱 없는 노릇입니다. 갑자기 제가 왜 이러는지 짜증이 나지만 그래도 가야 할 일이라 생각하니 짜증도 금방 시들해집니다. 이사는 새벽에 결행할 것입니다. 설마 인간이 새벽에 출근해 간이로 만든 주방과 화장실을 청소하진 않겠지요. 물론 그런 위험이 있다고 해도 새벽 시간이 하루 중 가장 안전한 시간대여서 어쩔 수 없습니다. 그리고 새벽 미명은 천적들이 쉬기 위해 들어가는 시간이기도 해서 말입니다.

아래의 그가 눈치를 챘는지 천장으로 오른 저를 올려다보더니 저의 집으로 조금 움직이는 모습이 저의 눈에 들어옵니다. 그가 어쩌려는지 일순 궁금합니다. 그의 부지런함이 또 궁금합니다. 그런데 제가 천장에 다다라 있을 때 그는 저의 집으로 올라서는 게 아니라 계속 저를 따라 올라오는 듯해 보였습니다. 그동안 번들거리는 기름진 집은 저를 향한 구애였던 것일까요?…… 그래도 전 애써 마음을 돌려세웁니다. 그러니까, 시간도 몸도 상황이 그럴 만한 때가 아니기 때문입니다. 물론 그가 저를 따라 끝까지 올 거라는 생각은 하지 않습니다. 여러 가지 이유가 있을 수 있겠지마는 먼저 천장으로 움직인다는 것은 그로서는 가히 불가능한 일이기 때문이고 그렇다고 천적들이 우글거리는 소굴을 지날 수도 없는 일이기 때문입니다. 그리고 보니 그가 어떻게 천적들의 소굴을 용케 빠져나와서 저의 집 밑에 자리를 잡았는지가 이런 상황이지만 자못 궁금합니다.

저는 이미 천장의 절반을 넘어가고 있습니다. 저는 언뜻 돌아보았습니다. 그가 저를 따라오려고 작정을 했나 봅니다. 무슨 이윤지는 이따가 알 수 있겠지마는 갑자기 저를 따라나섰다는 것은 저에 관한 관심이 아닐까 싶습니다. 그것은 직감이지만 그렇다고 황망한 생각만은 아닌 듯합니다.

그가 아주 천천히 천장으로 올라붙었습니다. 위험한 사태를 미리 짐작한 듯 조심스럽게 한 올 한 올 위험에 대비하는 모습이 섬세하기까지 합니다. 저는 이러한 상황을 외면하고 싶어 야속하게도 가던 길을 계속 가기 시작합니다. 사달이 났습니다. 그러니까, 제가 저쪽 끝에 다다랐을 때쯤, 외면했던 시선을 그에게 돌리는 순간이었습니다. 그가 '쏙' 하고 천 길 낭떠러지로 떨어져 내리는 것이었습니다. 아찔한 순간이었습니다. 그러나 불행 중 다행이라는 말이 여기에 딱 들어맞는 말인 듯 그가 저의 집에 안착했던 것입니다. 그가 다시 시도할진 모르지만, 당장은 아닌 듯해 보입니다.

허망한 기운이 가슴을 뚫고 지나가는 것은 무슨 이유인지 모르겠습니다만, 그런 기분이 잠시 전광석화같이 마음을 훑고 지나갔습니다. 이후의 찾아드는 평정심은 그에 관한 생각을 찬찬히 하게 했습니다만, 이미 그와는 거리는 천 길입니다. 물론 제가 다시 간다면 모를까.

무사히 안착하자 긴장이 풀리면서 아까 번개와 같은 전류가 뚫고 지나간 허한 가슴 위로 허기가 겹쳐져 밀려들었습니다. 아직 새로운 터전을 잡지도 않았는데 뱃속 시계는 시를 따라 속절없이 신호를 보내옵니다. 주위의 시선은 예상외로 무덤덤합니다. 그래서인지 오래된 빈집을 그대로 버려둔 이유를 조금은 알 것 같았습니다. 저로서는 당연히 환영할 일이지만, 그래도 앞으로 삭막한 삶을 살아가야 할 것을 생각하니 어쩌면 잘못 온 것은 아닌지 하는 생각마저 듭니다. 물론 여긴 수컷이 보이지 않습니다. 이 집 주인이 떠나고 난 다음 수컷을 한 번도 보지 못했으니 당연한 일이지요.

저는 방해하는 세력 없이 손쉽게 터전을 마련했습니다. 터전을 잡고 보니 이 위치는 금상첨화인 듯합니다.

"이런 곳을 내버려두다니……."

일단은 먹을 만한 것들을 골라 요기를 하고 모조리 내다 버렸습니다. 마른 식량들에선 진액이라곤 찾아보기 어려웠지만, 그래도 요기할 만한 부분을 찾아 간신히 허기를 면했습니다. 어제쯤 걸려든 파리가 그것입니다. 집을 짓느라 잊고 있었던 저의 옛집 쪽을 바라다보았습니다. 웬걸, 그가 저의 옛집을 고쳐 사는 것입니다. 물론 자신의 집은 버려두고 말입니다. 자신의 집은 먼지와 모기 그리고 하루살이 같은 것들로 더럽혀져 있습니다. 아마도 삶의 터전을 바꾼 듯합니다. 제가 생각하기엔 꼭 그럴 이유가 없는데 그는 그렇게 터전을 옮겨 생활하기 시작했습니다. 제가 자리를 잡고 이곳에 적응하기 시작하면서 건너편 그를 바라다보는 시간이 더 많아지게 되었습니다. 인제야 알았지만, 그도 집을 짓는 일 빼고는 저를 바라보고 있다는 것을 깨달았습니다. 매번 눈이 마주칩니다. 무연한 두 눈빛이지만 그렇게 둘은 서로 쳐다보며 적적함을 달래기 시작했습니다. 참 우스운 일입니다만, 부인할 수 없는 현실이 되어 버렸습니다. 그러나 이상하게도 저쪽으론 넘어가고 싶은 생각은 추호도 없다는 것입니다.

오늘은 비가 내렸습니다. 환풍기 날개 사이로 빗방울이 떨어져 들어왔습니다. 물론 집을 새로 지으면 그뿐이지만 며칠 굶은 상황이라 기력이 없는 가운데 빗방울의 피해는 부담이 아닐 수 없습니다. 언제까지 계속될지는 몰라도 한동안 비가 오지 않았기 때문에 금방 그칠 그런 비는 아닌 듯합니다. 뛰어드는 빗방울 때문에 여간 혼란스러운 게 아닙니다.

손님에게 집을 적나라하게 드러내는 일뿐 아니라 빗방울의 진동이 허기진 배의 위액을 급작스럽게 분비하게 하여 속이 쓰리기까지 합니다. 그래서 급기야 저는 비가 그칠 때까지 먹이를 포기하기로 했습니다. 빗방울이든 먹이든 신경 쓰지 않겠다고 말입니다. 온종일 물로 허기를 면했습니다. 알알이 맺힌 물방울들이 아른거리며 꼭 춤을 추는 듯합니다. 마치 수컷이 부려 놓은 정자와도 같습니다.

기력이 없는 저에겐 흥미로움보다 일상의 무거움으로 다가와 견딜 수 없을 지경입니다. 무심코 던진 시선 안으로 그가 물방울을 연신 떨쳐내는 모습이 들어옵니다. 저쪽 상황은 이쪽보다 나았지만, 그의 열정은 가만히 있지 않습니다. 그런 덕택에 먹이가 간간이 날아들어 먹거리가 되어 주고 있습니다. 열심, 부지런함 그리고 먹거리는 일직선 상에 위치한 일인 듯싶습니다. 저도 일어나 집을 청소해야 할 것 같습니다. 누가 압니까, 건너편 그와 같이 손님을 맞을지도 모르는 일이잖아요. 진작에 그랬다면 하는 자책을 새삼 하게 됩니다.

이웃은 그만 모든 걸 포기한 듯 잠잠합니다. 너무 잠잠해 적막하기까지 합니다. 아무래도 이사를 또 잘못 왔나 싶습니다. 저의 생각이 맞나 봅니다. 이사를 한 번 하게 되면 계속 해야 한다는 생각 말입니다. 그런데 이곳으로 이사 온 이유가 다분히 있음을 저 나름대로 합리화하고 있습니다. 그것은 누구에게 동의를 얻을 수 있는 건 아니지만, 건너편 그가 이사하게끔 한 원인 중심에 있다는 것을 애써 꺼내 들고 의뭉스럽게 자위합니다.

어느덧 비가 그쳤습니다. 인간이 우산을 들고 들어와 싱크대 옆에 세웁니다. 젖은 우산에서 물이 '줄' 하고 아래로 흘러내립니다. 아마도 저

물은 천적들의 젖줄이 될 것입니다. 인간이 변을 봅니다. 사실 인간은 사무실에 와선 변을 잘 보지 않는데 오늘은 변을 봅니다. 인간의 나이는 모르지만, 정수리가 '뻥'하니 뚫려 있습니다. 시원하기까지 합니다. 어쩐 일인지 그동안 저의 가슴이 답답했나 봅니다. 가슴이 뻥하고 뚫리는 느낌이니 말입니다.

환풍기 날개가 돕니다. 그 사이로 잘게 그것도 아주 잘게 부서진 햇살이 인간의 맨들한 정수리로 번뜩번뜩 희미하게 내리붓습니다. 희미하게 부어진 햇살은 정수리에서 다시 살아나 밝은 광채를 발산하기 시작합니다. 볼품없이 보이는 것도 받아들이는 것에 따라 저렇게 다르게 보이는 것을 깨닫습니다. 건너편 저이의 볼품없이 보이는 불구 몸도 어쩌면……일순 저는 이런 생각에 소스라칩니다.

"왜, 나야!"

인간이 무엇을 하는지 이리저리 몸을 흔들다 '쑥'하고 머리가 올라옵니다. 광채는 사라지고 말라비틀어진 황무지와 같은 곳에 잔 파 같은 것이 주뼛하게 올라온 모습입니다. 민머리 부분에 잔 머리카락이 아슬아슬하게 군데군데 심어져 있는 모습은 정말 징그럽습니다. 주섬주섬 옷을 여미더니 밖으로 나갑니다.

오늘은 포식했습니다. 건너편도 포식하는 것 같습니다. 물론 이웃들도 오래간만에 포식하는 것으로 보입니다. 모두가 행복해 보입니다. 행복이라는 단어가 떠오르니 일순 건너편 그의 삶이 궁금해졌습니다. 그도 행복할까, 하고 말입니다. 불구인 그에게 행복이라는 말이 어울리지 않았기 때문입니다. 그는 처음부터 저렇게 부지런했을까, 아니면 죽지 못해 그러는 것일까. 아니면 새로운 날을 기약하며 자족하는 삶을 사는 것일까, 그것도 아니라면 부지런하지 않으면 굶어 죽을지도 모른다는 절박한 생각에서일까, 그것까지 아니라면 뭘까.

가만, 새로운 터전으로 누군가 다가오는 것이 보입니다. 어디서 낯이 익은 자입니다. 그렇습니다. 이 집을 두고 떠난 그자입니다. 만신창이가 되어 돌아옵니다. 겨우겨우 올라오는 그의 모습이 안쓰럽습니다. 주위의 시선도 극도로 경계하는 눈치입니다. 그들의 수컷이지만 말입니다.

'이 집에서 나가 달라는 말은 하지 않겠지.'라고 혼자 중얼거립니다. 저의 염려는 기우가 아니었습니다. 그가 집을 비워 달라고 합니다. 그의 몸은 온전하지 않아 보였습니다. 금방이라도 천 길 아래로 떨어질 것처럼 보였습니다. 그렇더라도 저는 이 집을 내줄 수가 없습니다. 저는 버티고 있습니다. 그도 버티고 섰습니다. 그는 불편한 몸이지만, 큰 몸집을 움직여 간간이 위협하듯 합니다. 그러나 그는 이미 쇠약한 자입니다. 사위가 적막합니다. 건너편 그도 잠잠히 이쪽을 쳐다봅니다. 급기야 그가 집으로 들어섭니다. 저도 그에게 서서히 다가가 공격 자세를 취합니다.

일촉즉발의 상황입니다. 오금이 저립니다. 온몸이 딱딱하게 굳어가는 느낌입니다. 하지만 물러설 수 없는 한판 대결을 피할 순 없습니다. 그렇지 않으면 어렵사리 지은 터전이 사라지기 때문입니다. 사실 제가 이렇게 싸움을 피하지 않는 이유가 또 있습니다. 그 이유 중에 제일은 그가 약해져 있었기 때문입니다. 그는 이미 다리와 입 그리고 등 쪽에 치명상을 입고 있었습니다. 저는 그것에 힘을 얻어 이렇게 맞서는 것입니다. 이럴 때 선제공격이 최선의 방어라는 생각에 제가 먼저 달려들었습니다. 그러나 싸움은 그것으로 끝이 났습니다.

그가 슬금슬금 피하더니 뒤로 물러섰습니다. 그리고 바삐 돌다가 그만 중심을 잃고 천 길 아래로 떨어져 버렸습니다. 그가 떨어진 곳은 구석진 맨바닥이었습니다. 그가 다시 일어나 움직이기 시작했습니다. 하지만 그의 몸이 말을 듣지 않은 듯 보였습니다. 아마도 떨어지면서 또 다른 신체가 결딴이 났나 봅니다. 천적들이 우글거리는 소굴에서 취할 그런 움직임이 아니었습니다만. 그러나 그는 어쩔 수가 없는 것 같습니다. 그러나 당장 그에게 어떤 위험은 없어 보입니다. 빨리 벽에 기어 올라와야 할 것 같습니다. 그는 무슨 생각에서인지 돌연 반대쪽을 향해 방향을 잡고 나아갔습니다. 저에게는 다행한 일입니다만, 위태해 보여 여간 마음이 조리는 것이 아닙니다. 아뿔싸……

인간이 느닷없이 들어와 소변을 보기 시작합니다. 엉거주춤 서서 보는 변기통 사방으로 그의 불순물들이 튑니다. 일순 그가 무엇을 본 건지 소변 줄기가 변기통을 벗어나 쏟아내기 시작했습니다. 부상당한 그를 본 것 같습니다. 인간의 몸에 가려 잘 보이지 않는 그는 아마도 쏟아지는 오줌에 이리저리 나뒹굴며 떠돌아다니는 것 같았습니다. 간간이 오줌 줄기에 떠밀려 벽 쪽으로 밀려들었다가 다시 쓸려 사라지곤 했습니다. 오줌 줄기는 끊임없이 계속되었습니다. 급기야 기력이 바닥난 그가 인간 때문에 보이지 않다가 제 눈에 들어왔을 땐 널브러진 모습을 하고 인간의 발밑 가까이 떠내려와 있었습니다. 그것으로 전 그의 모습을 마지막으로 보았습니다.

왜 집을 떠났다가 만신창이가 되어 돌아왔을까? 저는 그가 보이지 않는 아니, 영영 사라진 뒤에 그런 의구심에 잠을 설쳤습니다. 그자가 집을 비우고 떠나지 않았다면 어쩌면 나도 이곳으로 오지 않았을 텐데……

제가 아는 건 분명히 그는 먹이가 풍부했을 때 떠났다는 것입니다. 먹이가 부족했다면 몰라도 말입니다. 또 그 짓을 하기 위해 갔단 말인가? 그러고 보니 건너편 그도 어디선가 상처를 입고 왔다는 사실이 확연히 뇌리에 되살아납니다. 그도 혹 흘레하려고 돌아다니다가 그만…… 그러고 보면 종족 보존을 위한 본능이라고 하지만 다른 이는 몰라도 적어도 저 처지에서 생각하면 그것은 어디까지나 수컷들의 편견이고 자의적이라 여겨집니다. 단지 성에 대한 욕구에 사로잡힌 그 이상도 이하도 아닌 그런 일이라는 거죠. 어쩌면 저 양반도 제가 떠날 때 불구의 몸으로 죽기 살기로 따라나서려 했던 것도 흘레 때문이 아닌지 의뭉스럽습니다. 정말 그랬다면 망연한 일이 아닐 수 없습니다. 순간 이런 생각이 들자 건너편 그도 속물에 가깝다는 생각이 비릿하게 듭니다.

그나저나 저의 이런 무지막지한 저돌적인 행동이 어디에서 나왔는지 저 자신도 도무지 알다가도 모를 일입니다. 아마도 지금 건너편 그러니까, 저의 옛집으로 그가 이사 온 탓에 그랬던 것 같습니다. 평온한 나날을 보내고 있던 곳에서 느닷없이 쫓겨난다면 갖은 위협에 살아남아야 한다는 절박함이 저를 이렇게 만들지 않았나 봅니다. 부상당한 자가 자기 집이라고 찾아온 것을 죽기 살기로 막아서면서 결국, 그를 죽게 한 것은 이전엔 상상도 하지 못할 그런 일입니다만, 당장은 현실이 되어 염연히 제 앞에 놓여 있는 것입니다. 물론 죄책감은 없습니다. 저도 삶을 따라 변해가는가 봅니다. 삶의 환경이 그렇게 만드는가 봅니다. 여하튼 저는 예전과 다른 저를 깨닫기 시작했습니다. 그리고 보니, 건너편 그를 매몰차게 외면하며 돌아섰던 것도 돌아보면 다 무슨 이유가 있었다는 것을 이제야 알 것 같습니다. 솔직히 그의 불편한 몸이 부담되었던 것 같습니다. 처음엔 아닌 것 같았지만, 말입니다. 거기다 분명한 건 이전에 없던 매몰찬 성격이라든지 나흘을 굶어도 끝까지 악바리처럼 견디는 모습은 분명 달라져 있는 저의 모습입니다.

먹거리가 풍족하여 몸이 많이 불었습니다. 새롭게 장만한 집으로 전에 보았던 풍성한 먹거리들이 하루가 멀다고 날아들었습니다. 그리고 보니 그때 그가 했던 행동을 이해할 것 같습니다. 며칠 전부터 저도 파리나 모기 등과 같은 것을 멀리하기 시작했습니다. 물론 버리지는 않고 일단 모아 두긴 합니다만, 지금 저의 주식은 작은 새끼 귀뚜라미입니다. 얼마나 차진 진액이 나오는지 모릅니다.

건너편 그도 이젠 제법 움직임이 자유스러워져 보입니다. 그런데 이상한 생각이 듭니다. 건강한 그를 보자 느닷없이 수컷이 그립습니다. 새끼를 가지고 싶은 생각이 저를 불현듯 사로잡았습니다. 먹거리가 풍족해지고 몸 상태가 나아진 것이 아닌가 생각됩니다. 그때 잃어버린 아니, 뿔뿔이 흩어진 상처는 어디 가고 또다시 새끼를 가지고 싶어진 것입니다. 단순히 흘레붙고 싶은 것은 아닙니다. 그것은 분명합니다. 그러나 새끼를 다시 낳고 싶다는 것은 맞습니다.

언제부터 그런 마음이 들었는지 저 자신도 모르겠습니다. 불현듯 들었다기보다 솔직히 고백한다면 마음 바닥 저 아래에 눌러 놓았던 것이 극구 올라온 것 같습니다. 그것이 때가 되어 올라왔는지는 몰라도, 수면 위로 올라와 버린 것입니다. 그것도 걷잡을 수 없이 말입니다. 또한, 새끼를 낳고 싶다는 이유 가운데 하나 더 진솔한 고백은 부끄럽지만, 건너편에 있는 그를 완전히 배제할 수 없다는 것입니다. 물론 그에게 매력을 느낀 것은 아닙니다만, 여하튼 그가 어느 순간 제 마음속에 자리를 잡고 있었던 것 같습니다. 어쩌면 그것을 부인하고자 했던 발로가 집을 버리고 이곳으로 이사를 오게 하지 않았나 하는 생각이 이제야 확연히 듭니다. 배가 부르면 하지 않던 생각도 하는가 봅니다.

그러나 제가 건너편으로 혹 간다 하더라도 가는 것이 그리 간단치 않게 되었습니다. 제 몸이 비대해져 천장을 거꾸로 탈 수 없게 되어 버렸기 때문입니다. 그렇다고 천적들 속으로 들어갈 수도 없는 노릇이기도 하구요. 저는 애써 건너편 그를 부인하려 합니다. 이곳에서 새끼를 가질까 합니다. 물론 당장 여긴 수컷이 없어 기다려야 하는 일이 남아 있긴 해도 언젠가는 새끼를 낳을 기회가 올 것이기 때문에 저는 참을 수가 있습니다.

저는 환풍기 사이를 통해 들어오는 가느다란 빛을 받으며 혼곤히 졸고 있습니다. 건너편 그를 바라보다가 그만 잠이 들었습니다. 꿈인지 생신지는 몰라도 그는 여전히 열심이고 부지런합니다. 한시도 가만있질 못합니다. 어쩌면 제가 그에게 마음을 준 것은 저런 면이 있었기 때문이라는 것을 꿈속에서도 다시금 느낍니다. 사실 그의 새끼를 낳는다고 해도 그는 후천적인 장애라 새끼들에게는 아무런 영향을 주지 않을 겁니다. 다만 저의 마음이 달갑지 않은 겁니다. 장애를 가진 자의 새끼를 가졌다는 사실이 저를 괴롭힐 것 같아서 그렇습니다. 물론 선입견이라 해도 할 수 없습니다. 그게 저를 망설이게 하는 것입니다. 그럭저럭 시간이 흘렀습니다.

그동안 이웃에 수컷이 생겼습니다. 이웃한 그가 저의 집 앞에서 기웃기웃하며 호시탐탐 저를 넘보고 있습니다. 유혹할 줄도 모르는 지 집도 짓지 않고 그럽니다. 그리고 건너편에도 암컷이 찾아들었습니다. 저는 기웃거리며 자신의 유전자를 남기려 하는 그에게 관심이 없습니다. 그렇다고 새끼를 가지는 것을 포기한 것은 아닙니다. 다만 그에게서 호감이 느껴지지 않을 뿐입니다. 그러나 건너편 그의 집 근처로 이사 온 암컷에게 참을 수 없는 질투가 생겨 가슴이 터질 것 같습니다. 이사 온 암컷은 그를 은근히 유혹하려 합니다만, 그는 아랑곳하지 않아 보입니다. 물론 우리 종족은 수컷이 암컷에게 유혹의 손길을 내미는 것이 상례입니다만, 때에 따라선 암컷이 수컷에게 접근하는 일도 종종 있으니 별 흠은 아닙니다.

그러나 제 가슴 속에 타는 질투심을 어쩌면 좋을까 싶습니다. 물론 먹잇감은 건너편보다 차고 넘칩니다. 그러나 허한 기분을 어쩌면 좋을까요. 또한, 저의 이 질투심을 더 자극하는 또 다른 이유는 장애를 가진 그가 유혹하는 이웃 암컷에게 관심을 두지 않고 있다는 것입니다. 그는 처음부터 저를 찍어 두었나 봅니다. 그런 그에게 암컷이 접근하는 것을 인제는 참을 수가 없게 되어 버린 것입니다. 안 되겠습니다. 몸에 살을 좀 빼야 할 것 같습니다. 천장에 '착' 하고 달라붙을 때까지 살을 빼면서 거기다 건너편 그가 보란 듯 저의 집 앞에서 기웃거리는 수컷을 거부하며 쫓아버리는 모습도 보여야겠습니다.

사실 저의 몸은 이사 오기 전 몸보다 딱 한 배 정도 살이 쪘으니 알 만하실 겁니다. 그런 덩치다 보니 웬만한 수컷들이 접근을 쉽게 하지 못하는 것 같습니다. 물론 여전히 먹거리는 날아듭니다. 보아하니 환풍기에서 들어오는 빛이 저의 집에 머무를 때 먹거리가 날아들어 잡히는 것을 알았습니다. 빛 때문에 저의 집이 일순 보이지 않고 감지되지 않는다는 계산이 나오더군요. 여하튼 굶기를 일주일이나 했습니다. 그런 노력이 가상한 지 몸이 예전처럼 날씬하게 변해 갔습니다. 그동안 그도 저를 지켜봐 주는 것 같았습니다. 그래서 힘을 더 얻었나 봅니다.

내일이나 모레쯤 넘어갈 것을 내심 다짐하고 시간 가기를 기다렸습니다. 저의 체구가 작아지자 근처로 물러나 있던 음흉한 수컷이 적극성을 띠기 시작했습니다. 힘으로 제압할 수 있다는 판단이 선 것 같습니다. 물론 지금 저 앞에 있는 수컷의 새끼를 가져도 될 일이지만, 마음에 있는 유전자를 받고 싶은 생각 뿐이기에 어쩌면 건너편 그보다 당장 제 앞에 있는 수컷이 더 우월한 유전자를 지니고 있을지도 모르지만, 그에게 향한 마음은 이제 돌이킬 수 없는 것이 되어 버렸습니다. 오로지 그여야만 한다고 생각한 것입니다.

간신히 떠나게 된 날입니다. 새벽입니다. 몸도 마음도 가볍습니다. 이곳으로 다시 돌아올 일은 없을 겁니다. 천장으로 올라붙습니다. 거꾸로 매달렸습니다. 앞으로 나아갑니다. 이웃하고 있던 수컷이 의아해 합니다. 그는 저를 물끄러미 쳐다볼 뿐입니다. 순간 건너편 그가 눈에 들어왔습니다. 거꾸로 매달려 본 탓인지 그게 아닌지 여하튼 그가 이웃한 암컷과 함께 있는 모습에 당황스러웠습니다. 저는 찬찬히 영상을 돌려 보았습니다. 제가 잘못 본 것일 거라는 판단을 하기 위해서 말입니다.

그런데 그림은 정확했습니다. 그가 그 이웃 암컷과 함께 있는 것이 확연히 눈에 들어찼습니다. 조금 전까지만 해도 혼자였던 그가…… 아찔한 순간을 맞았습니다. 뭐라 표현할 길이 없습니다. 이 일을 어쩌나 하고 망연자실했습니다. 이미 저는 반을 거의 넘어온 상태인데 이러지도 저러지도 몰라 잠시 자리에 멈췄습니다. 그 순간에도 저는 건너편 그에게서 시선을 떼지 않았습니다. 급기야 그들은 2세를 생산하기 위한 작업을 하기 시작했습니다. 왜 갑자기 그러는지 모르겠습니다. 내가 다시 그에게로 간다는 것에 암컷이 그랬는지 아니면 그가 그랬는지 서두르고 있는 것은 분명해 보였습니다. 배신보다 자괴감이 밀려들어 당장에 다시 집으로 돌아가야만 했습니다. 그것만이 지금 제가 할 수 있는 일이라고 생각했습니다.

한 눈 가득한 물이 눈앞을 침침하게 가렸습니다. 팔다리에 힘이 빠져나가는 것을 느낍니다. 하지만 떨어질 것 같진 않습니다. 정신을 차립니다. 그를 내다보며 언제까지나 저주하면서 살 거라며 빈정거림을 쏟아냅니다. 팔다리에 새로운 힘이 들어옵니다. 꼭 어디선가 새로운 힘이 날아와 몸속으로 들어온 것 같습니다. 때론 분노가 힘이 되기도 하나 봅니다. 왔던 길을 다시 돌아갑니다. 참혹한 기분을 머리에 이고서 말입니다. 다른 것은 몰라도 머리가 참 무겁다는 생각이 듭니다. 때마침 인간이 들어옵니다. 천장에 매달려 많은 시간을 허비한 듯합니다. 인간은 소변을 봅니다. 제 바로 밑에서 그의 정수리가 색이 바랜 누런 모양을 하고 저를 올려다보고 있습니다. 지친 누런 색깔은 순간 저를 나른하게 만들고 말았습니다. '쑥' 하고 몸이 천 길 아래도 떨어져 내립니다. 간신히 손에 힘을 줘 멈추긴 했지만 위험천만한 위기 상황이 벌어졌습니다. 머리를 쓸어 올리지만 않는다면 간신히 위기는 모면할 것으로 보입니다. 물론 그동안 인간은 머리를 쓸어 올리는 일을 한 번도 하지 않았기 때문에 저는 위기에서 빠져나올 것이 분명했습니다.

그러나 불행이라는 확률은 언제나 큰 탓에 그동안 한 번도 하지 않았던 돌발행위를 하고 말았습니다. 저는 인간 손등에 올려져 그가 일순 털어버린 탓에 변기 속으로 떨어져 버렸습니다. 방금 내지른 미지근한 소금물은 뭐라 표현할 수 없을 만큼 더럽고 혐오스럽습니다. 저는 인제 세상과 영영 이별을 고할 순간과 직면했습니다. 참으로 순간적으로 일어나 버린 일입니다. 삶이 기가 차고 허망할 따름입니다. 인간은 투덜거리며 소변을 다 보고 난 후 화장실에 있던 빗을 들고 화장실 구석구석을 훑어 변기 안에다 틀었습니다. 변기통에는 저의 종족들이 벌벌 거리며 혼비백산한 모습으로 당황해 하며 살려고 야단들입니다. 모든 게 제 탓이라는 생각은 잠시뿐 망연할 뿐입니다.

공교롭게도 그가 저와 맞닥뜨렸습니다. 저는 모른 척했습니다만, 그가 물었습니다. 왜 오던 길을 돌아갔느냐며 말이지요. 그는 울고 있었습니다. 일순 저도 깨닫습니다. 거꾸로 매달린 채 그를 내려다보았기 때문에 그의 집 아래에 자리를 잡은 암컷과 겹쳐져 하나로 보였던 것임을 말입니다. 아차 하는 생각은 이미 늦었습니다.

저는 그에게 빚을 두 번이나 졌습니다. 그를 편견으로 보았던 것과 보이는 대로 마음대로 생각했던 것은 그에 대한 저의 빚이 되고 말았습니다. 아니, 하나 더 있습니다. 이 빚들은 영영 갚을 수 없는 빚이 되어 버렸습니다. 저 때문에 그를 포함한 모두가 몰살당하는 일이 일어난 것입니다. 그는 말합니다. 이렇게라도 함께해서 좋다고 말입니다. 저의 어디가 좋은지 억지로 입을 열었을 때 인간은 이미 물을 내리고 있었습니다. 저의 생각이 맞습니다. 자의든 타의든 떠나 다니면 유익하지 못하다는 생각 말입니다.

7. 삶의 굴레 – 륵勒 2

1

어제는 남의 영역인 김 사장님 사무실 뒤쪽 싱크대 밑에서 하나를 건졌습니다. 허기가 져 혹시나 하고 슬쩍 들렀는데 가는 날이 장날이라고 용케 하나를 건졌던 겁니다. 적은 것이지만 횡재가 따로 없었습니다. 근간에 내린 비가 우리 가족의 밥줄 아니, 굳이 말하면 저의 밥줄을 끊어놓는 통에 몇 날을 굶었는데 여하튼 어젠 횡재한 날이었습니다. 그런데 큰일 날 뻔했습니다. 김 사장님은 오래전부터 우리를 잡기 위해 덫을 놓아두었는데 그것을 깜박했었습니다. 하마터면 요단 강을 건널 뻔했지 뭡니까. 아무튼, A가 아니었더라면…… 생각하기도 싫습니다.

A는 시궁창 냄새를 싫어해서 나오는 다른 삶을 살아갑니다. 어떨 땐 부러움의 대상이기도 또 어떨 땐 안전하게 살아가는 우리로선 그를 이해하기 어렵습니다.

"어째, 이제 생각이 좀 바뀌었소?"

"그건 아니에요……."

"허 참⋯⋯."

여하튼 저는 A에게 고맙다는 말을 몇 번이나 했습니다.

"당신은?"

"무슨 소리요?"

A는 영영 혼자 살 거라며 말했습니다. 사실 저는 A가 오늘따라 부러웠습니다. 하지만 어쩌겠습니까, 아직 새끼들이 크려면 한참이나 남았으니 말입니다. 이 인간은 무책임하게 새끼들이 세상에 나오기도 전에 떠나버렸습니다. 어디 가서 콱 죽어 버렸으면 합니다.

한 녀석의 움직임이 제법입니다. 재롱도 퍽 잘 피웁니다. 아비를 닮아서인지 꼬리도 매우 짧고 새끼 중에 성장이 제일 빠른 녀석입니다. 또 한녀석은 눈이 아직 떨어지지 않았습니다. 약해서인지 시도 때도 없이 젖을 물려고 하고 눈을 뜨면 몰라도 당장은 새끼 중에 제일 예쁘게 생겼습니다. 또 다른 녀석은 잠만 잡니다. 그중에 제일 작은 녀석인데 어미가 깨워 젖을 물려도 그냥 잠만 잡니다. 저러다 제대로 자랄지 걱정이 되는 녀석입니다. 또 다른 녀석은 잠도 잘 자고 먹성도 좋아 제일 뚱뚱한 녀석입니다. 새끼 중 제일 실한 녀석이 될 것 같습니다.

마지막 한 녀석은 그러니까, 태어나면서 숨이 끊어진 녀석인데 지금은 여기 없습니다. 집 근처에 묻어 놓았는데 이번 장마 통에 녀석이 사라져버렸습니다. 생각만 하면 가슴이 아프지만 남아 있는 녀석들 때문에 사라진 녀석의 아련함은 아슴아슴 무디어져 가고 있습니다. 한 번씩 그 녀석 생각이 날 땐 아비가 철천지원수라는 생각이 듭니다.

사실 제가 김 사장님 사무실을 찾은 이유가 있습니다. 최근 들어 녀석들이 어머 젖을 빠는 힘이 세졌기 때문입니다. 젖이 모자랄 뿐 아니라 한 번 빨리고 나면 등가죽이 배에 붙어 움직일 수가 없을 정도입니다. 그래서 손쉽게 담 너머 있는 김 사장님 사무실을 찾게 된 것입니다. 물론 장마 때문이기도 하구요. 오늘은 아무래도 온종일 먹이 활동을 해야 할 것 같습니다. 장마가 끝난 시궁창엔 먹거리가 지천으로 널려 있기 때문입니다. 거기다 분리수거로 설쳐대는 자들이 줄어든 탓도 있습니다.

사실 우리를 먹여 살리는 은인은 남은 음식물을 하수구로 흘려보내는 사람들입니다. 얼마나 감사한 사람들인지 모릅니다. 그런데 분리수거 탓인지 저희 수가 급격히 줄어 버렸습니다. 앞으로도 저희 숫자는 계속 더 줄어들 것 같습니다. 사실 제가 사는 이곳도 1년 동안 반수가 줄었습니다. 물론 죽었는지 살았는지는 모릅니다만.

그래도 음식이 마구 쏟아져 나오는 입구 근처에 우리 집이 있어 얼마나 좋은지 모릅니다. 한데 이것 하나만 아비에게 고맙다는 생각을 하다가도 이내 그 생각을 내려놓습니다. 어쩌면 일찍 떠나 버리려 그랬는지도 모르는 일이기 때문입니다. 사실 먹거리가 다른 곳보다 나은 편이라 좋지 않은 일도 있습니다. 밤늦게까지 집 근처를 돌아다니며 먹이 활동하는 자들 때문에 그렇기도 하지만, 최근에는 자주 싸워 신경이 여간 쓰이는 것이 아닙니다.

예상대로 먹거리가 널려 있습니다. 한데 먹거리가 전에 없이 크기가 작고 양이 적어 보입니다. 이미 자리 잡은 자들이 먹거리 사이에서 언뜻언뜻 분주합니다. 다행히 오늘은 기력이 있어 약 1.5m 아래의 시궁창으로 내려갈 수 있습니다. 신선하진 않지만, 새끼들 젖을 만들기엔 충분한 먹거리입니다. 하지만 지금 제가 내려온 시각은 사람들이 식사를 막 끝낸 무렵입니다. 그래서 혹 뜨거운 물과 비누 거품을 감내해야 할 수도 있습니다. 어떨 땐 화학 약품에 부상을 당하기도 합니다. 저의 목덜미 뒤에 털이 없는 부분과 한쪽 눈 그리고 귀가 망가진 이유도 그 때문입니다. 사실 사고 후 기회를 봐서 이곳을 떠나려 했지만 그게 마음처럼 되지 않았습니다. 여하튼 지금도 이러고 있습니다.

오늘은 운 좋게 띵띵한 배로 집으로 돌아왔습니다. 며칠 전 먹었던 라면보다 백 배 낫습니다. 새끼들은 하나같이 붙어서 잠들어 있습니다. 언뜻 보면 아비가 돌아와 자는 듯합니다. 아직도 아비를 기다리는 것일까요? 우스운 짓입니다. 새끼들은 예민해서 어미가 돌아온 것을 금방 눈치를 채고 하나같이 달려듭니다. 언제 자고 있었느냐는 듯이 말입니다. 금방 젖이 말라 버립니다. 배도 금세 꺼지는 것 같습니다. 이가 난 건지 젖꼭지가 아픕니다. 그러나 아릿한 아픔 가운데 희망을 언뜻 봅니다. 새끼들이 어미의 품을 떠날 날이 다가오고 있기 때문입니다.

몸이 나른해 맨홀 근처로 햇볕을 쐬러 갔습니다. 저의 집 근처에 있는 맨홀 뚜껑은 흐린 날을 빼곤 언제나 태양 빛 기둥을 내려 줍니다. 오늘은 저보다 먼저 일광욕을 즐기는 자가 있습니다. 물론 제가 앉아서 즐기는 그 자리는 비어 있습니다. 먼저 온 자는 제가 다가오는 줄도 모르고 혼곤히 졸고 있는 듯합니다. 덩치는 저와 비슷하고 낯이 익어 C 같기도 한데 어딘가 불편하게 보여 그냥 상관하지 않았습니다.

시간이 흐르면서 이상한 느낌이 들었습니다. 물론 사람들의 식사 시간 쯤은 아니지만 저만치 보이는 집 앞 배식구로 물 한 방울도 내려오지 않는 겁니다. 보통 때 같으면 수차례 흘러내려 왔을 겁니다만, 여하튼 뜸해도 너무 뜸합니다. 아니 이상합니다. 의뭉한 생각의 끝자락에 누군가 저를 부릅니다. 고개를 들어 소리 나는 쪽을 쳐다봤습니다. C였습니다.

"아니, 당신은……."

"그거 알아요? 인제 여긴 더는 살 곳이 못 될 것 같소."

"갑자기 그게 뭔 소리?"

"물 한 방울 흘러내리지 않잖소."

저 말고 C도 느꼈나 봅니다.

"또 이 꼴 안 보이는감?"

"어쩌다가?……."

며칠 전까지만 해도 온전했던 그의 다리 한쪽이 없습니다.

"안 하던 모험을 감행했소."

"……."

"쓰레기통에 올랐다가 변을 당했지 뭐. 제기랄."

"저런……."

"그뿐 아니고 사람들 하는 이야기로는 여기 재개발된다는 거요."

"그래서요?"

"그래서는 뭐가 그래서요. 여기 전부 뜯기는 거지. 그쪽은 돌아다니면서 그것도 몰랐소."

"그럼, 여기도 다 뜯기겠네요."

"당연하지. 새로 큰 아파트를 짓는다나……."

"언제쯤?"

"그걸 내가 어찌 알겠소. 다만, 짐작할 수 있는 건 그쪽도 알겠지만, 최근 들어 구정물이 많이 줄어든 것을 근거로 삼자면 사람들이 이미 보상을 받고 많이 떠나간 모양이요."

"그러면, 곧 공사가 시작되겠네요."

"…… 한데, 나야 떠돌이라 괜찮지만, 그쪽은 새끼들도 있다지요."

"그러게요……."

저는 당황했습니다. C의 말에 진의를 알아보는 것이 급선무지만, 요사이 있었던 상황들을 종합해 보면 C의 말이 다소간 신빙성이 있어 보였습니다. 새끼들 생각이 머리에 꽉 들어차 뭘 어떻게 해야 할지 앞이 캄캄할 따름입니다. 물론 2주 정도면 새끼들이 저의 품을 떠날 거고 또, 아무리 급한 공사라도 2주 안에 땅을 몽땅 파 뒤엎는 일은 없겠지만, 마음이 바빠 견딜 수가 없습니다.

그런데 시간이 흘러 새끼들이 품을 하나씩 떠나가 집을 옮길 준비를 하고 있지만, 사람들은 여전히 땅을 파지 않습니다. 거기다 확연하게 줄긴 했어도 배식구를 통해 흘러내리는 먹거리는 일정하게 유지되고 있습니다. 그 탓에 여기서도 당장에 이곳을 떠나지 않고 그렇게 사람들의 눈치를 보고 있습니다. 물론 저도 여길 떠나지 않고 있습니다. 그토록 이곳을 벗어나고 싶어 했던 마음은 온데간데없이 사라지고 그냥 여기에 이러고 있습니다. 적은 먹거리로 격렬히 싸우면서도…… 하루에 열두 번도 넘게 A가 있는 그런 깔끔한 곳을 동경하지만, 저는 여전히 이러고 있습니다. 아마도 적게 먹어 허기를 껴안고 잠이 들어도 일촉즉발의 위기가 도사리는 A가 있는 그곳이 정말 싫은 가 봅니다.

물론 여기도 위험이 도사리고 있어 상처를 입기도 하지만 덫은 치명적이기 때문입니다. 허허, 삶에 무슨 미련이 남아 이러는지 모르겠습니다. A처럼 위험하지만, 깨끗한 곳에서 살아가면 좀 좋겠습니까.

간밤 꿈에 덫에 걸린 A의 모습을 보았습니다. 그러나 A는 오히려 여유로운 얼굴로 절 바라보며 웃고 있었습니다. 그는 양손에 치즈와 멸치를 한 움큼 들고 손을 내밀었는데 배가 불렀는지 아니면 가는 길에 모든 걸 체념하고 자신이 가지고 있던 전부를 저에게 주고자 했는지 그렇게 그는 저에게 손을 내밀고 있었습니다. 그 꿈은 저를 더더욱 이곳을 떠나지 못하게 합니다. 아니, 영영 이곳을 떠날 수 없게 만들어 버립니다.

어제는 멀리까지 시궁창을 헤매며 돌아다니다 집으로 왔습니다. 많이 돌아다녔어도 별수 없었습니다. 허기가 더할 뿐이었습니다. 오늘 아침은 일찍 배식구 앞에 진을 치고 있어야 하겠습니다. 사실 전 덩치가 좀 있습니다만, 한쪽 눈과 귀가 없다고 웬만한 녀석들은 저를 경계하지 않는 눈치입니다. 이럴 때 아비가 있었더라면 하는 생각에 그냥 다른 짝을 만나는 게 더 나을 것 같다는 생각도 해 보지만 그뿐입니다. 이런 몰골을 한 저에게 누가 관심을 두고 접근하겠습니까. 참 한심한 삶입니다.

사실 어제는 다리를 잃은 C가 넌지시 구애하는 것 같았습니다. 물론 저 혼자 생각입니다만. 저는 일언반구도 하지 않았습니다. 이래도 저는 아주 건장한 자를 신랑으로 맞을 것입니다. 그것만큼은 꼭 그렇게 하고 싶습니다. 아니 해야 합니다. 그것은 제가 좀 더 사는 길이기 때문입니다. 그야말로 살고 죽는 문제라 할까요. 이런 몰골이지만 그래도 원하는 짝은 있을 거로 생각합니다. 며칠 푸짐하게 먹었습니다. 그새 살이 올라 통통합니다. 아마도 일 년에 몇 번 있는 명절인가 봅니다. 기름기 있는 먹거리가 많이 있었습니다. 사실 신선한 나물이나 과일이 먹고 싶었지만 그러진 못했습니다. 다만 콩나물 대가리로 갈음했습니다. 쏟아지는 먹거리가 많으니 배식구에 머리를 들이밀지 않아 느닷없이 쏟아지는 화학 약품에 다칠 염려도 없고 참 좋았습니다. 물론 간혹 쏟아지는 독극물은 저희에게 치명적이라 경계는 언제나 하고 있어야 합니다. 그런데 딱 들어맞지는 않지만, 독극물이 쏟아지는 주기가 있는 것 같기도 합니다. 그것만이 저희가 재앙에 대비하는 유일한 근거입니다.

이제 며칠 있으면 음식도 떨어질 것입니다. 그러면 또 배식구에 머리를 들이밀고 난리가 날 것입니다. 그러나 여전히 저는 여길 떠날 수가 없을 것 같습니다. 꿈을 꾼 탓이 제일 큰 이유입니다. 허기에 배를 끌어안고 선잠을 자도 안전하게 살아갈 수 있기 때문입니다. 내일은 일광욕을 즐겨야겠습니다. 두통이 심할 땐 저는 햇볕을 쬡니다. 맨홀 구멍으로 쪼개져 들어오는 굵은 빛 기둥은 신선한 공기를 머금은 탓인지 활력을 불어넣어 줍니다. 그래도 A가 사는 곳이 더 좋아 보이는 건 부정할 수가 없습니다. 그곳은 언제나 빛이 있고 신선한 공기가 있고 때론 횡재하는 날도 있으니 말입니다. 뭐니 뭐니 해도 먹거리를 놓고 다투는 그런 삶은 없으니까요. 언제쯤 A에게 나들이라도 가야겠습니다.

2

B가 간만에 저를 찾았습니다.

"어쩐 일이요. 그대가 여길."

"그냥 나들이 겸 나와 봤어요."

"살기가 좋은 모양이구려. 좋아 보이는구먼."

"그렇죠. 뭐."

B는 자신이 있는 곳이 싫지만, 결코 지상으로 나오기 싫어한다는 것을 저는 압니다.

"왜 그렇게 사누……."

"간만인데 그러긴가요?……."

"허허."

"적적하지 않아요? 한번 놀러 오지 그래요?"

"허허. 그 정도는 아니고."

"어쩌면, 올 수 있는 기회가 다시는 없을 듯해서……."

"그건 뭔 소리요?"

"사는 곳이 재개발 대상 지역이라 오늘내일하고 있어요."

"그러게 나처럼 애당초 자리를 확실하게 잡았어야지."

"……."

B의 한쪽 눈과 귀는 인제 완전히 닫히고 막혀 버렸나 봅니다. 물론 흔적은 있지만, 귀는 처음부터 없었던 것처럼 그 자리가 말끔합니다.

"사실 요즘 난 김 사장과 신경전을 치르고 있소."

"신경전?"

"그렇소."

"그게 무슨 말이죠?"

"미안한 말이지만 다 그대와 같은 곳에 사는 얼치기들 때문이지."

"말이 좀 심하군요."

"그래서 미안하다고 먼저 양해를 구하지 않았소."

"…… 도대체 무슨 일인가요?"

"일전에 그대가 여기 왔다 간 후로 하루가 멀다고 김 사장 사무실을 그대 동료들이 찾아오지 않았겠소. 한데, 연신 덫에 걸려 모두가 죽어 나갔지 뭐요. 그 일로 김 사장은 인제 혐오스러운 덫이 더는 필요 없다고 생각했는지 덫을 치워 버린 거요. 사실 덫에 놓인 음식을 먹는 게 내 전문인 거 그대도 알지 않는가. 그런데 그게 사라졌다는 거지. 그래서 여기저기 나의 흔적을 일부러 남겨 놓지만, 이 인간이 도무지 눈치채지 못한다는 거요. 그런 데다 사무실 전체가 알루미늄 일색이라 어디 나의 존재를 알리기가 쉬워야지 원. 나무라면 모를까."

"저런."

"그렇다고 소파나 책상 위에다 사고 칠 수는 없는 일이 아닌가, 말이야. 그랬다간 김 사장 성미에 사무실이 발칵 뒤집힐 것은 불을 보듯 뻔한데, 그렇게 되면 영영 여기를 떠나야 하는 일이 일어날지도 모르는 일이고 해서 이러지도 저러지도 못하고 있는 거지."

"흔적을 여기저기 남기는데도 김 사장이 눈치를 못 챈단 말이에요?"

"약간은 낌새를 맡은 것 같은데 며칠 두고 볼 일이라 생각하고 있는 모양이요. 이 한번 보게. 배가 등에 갖다 붙었어."

"에이. 그 정도는 아닌데 뭘요."

"모르는 소리. 오죽하면 인제는 변도 안 나온다니까."

"정말이에요?"

"그렇다니까."

"진짜 심각하네요."

"아 참 잘 왔네. 여기 한 움큼 싸질러 놓고 가게."

"에라. 이 양반이……."

"뭐, 어때 이럴 때 돕는 거지 뭐."

"그러지 말고 저와 같이 가서 며칠만 있다 가요. 물론 허기 정도는 때울 수 있을 거니까요. 제가 도울게요."

"허, 전에 내게 입었던 보답인가?"

"그럴 수도 있고……."

"그런 말 말게, 나는 여기서 죽으면 죽었지 거긴 못 가네."

"아니, 도대체 왜 그러죠?"

"왜 그러냐니? 언제 떡고물이 떨어질지 모르지 않는가? 그러고 나는 거기서 하루도 아니, 잠시도 있을 수 없다네."

"그러다 굶을 죽어도 그럴 건가요?"

"그래. 굶어 죽어도 못 가네. 다른 건 몰라도 거기서 나는 냄새는 죽어도 싫소."

"이봐요, 그럼 저는요?"

"이봐요, 그럼 그대는 여기서 살 수 있소?"

"……."

"내가 그런 환경에서 사는 것이 죽는 것보다 싫은 것처럼 그대도 그렇지 않은가?"

"허, 깨끗해서 좋겠어요."

"……."

그렇게 말하는 B의 하나뿐인 눈동자가 순간 빛났음을 저는 보았습니다. 그 눈빛은 분명 저를 동경하는 눈빛이었습니다. 저는 그것을 느낄 수 있습니다. 왜냐하면, 저는 B의 마음을 전부터 알고 있었으니까요. 가끔 찾는 이유도 그것이라 할 수 있습니다. B는 저의 부탁으로 싱크대 다리 옆에 한 움큼 싸질러 놓고 떠나갔습니다.

사실 저는 말과 달리 아비가 되고 싶지만, 그때를 한참이나 넘기고 있습니다. 물론 아비가 될 기회가 없었던 것은 아닙니다. 그럴 때마다 상대는 안전한 곳으로 자리를 옮기자고 했습니다. 약간의 위험은 어디에나 있으니 염려하지 말자고 말입니다. 하지만 상대는 앞으로 있을 새끼의 안전을 담보로 내심 자신을 위해 떠나갔습니다.

최근 들어 새끼는 몰라도 함께할 짝이 너무 그립습니다. 물론 B를 생각 안 해 본 것은 아니지만, 선뜻 이야기를 꺼낼 수 없었던 것은 그의 신체가 문제인 것도 있지만, 분명히 여기를 떠나자는 이야기를 할 것 같아서입니다. 그렇게 해서 성사되지 못하면 앞으로 어색할 것 같아서입니다. 혹, 이러다가 영영 총각으로 살아가는 건 아닌지 걱정이 됩니다. 그래도 여길 떠나고 싶지 않은 것만은 분명합니다.

오늘 중으로 아껴 둔 식량이 바닥납니다. 모쪼록 김 사장이 B의 변을 발견해야 할 터인데 걱정입니다. 김 사장이 전자레인지에 뭘 데우는지 고소한 냄새가 진동합니다. 아마도 명절에 먹다 남은 튀김 종류인 듯합니다. 맞습니다. 고구마튀김 냄새 속에 언뜻 오징어와 쥐포 같은 냄새도 배어 있습니다. 허기진 저를 아찔하게 만듭니다. 물론 그것을 먹지는 못할 것입니다. 바람은 B의 흔적에 멸치 정도도 당장은 감지덕지 입니다. 아니 어쩌면 튀김이라도. 역시나 저의 바람이 이루어졌습니다. 김 사장이 덫 깊숙이 오징어 튀김을 넣어서 제 앞에 가져다 놓았습니다. B가 무지 고맙습니다. 저는 덫 안에 있는 것을 먹을 줄 압니다. 요령이지요. 경험에서 얻은 기술입니다.

처음 제가 여기에 자리를 잡고 처음 만찬을 즐겼을 때의 경험이 지금까지 저의 비결이 되어 왔습니다. 그때 저는 덫의 위험도 모른 채 틀 안에서 야금야금 만찬을 즐기고 나왔습니다. 그다음 날도 그다음 날도 그랬습니다. 그런데 사흘째 되는 날 이방인이 찾아들었습니다. 저는 그와 다투기 싫어서 그냥 잠자코 그가 하는 것을 바라다보았습니다. 그는 틀 안에서 만찬을 즐기지 않고 물론 남의 영역이라 그런 것도 있었겠지만, 멸치를 물고 가져 나오려다 그만 덫에 갇히고 말았습니다. 그는 김 사장이 만든 사형장에서 익사 되고 말았습니다. 저는 그때 깨달았습니다. 김 사장의 덫은 음식을 가지고 나가려고 하면 닫힌다는 것을 말입니다.

물론 오늘도 안에서 만찬을 만끽할 것입니다. 그런데 이게 웬 날벼락입니까, 어디서 나타난 자인지 몰라도 더러운 냄새를 확 하고 풍기며 저의 영역으로 달려들었습니다. 그는 저를 보고도 아랑곳하지 않고 덫 속으로 빨려 들어가듯 그렇게 들어갔습니다. 저도 급한 나머지 본능에 따라 그를 불렀습니다.

"이봐, 잠깐."

"미안하네. 오늘만 실례하겠네. 죽을 것 같아서 말이야."

"좋네. 그런데 먹기 전 내 이야기를 들어 보게."

"미안하네. 일단 허기를 먼저 채워야 할 것 같네."

"그래 알았네. 그런데 절대 가지고 나오려 하지 말게."

"……."

저는 그가 힐끗힐끗하며 저의 눈치를 보는 것이 오히려 불안해 견딜 수가 없습니다. 느낌으론 여차하면 남은 오징어 튀김을 낚아채 갈 것으로 보였기 때문입니다.

"이보게. 편하게 천천히 다 먹게. 나는 오늘 깨끗이 포기하겠네."

"……"

"이보게, 절대 당겨서는 안 되네. 천천히 다 먹고 가게나. 주인도 퇴근하고 없으니 말이야."

"……"

저 자신이 벼랑을 걷는 심정입니다. 제가 조금만 움직여도 그는 먹던 오징어 튀김을 잡아당길 것 같습니다. 그때였습니다. 그의 눈빛이 예사롭지가 않았습니다. 그리고 이렇게 말하는 것 같았습니다. '지금까지 여기서 호의호식했으니 인제는 자리를 비켜 달라'는 그런 말을 하는 듯했습니다. 순간 저도 그러겠다며 눈에 최대한 힘을 빼고 응대했습니다. 일단은 위기 상황을 벗어나야 하니까요. 그러나 그것뿐이었습니다. 그는 무슨 생각에서인지 그야말로 쥐꼬리만큼 남은 오징어를 물더니 잡아당겼고 보기 좋게 그는 형틀에 갇히고 말았습니다. 온몸으로 찌릿한 전류가 흘렀습니다.

"내가 그랬지 않았나! 그렇게 이야기했건만……."

그는 형틀 속에서 밤새 몸부림쳤습니다. 그러나 저는 결국엔 탈진과 몰려드는 공포 그리고 주검만이 있을 뿐임을 압니다. 밤새 싸질러댄 그의 배설물 냄새가 사무실의 공기를 대신했습니다. 날이 밝았습니다. 셔터가 오르고 밖의 밝음이 일시에 밀려들어 와 칠흑과 같았던 사무실의 어둠을 몰아냈습니다. 그리고 빛과 함께 또 다른 것이 따라 들어왔습니다. 그것은 죽음이라는 단죄였습니다.

저는 틀 속에 있는 그에게 여태 아무 말도 하지 않았습니다. 단지 며칠 동안 굶을 일과 앞으로 형틀 안에서 어떻게 해야 하는지를 다시 한 번 더 다잡는 고심을 했을 뿐입니다. 왜냐하면, 그는 이미 죽은 거나 일반이라 더는 그를 생각한들 무슨 소용이 있을까 하는 저의 냉혹함의 발로였기 때문입니다. 그는 잠시 후 사형장으로 끌려가 밤새 몸부림과 달리 단박에 익사 되어 뻣뻣하게 굳어 나왔습니다. 그러나 저는 당황하지 않습니다. 이런 일은 그동안 다반사였기 때문입니다.

김 사장은 저의 예상대로 뒷일을 치웠습니다. 또 김 사장과 신경전을 치러야 할 것 같습니다. 그렇게 명절 음식은 물 건너가 버리는 것 같습니다. 마지막쯤 될 듯한 튀김을 김 사장이 데우고 있습니다. 냄새가 진동합니다. 그 빌어먹을 놈이 나타나 초를 치는 통에 전 오늘도 냄새로만 만족할 수밖에 없습니다. 냄새는 퍼져 나가 또 다른 녀석을 불러들였습니다. 한쪽 다리가 없는 불구의 몸을 했습니다. 낯이 익어 아는 체를 하려다 다리가 없는 것을 보고 그만두었지만, 저는 금세 그가 C인 줄 알았습니다.

"어떻게 된 거요?"

"그렇게 되었네. 돌아다니는 인생이 그렇지 뭐."

"그래도 그렇지, 그게 뭐람."

"이보게, 너무 그러지 말게. 그래도 돌아다니는 데는 지장이 없다네. 걱정하지 말게."

"그래도 놈들이 갑자기 나타나 달려들면 어쩔 텐가?"

"모르는 소리 하지 말게. 요즘은 놈들도 우릴 밥으로 생각하지 않는다고."

"그건 또 무슨 소린가?"

"허, 이런 답답한 사람. 그러니 가끔은 나들이라도 하라고. 세상 물정을 몰라도 너무 모르는군."

"모르긴……."

"간혹 물 건너온 잡놈들이 우릴 밥으로 생각할까, 이제 우리의 천적은 이미 천적이 아니라네. 이 양반아."

"……."

"그런데 자네 몰골이 왜 그런가?"

"글쎄, 어떤 작자가 초를 치는 바람에 벌써 굶은 지 사흘째라네."

"쯧쯧쯧."

"자네도 이 냄새를 맡고 왔겠지, 아마."

"겸사겸사 와 본 거지."

"변이나 한번 싸질러 놓고 가 주게. 먹은 게 있어야 표를 하지 원."

C는 사무실 여기저기 자신의 흔적을 남겨 놓고 그렇게 떠났습니다. 참 고마운 일입니다. 어쩌면 내일 중으로 멸치라도 먹게 되는지 모르겠습니다. 그러나 반반입니다. 그런 불길한 예감이 듭니다. 김 사장이 성질이 나서 싱크대 뒤쪽으로 나 있는 구멍을 다 막기 위해 나무판 대신에 블록을 쌓는다면 큰일입니다. 여하튼 그건 나중 일이고 당장에 허기가 져 죽을 맛입니다. 그러나 B와 C처럼 냄새나는 곳을 돌아다니는 그런 짓을 하지 않기로 한 저로선 감당해야 할 일이라 생각합니다. 그래서 이렇게 버티는 것입니다. 제가 생각해도 참 미련하기 짝이 없는 듯합니다.

그나저나 만찬이 주어졌을 때 만찬을 어떻게 즐겨야 할지를 다시 학습하지 않으면 안 될 것 같습니다. 물론 해 온 대로 한다면 큰일은 없겠지만, 그래도 며칠 전 저 앞에서 사고 쳤던 자의 모습이 자꾸만 눈에 아른거려 불편하기 그지없습니다. 사실 그렇게 무지막지하게 잡아당기지 않았는데 문이 닫힌 것 같아서 그렇습니다. 자꾸만 그것이 신경이 쓰입니다. 시간이 갈수록 더 그렇습니다. 분명 김 사장이 손을 쓴 탓이라 생각됩니다. 아니 그렇게 판단하고 싶습니다. 그래야 할 것 같기 때문입니다. 결국, 예전에 없던 덫의 두려움이 언제 찾아들었는지 저를 엄습해 버렸습니다. 이참에 떠날까 하는 생각도 들지만, 여전히 여기를 벗어 나가고 싶지가 않습니다. 오늘 중으로 먹지 못한다면 잠시 C에게 나들이라도 다녀와야 할 것 같습니다.

3

제가 지은 집을 손으로 꼽는다면 손가락이 모자랄 것입니다. 오늘도 아담한 집을 지었습니다. 물론 다신 떠돌아다니지 않을 거로 생각하고 지은 것이지만 저는 압니다. 또 조만간에 떠나갈 것을 말입니다. 이번에 지은 이 집은 전에 지었던 집 옆에 지었습니다. 사실 집짓기가 귀찮아 전에 지었던 집을 사용해 볼까 하고 찾았지만, 공교롭게도 이미 다른 누군가가 사용하고 있었습니다. 하기야 가는 데마다 전에 지었던 집에 다른 이들이 살았기 때문에 그리 큰 실망은 하지 않았습니다만, 그래도 이번에 찾았던 집은 좀 특별난 집이라 아쉬웠습니다.

그렇다고 뭐, 특별하게 지은 집은 아닙니다. 다만 둘이 지었던 집이라 그렇습니다. 사실 전 짝이 있었던 적이 있었습니다. 물론 새끼들도 있었고요. 하지만 아내는 새끼들이 떠나고 얼마 안 돼 다른 놈과 눈이 맞아 떠나 버렸습니다. 물론 다반사인 일이지만 여하튼 상처가 있는 집이라 다신 찾지 않겠다고 생각했지만, 그래도 아무리 아픈 상처라도 세월이 흐르면 추억으로 남는가 봅니다. 그래서 다시 찾은 것인지도 모르겠습니다.

둘은 참 좋아했습니다. 난생처음 처녀와 총각으로 만났으니 얼마나 설렜겠습니까. 둘은 부푼 꿈을 안고 신혼을 시작했고 새끼들까지 많이 낳아 길렀었습니다. 사실 어쩌면 그때 생긴 상처가 이렇게 떠도는 삶을 살게 하는지도 모르겠습니다. 아마 그럴 겁니다. 제가 느끼기에도 저의 이 역마살은 그때 생겨났으니 그렇게 생각해도 굳이 틀린 말은 아니라고 할 수 있습니다. 저도 이제 서서히 지쳐 가는지 자리를 틀고 싶을 때가 자주 들곤 합니다. 최근 들어 가끔 만나는 B의 눈빛에 마음이 동하기도 하지만, 그래도 아직 그런 몰골인 B를 아내로 삼긴 싫습니다. 한데 그러다도 어쩌다 그런 눈빛을 대하면 그래, 인생 뭐 있겠나 하는 생각에 구애하고 싶은 때가 있는 건 사실입니다. 물론 저 혼자 생각입니다만.

이제 곧 찬 바람이 부는 겨울이 올 것인데 걱정이 이만저만이 아닙니다. 물론 홀몸이지만 움직이는 일이 퍽 힘들 거라는 생각이 들기 때문입니다. 뒷다리를 잃고 처음 맞는 겨울이라 더 그런 생각이 듭니다. 그리고 어디서 나타났는지 토종이 아닌 짐승들이 우릴 노리는 탓에 죽을 맛입니다. 벌써 동료 몇몇이 그들의 밥이 되어 사라졌거든요. 특히나 그들은 몸이 날렵합니다. 그리고 그들에게 한번 띄면 그날로 제삿날이라 해도 과언이 아닙니다. 저들은 또 머리가 있어 쓰레기통을 찾는 우리를 숨어 기다렸다가 일순간 달려들어 공격합니다. 그래서 쓰레기통이 있는 곳이 그들의 매복지라고 해도 틀린 말이 아닙니다. 쓰레기장엔 풍성한 먹거리가 있기 때문에 우리가 나타나리라는 것을 알지요. 물론 우리도 그들의 바람에 일조하지만요.

지금 저의 집은 아파트입니다. 아파트는 큰 산을 배경으로 자리를 잡은 2천 세대의 중대형 아파트입니다. 저의 집에서 내려다보면 경비 아저씨가 분리 수거통에 하루에도 몇 번씩 오가는 것을 볼 수 있습니다. 경비는 그런 일을 하는가 봅니다. 그리고 1주일에 한 번씩 모아 둔 종이랑 플라스틱들을 처리하느라 아파트 주민이 난리 치는 모습도 볼 수 있습니다. 분리 수거통이 있는 그 옆으로 나란히 쓰레기통이 놓여 있습니다. 아파트는 음식물을 한곳에 모아 두기 때문에 저희가 먹거리를 찾기 위해 돌아다닐 필요가 없는 것이 아파트에 사는 장점입니다. 물론 위험한 짐승들이 있지만 말입니다.

명절이 지난 지도 꽤 되었지만, 여전히 명절 음식이 나옵니다. 물론 약간 쉰내가 나는 것이지만 저희에겐 별미입니다. 아마도 냉장고에 두었던 것들을 먹지 않고 내다 버리는 것 같습니다. 물론 사람들의 불찰이기도 하지만 이런 일도 있어야 1년에 한두 번쯤은 만찬을 즐기지 않겠습니까. 오늘은 기회를 봐서 푸짐하게 즐기다 와야겠습니다. 그런데 A가 아파트를 방문했습니다. 쓰레기통 주위를 어슬렁거리는 모양으로 봐선 아직도 먹지 못한 듯합니다. 일단 여기로 불러야겠습니다. 저러다 큰일 나기 때문입니다.

아뿔싸…… 날강도 한 놈이 A를 바라보고 있습니다. 저는 A를 부르려고 입을 열었던 것을 멈추고 이내 닫아 버렸습니다. A가 위험을 알고 곧장 이리로 달려온다면 저까지 큰일이기 때문입니다. 이렇듯 비열한 삶을 살아가는 것이 저희입니다. 일촉즉발의 상황입니다. 그러나 A는 이미 음식 냄새에 푹 빠져 이성을 잃고 있는 모습입니다. 그토록 조심스러워 하며 몸을 사렸던 A의 모습은 온데간데없고 허기에 눈이 먼 불쌍하고 초라한 그런 모습입니다. 눈에서 빛이 나는 짐승과는 판이한 모습입니다. 오금이 저립니다. 저 자신도 꼼짝을 할 수 없습니다. 모든 것이 정지되고 다만 그놈만이 움직일 수 있는 그런 형국입니다. 순간 쓰레기통 밑으로 떨어진 튀김 하나를 A가 발견한 모양입니다. A가 횡재라고 생각하고 달려듭니다. 한 입 베어 뭅니다. A는 이미 이성을 잃은 듯합니다. 그놈은 기다렸다는 듯이 A를 향해 달려들려고 온몸에 기를 모으고 있습니다. 거리는 있지만, 그놈의 기세는 A에게 단번에 날아갈 것처럼 힘이 옹골차 보입니다.

그런데 긴박한 상황이 전개되고 있는 이때 경비실 문이 열리고 아저씨가 대걸레를 들고 밖으로 나옵니다. 그놈은 느닷없는 아저씨의 출현에 혼비백산하여 달아납니다. 그놈은 무화과나무와 키가 큰 감나무 그리고 누른 산수유나무를 차례로 타고 달아납니다. 뒤도 돌아보지 않습니다. 한 가지 분명한 것은 저놈들은 사람을 무척이나 두려워한다는 것입니다. 이런 형국에도 A는 아랑곳하지 않고 여전히 통 밑에서 게걸스레 먹느라 정신이 없습니다. 저는 겨우 떨어지는 발걸음을 옮겨 A에게로 다가갔습니다. 크기가 있었던 것인지 아직도 반이나 남아 있습니다.

"자네, 여기 어쩐 일인가?"

"오, 그래. 자네 여기에 또 자리를 잡았나 보네."

"자네, 여기가 얼마나 위험한 곳인 줄 알고 이러는가?"

"그러게나. 하지만 굶어 죽을 순 없지 않은가."

A는 번들거리는 입을 멈추지 않습니다.

"이제 그만하고 일단 집으로 들어가세."

A는 허기가 해결된 탓에 그제야 주위의 위험을 알고 저를 따라옵니다. 먹다 남은 것을 마저 먹고자 할만도 한데 A는 그렇게 하지 않습니다. 겁보가 맞긴 맞나 봅니다. 저는 망설이다 조금 전 상황을 A에게 들려주었습니다. A는 아연실색하며 인제서 부들부들 몸을 떱니다. 그에게 큰 충격이었나 봅니다. A는 말합니다. 다신 이런 곳에 나오지 않겠다고 말입니다. 그것도 굶어 죽어도 나오지 않겠다는 이야기를 결의 찬 다짐으로 말합니다. 정말 그렇게 할는지는 모르지만, 왠지 신빙성이 없어 보이는 것은 무슨 이유일까 싶습니다.

A가 떠나고 저에게도 변화가 있습니다. 추워서 그런지 몸이 굳어 가는 느낌입니다. 아침저녁으로 불어 대는 찬바람은 잘려나간 부분을 속절없이 파고듭니다. 바람이 꼭 그곳에만 집중하는 듯합니다. 먹는 것은 그렇다 해도 전에 없이 외롭고 허한 마음에 뜬눈으로 밤을 지새우는 날이 늘어납니다. 먹는 것은 기름진데 살이 찌지 않습니다. 물론 불편한 몸엔 좋겠지만, 추위를 견디려면 몸에 기름이 있어야 하는데, 여간 곤란한 일이 아닙니다. B를 한번 찾아가야 할 듯합니다.

일부러 훤한 낮에 음식을 먹으러 밖을 나갔습니다. 바보 같은 뚱뚱보들이 어슬렁거리며 무리 지어 돌아다닙니다. 물론 사람들은 우리들의 관계를 천적이라고 아직도 생각할진 몰라도 이미 그들과 우리의 관계는 천적 관계가 아니고 사람이 먹다 버린 음식을 찾아 헤매고 다니는 부랑아 그 이상도 이하도 아닌 관계입니다. 저들은 물 건너온 녀석들이 기하급수적으로 늘어 그 수가 많아지자 저렇게 무리 지어 다니기 시작했습니다. 저들도 그들을 경계하고 있다는 이야기입니다. 아직은 저들과 그놈들이 싸우는 장면을 한 번도 보진 못했지만, 아마 짐작건대 그들 서로가 천적이 된 듯합니다. 저희야 좋은 일이지만, 그래도 세상이 어지럽고 복잡해서 누굴 경계해야 할지 난감해 오히려 더 머리가 복잡하고 신경이 쓰입니다.

B에게로 나들이를 결심한 마당에 가정을 꾸려 자리를 잡고 살아나 볼까 하는 마음이 불쑥 듭니다. 하지만 저는 저 자신을 알기 때문에 선뜻 그러지는 못할 겁니다. 그래도 저 나름대로 책임감이 있는 터라 가정을 꾸린 후 또 깨져 버리면…… 안 될 말입니다. 아픔을 알기에 조심스러울 수밖에 없습니다.

그나저나 올겨울은 B가 있는 곳에 가서 지내야 할 것 같습니다. 물론 겨울이라 장마로 물난리도 없을 거고, 때론 따듯한 온수가 흘러나와 몸을 녹일 수도 있을 거고, 온화한 공간에서 일광욕도 할 수 있을 터이고 뭐니 뭐니 해도 저를 예사롭지 않은 눈으로 쳐다보는 B가 있기 때문입니다. 내일 중으로 또다시 거처를 옮겨야 하겠습니다.

8. 미라

"삐리릭삐리릭……"

6시 반이다. 어제저녁에 마신 술이 밤새도록 머리를 헤집더니 아직도 그 기세는 여전하다. 취기에 시달린 머리는 지쳤는지 결국, 널브러지려 한다. 벙벙한 것이 혼몽하다. 아내는 등을 돌렸다. 언제나 눈을 뜨면 그렇게 누워 있다. 그래서인지 잠에서 깨는 이 시간쯤엔 아내의 얼굴보다 아내의 등이 눈에 익다. 그저껜가? 아내 얼굴을 보고 얼마나 낯설었는지 모른다.

둘둘 감은 이불 속에서 정신을 가다듬는다. 순간 약해 빠진 의식 속으로 눈에 익은 것과 권태로움이 함께 비릿하게 끼어든다. 하지만 눈에 들어오는 것들이 권태롭긴 해도 편안하다. 천장도, 밤새 천장에 목매 지쳐 있는 등도, 천장의 붉은 장미의 무늬도, 이중 창의 희끄무레한 새벽 미명까지도.

아내가 나보다 언제나 30분 더 늦게 일어난다. 타임에 맞춰진 전기 압력솥은 내가 침대에서 내려올 그 순간에 작동된다. 타임은 일 년 내내 그

시각이다. 조심스럽게 일어나 앉는 것도 여전히 몸에 뱄다. 물론 지금까지 내가 일어날 때의 그 움직임으로 아내가 일어난 적은 한 번도 없다.

방 안의 공기는 어제 아침과 똑같다. 아니, 조금은 쾌쾌하다. 술 냄새때문인가? 유독 그것만 다르다. 낯설진 않지만 뭔가 새로운 공간이 들어찬 느낌에 마음이 급하고 비좁다. 일어나 화장대 위에 놓인 담배와 라이터를 들고 방문을 연다. 수년간 피워 온 담배 또한 여전히 같은 거다. 라이터는 수시로 변한다. 식당, 커피숍, 주점의 상호가 인쇄된 라이터만은나의 생활에서 유일하게 자주 바뀌는 물건이다. 물론 아내의 신경을 건드는 일이긴 해도.

방문은 매끄럽게 잘 열린다. 기름칠 한 일이 없는데도 그랬다. 한 번쯤 삐꺽거리는 낯선 소리라도 났으면 하지만 그것은 객쩍은 바람일 뿐이다. 거실은 5월인데도 약간은 쌀쌀하다. 팔에 오소소 소름이 돋았다. 그러나 싫지 않다. 살아있다는 느낌이 들어서다. 그러나 거실은 여전히 지루함을 떨쳐내지 못했다. 텔레비전도, 청소기도, 거실장 위에 자리한 조화 꽃이 꽂힌 초록색 꽃병도, 현관 오른쪽 구석으로 방치된 신문도 여전히 어제 그대로다. 물론 소파는 새벽 기운에 진한 갈색에서 옅은 갈색으로 변화고 있는 중이긴 해도 아내가 만든 십자수의 무늬를 하고 소파 위에 동그마니 누운 쿠션도 언제나 그대로다. 물론 어제와 같은 곰돌이를하고서.

거실문을 열었다. 육중한 무게가 팔에서부터 어깨로 이어져 허기진 배아래까지 전해져 왔다. 어제도 그랬나? 싶다. 베란다는 이미 새벽을 깨웠고 밝았다. 하지만 쌀쌀함은 거실보다 더했다. 언제나 기온이 나열된듯하다. 방의 온도, 거실의 온도 그리고 지금 베란다의 온도까지. 아니다, 밖 온도도 여전히 한결같다.

베란다 문은 세상과 마주한 마지막 보루라 그런지 열기가 언제나 힘이 든다. 열면 뭔가 큰일 날 것처럼. 누군가 마법을 걸어 둔 것인가? 결국 "끼익" 하고 짜증을 내며 마지못해 열린다. 낯선 기온이 얼굴에 와 닿았다. 상쾌하지만 오소소하다. 전신으로 퍼지는 찬 느낌. 이제 입에 문 담배에 불을 붙일 차례다. 입에 담배를 물었다. 담배의 진한 냄새가 입안으로 스민다. 불을 붙여 빨기 전까지 느끼는 담뱃가루의 진한 냄새만은 항상 역겹다. 그럴 때마다 하는 생각, 끊어야 하는데…… 12층에서 내려다보이는 아파트 주차장은 낮게 깔렸다. 차들이 바닥에 바싹 엎드려 자는 듯하다. 그것도 칸을 맞추고 줄을 지어서. 간혹 이가 빠진 듯 듬성듬성 빠져 있는 공간은 낯이 익다. 항상 그 자리다. 차주가 누군지, 몇 시에 빠져나가는지 알고 싶다는 생각은 빨아들인 담배 연기가 폐 속으로 막 진입할 때쯤 한다. 폐부로 들어온 담배 연기는 니코틴을 남겨 놓고 다시 밖으로 터져 나왔다. '후'하는 순간 띵한 느낌은 중독이 되었다. 이내 담배의 단맛이 찾아든다. 뿌연 담배 연기는 머리를 풀고서 신선한 아침 공기 속으로 더럽게 사라져 간다. 일말의 죄책감을 느끼는 순간이다. 환경 오염. 하지만 몰라. 그것까지 신경을 쓰면서 어찌 살 수 있어…… 담뱃값에 환경 부담금도 포함되었으려나…… 볼까…… 아직은.

뿌연 연기는 연신 사위로 사라져 간다. ㄷ자 형태의 아파트 단지는 처음부터 그랬지만, 어떤 변함도 없이 그렇게 10년을 자리하고 있다. 간단한 공사도 한 건 없다. 처음부터 설계를 완벽하게 해서 그런지 손대는 일이 전혀 없다. 하루가 멀다고 파헤치는 아스팔트와 보도블록과는 판이하다. 그래서인지 아파트는 너무 무료하다. 조경된 나무라도 조금 바꾼다면 좋을 터. 나무는 입주하면서 볼 때나 10년이 지난 지금도 여전히 그 자리에 꼼짝하지 않고 자리를 지키고 있다. 크기도 여전히 그때의 그 크기다. 어떨 땐 조화가 아닐까, 하는 생각이 들기도 하지만 사계절에 따라 변화는 그들의 모습을 보면 그것도 아니다. 사실 그것도 언제나 같은 시기에 그러니 혹여 우리가 모를 때 누군가 그 짓을 한 건 아닌지 의심도 든다. 꽃이 피고 입이 떨어지고 새싹이 올라와도 새롭지가 않다. 그렇다면 산새들은 어떨까! 그들도 무료한 건가? 언제나 반복되는 환경에 있으니…… 그런데 한 가지 분명한 건 무료함 때문에 산새가 병에 걸렸다거나 죽었다는 이야기는 들은 일이 없다. 물론 확인을 해 볼 일이지마는.

삿갓지붕을 하고 눌러앉은 경비실을 중심으로 아파트가 좌우 대칭적으로 반듯하게 구분된 형국은 언제 봐도 우습다. 마치 경비실을 보호하기 위해 아파트를 지어 놓은 듯한 느낌이다. 그럴 수도 있겠다. 그쪽 입장에선.

비누 냄새가 신경을 건드려 쾌청하다. 오이 비누만을 고집하는 아내 덕에 욕실은 언제나 오이 냄새가 난다. 아니 진동한다고 해야 할 듯. 10년 동안 곳곳에 스며들었으니 당연한 일이다. 그래서 오이는 먹지 않는다. 지난밤 먹은 술이 과했긴 했나 보다. 얼굴이 몰골이다. 수염은 그렇다 쳐도 눈그늘은 보기에도 부담스럽다. 2차까지 극구 끌고 간 영업부 김 대리가 언뜻 떠오른다. 그 사람 참.

사실 서로 끌고 다니니 누구를 원망할 수도 없다. 분식집에서부터 시작해 결국, 닭발 집으로 거기다 탄력을 받으면 주점까지 가는 코스는 그들이 언제나 밟는 전철이다. 기억으론 한 번도 바뀐 일이 없다. 물론 술

값도 너 한 번 나 한 번 우리같이 한 번이다.

'쿨럭'하는 세면대 물 빠지는 소리를 뒤로하고 거실로 나온다. 중학생 아들이 기지개를 켠다. 절묘한 타이밍이다. 본 척도 않고 욕실로 직행한다. 전기밥솥은 막바지 열을 올리고 있다. '삐' 하고 김빠지는 소리에 맞춰 아내는 침대에서 일어나 방문을 열고 나 올 것이다. 한 치의 오차도 없이.

아내는 오늘 머리를 하러 가야겠다며 아침부터 성화다. 파마를 풀고 생머리를 해 보겠단다. 거기다 오징어 먹물까지 입혀 기분 전환을 할 거란다.

"그러면 기분이 좀 달라져?"

"당신은 여자들의 기분을 몰라요."

아내는 언제나 그렇게 이야기한다. 툭하면 여자의 기분을 모른다는 말. 그럴 때면 나는 언제나 받아친다. "왜 몰라, 내가 당신보다 더 잘 안다고……." 속으로만. 사실 아내는 선생님이다. 초등학교 2학년 여선생. 그래서인지 툭하면 설명하려 든다. 그 때문에 나는 설명할 수 있는 빌미를 절대 주지 않으려 노력한다. 그런 노력으로 신혼 때보다 잔소리는, 아무튼, 그런 식의 말은 절반으로 줄어들었다. 그것은 놀라운 성과라고 나 자신도 자평하는 일이다. 아내의 설명은 판에 박힌 듯 틀이 있다. 누가 들어도 이야기의 구도를 알 수 있다. 육하원칙에 철저히 근거한 설명. 기승전결이 딱 부러지는 문장력은 어쩌면 적어서 읽는 것과 같다고나 할까, 지루하지만 결과를 예측할 수 있어 오히려 지루함이 덜하다. 그리고 젊게 살려고 무지 애쓴다. 그래서인지 아내는 나이가 불혹이라도 젊다. 30대 초반으로 보인다. 뭐 물론 나에겐 재수지만 말이다.

강화 유리가 덮인 식탁에 앉는다. 식탁보의 무늬는 한결같다. 장미 무늬다. 방 안 천장에 붙은 장미를 옮겨 놓은 듯하다. 신기하다. 천장에 있는 재질은 분명 종이일 텐데…… 궁금해도 그냥 넘어간다. 아침마다 그렇다. 잘못 했다간 식탁을 떠나는 순간까지 설명을 들어야 하기 때문이다. 같은 밥그릇, 같은 찌개 그릇, 반찬, 아니다. 오늘은 콩잎이 올랐다. 어디서 난 걸까! 아뿔싸! 물어볼 뻔했다가 가슴을 쓸어내린다. 물론 아들도 잠잠히 밥만 먹는다. 여차하면 엄마의 잔소리가 터져 나올 것이기에. 사실 아들 녀석은 손댈 곳이 없다. 하지만 엉뚱한 데가 있어 가끔 아내와 나를 놀라게 할 때도 가끔 있다. 이를테면 느닷없이 친구 집에서 공부하다 연락도 없이 그냥 잔다거나 전화기를 끈다거나 하는 행동이다. 그럴 때면 아내와 나는 긴장한다. 물론 나는 긴장하는 척할 뿐이다. 그런데 사실 아들의 행동에 오히려 숨통이 '허' 하고 터지는 느낌을 내심 즐기곤 한다. 일탈의 대리 만족.

곰돌이 물컵은 항상 컵 벽에 들러붙어 식사 내내 나를 바라다본다. 그것도 배시시 웃으며. 어떨 땐 집어 던지고 싶기도 하다. 물론 행동으론 절대 옮기지 못한다. 그랬다가는 삼 대가 시끄럽다. 곰돌이를 떠나는 순간이 아침 7시 28분이다. 2분 모자라는 30분이다. 신기하다. 물론 그렇게 해야 출근 시간에 지장이 없다. 1분이라도 늦는 날에 출근은 복잡해지기 때문이다. 1분 때문에 족히 20분도 늦어질 수가 있다. 따라서 1분 너머에 있는 딴 세상을 절대 받아들일 수 없다. 그것은 천지가 개벽하는 일이기에 때문이다.

이번은 아들이 양치하러 먼저 일어난다. 다음은 내 차례다. 순서가 정해져 있다. 나는 10년 전부터 먹어 온 아내의 음식과 곰돌이를 뒤로하고 자리에서 일어나 순번을 기다린다. 이윽고 차례가 되어 솔 냄새가 나는 치약으로 양치하고 옷을 입기 위해 옷장이 있는 방으로 향한다. 아내도 뒤따른다. 옷장과 마주한 곳에 키만큼이나 길게 걸린 거울 속에 있는 내 모습을 물끄러미 바라다보았다. 물론 키는 더 클 리 없지만, 자신의 모습이 참 무료해 보인다. 변함없는 모습 그대로다. 적당히 나온 배는 나이가 들어가는 것을 말해 주고 있었다. 아내가 뒤에서 옷을 꺼내는 모습이 언뜻언뜻 보인다. 오늘은 검은색 양복을 입힐 모양이다.

"오늘은 갈색으로 입을까?"

"이걸로 입어요. 갈색은 아마도 세탁해야 할 것 같아요."

"최근에 입은 일도 없는데……."

아뿔싸! 설명할 빌미를 줘 버렸다는 생각에 망연자실…… 다행히 아들이 밖에서 먼저 간다며 인사한다. 고비를 넘긴다. 삼각 무늬의 연분홍색 넥타이를 끝으로 갈무리하고 집을 나섰다. 물론 습관처럼 해 온 아내와의 키스는 빼 먹지 않고서. 손에는 휴지가 들려 있다. 엘리베이터를 기다리면서 입술을 닦으라는 아내의 배려다. 간혹 있는 일이지만 오늘도 1층에서 엘리베이터가 꼼짝을 않는다. 미칠 노릇이다. 돌발적인 상황에 불안하다. 익숙한 일에 제동이 걸린 것이다. 가슴이 답답하고 일순 머리가 지끈거린다. 화가 나기 시작한다. 여전히 1층에서 올라올 기미가 보이지 않는다. 아파트 문을 열었다. 아내가 뜨악하며 웬일이냐 한다. 시간이 지났으니 차를 가져가야겠다고 했다. 물론 아내는 동의하지 않는다. 짜증을 내며 다시 문을 닫고 나왔다. 엘리베이터가 올라온다. 4층에 한참을 더 서 있다. 이윽고 12층에서 문이 열렸다. 무슨 일인지 따지고 싶다. 4

층에 무슨 일이 있느냐고…… 하지만 그뿐이다. 시간이 없다.

시간상으로 버스는 지나갔다. 짜증이 일순 전신을 사로잡는다. 웬일인지 곧바로 버스가 왔다. 배차 간격을 익히 알고 있는 나로선 의아하다. 그러고 보니 정류장에 서 있던 사람들의 낯이 익다. 물론 사람도 많다. 차가 연착한 모양이다. 역시 그랬다. 사람들이 타면서 간혹 불만을 터뜨렸다.

"기사님, 차가 고장 났어요?"

기사는 그렇다고만 말할 뿐 무덤덤하다. 조금의 시간은 긴장된 차 안의 분위기를 가라앉혔지만, 다음 정류장에서 또 다른 사람들이 기사에게 시비를 건다. 오늘은 지하철까지 가는 데 적잖이 시끄러울 것 같다. 조금은 복잡했지만, 여전히 여느 때와 다르지 않은 출근 광경이다. 버스는 규칙적으로 정류소의 이름을 대고 사람을 태우고 내렸다. 올망졸망 줄을 지어 자리에 앉은 승객들의 머리통들은 하나같이 물기가 있는 모습이다. 아마도 머리를 감았을 터. 손에도 예외 없이 휴대 전화를 들었다. 음악을 듣는 사람, 게임을 하는 사람, 어디에 전화 통화를 하는 모습은 긴긴 세월 먼지를 뒤집어쓰고 박물관 벽에 걸린 액자 속 풍경과 정물화처럼 사람들의 모습도 일관하다. 자리를 잡지 못한 나는 무연히 밖을 내다보고 있다. 간간이 지나가는 사람들의 발길이 멈춘 듯하다. 아마도 버스가 달려가는 통에 그렇게 보였을 것이지만 그들이 낯설다. 그것은 좋다.

노란 유치원 버스가 아이를 태우려 비상등을 켜고 도로 한쪽으로 세워져 있다. 아이는 엄마의 손을 잡고 자기보다 큰 빨간색 가방을 등에 메고 버스 쪽으로 다가간다. 선생님의 배꼽 인사는 정형화되어 있다. 인사라기보다 그냥 습관처럼 보인다. 아이도 엄마도 따라 한다. 내가 탄 버스가 출발하여 아이 모습은 더는 볼 수 없다. 다만 노란 버스만이 동그마니 그렇게 눈을 깜박이며 서 있다. 그런데 왜 유치원 버스는 꼭 노란색이어야 하는지 모를 일이다. 무슨 정당과 관계가 있는가? 그건 아닐 테고……. 초록이나 파랑, 뭐 이런 색으론 안 되나? 내가 탄 버스도 흰색이나 검은색, 분홍색은?…… 살구색 같은 것은…… 객쩍나!……

창밖으로 내다보이는 풍경도 병풍처럼 이어진다. 낯익은 풍경이다. 통닭집이 지나면 가전제품 집과 이불 집이 나오고 연이어 자동차 부품 집과 피자집이 따라 나온다. 서로 연관이 없는 집들이지만 그러나 10폭 병풍에 함께 담겨 있다. 간혹 그림들이 바뀌곤 하지만 여전히 상관이 없는 그런 그림들이 자리를 대신한다. 버스 전용 차로로 달리다 보니 출근 시간이지만 제법 속력을 낸다. 출발 2단에서 3단 그리고 4단 5단으로 변속을 하면서 말이다. 그리고 안내 방송에 누군가의 벨 누르는 소리 그리고 뒷문과 앞문이 '치' 하며 바람 빠지는 소리와 함께 동시에 열리고 사람들이 앞문으론 올라오고 뒷문으론 내린다. 이번엔 '삐'하는 소리와 함께 앞 뒷문이 닫히고 기어 2단으로 차는 앞으로 나아간다.

다른 버스는 몰라도 51번 버스는 다른 채널이 고장 난 것인지 항상 같은 프로다. 달리 다른 방송을 들어본 적이 없다. 같은 시간대의 같은 아나운서의 목소리는 물리다 못해 간간이 들려주는 가수의 목소리까지 나른하게 만든다. 매일 그렇게 이야기를 해도 할 말이 남아 있는지 연신 쉬지 않고 쏟아내는 말은 그게 그거인 것 같은데 아나운서는 힘을 주어 청취자들이 감동하도록 무진 애를 쓴다. 나는 일순 아내를 연상했다. 어쩌면 저 아나운서는 목소리를 약간 변조한 내 아내가 아닐까, 하는 생각을 해봤다. 기승전결의 문장과 구구절절이 해대는 말은 꼭 그렇게 들린다. 다음 내릴 차례는 나다. 나는 지하철역에 내리는 사람들을 알고 있다. 녹색 바지의 키 작고 뚱뚱한 50대 아줌마, 긴 머리에 롤 파마기가 있는 예쁘장한 20대 중반의 밤색 가방을 든 하이힐의 아가씨, 짝퉁인지 명품인지는 몰라도 온통 밤색으로 치장한 40대 초반의 쌍꺼풀 수술한 중 키의 미시, 그리고 간혹 보였다 말았다 하는 20을 초반의 남학생을 알고 있다. 오늘도 그들이 내릴 준비를 하고 입구로 몰려든다. 이들 중 누가 벨을 누르는지는 알 수 없지만, 내가 내리기 위해 벨 누르는 수고는 언제나 하지 않는다. 버스 안엔 이미 빨간불이 들어와 군데군데 바퀴벌레처럼 천장과 옆에 붙어 있다. 꼭 빨간색 불이어야 하는가!……

환승하기 위해 카드를 연신 갖다 댄다. '하차입니다.'라는 말이 연이어진다. 물론 나도 찍는다. '하차입니다.'라는 말을 듣는다. 처음에 들었던 '감사합니다.'와 같은 사람이 아닌 듯싶다. 목소리가 조금은 다르다. 하지만 그럴 리가 있겠는가, 기계음일 텐데. 아무래도 뒤쪽 성능이 약간 떨어지는 것 같다는 결론을 내렸다. 목소리가 허스키한 게. 내일도 아니 오늘 저녁에도 어쩌면 들을 것이다. 그런 이유로 헤어짐의 아쉬움은 없다. 그녀는 언제나 그 자리에 있을 테니 말이다. 언제나 그 자리에. 차에서 차례차례 내린다. 맞은편에 휴대폰 판매장이 만국기를 달고 아침부터 요란한 음악을 틀어 놓고 시선을 잡는다. 인구수보다 전화기가 더 팔렸다는데 누구한테 또 팔려고 저러는가 싶다. 공짜라는 상투적인 문구가 쇼윈도의 절반을 차지하고 있다. 만국기는 바람에 휘날린다. '휘리릭' 만국기는 운동회 때만 보았지 이런 곳에서 본다는 게 볼 때마다 영 석연찮다.

하지만 이 집은 일 년 내내 만국기를 달고 있어 그 낯섦도 이젠 없다. 다만 날마다 같은 가수의 목소리가 약간은 지겨울 뿐이다. 전화기는 최신것을 팔고 있는데 흘러나오는 노래는 한물간 가수의 노래다. 그런데 저 공짜라는 말은 아직도 물리지 않은 건지, 아니면 붙인 것을 떼는 일이 귀찮아 그런 건지, 사람을 현혹하려는 건지 도무지 공짜라는 저 글씨가 너무 마음에 안 든다. 사실은 공짜가 아닌데도 왜 그렇게 고집을 피우는지 모를 일이다. 바깥으로 붙여져 있다면 언제 봐서 뜯을 일이다.

지하도 입구엔 다양한 광고를 실은 신문들이 가판대 위에 그리고 아래로 기다란 통에 꽂혀 있다. 어디서 몰려든 사람들인지 신문을 빼 들고 계단 아래로 바삐 걸어가는 그 기세가 결연하기까지 하다. 마치 신문을 가지러 나온 사람들처럼. 나도 하나를 빼 들려다 그만두었다. 온종일 틀어놓을 텔레비전 모니터를 보게 될 테니 말이다. 개찰구의 입구는 어떤 사람의 몸을 평균 삼아 만들어 놓았는지 헐렁한 게 언제나 낯설기까지 하다. 마치 바지춤이 내려간 듯한 헐렁함이랄까! 슬며시 혁대를 만지며 다시 계단으로 내려간다. 열차가 들어온다는 멘트가 깨진 목소리로 흘러나오다 또다시 알아듣지도 못하는 외국어가 머리 위에서 무겁게 내려앉는다. 아침마다 돌아보아도 외국 사람은 없다. 적어도 여긴. 누구를 위한 멘트인지 궁금하다. 세계화의 발로인가! 어딘가에 외국 사람이 있겠지……. 미국 사람이든 중국 사람이든. 헉! 그런데 프랑스나 그리스 사람이 있다면 어쩔 셈인지……

하나같이 열중이다. 물론 직장으로 향하는 사람들이리라. 간혹 정체불명의 사람들이 매일 아침 한둘은 보인다. 그렇다고 그들이 무슨 범죄를 저지를 사람들은 아니다. 나이가 많고 지쳐 있는 사람들이니. 아마도 공원쯤으로 무료 급식을 먹으러 가는 사람들일 것이다. 그렇지 않다면 그들이 갈 곳은 없다. 이 시간에, 이 복잡한 시간에 말이다. 내 앞에서 신문을 펼쳐 들고 이리저리 살피는 중년 신사 뒷모습이 눈에 들어온다. 나보다 키가 작아서 신문의 기사까지 들여다보인다. 수고하지 않아도 머리 기사를 통해 오늘 아침의 이슈들이 보인다. 물론 별다른 일은 없다. 연일 계속되는 북한의 핵 위협과 대화 단절에 관한 기사가 있을 뿐이다. 김정은의 얼굴은 참 잘생겼다. 선하게 생긴 사람을 누가, 무엇이 저렇게 만들었는지 안타깝다는 생각이 퍼뜩 든다. 정말 김정은의 생각은 뭘까! 물어보고 싶다. 신사가 한 장을 넘기자 또 다른 북한 관련 이야기가 나온다. 핵을 포기하지 않으면 더는 대화는 없다는 또 다른 머리기사다. 언제부터 보아온 내용을 그대로 복사해 옮겨 놓은 듯하다. 매번 같은 수법이 이젠 통하지 않는다는 내용의 글이다. 지겹다는 것이지. 암. 듣기 좋은 노래도 자꾸 들으면 싫증이 나는데…… 핵 다음엔 무슨 말을 듣고 나올까 싶다. 어쩌면 개성 공단에 있는 우리 측 사람들을 모두 다…… 아니길.

사람들이 내리지 않고 더 탄다. 밀고 들어온다. 여자가 발을 살짝 밟았다. 간혹 있는 일이지만 여자가 발을 밟는 것은 처음이다. 미안한지 고개를 약간 들었다가 숙이곤 이내 돌려 버린다. 그리고 모른척한다. 신사는 신문을 접는다. 다 본 모양인가, 아니면 내릴 차롄가, 아마도 다 본 듯하다. 신문을 그물망 선반 위로 올려놓는다. 아무나 보라는 뜻인가? 아니면 버린다는 뜻인가? 아무나 보라는 의미는 아닌 것 같다. 그 신문은 일간 신문이 아니기에 누군들 그 신문에 관심이 있겠는가! 광고 일색인 흔하디흔한 지하철에서만 보는 신문인걸…… 그렇다면 버린 게 맞다. 나중에 누군가 치우라는 이야기일 터. 얼굴을 한번 보고 싶다. 어떻게 생겨 먹은 사람인지. 두 차례 문이 열렸다 닫혔다. 그러던 중에 조금 타고 많이 내렸다. 다음에 내가 내릴 차례다. 물론 사람 대부분이 내릴 것이다. 사무실이 밀집된 곳이기에 당연한 일. 출근을 수년간 이렇게 하며 겪는 일이지만 힘겹고 적응이 잘 안 된다. 나이가 들어가는 모양이다. 나이가?…… 첫 출근 땐 사람들을 밀치며 앞으로 나아갔지만, 어느 순간부터 뒤쪽으로 처져 천천히 사무실로 향하는 신세가 됐다. 열차에서 막 내린 출근 동료는 지하에 화재라도 난 양 발걸음을 서두른다. 바삐 달리는 사람, 빠른 걸음으로 걷다가 옆 사람과 부딪히는 사람, 개찰구에서 앞사람의 더듬거리는 모습에 짜증을 내는 사람들의 출근길 그림은 마치 고삐 풀린 망아지가 천방지축으로 뛰어다니며 난리를 피우는 형국이다. 그런데도 시간에 따라 사람들은 하나씩 지하를 탈출해 나아간다. 오늘도 무사히. 그들에게 복이 있어라. 부디 책상이 어제 그 자리에 가만히 있길……

사무실이 가까워질수록 낯익은 얼굴들이 하나씩 둘씩 보이기 시작한다. 어제 본 얼굴들이다. 동료다. 반갑지만 새로울 것은 없다. 오늘도 저들과 한 공간에서 부대껴야 한다. 어쩌면 저들은 나의 적이 될 수도 있다. 아니다. 저들은 나의 적일 뿐이다. 물론 저들도 나를 적으로 생각하리라. 매일 같은 코스로 술자리를 전전하는 김 대리도 당장은 그렇더라도 잠재적인 나의 적일 뿐이다. 마치 정지된 화면 속에서의 치열한 전쟁이라…… 김 대리가 은행 뒷문으로 막 들어간다. 어쩌면 나보다 젊었다는 이유로 같이 술을 마셔 나를 골로 가게 하려고 그런 게 아닌가? 하는 생각이 퍼뜩 든다. 객쩍은 생각이길…… 습관적으로 주고받은 아침 인사를 끝으로 나는 자리에 앉는다. 경비가 이미 켜 놓은 텔레비전엔 아까 잠시 본 신문의 머리기사를 옮겨다 놓았다. 어찌나 판박인지 누가 베껴 적었는가, 하는 착각을 하게 한다. 간간이 모습을 드러내는 아나운서는 오늘도 무표정한 얼굴로 나를 바라다본다. 어제 저 사람 넥타이가 빨간색이었는데 오늘도 빨간색이다. 옆에 앉은 여자 아나운서는 전체적으로 옷 색깔이 바뀐 것 같다. 물론 머리 스타일은 언제나 똑같다. 아나운서는 항상 정형화된 외모를 해야 하는지 모를 일이다. 어쩌면 그들의 정형화된 모습 때문에 연일 올라오는 색다른 소식까지 싫증이 나는 이야깃거리가 되고 있지 않은지 생각해 볼 일이지만 그것은 내가 할 일이 아니다. 뭐, 나도 똑같은 옷을 입고 앉았잖은가…… 주제넘은 짓이다.

앞에 앉은 여행원들이 뭘 하는지 하나같이 바쁘다. 아가씨들은 없고 모두 다 아줌마들이다. 그래도 은행원들이라서 그런지 신경을 썬 탓에 그리 아줌마티는 나지 않는다. 10분 전 9시. 책상 위에 놓인 커피잔에서 비릿한 프리마 냄새가 김에 실려 코로 날아든다. 비릿한 프리마 냄새가 좋다. 직장에서 마시는 자판기 커피의 즐거움은 무엇하고도 바꾸기 싫은 것 중의 하나다. 물론 집에선 아내가 정성스레 우려내 준 원두커피에 무설탕으로 커피를 마신다. 하지만 직장에서만큼은 프리마와 설탕이 든 커피를 마신다. 자판기 커피 만세 만만세. 프리마여! 영원하여라.

경비원의 작동으로 셔터가 올라가기 시작한다. 곧 손님들이 들어올 것이다. 책상 위에 놓인 갖가지 전표들의 묶음을 확인하며 도장을 찍는다. 수표 다발이 그의 도장을 기다리며 차례를 기다리고 있다. 나는 이 시간

188

만큼은 집중한다. 수표는 큰 단위기 때문에 그렇다. 자칫 잘못했다가 사고가 나고 만다. 도장 하나하나가 수표에 박히는 순간 수표가 비로소 생명을 얻는다. 간혹 생명을 부여받지 못한 수표가 나갈 경우도 있다. 그럴 때면 엄청난 손실을 본다. 물론 승진과도 관계가 있지만, 동료 입에 오르내리는 일이 무엇보다 괴롭기 때문이다. 한번 일 못 한다는 낙인이 찍히는 날엔 무사히 살아남기 어렵다. 나는 그것을 잘 안다. 그런데 돈도 그렇지만 이 수표란 놈도 하나같이 똑같이 생겨 먹어서 수백 장을 다룰 땐 일시 착시 현상으로 그냥 넘어가는 경우가 있다. 물론 서너 번 확인 절차를 거치지만 참 피로한 일이 아닐 수 없다. 사람들은 편안하게 돈을 세며 일을 한다고들 하지만 그렇지 않다. 진짜 죽을 맛이다. 오히려 영업 실적의 부담은 있지만 김 대리와 서 부부장이 부러울 때가 있다. 벌써 세 사람이 자리에 와서 앉아 있다. 나이 든 노인네들이다. 익숙한 아침의 광경이다.

'딩동'하는 소리와 함께 어리둥절해 하는 어르신을 경비가 와서 번호표를 확인하고 자리에서 일으켜 세운다. 그리고 손을 내민 여행원 앞으로 다가온다. 통장과 도장을 건네며 모기만 한 소리로 3만 원을 달라고 한다. 물론 여행원 뒤통수만 온종일 쳐다볼 뿐 얼굴은 잘 보지 못하는 나로선 짐작만 할 뿐이지만, 노인의 요구에 기계로 가서 하시면 된다는 말을 하고 싶어 견딜 수 없는 표정을 짓고 있을 거라 짐작해 본다. 여행원은 대답했는지 안 했는지 나는 듣지 못했다. 아마도 기어들어가는 소리로 알겠다는 말을 했을 것이다. 이러한 사실은 회식 자리에서 여행원들이 불만을 토로하기 때문에 잘 안다.

3만 원을 손에 쥔 어르신은 얼마 남았느냐고 묻는 것 같다. 17만 원 남았다는 소리를 듣고 자리에서 일어나는 노인이 지쳐 보인다. 어디에서 송금받은 돈인지, 3만 원을 찾고 17만 원이 남은 것 같다. 누군가 20만 원을 보내온 것이다. 하지만 노인의 어둡고 무거운 표정은 아마도 실망한 듯하다. 그렇다면 어느 기관에서 일정한 날짜에 일정한 돈을 부쳐 온 것이 아니라 자식 내지는 지인으로부터 보내온 돈이 분명할 터. 어쩌면 노인은 부쳐 온 돈보다 더 필요했을 것이다. 많은 고객을 상대해 보았고 특히, 노인 고객들의 표정을 15년이나 실무에서 보아 왔다. 척 보면 안다. 빌어먹을 새끼들…… 노인의 뒷모습에 울컥하고 울적하다. 괜히.

나의 부모님은 2년 전 다 돌아가셨다. 맞나?…… 맞다. 2년 전. 생전에 아내가 잘 모셨다. 새삼 아내에게 고마운 생각이 노인의 뒷모습에 떠오른다. 근데 노인의 굽은 등은 뭔가 싸한 느낌을 들게 한다. 그 여운은 깊고도 뭔가 칼 같다. 노인이 칼에 잘려나간 느낌이 든다.

텔레비전 위로 걸린 오늘의 환율표엔 빨간 불이 들어와 환율표를 쳐다보는 사람을 잡아먹을 듯 그렇게 눈에 불을 켜고 있다. 모르긴 해도 실제로 환율 변동으로 여러 사람이 잡혀먹혔을 것이다. 일순 텔레비전이 머리에 이고 있는 환율표를 설명하듯 하는 뉴스를 내보내고 있다. 설명은 하지만 누구 하나 듣지 않는다. 설명해도 하지 않아도 오늘 당장에 천지가 뒤바뀌지 않을 터.

12시 15분쯤부터 교대로 식사하러 나간다. 1차 팀이 15분에 그리고 2차 팀은 1차 팀이 식사를 마치고 돌아오는 50분에 나간다. 한 치의 오차도 없다. 5분이라도 늦으면 천지가 개벽한다. 그런 것을 보면 모두가 다 기계들이다. 한 치의 오차도 없는 톱니바퀴처럼 째깍째깍.

그래서 차장이지만 나는 2차에 간다. 2차는 조금 늦어도 그렇게 잡아 먹으려 드는 사람들이 없기 때문이다. 복엇국을 시켰다. 복어가 허연 배를 내놓고 탕 그릇에 뒤집혀 있다. 콩나물에 엉켜 도망가지 못한 것인지 콩나물에 감겨 있다. 멀건 국물은 내가 좋아하는 거다. 마늘 다진 것을 반 숟가락 넣고 휘젓고 거기다 식초 한 방울을 떨어뜨리면 금상첨화다. 술독은 이렇게 해서 풀리는가, 싶다. 수년간 해 주는 아내의 찌개는 술독을 결코 풀어내지 못한다. 하지만 이렇게 먹는 복엇국은 어쩌면 나의 생명을 조금씩 연장하고 있는 줄도 모를 일이다. 미역 무침, 김치, 멸치볶음, 멸치 젓갈 그리고 다시마는 항상 그대로다. 하지만 복엇국의 국물은 언제 먹어도 시원하고 맑다. 일주일에 서너 번은 먹으니 점심을 거의 복엇국을 먹는다고 해도 틀리지 않겠다. 복엇국의 마니아로 보이는 사람들 몇몇이 낯이 익다. 저들도 다 나를 따라 하는 것 같다. 아니 내가 그들을 따라 하는 것 같다는 생각에 일순 복어의 독이 얼른 생각난다. 혹여 이렇게 자주 즐기다 만에 하나 소량의 독이라도 들어가는 날엔……

　낯이 많이 익은 마니아는 대머리다. 정수리가 형광들의 빛을 받아 광을 낸다. 형광등 색을 받았는데 광은 황색이다. 동료 중에도 대머리가 있다. 이 차장이다. 이 차장의 대머리는 징그럽다. 티를 너무 내지 않으려 하다가 오히려 역효과를 낸다. 가장자리에 있는 머리로 정수리를 덮었다. 이 차장 자신은 아는지 모르는지 '나는 대머리요' 하는 메시지를 선포하고 다니는 것 같다. 차라리 자연스럽게 그만두는 것이 나을 일이다. 그런데 왜 대머리는 정수리부터 시작하는지 모르겠다. 물론 간혹 예외는 있지만. 이건 분명 이유가 있을 터. 대머리의 시작도 이렇듯 똑같다. 대머리의 시작도 지겹고 머리도 지겹다. 좁장한 통로를 따라 식당을 걸어 나온다. 모두가 하나같이 미역 무침, 김치. 멸치볶음, 멸치 젓갈, 다시마를 놓고 있다. 절차에 따라 식대를 계산하고 그립던 자판기 커피를 한 잔 뽑아들었다. 100원짜리다. 그것도 주인이 100원을 준다. 공짜다. 그래! 이것이 진짜 공짜다. 휴대폰은 공짜가 아니다. 복엇국으로 시원하게 닦여진 식도를 이제 커피가 들어가면서 새로운 쾌감을 가져다줄 차례다. 기대하며 한 모금. 역시나 기대를 저버리지 않는 자판기 커피.

그런데 왜 밖에 나와서 마시는 자판기 커피가 그렇게 맛이 있는 것인가! 물론 좋아하는 프리마가 들어갔다지만. 어쩌면 아내가 주는 원두커피의 일탈에서 오는 해방감 때문이 아닐까? 아마도 그럴 소지가 많다. 그렇지 않고서야 어떻게 스릴까지 느낄 수 있으랴! 여보. 미안. 나, 자판기 커피랑 외도 중이라오. 직사각형이 촘촘히 박힌 종이컵은 어제와 똑같다. 그러나 워낙 커피 맛이 좋아 그의 무료함은 잠시 잊을 수 있다. 종이컵 수거통에 종이컵을 꽂아 넣었다. 아래로 뻗은 긴 터널을 타고 종이컵은 그렇게 쌓여 간다. 그런데 저걸 모아서 어떻게 하나! 재활용? 아닌 것 같은데.

자리에 앉은 나는 오후 일과를 시작한다. 그러나 한결같이 오전과 똑같은 패턴으로 일하게 된다. 아래 직원들이 올린 전표를 확인해 도장을 찍고 오전보다는 적지만, 발행을 요구하는 수표에 생명을 불어넣고 가끔 찾는 전화를 받아 상담하고 그러면 오후 시간은 후딱 지나간다. 경비가 셔터를 내리면서 일과가 마무리되기 시작하고 퇴근을 머리에 떠올리게 된다. 문이 내려오면서 가까이 들렸던 자동차 소리가 멀어지기 시작한다. 비로소 온종일 들었던 차들의 소음을 의식한다. 갇힌 막바지 손님들을 처리하기 위해 여행원들이 분주하다. 한시라도 일찍 퇴근해야 하는 아줌마들이니 어쩔 수 없을 것이지만 뭔가 분분하고 산만하다. 꼭 이 시간대에 느끼는 분주함은 그리 기분이 좋지 않다. 왜 그런지 모르겠다. 집에 들어가기가 싫은 까닭인가? 깔끔한 하루의 마무리는 이러한 분주함 속에서 진행돼 간다. 은행의 후문마저 안으로 닫히고 365코너의 기계들이 점검받는다. 돈을 채우고 정리한다. 밤새 기계들이 해야 할 재원을 정리해 두는 것이다. 사실 기계들이 나타나기 전엔 모두가 자신들이 해야 할 일이었지만 이젠 저들이 자신들을 대신해 주고 있다. 고마운 일이 아닐 수 없다. 물론 기계의 등장으로 쓴맛을 본 사람들에겐 미안한 이야기겠지만. 또한, 어쩌면 조만간 나도 기계의 희생양이 될지 모르는 일이기도 하지만.

6시면 어느 정도 빠져나갈 직원들은 빠져나가고 없다. 나도 이제 나갈 차례. 지점장이 나간 후에 퇴근한다. 적어도 7시 안으론 퇴근한다. 오늘은 김 대리가 현장에서 바로 퇴근할 모양이다. 은행에 들어오지 않는다. 그러나 전화가 올 것이다. 간단히 한잔하자며. 어제도 그제도 그랬듯이. 나도 그러자고 말할 것이다. 어제와 그제와 같이. 그리고 1차에서 네가 내고 2차에서 내가 내고 탄력을 받으면 3차에서 서로가 내고 해서 집으로 귀가할 것이다. 지점장이 퇴근했지만, 그동안에 김 대리에게서 전화가 없다. 서서히 불안하다. 패턴이 무너져 내릴 것인가!……그러긴 싫은데, 하던 대로 했으면 한다. 익숙해도 좋다. 이것만은……

"김 대리, 어디야?"

"벌써 집입니다."

"뭐?"

"안 받았습니까?"

"뭘?"

"건강 검진표 말입니다."

"아니⋯⋯."

"정기 검진이 내일 있다는 거 모르셨어요?"

"그래? 몰랐지, 난."

"월요일에 다 나눠 주던데⋯⋯."

"누가?"

"저는 부부장님이 주시던데요."

"일단 알았어. 내일 몇 시?"

"8시까지 은행 주차장에서요."

"알았어. 그때 봐."

책상을 뒤졌다. 전표철 맨 밑에 깔린 건강 검진 일정표를 발견했다. 무슨 범칙금 용지같이 누런 종이에다 푸른 글씨가 쓰진 일정표가 낯설다. 언제 누가 여기다 가져다 둔 건지 궁금했지만, 당장에 내일 아침이라 궁금함은 뒤로 미뤘다. 이 년에 꼭 한 번씩 받게 하는 건강 검진이 감사할 일지만 성가시기도 하다. 적어도 오늘만큼은⋯⋯ 아니, 검진을 앞둔 전날은 언제나 그랬을 것이다.

반강제적으로 퇴근 시간의 패턴이 흐트러지자 일순 불안했고 수많이 남은 저녁 시간을 어떻게 해야 할지 난감할 따름이었다. 실로 오래간만에 옅은 어둠이 깔리기 시작하는 저녁 무렵에 퇴근한다. 지하철을 향해서 무겁지도 가볍지도 않은 낯선 발걸음을 했다. 낯선 퇴근 시간이다. 대

부분 택시 아니면 심야 막차를 타는 나로선 당연한 일이다. 퇴근 시간도 번잡하고 복잡하다. 콩 시루는 아닐지라도 자칫 성추행의 빌미를 제공할 만한 여건이다. 콩 시루와 같은 출근 시간에는 천재지변의 상황과 맞먹는 형국이라 남녀 모두가 으레 공감대가 형성되었다면 퇴근 시간에는 그래도 적당한 거리가 확보된 탓에 자칫 오해를 살 만한 일이 위태위태하다. 나도 일순 조심스럽다. 고개를 늘어트린 사람, 뭔가를 주시하듯 30도 각도로 전방을 올려다보는 사람, 몸을 뒤로하고 옆 사람의 휴대폰을 곁눈으로 힐끔거리는 사람, 팔짱을 끼고 차가 가는 반대방향으로 먼저 기울였다, 다시 원래대로 돌아오기를 반복하며 옆 사람 신경을 곤두서게 하는 곤하게 잠든 사람, 그럼에도 휴대 전화기에 목숨을 걸다시피 한 빨간 원피스의 검은색 키높이 구두를 신은 아가씨와 희끄무레한 교복을 걸치고 때 구정물이 밴 운동화를 신은 남학생.

복잡한 공간이지만 그 틈바구니에서도 중절모에 양손으로 눌러 꼿꼿하게 세운 지팡이를 짚고 있는 어르신은 이러한 공간의 지배자인 양 무연히 두리번거리며 하나하나 심중으로 간섭하고 있을 것 같은 모습은 낯선 모습이라기보다 어쩌면 재미있는 그림과도 같다. 역시나 그랬다. 책을 보는 사람은 없다. 어디에도 없다. 물론 나도 책을 보지 않지만, 간간이 듣는 보도가 확실함을 다시금 깨닫는 순간이다. 다음 역은 환승역이라며 불확실한 가사와 멜로디가 섞인 음악이 나오고 멘트가 흐른다. 이상한 건 이렇게 불확실한 멘트와 노래에도 내릴 사람은 자신이 내릴 곳을 잘도 안다는 것. 분주하게 입구로 몰려드는 사람들. 물론 하루 이틀 다니는 일이 아니라 당연한 일이겠지만 멘트가 나오자마자 몰려드는 사람들을 나는 은근슬쩍 한 사람 한 사람 확인한다. 사실 뭐 지금으로선 꼭 할 일이 없기 때문이기도 하지만 고개가 그쪽으로 돌려져 있었기 때문에 자연히 그러한 광경이 눈에 들어왔다고 해야 옳을 일이다. 뭐하려고 확인을 하겠는가?

순간 느닷없이 김 대리가 떠오른다. 건강 검진. 내일 오전 8시. 주차장에서…… 그런데 매일 마시던 술을 하루 저녁 마시지 않는다고 그동안에 나빠져 왔던 간이 좋을 리도 없을 거고, 그렇다고 좋았던 간이 하루 술을 더 마신다고 무슨 큰 병이 생겨나는 것도 아닌데 하는 생각이 머리에 떠올랐다가 가슴께로 내려와 나른하게 전신으로 퍼졌다. 집 근처 포장마차에서 한 잔을 하고 가야 하나……. 물론 집에 술은 없다. 아내가 술을 마시지 않기 때문이다. 그래도 맥주 정도는 냉장고에 사 둘만도 한데 아내는 그러지 않는다. 물론 지금까지 냉장고에 술이 없다고 해서 그동안 불편했던 일은 기억에 없다. 하지만 오늘은 조금 마음이 불편하다. 오늘 일탈을 해 봐? 술을 사 들고 집에 들어간다면 아내가 뭐랄까? 일순 궁금하고 재미있을 것 같다. 하지만…… 결론은 안전제일.

출근 시간엔 없던 걸인이 지하 계단 중간쯤에서 구걸하고 있다. 때 묻은 플라스틱 통을 머리쯤에 이고서 엎드려 조아리고 있다. 팔에는 붕대를 감았다. 팔이 아픈 모양이다. 그런데 붕대는 신경을 썼는지 걸인의 전체적인 분위기와는 사뭇 다르게 매우 깨끗하다. 아픈 곳을 확연하게 보이기 위한 일종의 전략인가, 싶다. 바지 주머니에 손을 넣고 잡히는 대로 꺼내 들었다. 모두 6백 60원이다.
"땡그랑……."

동전이 떨어지며 내는 소리는 얼굴을 확 달아오르게 한다. 지폐가 아니라 동전이라 그랬다. 반갑지도 감사하지도 않는 상투적인 목소리를 들으며 환승한 버스 안은 보기보다 여유롭다. 맨 뒷좌석에 가서 앉은 나는 운전석에 앉은 버스 기사를 맨 먼저 쳐다본다. 아니, 보였다. 그리고 운전기사 머리 위로 나붙은 시계가 눈에 들어왔다. 낯선 시간이다. 7시 21분이다. 다른 때 같았으면 김 대리와 우면동 생탁집에 앉아 있을 시간이다. 그러나 오늘은 버스 좌석에 앉았다. 버스 안 사람들은 전철 안 사람들보다 더 힘겨워하는 모습이다. 모두가 졸고 있는 형국이다. 간혹 머리를 움직이며 뭔가를 하는 사람은 휴대 전화기를 든 사람들이지만.

무심코 휴대 전화기를 꺼낸다. 하릴없이 그랬다. 직사각형의 휴대 전화. 삼각형도 아닌 전화기. 모두는 이 직사각형에 미쳐 있다. 왜 그런지 모를 일이다. 왜 모두가 이 재미없는 모양을 한 직사각형 틀에 목숨을 걸고 살아가는 걸까! 아, 막걸리. 깔깔한 목구멍을 타고 흘러내리며 전신으로 희열을 전해 다 주는 우리의 막걸리. 그립다. 휴대 전화기를 도로 주머니에 넣는데 그 순간 전화가 걸려왔다. 김 대리다. 일순 김 대리의 심경에 무슨 변화가 일었는가 하는 생각이 들어 반색한다.

"차장님, 집에 잘 들어가고 계시죠?"

"응."

"전 혹시 또 다른 길로 새신 줄 알고⋯⋯."

"새다니? 그리고 대리가 차장한테 무례하긴."

"죄송합니다."

"웃겨. 내일 봐."

"막걸리 생각나시죠?"

"몰라."

"저도 생각나서 차장님께 전화를 드려 본 겁니다."

"내일 봐."

김 대리는 결국 기대에 부응하지 못했다.

이른 저녁 시간의 아파트는 낯설다. 가끔 이렇게 빨리 들어 올까 나…… 경비원도 졸지 않고 어린 꼬마들이 놀이터에서 노는 지 아이들의 소리가 아파트 벽을 뚫지 못하고 공명하여 울린다. 그리고 하늘로 서서히 빠져나가듯 나른하게 사라져 가는 것도 느낄 수 있다. 주차장엔 우리 차가 먼저를 덮어쓴 채 폐차가 된 듯 그렇게 한쪽 구석에 엎드려 있다. 저럴 거면 차를 왜 샀는지 모르겠다.

아내는 어쩐 일이냐며 놀란다. 저녁 찬은 아침에 먹던 찌개를 주메뉴로 해서 차려졌다. 일찍 들어올 거면 연락이라도 하지, 라며 퉁을 놓는다. 아침에 먹던 찌개의 맛과 저녁에 먹는 찌개의 맛이 다르다. 기분에 따라 다른 것인지 아니면 다른 첨가물을 넣은 것인지 궁금하다. 이런 궁금증을 아내는 곧바로 간파하고 두 번 더 데워 조금 짤 거란다. 그리고 보니 찌개가 짠 것 같다. 일찍 들어온 탓에 아내의 질문 공세가 이어졌다. 아들이 와야 이 난국을 타개할 수 있으리라. 다행히 2시간가량 곤욕을 치른 후 아들이 해방해 준다. 건강 검진 때문에 일찍 자야겠다는 말을 하고 얼른 자리를 뜬다. 물론 아내의 아파트 이사 건에 대한 마무리 발언이 채 끝나지 않은 상태다. 하지만 나는 젖 먹던 힘까지 동원해 자리에서 일어난다. 아내보다 먼저 침대에 와서 눕는다. 아내는 거실에서 분주하다. 매일같이 저렇게 분주했는지 의문이다. 하는 거 없이 분주한 모양이

의아하다.

침대에 누웠지만 잠이 좀 채 오지 않는다. 안방에도 텔레비전이 있다. 무심코 텔레비전을 켰다. 홈쇼핑 프로다. 아내가 보는 채널인 것 같다. 홍삼을 팔고 있다. 광고 막바지인지 상품을 소개하는 사람의 목소리가 급하고 열이 올라 있다. 다급하다. 이번 기회에 사지 않으면 큰일 날 것 같은 느낌을 퍼붓는다. 얼른 채널을 돌린다. 뉴스가 나온다. 벚꽃이 북상하고 있단다. 나들이객의 삼삼오오 다정한 모습이 화면 가득하다. 일순 쓸쓸한 기분이 든다. 나들이 나가 본 적이 언제인지 기억에도 없다. 그래도 불행하다거나 하는 생각은 들지 않는다. 그러나 나들이 가 보고 싶은 마음이 든다. 아내가 들어와서 텔레비전을 봤으면 하나 아내는 들어오지 않는다.

또 다른 채널엔 드라마가 한창이다. 무슨 내용인지는 모르겠다. 남녀가 심하게 다툰다. 그리고 급기야 여자가 남자의 뺨을 후려친다. 남자는 가만히 맞고 그냥 배시시 웃는다. 언제나 똑같은 극본이리라. 기분이 참 더럽다. 드라마가 끝난다. 이어서 이집트 파라오 전을 한 달간 연다는 광고가 이어진다. 미라를 볼 수 있는 절호의 기회라고 야단이다. 아내가 들어온다. 일찍 자려고 한 사람이 텔레비전을 본다며 통을 또 놓는다. 아내가 텔레비전을 끈다. 마치 미라를 사각의 검은 틀 안에 둔 것 같다. 미라는 방 안의 분위기를 정적으로 내몬다. 아내가 취침 등을 켜고 자리로 왔다. 그리고 파고든다. 시간대는 다르지만, 여전히 아내의 손길이나 몸에서 나는 향기, 그리고 아내의 움직임은 언제나 똑같다. 물론 방 안의 나른한 취침 등까지 말이다. 그러나 한 가지, 미라가 신경 쓰인다. 그것만 다르다.

처음엔 잘못된 게 아닌가, 했지만 간 경화가 맞는단다.

조심하지 않으면 안 된다고 의사는 저승사자와 같은 표정을 하고서 말을 했다. 2년에 한 번 주기적으로 받는 검사의 결과는 참담했다. 물론 그동안 아침에 일어날 때 조금은 힘든 것을 느끼기도 했지만 다른 증상은 전혀 없었다. 간 문제로 그 흔하디흔한 황달 같은 비슷한 증상도 없었다. 최종 검진 결과를 받아들고 대학 병원을 나섰다. 언제나 보는 하늘이지만 당장은 높고도 참 높다는 생각이 든다. 병원에 출입하는 많은 사람이 남이라는 생각이 들지 않는다. 드나드는 차량까지도.

정밀 검사 때문에 오늘은 출근하지 않았다. 아내도 안다. 물론 결과를 기다릴 것이다. 어떻게 말을 해야 하나 하는 생각에 고민이 되었다. 무작정 차를 몰았다. 한참을 달렸다. 바다가 나온다. 바다와 이렇게 멀리 떨어져 살았는지 새삼 돌아보게 된다. 고향이 바닷가임을 떠올려 본다. 갯내가 싫어 떠났던 그 고향이 느닷없이 그립다. 갯내를 한껏 들이마시면 몸 안에 있는 병이 일순 다 나을 것 같은 생각이 든다.

파도가 연신 바위에 와 부딪혀 부서진다. 흰 거품을 처절히 쏟아 놓고는 사라져 간다. 그리고 잠시 후 또 그렇게 한다. 자꾸 그런다.

"저 바위는 파도가 자신의 몸을 갉아 먹고 있는 것을 알기나 할까!"

집으로 오는 길에 앞에서 사고가 난 것인지 벌써 도로 한복판에서 20분째 서 있다. 앞으로 진행할 생각을 하지 않는다. 30분쯤 지나서야 서서히 움직이기 시작한다. 옆 도로로 레커차가 차를 견인해 갔다. 3대나 된다. 저들이 그랬나 보다. 싶다.

조금 나아가던 차가 멈췄다. 고장인가? 당황스럽다. 그동안 보지 않았던 계기판이 눈에 들어왔다. 기름이 바닥난 거다. 뒤쪽으로 차가 또 밀린다. 지금까지 밀린 원망을 덤터기 쓸 형국이다. 출동 차량이 와서 지옥의 고통 속에서 건져내 주었다.

"도로에서 움직이지도 않았는데 기름이 이렇게 빨리⋯⋯."

아내는 건강 검진의 결과에 망연자실해 한다. 그러나 설교는 하지 않는다. 자업자득이라는 간단한 말만 하고 만다. 기분이 상당히 좋지 않다. 하지만 당연한 결과인 것을 부인할 길이 없다.

"갑자기 이렇게 될 줄 몰랐지, 나도."

빌미를 제공한다. 하지만 이상하게도 간단히 하고 만다.

"여보, 갑자기라뇨?⋯⋯."

⋯⋯아니다⋯⋯갑자기가 아니다⋯⋯ 그동안 서서히 진행됐던 거지. 그래 맞아 그랬어. 무료한 일상이었지만 나도 모르게 그것이 진행된 거야⋯⋯ 단지 내가 몰랐던 아니, 수수방관했던 거지. 맞아. 수수방관 말이야. 모든 것이 이렇게 변해 가고 있었어. 내 의지와는 관계없이 말이야. 지금도 모든 것이 변화고 있어. 단지 내가 의식 못 할 뿐이지. 그래 맞아. 단지.

아내는 나의 건강을 위해 매일의 계획을 세운다. 의사의 말에 따라 세운 계획이다. 반복되는 치료의 일은 매일 똑같다. 처방에 따라 약을 먹는 일도, 하루의 습관도 한 치의 오차도 없이 계획대로 해야 한다.

물론 나는 안다. 여하튼 내 속에서는 변화가 일어나고 있을 거라는 것을⋯⋯ 좋은 쪽이든 나쁜 쪽이든 말이다. 마치 영원히 변하지 않기를 바라며 값비싼 향유를 바른다 하더라도 그러나 시간이 지나면 변해 갈 수밖에 없는 미라처럼⋯⋯ 깡그리 말라가는 미라처럼⋯⋯ 모든 것은 지금도 변해 가고 있어. 무료함, 이 말은 잘못된 말이야!

9. 숲의 양지

꽉꽉 닫은 창 틈새로 억척같이 기를 쓰고 드는 칼바람이 낯설다. 기껏 10월 초입인데 어째 바람이 칼끝이다. 하기야 내일이면 찬 서리가 내린다는 한로이긴 하지만 음력으로 따지자면 이제 갓 9월을 넘어섰을 뿐인데 싸한 찬바람의 기운에 마치 허허한 남극의 어느 황망한 외딴 지점쯤에 홀로 버려진 듯하다.

지지난달부턴가 가끔 시려 오기 시작한 오른쪽 관절의 통증은 시린 찬바람을 기다렸다는 듯 단박 반응하며 헤집어 댔다. 가만히 걸터앉은 침대는 오래된 것임을 자인하듯 깊숙한 곳으로부터 지그럭거리는 소리가 무딘 엉덩이 신경을 지나 등과 목덜미 결국, 종착지인 대뇌까지 전달돼 급기야 당장에 망치나 무엇이든 눈에 보이는 둔기가 있다면 산산이 찢어 발겨 찍어 놓고 싶은 분탕질에 기름을 붓고 만다.

"오늘따라 왜 미쳐 난리고⋯⋯."

자리에서 일어나며 이번엔 튕겨 내듯 '껑'하는 소리를 더 들었다. 매일 아침 듣는 소리가 오늘따라 유별나긴 하다.

"찬바람 때문이지 뭐."

처음엔 징그러웠다. 지금은 녀석을 보며 하루를 시작한다. 파충류를 싫어한다는 외삼촌의 말에도 아랑곳하지 않고 무작정 키워 보라며 던지 다시피 두고 간 외조카 녀석 때문에 지금껏 함께한 녀석이다. 뒤에 알게 된 사실은 오빠를 닮아 파충류를 무지 싫어하는 여동생의 호통에 버리 지도 이러지도 저러지도 못해 만만한 외삼촌한테 무기한 맡긴 것을 알게 되었다.

"오빠, 우리 집 난리 났어. 황금햄스터는 기본이고 뭐, 이상한 새에서 부터 심지어 뱀까지 있어. 이 녀석이 집에다 동물원을 만들려고 이러는 지 죽을 지경이야."

동생의 그런 넋두리가 2년 전이었으니 이 녀석의 나이는 족히 2살은 넘었을 거다. 아내가 떠나고 아이들이 친가와 외가로 나뉘고 혈혈단신으로 숨어들다시피 한 이곳으로 올 때 함께한 생명체는 이 녀석뿐이다. 외조카의 심중을 알고 있기도 했지만, 시시각각 변하는 녀석이 신기했고, 살아 있다는 게 좋았고 딱히 두고 올 필요를 느끼지 못해 지금껏 좁고 컴 컴한 거실 구석진 곳에 자리해 함께하고 있다.

공원을 나서는 시간쯤에 거실 바닥으로 부려져 있는 앞집 지붕에 잘린 아침 햇살의 께적한 기운을 닮아 누리끼리한 색을 하고 눈을 부라리고 있다. 색깔은 그렇다 해도 부라린 눈은 처음부터 지금까지 볼 때마다 속 을 뒤틀리게 하고 어떤 때는 신물이 날 정도다.

"야, 넌 실체가 뭐야? 도대체 2년을 함께했지만 너 원래 색깔을 모르 겠다. 그리고 그 눈은 언제 감냐?"

반투명의 현관문을 왼쪽으로 밀치자 앞집 옥상에 걸려 잘려나간 햇살 이 이번엔 머리로 단박 내려앉는다. 일순 포근함이 전신으로 퍼져간다.

처음엔 이 포근함도 낯설어 뿌리치듯 머리를 흔들어 댔던 때도 있었다. 버려짐과 외로움 그리고 홀로서기에 익숙했기에 느닷없는 포기함과 같은 따스함은 당연히 낯설고 견디기 버거운 일이었다. 지금은 그래 봐야 아무 소용없다는 것을 알고 스스로 타협하고 담담히 받고 있다.

일순 뜨악한다. 남극은 온데간데없고 그렇게도 기를 쓰며 비집던 찬바람은 흔적도 낌새도 없다. 단지 '훌' 하고 지나가는 다디단 아침의 상쾌한 청량한 음료와 같은 실바람만이 좁장한 마당 한쪽에서 은행잎과 간혹 뒹굴고 있을 뿐이다. 구름 한 점 없다. 이른 아침의 시리고 높은 하늘은 머리 위에 견고히 고정된 듯 그렇게 사진으로 천장에 펼쳐져 있다. 일순 시린 푸름에 아찔하여 눈을 질끔 감은 채 돌아서 문을 잠근다.

"저 녀석을 닮은 색은 어디에도 없어. 어이, 징그러운 녀석⋯⋯."

물론, 관절을 많이 사용하면 안 좋아요. 하지만 신이 평생 쓸 수 있도록 만드셨기 때문에 심하게 뛰거나 운동하지 않으면 문제없습니다. 그리고 혹, 연골이 닳을 수도 있겠습니다만, 그보다 운동하면 근력을 키워 주기 때문에 오히려 선생님 나이에는 운동하는 일이 관절에는 더 유익합니다. 심하지 않게 운동할 것을 권장합니다.

군에서 얻은 '슬관절 활액막염'을 약에 의지하다 견디다 못해 수술한 지 벌써 5년이 지났지만, 여전히 아릿함은 저 아래 어딘가에 자리하고 있는 듯하다. 그 아릿함은 숨어든 이곳까지 따라왔다.

숲의 쇠락한 태곳적 내음은 아침마다 폐를 휘휘 헤집고 깊은 고랑을

판다. 헤집은 고랑에다 이름 모를 씨앗을 무한정 흩뿌린다. 씨앗은 온갖 기억의 산물들로 피어나 꽃을 틔우고 또 꾸역꾸역 지며 그리고 어떤 건 빠르게 소멸해 간다.

꽃을 틔운 건 아름다운 기억들이고 지며 사라져 가는 것들은 더럽고 냄새나는 몹쓸 기억들이지만 그 사라짐은 끝이 없다. 시간이 흐르면서 아름다운 기억은 오히려 막연한 모습을 하고 흐려 가지만, 더럽고 냄새나는 몹쓸 것들은 갈수록 아침마다 그 색을 더해 선연하다. 아름다운 기억들이 붙들려는 의지와는 달리 뿌리치듯 그렇게 유수流水한 것은 아마도 인간이 쾌락적이며 유희적 인간이기에 그럴까 싶다. 즐기고 즐겨도 채워지지 않는 밑이 빠진 독처럼 인간의 감각 기관 중 어느 한 곳이 천 길 낭떠러지로 '뻥' 하고 뚫려 있기 때문이리라. 결국엔 공허함만이 남겠고.

"그래, 떠나가라. 미친년. 자식새끼 버리고 어디 잘 사는지 두고 보자."

"그래. 넌 미친놈이다. 오죽하면 자식새끼 버리고 갈까."

"허, 너도 입이 있다고 지껄이냐…… 죽어라."

아내에게 일순 가했던 폭력은 나나 아내나 아이들에게 가슴께에 화인처럼 각인되어 버렸다. 냄새나고 더러운 상처는 더께 아래서 여전히 화인 맞은 흔적 그대로 영영 그냥 있을 것 같다. 아니, 어쩌면 더 확연해지고 있는 듯하다. 시간이 흐르면서 화인 맞은 자리의 색은 바래가지만, 주위의 천연한 색과 대조를 이루며 오히려 두드러진다. 마치 망각의 강을 건너지 못하고 강 표면 위로 저주받은 망자의 원혼이 떠돌 듯 부유하는 망연한 모습처럼.

아름다운 기억이 사위로 부려져 소멸해 가는 것처럼 언제쯤 저주의 표식은 사라져 갈 것인가. 모르긴 해도 억겁의 시간이 지난 다음에야 소멸하리라. 물론 개인적인 종말을 맞는다면 당장엔 소멸은 아닐지라도 끝은 날 것이다. 그런 면에선 화인 맞은 모두는 불행한 이들이다. 당장에 죽어야 하니. 이렇듯 태곳적 쇠락의 공기에 황망한 가슴은 지리멸렬한다. 하지만 '부디 지워 주소서. 산신령님이시여⋯⋯' 하지 않는다. 달게 받으리. 개인적인 종말을 선택하지 않는 이상 살아 있는 동안 그렇게 하는 것이 도리라고 생각하기 때문이다. 어쩌면 이곳으로 숨어든 저변엔 그것에 관한 참회의 의도도 있을 것이다. 그렇지 않았다면 아침마다 겪는 이런 일을 기꺼이 달가워했겠는가.

거기다 쇠락의 숲도 그것에 동조하고 있으리라. 그렇지 않고야 어찌 2년 동안 한결같이 그런 씨앗을 가슴에다 흩뿌린단 말인가!⋯⋯ 아마도 억겁의 시간이 필요할 게 자명하다.

입추가 지난 지 오래건만 나무들은 아직도 한여름의 기름졌던 날을 놓지 않고 있다. 밤나무, 벚나무 멀리 아카시아와 가까이 소나무, 동백 그리고 산책로를 따라 머리를 가지런히 깎은 사철은 여전히 기름을 뒤집어쓴 듯 희번덕거린다. 아카시아 뒤쪽으로 느닷없는 미루나무는 가파른 산책로를 빠져나갈 즘에 자잘한 손을 뻗어 뒷덜미를 잡고 놓아 주지 않으려 한다. 일순 숲이 깊고 유구하다는 으스스함이 등골을 서늘하게 한다. 관절이 아프다.

"망자의 한이 난리 치는군."

동구, 서구, 중구, 영도구, 사하구 멀리 남구와 오륙도가 한눈에 들어온다. 찬연한 청색의 하늘 밑으로 아직 완연히 깨어나지 않은 회색 도시와 코발트색의 바다가 조용한 미동으로 잔잔히 움직인다. 아름답다. 감천과 감만동을 한걸음에 내달릴 수 있는 남항대교와 부산항대교의 연결은 그 당시엔 상상도 못 한 일이었다. 모두 영도를 교두보 삼아 이어 놓은 대교는 언뜻 바다 위 고속도로가 생겨난 듯한데 육중하게 누르고 있는 모양새는 그리 달갑지 않다. 저러다 한쪽으로 기우뚱해 저 끝 태종대가 하늘 끝으로 치솟아 올라 신선대의 망부석이 와르르 쏟아져 내릴 것 같다.

영도, IMF가 오는 통에 대거 명퇴자의 명단에 포함돼 불혹의 나이라나 여하튼 그 나이에 쫓겨나듯 떠밀려 유유히 일자리를 떠나야 했던 그때가 바다의 연무와 함께 스멀거리며 떠오른다. 멀리 하늘을 찌를 듯 솟아 있는 수많은 크고 작은 크레인을 등진 일이 작은놈이 태어나기 2달 전이라는 기억은 저 크레인이 사라지지 않는 한 그대로일 거다.

"이번에 신청하는 게 여러모로 나을 거야. 격려금도 만만찮을걸."

돌아보면 그날 신청서에 도장을 찍은 건 격려금보다, 불혹의 나이보다, 그보다 훨씬 크게 작용했던 것은 시도 때도 없이 작업 현장을 뒤로한 채 행해졌던 시위일 거다. 수백 미터에 달하는 회사 담벼락에 나붙은 구호며 민망할 만큼 휘갈겨 쓴 경영자를 향한 섬뜩한 내용은 그래도 아직 뜨거운 피가 흐르는 30대 가장이 미래를 향해 그곳을 표표히 떠나야 했던 이유였으리라.

녹록지 않았던 미래는 30대 가장의 선택에 등을 돌렸고 보기에도 섬뜩한 흉기로 당돌한 야심을 발기발기 찢고 또 찢어 놓아 버렸다. 실패를 거듭한 지리멸렬한 역정歷程은 어언 15년을 훌쩍 지나 버렸다. 발기발기 찢어졌던 15년의 역정은 말 그대로 참혹한 시간 그 자체였다. 장밋빛 미래는 그야말로 장미의 진하고 진한 붉은 물로 삶 전체를 삼켜 익사시켜 버린 거다.

위염에서 비롯된 궤양, 줄담배로 인한 예기치 않은 후두염, 묵혀 두었던 관절염, 아내의 결별 선언, 아이들 가슴에 박은 대못과 헤어짐은 30대 가장이 선택한 미래가 안겨다 준 선물들이었다.

좌절하지 않으려고, 어쨌든 뿔뿔이 헤어짐만은 안 된다는 일념은 하루 서너 시간의 잠으로 4년을 발버둥 치며 발악하게 했지만, 가정의 해체라는 끝없이 밀려오는 크고 망연한 파도 앞에선 역부족이었다. 요양 겸 이곳으로 숨어든 것도 벌써 2년을 넘기고 있지만, 거대한 파도에 산산이 부서진 파편을 아직 거두지 못했다. 비록 산산이 깨지고 흉물스럽게 되었지만, 눈에 띄는 파편들을 대충이라도 수습하고 허리를 펴는 날이 이곳을 떠나는 날이지 싶다. 하지만 아직 파편도 보이지 않고 허리조차 굽히지 않았으니 억겁의 시간은 유효할 것 같다.

"그때 시작한 데모가 아직도 계속되고 있다지 아마……."

걷고 뛰는 사람들이 부쩍 늘었다. 한쪽으로 군데군데 마련된 운동 기구에 매달리고 올라타고 잡아당기는 모습은 숲 속 그림엔 영 어울리지 않지만, 그래도 숲의 숭고함과 깊음의 끄트머리에 있을 법한 진지함과 유유함은 닮았을 것 같아 그리 이질적이진 않다. 한데 척 봐도 물론, 척 본다는 것이 개인적이고 주관적이긴 해도 산책로를 따라 걷고 뛰고 숲 속 그림을 스산하게 만들고 있는 사람들은 하나같이 불편한 몸을 가진 사람들로 보이는 것은 마냥 주관적이지만 않을 것이다. 아마도 몸속의 당이 걱정일 거고, 혈압이 걱정일 거고, 비만으로 관절과 혈관 질환 때문에 걱정일 거다. 물론 간간이 양념으로 보이는 건장한 사람도 보이지만 그도 어딘가 모자라 보인다. 모두가 나와 같은 환자들이다. 언뜻 어제 아니, 그끄저께쯤에 보아 왔던 흰머리의 키 작은 어르신은 여전히 기신기신한 걸음으로 헉헉대며 땀을 흘린다. 무슨 병이 있는 것일까 싶다. 적어도 나와 같은 준종합병원은 아닐 테지만 일순 궁금하다. 왜? 어머니를 닮았기에……

멀리 새가 운다. 쇠락의 깊은 곳에서 일탈해 나온 녀석인가? 울음소리가 급하고 스산하다.

아침의 숲은 각종 질병의 환자를 품은 종합병원이다. 포근히 감싸는 양지다. 위 질환에서 시작해 혈관 질환 그리고 모르긴 해도 정신 질환자들까지 품었으니 말이다. 그런 면에서 숲은 밤낮으로 일한다고 해야 할 것이다. 물론 이산화탄소를 들이켜 산소를 쏟아내는 일을 빼고도 어둑새벽에서 밤 깊은 시간까지 갖은 병을 안고 찾아드는 사람들을 치유하는 일만 해도 그렇다. 한데 실제 치료가 일어나고 있다. 그렇지 않고서야 어찌 매일같이 사람들이 찾아들겠는가. 다소 시차가 있긴 하지만, 나도 그러고 있지 않은가. 여하튼 사람도 열심, 숲도 열심, 숲을 이루며 산을 이루는 나무와 온갖 야생초 그리고 새와 벌레들까지도 열심이다. 일순 '후욱' 한다. 산이 숨을 내쉬는 것 같다. 맑다. 눅진하고 진한 쇠락의 깊은 향내가 폐부 깊숙이 들어와 휘휘거린다. 정신이 맑아진다. 감사한 일이다. 아무것도 준 것 없는데, 아니 오히려 더러운 것을 품고 찾아들었지만 아랑곳하지 않고 좋은 것으로 안겨오는 산과 숲이 오늘따라 참 감사하다.

숲의 열심을 따라 직선을 빨리 걸어간다. 탄성이 있는 바닥재가 걸음 걸음 하늘로 밀어 올리는 것 같아 '아아' 한다. 산책로 양쪽으로 늘어선 나무들이 만들어 놓은 터널로 들어섰다. 간간이 '수우' 하고 부는 바람이 서로 맞잡은 손을 비비게 한 탓에 '스륵스륵'하는 소리가 일순 차게 들리고 걸음을 빨리하게 한다. 어제 본 민머리 아저씨도 맞은편에서 빠르게 다가와 뒤로 사라진다. 그 탓일까? 덩달아 걸음이 빨라진다.

산책로가 끝나기 150m쯤에 있는 게이트볼장엔 오늘도 여전히 남녀 어르신들이 짝을 이뤄 경기한다. 내 공으로 남의 공을 라인 밖으로 쳐내는 게임은 어르신들이 쉽게 할 수 있는 놀이다. 옆을 지나는 귀로 웃음소리며 손뼉 소리며 때론 느긋한 어르신들의 목소리가 들려온다. 여하튼 게이트볼장에서 들려오는 목소리는 뭔가 여유가 느껴져 일순 이질적인 느낌이 들다가도 반갑다는 느낌이 들기도 한다. 어쩌면 이질적인 느낌은 부러움에 관한 못된 악다구니리라……

한 점 하늘을 허락지 않은 노송들의 군락은 기이한 모습을 하고 오늘도 그 자리에 부동이 서 있다. 빈틈없이 하늘을 가렸다. 공원이 끝나가는 것에 몸부림인가? 숲 속에서 빠져나가지 말라는 윽박인가? 여하튼 공원의 끝자락을 붙잡고 있는 모양새가 거세다 못해 가혹하다. 멀리 충혼탑이 먼저 눈에 들어온다. 하늘을 받치고 있다. 아니, 찌르고 있다. 시린 하늘을 찌르고 받쳐 든 탓에 단박 쨍그랑할 듯하다. 호흡이 일순 '흡흡' 한다. 숲 속에 없던 사람들이 공원 광장에 삼삼오오 무리 지었다. 다들 등산복 차림이다. 젊은이 늙은이 막론하고 모두 지팡이를 들었다. 가방을 들쳐 멘 사람들의 얼굴이 밝다.

"저 지팡이는 어디에 쓰는 물건인지?……."

연로한 어르신들이 벌써 군데군데 바둑판을 앞에 놓고 뚫어지라 골 몰한다. 곁에선 훈수꾼 어르신도 잠잠하다. 판을 보니 벌써 1시간은 족 해 보인다. 그렇다면 적어도 7시쯤 판을 벌여 놓은 것인데…… 식사 는?……

광장을 곁에 둔 아담한 조각 공원은 민주 공원이라고도 하는 중앙 공 원을 대표한다. 군데군데 놓인 조각가들의 작품 15점이 보기 좋게 구성 되어 있다. 처음 조각 공원에서 한동안 눈여겨봤던 작품은 사다리로 변 형된 망치 자루에 키 작은 소년이 하늘을 오르는 작품이었다. 재미있기 도 했지만 30대에 홀연히 일자리를 떠나 올 때가 생각나서다. 저 아인 뭘 향해 오르는 것일까? 가슴 속에 뭘 품고 있을까? 작가는 저 소년의 가슴에 뭘 심어 둔 것일까? 볼 때마다 상념으로 우두커니 머물렀다.

후박나무와 호랑이 가시나무에서 멀찍이 떨어진 곳에 자리 잡은 소년 의 꿈은 보는 이를 그렇게 가만가만 느슨히 후려잡았었다. 하지만 소년 은 아무것도 보여 주지 못했다. 하늘을 향했다면 하다못해 구름이라도 한 점 손에 넣어야 했었다. 욕심이라면 별이라도 하나 잡아 담담히 보여 줘야 했었다. 모질게 눈길을 뿌리칠 때까지도 소년은 끝내 허허한 하늘 만 어루만지며 허망함만을 보여 줬다.

"민주 공원에서의 저 소년의 꿈은 뭔가? 도대체 무슨 뜻이 있다 고……."

고개를 돌릴 때 언뜻 눈에 들어오는 작품은 후박나무와 영산홍을 곁에 둔 대지의 역동이라는 작품이다. 물론 그동안 스치듯 보아 왔던 탓에 눈 에는 익은 작품이다. 한데 그날 소년의 황망한 모습에서 눈을 돌렸을 때

한치의 여지도 없이 그 많은 작품 가운데 단박 눈에 들어온 작품이 바로 대지의 역동이라는 작품이었다.

작품과 작품 설명을 애써 연관을 지어 보았지만, 도무지 연관성이 없어 보였다. 물론 지금도 그렇다. 하지만 오늘은 묘한 느낌의 역동적인 힘을 보여 주며 눈을 잡고 있다. 일순 의뭉스럽다. 그동안 느끼지 못한 일에 낯설다. 왜 그럴까? 그동안 아무 느낌도 없던 작품이…… 아마도 산이 뭔가 주는 사인이 아닐까 싶다. 때에 따라 주는 처방 탓일까? 그의 환자라 수긍은 한다만……

작품과 작가의 설명이 선뜻 하나가 되지 않지만, 역동이라는 말이 아무래도 눈을 잡고 놓아 주지 않는다. 산은 역동이라는 처방을 내려 무슨 말을 하려는 걸까? 뚫어지라 골몰해도 그리 지겹지도, 물리지도 않은 게 묘할 뿐이다. 거기다 여태 주목해 온 것이 순간 확연한 해답을 던져 줄 것 같은 기대와 설렘이 갈수록 작품 주위를 떠도는 것 같다. 하지만 결국, 늑진한 뭔가가 아니, 망자의 원혼 같은 것이 맴돌고 있음을 깨달았다.

"산, 이제 어쩌란 말인가? 역동은 뭐며, 망자의 혼은 뭔가?……."

아! 바둑판에 골몰하는 어르신들과 같은 뚫어짐은 결국, 결정적인 묘수를 두는 듯 그동안 진척이 없던 깨달음에 한 발짝 들여놓게 한다. 오랜 세월 침식과 풍화 작용으로 빚어낸 형상은 분명 사람을 형상화한 것이 확연했다. 보리수나무 아래의 석가와는 또 다른 형상이다. 절절한 세월의 무상함과 생의 질곡 앞에 몸을 던진 어쩌면 석가와는 달리 삶의 현장으로 내려와 침식되고 풍화를 맞받으며 견디어 왔을 어떤 것이다. 물론 그 어떤 것은 유구한 세월일 수 있고 누군가 사람일 수 있고 길가에 뒹구는 돌일 수도 있다. 하나 더 있다면 눈에 보이지 않는 생각이나 사상과 같은 형이상학일 수도 있겠다. 아무튼, 억겁의 시간을 찬연히 극복하고 생의 최종 승리자로 당당히 좌정하지 않았나 싶다.

"왜, 그동안 보지 못했을까?……."

눈에 들어오기 시작하면서 걷잡을 수 없는 거대한 파도와 같은 힘이 무연히 밀고 가슴께로 들이친다. 하늘을 머리에 이고 땅을 밟고 있는 만물들은 하나 빠짐없이 모두가 이 길을 가고 있다고, 앞으로도 무구히 이어질 거라고, 생의 끝에 서 있는 사람을 보면 누구나 그런 형상을 한 가지 이상은 하고 있을 거라고, 중도에 포기한 채 생을 마감했다 하더라도 어쩌면 자신에게 주어진 생을 다한 자보다도 더 승자와 같은 절절한 모습이 있을 수 있을 거라고, 노년에 게이트볼장에서 여유를 즐기는 자나 새벽 일찍 광장에다 바둑판을 놓고 자리를 틀고 앉은 자나 결국은 모두가 같은 길을 걷고 있다고 한다. 하지만 들이치는 힘에 극구 퍼덕거리며 발버둥 치는 뭔가 하나를, 죽어라 붙들었다.

"아이를 버린 자는 뭘 찾으러 간 건지?"

적어도 그녀에게만은 아닌 것 같다. 승자의 길? 아이를 버리고 간 자가 어떤 승자로 돌아올 것인가? 아무리 삶의 절절한 길을 돌고 돌아 삶의 뒤안길에 든다 하더라도 그녀에겐 어디에도 승자의 모습은 찾을 수 없으리라. 왜? 그녀는 엄마이기 때문이다. 엄마는 아이가 있기에 엄마다. 그러기에 아이를 뺀 엄마는 있을 수 없다. 그런데 아이를 뺀 엄마가 삶의 승자로 돌아온다? 잘 찾아보면 어느 한 곳에 승자의 표식이 있다? 아니다. 그것만은 좌정한 승자와 작가의 큰 착오이리라.

일순 좌정한 승자는 발끈한다.

"글쎄요…… 엄마, 엄마 하는 데 문제는 엄마잖아요? 그렇다면 엄마로선 그렇다 쳐요. 하지만 아내로선 나름의 삶이 있지 않을까요? 적어도 삶의 뒤안길에서의 승자로서 설 수 있는 열정이라든가 하는……."

"아니, 절대 그렇지 않아요. 아내라는 말에는 엄연히 엄마라는 의미가 포함된 겁니다."

"잠깐! 봐요. 너무 그렇게 일방적으로 포괄해서 쉽게 말하면 곤란합니다. 당신이 지금 문제 삼는 건 엄마의 자격이 없다고 한 거잖아요? 그런데 인제 와서 아내라는 말을 하며 아내를 꽁꽁 구속하려 합니까? 그리고 아내라고 한다면 남편이 있다는 것을 전제한 거잖아요? 그렇다면 남편인 당신은 어땠나요? 아내가 떠날 수밖에 없는 원인 가운데 당신의 책임은 전혀 없다고 할 수 있나요? 대답해 봐요?……."

"……."

"왜, 대답을 못 해요?…… 그러니, '아내다'라는 것으로 문제 삼지 말고 엄마로서의 잘못만 따지기로 해요. 그리고 일방적으로 '떠났다'라는 말보다 인제 '헤어졌다'라는 말로 바꿨으면 합니다. 자, 그렇다면 물론, 당신과 헤어진 것을 잘했다고 할 순 없어요. 하지만 아내는 여자로 사는 삶을 찾아 길을 나선 겁니다. 당신도 알다시피 아내가 그야말로 허랑방탕하게 인생을 즐기기 위해 떠나지 않았다는 걸 알잖아요. 그녀의 일에 대한 애착과 전문가적인 기질 그리고 승리욕을 일찍이 당신도 알고 있었잖아요. 그러기에 헤어진 아내도 언젠가 삶의 승자로서의 어느 한 모습을 하고 나타날 수 있다는 말이지요. 물론 당장 단언하는 건 아니지만 적어도 믿어 준다면 그럴 테지요. 하지만 극구 믿기 어렵다면 그건 당신 사정일 테지만 그에 따른 당신의 피폐해져 가는 마음의 책임은 스스로 감수해야겠지요."

그런데 이 질문과 답과 의문 앞에 깨달음으로 휘적거리는 자도 언젠가 승자가 될 수 있다는 건가? 그와 같은 침식과 풍화로 말미암은 승자의 모습을 하고 돌아올 것이란 말인가? 그렇다면 그 침식과 풍화의 과정은 언제쯤 아니, 가족을 잃고 일터를 잃고 병을 얻어 지금 이곳으로 숨어든 이 상황도 침식과 풍화의 과정 연장선에 놓여 있다는 말인가? 그렇다면 이 연장선에 있는 이 현실은 언제까지 계속되어야 하는지?

일순 스산한 바람이 분다. 멀리 시내버스가 회차하며 크게 원을 그린다. 사람들이 우두커니 서서 원을 그리는 버스를 따라 몸을 돌린다. 아마도 저 버스에 몸을 실을 모양이다. 버스는 가리지 않고 태울 것이다. 좌정한 승자가 아내도 삶의 버스를 탔다고 한다. 엄마이며 아내였던 그녀는 모두에게 허락되는 삶이라는 버스를 탄 것이다. 하지만 여자, 아내로선 몰라도 엄마로는 승자의 자리 어느 한 곳에도, 하다못해 모퉁이에도 영영 서지 못한다고 단박 단언하고 싶다.

그래. 카멜레온과 같은 색채 없는 아내를 향한 악다구니는 어쩌면 정당한 일인지도 모른다. 그녀는 색이 없었다. 있었지만 자신만의 색, 처음 알고 있던 색은 그녀의 색이 아니었었다. 다만 착각에서 비롯된 빗나간 색깔이었다. 딱히 꼬집는다면 투명이랄까…… 무슨 색이든 그 색에 맞게 변해 갔으니까.

"인제 나만의 세계를 위해 떠나겠어. 기회가 펼쳐져 있다고. 알아?"

영산홍이 독립투사의 기념비 옆에서 피를 머금고 섰던 지난봄의 유유했던 자태를 털어내고 열매를 달고 부르르 떤다. 바람도 한 점 없는데 이상하다. 머금은 피보다 열매가 무거워서 그런가? 아니면 먼 길을 돌고 돌아 삶의 승리자로 좌정한 작품을 마주한 탓에 그런가? 선연한 피로 말미암은 열매는 작은 달걀의 차돌 같다. 허리께 오는 키로 늘어선 사철은 조각 공원 속에 길을 내고 있지만 번들거리는 기름진 잎은 깡마른 조각들과 특히 '대지의 역동'과는 이질적이다 못해 어느 것 하나가 잘못 자리잡은 것으로 보인다.

"민주 공원 좋아하네! 민주가 어딘노? 요즘."

"자기야 살살 말해."

독립투사의 기념비를 돌 때 조각 공원 반대편 입구로 들어선 남녀 한 쌍이 나누는 이야기가 언뜻 귀에 거슬렸지만, 일순 공감으로 환원되었다. 아마도 입구를 들어서다 오른쪽으로 세워진 안내 표시판을 보고 그랬으리라.

그래. 민주民主는 없다. 없었지. 아주 먼 그때부터…… 어제도 그제도. 백번 양보해 아주 가까이 있는 기억으론 군부 말미에 잠깐 있었나? 있었지. 그때 아니고는 아마도 독립군들이 죽어나던 그러니까 일본으로부터 주권을 찾는 그 시기가 아닐성싶다.

나라가 있고 그 나라의 사람이 주인 되는 곳이 민주 국가다. 그러기에 감히 민주 국가가 아닌 나라의 사람은 주인도 객도 아닌 어떤 관계도, 성립도 안 되는 것이다. 독재자의 나라? 그건 말의 유희에 불과한 궤변일 뿐이다.

저기 영산홍 옆의 독립투사는 그것을 알았기에 적들의 총칼 앞에 투사로서 장렬히 사했으리라. 그런 그가 남긴 민주라는 참뜻은 인제 어디에도 없다. 아! 저기 저기 매년 봄부터 시뻘건 피를 머금었던 영산홍은 누가 부러 저곳에 심어 놓은 게 아니라 독립투사의 원혼이 현현한 것이리

라. 해마다 피고 지며 민주의 참뜻을 말했으리라. 아니, 참 민주가 사라져 버린 것에 피를 토하고 있었을 것이리라.

아! 영산홍은 피를 머금은 게 아니라 여태 피를 절절히 토하며 그렇게 울었던 것이리라. 자신의 입맛에 따라 변해 가는 민주라는 말은 그야말로 말장난이며 말의 유희와 궤변에 불과할 뿐이다. 여하튼 엄마가 아이를 저버림으로 엄마일 수 없듯, 국민의 뜻을 깡그리 뭉개며 자신의 영달만을 위해 달려가는 정치가가 민주 인사일 리 만무하잖은가!

앞다퉈 이구동성으로 민주를 외치는 파렴치들은 이곳에 와 보라! 선연한 피의 절절함을…… 민주를 위해 작렬하게 쏟아내 이 땅 가득 물들인 피의 절규를…… 쏟아지는 총칼 앞의 선연한 피를 기억하는가? 쏟아지는 최루 가스 아래의 피는?…… 사람 사는 참다운 세상을 만들려 자신 몸 하나 헌신짝처럼 조국 아니, 민주 앞에 던졌던 그들이 지금 땅속에서 파렴치들을 향해 성토하는 절절함을 듣지 못하는가? 아! 나만의 민주, 나만의 자유라는 망령된 망발을 속히 거둘지니. 아! 삼천리금수강산의 피고 지는 꽃들의 붉은 기운은 민주 투사들의 피였구나! 피였어. 무구한 나날 피고 지던 꽃들이 그것이었어……

멀리 충혼탑이 일순 가깝다. 오롯이 하늘 향해 솟아 있는 기상이 힘차다. 한 점 부끄럼도 한 점 흔들림도 없다. 그렇게 말한다. 전에도 그래 왔고 앞으로도 그럴 것이라는 피를 뿌려 선언한다. 쾌청한 하늘 구름 한 점 없는 하늘에 그렇게 피로 찬연히 선언해 놓았다. 아! 소년이여! 소년은 저것을 향해 올랐구나! 이제야 보인다. 하늘 향한 소년이 보았던 것을…… 소년의 꿈은 그것이었어.

조금 전 아침 침대 위에서 내질렀던 속에서의 분탕질은 그것이었다. 미친 것도 아니고 찬바람 때문도 아니다. 엉망이 된 세상을 향한 악다구니였다. 자기 입맛대로 편할 대로 최소한의 기본적인 도리도 없는 세상을 향한 버럭이었다.

"대화록은 있고요. NLL 포기 발언은 없었습니다."

대국민 사기극은 언제 끝이 나려는지 끝이 보이지 않는다. 자신의 아이를 극구 아니라는 사람은 또 뭔가? 깡그리 지워 놓고도 아니라는 기가 찬 악다구니는 또 뭔가?……

아! 속에서의 분탕질은 아마도 국민이 주인 되는 나라에 주인의 귀를 틀어막은 작태에 새삼 놀라 그랬으리라. 그 연장선에서 홀연히 떠나간 아내가 생각나서도 더 그랬으리라.

뒤틀린 스프링의 침대처럼 민주의 피를 뿌려놓은 이 땅 위에 엉키고 뒤틀린 흉물스러운 뭔가가 정녕 섰다면 소년은 내려와야 할 것이다. 하늘에 뿌려진 선연한 피를 한 움큼 손에 거머쥐고 얼른 내려와야 한다. 그리고 올랐던 사다리를 거꾸로 잡고서 하늘 높이 쳐들어야 할 터. 그리고 내리쳐야 할 터. 민주의 피가 흐르는 땅 위에 세워진 괴상하고 기형으로 생긴 흉물들을 깡그리 때려 부숴야 할 터.

어디선가 바람이 불었다. 한바탕 속에서의 분탕질은 오히려 시원함을 더했다. 아마도 멀리 망각의 강이 있고 망자의 혼이 있는 쇠락의 숲에서 보내온 바람이리라. 인제 이곳을 떠나라고 하는 것 같다. 하늘 향한 소년은 다름 아닌 너라고 하는 것 같다. 가서 뭐든 바르지 않는 건 망치로 깡그리 부수라고 하는 것 같다. 적어도 네 마음에 있는 이상하게 생긴 괴물만이라도 그렇게 하라고 하는 듯하다. 그래야 얼어붙은 망각의 강이 흐를 거라고, 그래야 이 저주의 날이 끝날 거라고 하는 듯하다.

"강이 여태 얼어 있었나?"

아침 산책 겸 운동 후 돌아오면 잘려나간 햇살은 앞집 옥상에 세워진 위성 TV 안테나에 또 한 번 잘려서 마치 위성 TV 안테나에서 레이저를 쏘는 듯 강렬하게 찔러와 신발장 왼쪽 모서리 위 선인장을 항상 비췄는데 오늘은 그렇지 않다.

"어제도 그랬나?……."

아무래도 기온엔 변화가 없지만, 태양을 향한 지구의 위치 변화가 모르게 있었나 보다. 가느다란 햇살이 신발장을 비켜나 구석진 곳에 자리한 소철나무 허리에 와 닿아있다. 소철의 허리가 일순 벌겠다. 몰랐던 색이 신기해서 한참 바라보았다. 오늘 아침엔 어제와 달리 눈에 들어오는 것이 다 달리 보이는 것 같다. 아마도 조각 공원에서의 분탕질 뒤로 그런 것 같다. 공원에서 집까지 내려오는 200m 거리에서 보았던 공원 광장 어귀 곳곳에 바둑판을 앞에 두고 자리한 어르신들의 형색이 그랬고, 광장 앞 공영 주차장 인근에 주차된 마을버스의 바퀸 색깔이 그랬고, 형형색색 등산객들의 옷차림이 새롭게 눈에 들어온 것도 그렇고 거기다 골목 초입에 있는 만수 슈퍼 앞에 주차된 기억으론 2년 동안 항상 같았던 승용차가 바뀐 것이 그랬다. 모르긴 해도 그것들은 이미 바뀌어 갔고 또 바뀌었던 것인데 단지 인식하지 못했을 것이다. 현관문을 열었다. 언뜻 오른손이 무섭다.

"소년의 망치를 들었군."

녀석이 몸을 숨겼다. 집을 지키는 녀석은 아닌 게 자명하다. '툭툭' 녀석의 집을 건드렸다. 해도 녀석은 묵묵하다. 아! 녀석이 이제야 자는가 보다. 여태 몰랐었다. 같은 공간에 있으면서도 무심했던 일이 뜨악 다가온다. 으레 잘 알고 있는 줄 알았던 것은 혼자만의 착각이었다. 일순 미안하다. 자는 녀석을 깨우려 했던 것이. 자리를 뜨려니 녀석이 슬그머니 집에서 나온다. 연신 눈을 깜박인다. 잠이 덜 깬 것이다. 그랬다. 녀석은 언제나 눈을 부라리고 있었던 게 아니었다. 녀석도 눈꺼풀로 연신 눈알을 닦았다.

"아들아, 미안……."

아내에게만 돌을 던졌던 잘못에 당장 들고 있던 소년의 망치로 편협하고 오만한 가슴께를 내리쳐 부순다. 아들뿐 아니라 2년 동안 나 몰라라 버려둔 부모님께 당장에 안부라도 여쭤야겠다. 꽁꽁 얼어 있는 가슴께를 차례대로 깨부숴야 할 듯하다.

아! 유유히 그것도 고고하게 흐르고만 있는 줄 알았던 가슴속 피는 그게 아니었다. 소년의 망치를 들기 전 들고서 현관을 들어서기 전까진 가슴 속 피는 뜨겁게 흐르고 있는 줄 알았다. 그러나 그렇지 않았다. 깡그리 말랐고 살얼음으로 삐들삐들하게 얼어 있었다. 아! 오만과 편협함이여……

"다음 달로 방을 빼겠습니다."

"새로 계약한 지 엊그제 아니오?"

"죄송합니다. 급한 일이 생겨서."

"…… 아이고 참."

"죄송합니다……."

죄송하다? 언제 입에서 나왔던 말이던가? 족히 수년은 잊고 있었던 말이다. 잊었던 말을 다시 찾은 낯섦에 느닷없는 실소가 터져 나온다. 또 웃는다? 언제 웃었던가? 기억에 없다.

"허허 잃었던 걸 한꺼번에 찾았네."

옮길 게 없다던 조촐한 세간 살림이 제법이다. 1톤 트럭은 족히 필요해 보였다. 모든 게 모르는 사이 늘어난 거다. 변화하는 주위를 감지 못했던 인지 능력은 오늘에야 긴긴 잠에서 깨어 기지개를 켠다. 소년의 망치 덕이다.

아! 비로소 알 것 같다. 소년의 꿈을 망치와 사닥다리로 표현한 것을…… 막혀 있는 뭔가를 깨거나 뚫지 않고는 결코, 하늘로 미래로 나아갈 수 없다는 것을……

애완으로, 관상용으로 키워 왔던 것에 외조카가 알면 절대 안 될 일을 저질렀다. 녀석에겐 매정하고 무자비한 주인일 것이다. 족히 인정한다. 하지만 그렇게 해야 다신 가슴께에 살얼음이 얼지 않을 것 같아서다.

저 녀석이 야생으로 돌아가 얼마나 견딜지는 생각 말자. 단지 확연한 사실은 녀석도 갔고 나도 돌아갔다는 것이고, 저 녀석의 수명과 내 수명이 그리 차이가 날 것 같지 않은 황망함만이 당장에 있을 뿐이라는 것이다. 너를 버린 비정한 만행을 극복하고 잘 살아만 준다면 나 또한 삶의 협곡을 돌고 돌아서라도 삶의 뒤안길에서 건재하리라. 멀리 아들이 있고 부모님이 계신 2년 전 홀연히 떠나 온 집이 얼룩진 차창 너머로 바라다 보인다. 2년 전 입고 떠났던 회색 점퍼가 빨간 점퍼로 바뀐 것을 알고 반겨 주었으면 한다.

10. 제물이 된 아이

두 곳에 화재 사고가 났다. 약간의 시차를 두고 발생한 사건이긴 해도 동시다발적인 고의로 저질러진 방화 사건이 농후하다는 보도는 매우 설득력이 있었다. 마치 화재 피해자이거나 목격자인 듯한 확신에 찬 이의 이야기는 벽에 걸린 40인치 TV 속에서 하루 시작의 기지개를 막 켠 나른한 아침 거실 안으로 다급히 부려졌다.

아나운서 뒤로 배경 삼은 사건 현장의 불길 컷 화면은 정갈한 아나운서의 전체 이미지와는 극을 이뤘지만, 목소리와 그의 표정 그리고 적의의 찬 확신은 사방을 연무로 뒤덮은 배경 화면과는 사뭇 하나가 되고 있었다.

"보수 언론이 왜 저래?"

"그렇다고 대놓고 좋다고 하겠어요."

"언제는 대놓고 결딴낼 듯하더니. 저 봐. 자기 집에 불난 듯 난리잖아."

"그러게요. 최근 분위기로 봐선 오히려 좋아할 법도 한데……."

"속내는 웃고 있겠지……."

"……."

보도는 아내가 출근하고 난 후로도 한동안 계속되었다. 특집이라는 말도 이슈와 진단이라는 그 어떤 글도 확인할 수 없지만, 방송 분량으로 봐선 특집에 가까웠다. 하지만 사건 전말에 관한 이야기와 화면은 이미 보도했던 내용을 반복해서 보여 주었기 때문에 그리 새로운 내용이 없다는 것을 고려한다면 급하게 편집된 사실을 쉽게 짐작할 수 있었다.

아슴아슴 아랫배가 불편해 널브러져 있던 거실 바닥에서 일어나려 할 때, 화장실을 떠올리며 리모컨을 집어 들고 전원 버튼을 누르려 할 때 얼핏 그때, 그때 한 아이가 떠올랐다.

결국, 복직 소식은 없다. 1년 5개월이라는 세월은 부당하게 해고된 한 노동자가 노조와 사측의 기억에서 사라질…… 그러니까, 인제 하향 곡선을 타고 곤두박질할, 가속도가 붙을 정점에까지 끌어올려 놓았을 뿐이다. 기다림의 결과는 다름 아닌 절망으로의 출발을 위한 준비하는 과정에 불과했던 거다.

한때 그들의 인간다운 삶을 위해 총대를 메고 선두에 섰다. 굶주림으로, 추위로, 더위로, 높은 곳에서의 공포로 떨었지만, 그들의 행복한 삶을 담보로 자리를 지켰었다. 그야말로 3년 연임 위원장의 삶은 인고와 질고의 처절한 삶이었다. 그런 삶을 산 자가, 그들을 위해 사지까지 내몰렸던 자가 인제는 그들의 안락한 삶에 밀려 철저히 잊히고 내팽개쳐졌다.

당장에 불 속으로 같이 뛰어들 것처럼 하던 그들은 인제 기억 저편에 서글피 자리하고 있을 뿐 그들의 의기양양했던, 분연히 일어났던, 가진 자를 향한 적의는 인제 어디에도 찾을 수 없었다.

"그러면 이 사람들아, 인제 혼자 싸워야 한다는 말이가?"

"…… 당장은 그렇습니다."

"대법까지 가야지 무슨 말이야?"

"그게……."

'그게'라는 말과 함께 비로소 혼자임을 자인할 수밖에 없었다. 설마 하는 생각은 여기까지임을 확인하는 순간이었다. 순간 아내의 얼굴이 제일 먼저 떠올랐다. 4학년 아들의 얼굴은 그다음이었다.

아무 성과 없이 허탈함으로 돌아오는 길…… 엘리베이터 안이다. 순간 몇 층을 눌러야 할지…… 시선은 두 줄의 숫자 버튼을 따라 아래로 물끄러미 내려갔지만, 어디서 멈춰야 할지 도무지 알 수 없다.

순간 손이 가는 대로 버튼을 눌렀다. 노란불이 툭 하고 들어왔다. 25층을 누른 모양이었다. 낯설지 않은 순간이었다. 25층은 확실히 낯설지 않았다. 의지보다 습관이 그렇게 반응했던 모양이었다.

10층이 되자 전에 없던 아니, 오전까지 없었던 불안함?…… 좌우지간 가지 말아야 하는 곳에 자의가 아닌, 억지로 끌려가고 있다는 생각에 황망했다. 층수가 바뀔수록 천하디천한 밑바닥 인생의 주제넘은 몰골이 더욱 선연해졌다.

"없는 놈이 이런 곳에 살아도 되나?……."

다시금 아내 생각이 났다. 아니, 아내 생각이 난 것이 아니라 아내를 떠올릴 수밖에 없었다. 층수와 비례해서 아내의 얼굴이 점점 더 선연해졌고, 비천한 삶의 자괴감이 커져만 갔다. 돌연 25층을 눌러 불을 끄고 다급히 옥상 층을 눌렀다. 엘리베이터는 순탄히 25층을 지나 옥상으로 순항해 나갔다.

5월의 하늘은 푸르고 맑았다. 높은 곳에서 보는 하늘은 1층 바닥에서 보는 것과 사뭇 달랐다. 지금도 그렇지만 그때, 그 옥상도 그랬다. 그러고 보니 옥상에서 단식 농성하다 자의 반 타의 반 끌려 내려오고 난 후 이렇게 높은 곳에 다시 올라온 것은 그 일 후 처음이었다. 그러나 5월의 푸르고 청명한 하늘 아래 아파트 옥상은 농성장의 옥상과는 느낌이 사뭇 다를 줄 알았지만, 그때와 비슷한 사지에 내몰린 상황이어서 그런지 하늘과 땅, 바람과 햇빛의 느낌은 아파트 옥상이나 농성장이나 진배없었다.

"죽는다는 생각은 생각의 폭을 콱 줄인다니까……."

아무것도 없는 옥상. 방수 처리된 바닥은 5월의 햇볕 아래서 번뜩이며 푸르게 이글거렸다.

"역시 죽는 문제 앞에서는 누구나 할 것 없이 혼자라는 말이 맞아…… 그런데 오늘 내가 죽기로 했나?……."

멀리 이름 모를 새가 날았다. 의미 없는 그림이었다. 내 삶과도 똑 닮은 그림…… 허…… 옥상을 내려가려 돌아섰다. 순간 깜짝 놀랐다. 그 아이였다. 그저게 아내가 이야기했던 그 아이지 아마……

*

어떤 것을 두고 일상이라고 할까?…… 분주한 아들의 등교, 사선으로 비껴든 햇살 속에 녀석으로 말미암은 먼지가 부유하다 지칠 때쯤에 슬그머니 일어나 또다시 출근 준비하는 아내 뒤로 삶의 무게가 황황히 부려지는…… 텅 빈 공간…… 동그마니 혼자 TV를 보다 이게 사는 건가?…… 하는 자괴감으로 다시 옥상을 생각하는 그런 거?……

오늘도 아내는 아무 말이 없다. 아내도 그들과 함께 1년 5개월이라는 세월에 편승한 채 그렇게 나를 잊고 내팽개쳐 둔 건가?……

"어제 그 녀석을 봤어."

"누구?……."

"있잖아. 그 녀석. 당신이 그저께 말했잖아."

"아, 이상한 말 하고 옥상 층으로 올라간 애?"

"응."

"왜, 또 올라갔대?……."

그럼, 나는 올라가는 거 당연한 일이고?…… 그것도 대낮에 아파트 옥상엘……

"모르지……."

모르긴 하지만 알 것도 같았다. 적어도 나와 같은 삶과 죽음의 기로선 것만은 자명해 보였다. 그 적의 찬 눈빛 하며, 공허한 낯빛은 익숙한, 정말이지 낯설지 않았다. 그러기에 후일의 일까지 짐작할 수 있었던 것은 그리 어려운 일이 아니었다.

"우리 바로 아래층에 사나 봐."

"그런가?"

"들리는 이야기론 이번에 그 아이 아빠가 장관으로 지목되었다는 소문이 있던데 당신 알아요?"

"아니……."

순간 1년 5개월이라는 시간의 채찍이 머릿속을 후렸다. 집에 있으면서 그것도 모르느냐고…… 당신은 뭐 하는 사람이냐고…… 모르는 게 꼭 당연한 것처럼 이야기하는 당신이 정말 이해가 되질 않는다고……

"소문이 맞나 봐…… 그렇게 이야기하는 사람이 한둘이 아니라고요."

"난 금시초문인데 당신은 빠르네?"

"재활용할 때 귀동냥으로 들었지. 뭐."

"……"

귀동냥으로 혹, 남편인 내가 옥상으로 오르락내리락한다는 이야기는 정녕 듣지 못한 건가!…… 살아있어도 살아있는 게 아닌 한 남자의 민낯을…… 한 이불 속에서 살을 섞던 남자 아니, 썩어 문드러져 가는 남편의 폐부는 그렇게도 느끼기 어려웠나!……

"그런 일이라면 대놓고 잔칫집 분위기는 아니더라도…… 일그러진 아이 얼굴은 도대체 뭐야?"

"그러게요. 고등학교 2, 3학년은 족히 돼 보이는 녀석이 왜 찡그리며 돌아다니는지 알다가도 모를 일이네……"

"싫은가? 자기 아버지가 장관 되는 거."

"글쎄, 우리가 모르는 무슨 문제가 있겠죠……"

그래, 적어도 그것만은 맞는 말이다. 무슨 이윤인지는 당장 모르나 그 아이는 분명 나와 같은 사지에서 갈팡질팡하고 있는 게 자명하다. 사실 내가 그랬고 아니, 내가 지금 그러고 있기에 그 아이를 정녕 안다. 어쩌면 그 아이 나보다 먼저 머나먼 길을 떠날지도 모르겠다. 하지만 아직은…… 녀석의 적의 찬 눈빛은 여전히 살아있었다. 그래 맞다! 그 눈빛, 적의에 찬 그 눈빛이 사라지는 그 날, 그는 내가 가고자 하는 그 길, 머나먼 그 길을 나를 따르든, 내 앞서 먼저 나아가든 그는 그렇게 길을 갈 거였다.

"문제가?…… 그렇다고……."

"내가 자세히 한 번 알아볼까요?"

"뭘? 그리고 알아서 뭐하게?……."

"모르는 것보다 알면 좋죠. 우리도 아이 키우는데."

"…… 안다고 무슨 수가 있겠어?"

"그건 그들이 알아서 하겠죠. 뭐…… 그리고 이 기회에 장관 소문에 관한 이야기도 묻고…… 좋잖아요. 이웃끼리……."

"이웃?…… 훗…… 뭐가 좋아?"

"글쎄…… 근데 당신 이상하다. 오늘……."

"내가 아니라 당신이야. 출근해 늦었어."

"……."

잘려서 개뿔도 없는 주제에 자존심은…… 하는 것 같았다. 아하, 내가 아니라 당신이 장관한테 직접 가서 일자리라도 한 번 알아봐 달라고 해야 하지 않나? 웃겨…… 하는 것 같았다. 그러나 그런 아내는 정작 알아보아야 할 것을 놓치고 있다. 일상이라는 무연한 시간과 달리 황황한 삶을 사는 남편을……

"당신, 요즘 복직에 관해 한마디도 안 묻네."

"때가 되면 되겠죠. 뭐……."

맞다. 아내는 정작 알아야 할 것들을 자의든 타의든 놓치고 있는 게 맞다. 믿음인지 영영 포기인지 아님 정말이지 그들에게 편승해 내팽개쳐 놓고 있는 것인지 당장엔 모르겠으나 한 가지 분명한 것은 느긋한 말이, 믿어 주는 듯한 아내의 말이 느닷없이 비수와 같은 날카로움으로 날아와 가슴팍 깊이 꽂히는 느낌만은 오롯하다.

적어도 나에게 있어 일상의 변화 그것은 자연인의 손에서 벗어난 시간이며 무한궤도와 같다. 여전히 벽면에선 아침 뉴스가 흘러나오고 있다. 물론 드라마 채널로 돌려놓을 수도 있겠으나 칩거했던 1년 5개월 동안의 세상과 또 다른 세상과 소통할 수 있는 유일한 통로이기에 뉴스 채널을 TV 화면에 붙박아 놓을 수밖에 없다. 혹여, 농성으로 해고된 자에 관한 복직 소식이나 전국적인 파업과 같은 뉴스를 기대하고 있는 한은 드라마 채널에서 쏟아져 나올 현실을 등진 자잘한 이상적인 이야기들은 원천봉쇄되어 이곳 거실로 들어오지 못할 거였다.

어제와 다른 뉴스 채널에서 그러니까, 불이 난 회사의 아나운서가 어제와 비슷한 화면을 뒤로 내걸고 상기된 표정으로 사건 전말을 전하려 차례차례 현장 기자들을 불러 현장의 소식을 전했다.

여차하면 결딴낼 기세였다. 순간 실소가 나온 탓에 언뜻 웃은 이유를 찾기 위해 무연히 TV에서 눈을 떼 거실 바닥에서 소파로 그리고 베란다 창으로 시선을 옮겼지만, 그닥 마땅한 이유가 쉽게 떠오르지 않았다. 하지만 사선으로 거실 한쪽에 비껴든 뿌연 연무의 햇살 탓에 비가 오려나? 하는 생각에 엉뚱하게도 일기 예보의 기억을 더듬기 시작했다.

한데, 일기 예보를 더듬던 뇌세포들 외에 다른 곳에서 또 다른 그러니까, 왜 실소가 나왔는지에 관한 기억을 여전히 더듬고 있었던 모양인지, 그것도 일기 예보를 더듬는 신경 세포들보다 더 많은 에너지를 소모한 탓인지 멍한 이명까지 불러다 놓고선 그 이유를 기억에서 기어코 끄집어 냈다.

보수 언론이라는 기관과 맞서 주었고, 노사 분규의 타당성을 일목요연하게 정리해 국민적 공감대를 얻으려 앞장섰고, 사측 책임자를 넘어 국정의 책임자까지 거론하며 농성에 돌입한 집행부를 두둔해 줬던, 그래서 급기야 맞닥뜨린 삶과 죽음의 갈림길에서도 우군을 만났다는 든든함에 농성장을 끝까지 지키게 했던 그 진보 언론 아니, 양 진영을 아우른다는 대범했던(?) 그 언론이 언뜻 머릿속에 떠올랐던 거다.

"뭐, 양 진영을 아우른다고…… 변질한 거지, 그 이하도 이상도 아닌 그런 인간들이……."

혼잣말로 중얼거리자 오히려 자괴감이 가슴을 후볐다. 순간 쾡한 마음에 눈물이 핑하고 돌았다. 리모컨을 들었다. 전원 버튼을 누르려 하자 아나운서는 방화 용의자를 당장에라도 검거할 것처럼 CCTV에 잡힌 용의자의 모습을 보여 주며 호들갑으로 버튼을 누르지 못하게 했다. 조금은 흐릿한 모습이지만 남자인 것과 성인이 아닌 학생쯤인 나이와 170㎝의 대략의 키는 용의자의 결정적인 모습이라며 누차 강조하는 아나운서의 목소리는 결연하기까지 했다.

"건물이 불타 없어지든 말든 상관할 게 뭐람……."

입으로는 나와 상관없다며 이야기하고 있지만, 머리엔 이미 건물이 불탄 이유가 뭔지 넘겨짚고 있었다. 적어도 나와 같은 사람 그러니까, 편이 되어 줄 언론이 도리어 실망케 해 격분한 나머지 그런 게 아닌가 하는 의구심이 바로 그것이다.

화면 속 남자는, 용의자는 한쪽 다리를 절고 있었다. 무슨 이유인지는 모르나 화면 속 남자는 분명 다리를 절었다. 당장은 장애인이었다. 장애인이 진보 언론 건물에 기름을 붓고 불을 질렀다는 것은 나와 같은 배신

감에 붙들린 사람이 아니라면 이해할 수 없는 일이었다. 물론 여러 가지 일로 그럴 수도 있겠지만, 적어도 내 속에 아직 선연히 남아 있는 적의와 격분으로는 그렇게 느끼고 볼 수밖에 없었다.

"성인도 아닌 데다 장애인이 그랬다면 뭔가 있어⋯⋯."

느닷없이 속에서 쾌재가 일 때 TV를 끄고 라이터와 담배를 찾았다. 흘러나온 전파가 아직 사위지 않았는지, 분연한 아나운서의 목소리가 담배와 라이터를 찾고 있는 뒤로 여전히 들리는 것 같아 순간 섬뜩해 돌아다봤다.

담배에 불을 붙였다. 습한 연기가 가슴 속을 파고들었다. 폐부의 세포가 숨을 쉬는 듯 쿵쾅거렸다. 물을 만난 물고기처럼 세포들은 일제히 일어나 물속으로 첨벙 빠져들어 힘차게 유영하듯 그렇게 가슴속에서 살아났다. 어젯밤 9시께 그랬으니 딱 12시간 만에 숨을 쉬는 일은 저들에겐 희열이 아닐 수 없었다.

언뜻 아내의 잔소리가 머리를 강타했다. 아침 담배는 언제나 베란다에서 창을 열고 피웠으니 자연스레 아내의 앙칼진 잔소리가 생각날 수밖에 없었다. 담배와 라이터를 챙겨 들고 엉거주춤 자리에서 일어났다. 담뱃불을 끄고 현관을 나서 엘리베이터를 탔다.

어제와 달리 잔뜩 찌푸린 하늘은 금방이라도 한바탕 건하게 쏟아질 것 같았다. 도심 위로 회색의 빛깔이 무겁게 내려앉은 모습이 어딘가 머릿속의 색깔과 흡사 닮았다는 황황한 생각은 순간 목울대를 울컥하게 했다.

바람 한 점 없는 옥상⋯⋯ 정말이지 비가 한바탕이라도 쏟아졌으면 했다. 뭔가에 흠뻑 젖고 싶다는 생각을 하며 담배에 또 불을 붙였다. 이번에 습한 공기 대신 진한 니코틴의 텁텁한 누린 맛이 입안 가득 퍼졌다. 회색의 도심을 바라보며 느끼는 혼몽한 기운은 순간 생소했다.

"끝까지 투쟁하겠다고?…… 나와 함께 하겠다고?…… 미친 소리……."

연신 뿜어댄 담배 연기는 짙은 안개가 되어 옥상을 천천히 유영했다. 물론 어느 정도 선을 넘은 안개는 시나브로 사위어 갔지만, 자욱한 연무는 담배 때문이라고 하기에는 퍼져 있는 규모로 보나 무게로 보나 낯선 광경이었다.

회색빛 머릿속은 무거웠다. 무게를 털어내려 흔들다 지난번처럼 깜짝 놀란 대신 순간 섬뜩했다. 섬뜩한 이윤 단박에 알 수 있었다. 무의식 속의 그 아이가!…… 눈앞에 물끄러미 서 있는 게 아닌가…… 아이는 분명 나를 뚫어지게 바라보고 있었다. 마치 허락 없이 무의식 속에 자신을 둔 것에 적의를 품은 듯했다.

"무슨 일이냐? 또……."

"……."

그의 대답을 듣기 위해 물은 것은 절대 아니다. 어색한 상황을 갈무리하려 했던 거였다. 한데 언뜻 두 번이나 마주친 것이 기억나자 적어도 고개라도 까딱하며 인사 정도는 해야 하지 않나 하는 생각이 들어 그와 중에도 속이 순간 불쾌했다.

"어른을 보면 인사라도 해야지. 초면이 아닌 듯한데……."

'초면이 아닌 듯한데'라는 말 뒤에 혹여, 길거리나 엘리베이터 안에서 본 일은 없는가 하며 다급히 기억을 더듬었다. 하지만 다른 곳에서 본 기억은 없었다. 사실 이웃과 담을 쌓고 산다지만 그래도 한 번쯤은 마주쳤을 법도 한데 녀석을 본 기억은 기억의 바다를 몇 차례 훑고 긁어도 마찬가지였다.

"죄송합니다."

느닷없는 죄송하다는 말에 의뭉스러움이 둘 사이에 흘렀다.

"뭐가?"

"안녕하세요."

"……."

의뭉스러움은 인사를 하지 않아 죄송하다는 말이 빚은 해프닝인가?…… 하지만 흔쾌히 해프닝으로 끝나지 않고 어물쩍한 의뭉함이 둘 사이에 붕붕 떠다니는 것은 무슨 이유인지 도시 모를 일이었다.

그러나 둘 사이에 부유하듯 가벼이 떠돌던 의뭉함에 순간 무게가 실리면서 적어도 내 가슴만큼은 넉넉히 채우고도 남을 설명할 수 없는 뭔가를 느꼈다. 아이가 절뚝거렸다.

*

"당신은 어떻게 생각해요? 전교조 교사?"

"전교조 교사가 왜?"

"아니, 아홉 명 때문에 난리잖아."

"나름 살아가는 방식이야. 너무 몰아세워도 안 돼……."

"삶의 방식……."

"그래, 삶의 방식……."

"……."

아내의 묵언…… 그 의뭉함은 출근 뒤 거실을 원혼처럼 떠돌기 시작했다. 사실 아내의 묵언을 원혼으로 떠돌게 한 것은 아마도 다름 아닌, 나 자신이었다. 물론 굳이 원인 제공자를 찾으라며 누군가 고래고래 윽박이라도 한다면 그건 아내일 것이다. 하지만 누군가가 패악하며 난리 치지 않는 이상 모든 책임은 내게 있었다.

아내는 '당신! 당신 삶의 방식 때문에 지금 어떻죠?'라는 말을 했던 것이다. 물론 내가 넘겨짚은 것이기는 하지만 그랬다. 여하튼 아내의 말은 그런 의미로만 풀렸다. 사실이지 툭툭 던지는 아내의 말 속에 뼈가 있었다는 것을 말한다면 과한 억측일까?……

시위와 관련한 보도가 나오면 그냥 넘어가는 법이 없었다. 출발은 달랐어도 언제나 결론은 전교조 교사와 우리 아이 교육 걱정 이야기로 귀결되었다. 한번은 '당신도 교사면서 왜 그래?'라고 했을 때, 교사라고 다 같은 교사라 생각하지 말라고 발끈했었다. 기억으론 그 탓에 한참을 옥신각신했던 일이 오롯하다.

오늘 아침도 어쩌면 그런 유의 뉘앙스로 툭 던진 뼈가 있는 이야기가 아닐까 싶다. 그 탓에 베란다도 옥상도 아닌 거실 바닥에 널브러져 벌써 담배 세 개비를 연거푸 태우며 마치 원혼을 쫓아내기라도 하듯 연기를 내뿜고 있는 거다.

연기가 거실 가득 부유하듯 떠돌자 순간 옥상의 아이 그러니까, 아래층 아이가 생각났다. 도시 모를 일이었다. 이어 아이에게 어제 하지 못한 말이 전신으로 와락 섬뜩하니 펴져 들었다. 널브러져 있던 나를 당장에 일어나 앉게 했다.

"학교는 그만둔 건가? 그건 아닐 테고…… 개교기념일쯤 되겠지 뭐."

주저리 중얼거리다 베란다 창을 열고 거실 공기를 환기했다. 어제부터 찌뿌드드한 날씨는 펴지지 않고 그대로였다. 비가 쏟아진다면 엄청나게 쏟아질 것처럼 허공에 드리운 짙은 진회색의 구름은 무게를 간당간당 지탱하고 있었다.

순간 TV 화면이 다시 돌아가는 듯 눈앞에 펼쳐졌다. 25층에서 내다보이는 아이의 모습은 TV 화면과 흡사 닮아있었다. 먼 거리…… 이렇게 잘 보여도 되나?…… 아이가 가방을 메고 걸어가고 있었다. 텅 빈 주차장은 아이의 움직임을 적나라하게 비춰 주었다.

"그동안 저 녀석을 왜 한 번도 보지 못했을까? 눈에 확 들어오는 녀석을……."

녀석이 아파트 입구를 빠져나갈 때까지 그렇게 멍하니 쳐다보았다. 시야에서 사라지고 난 후로도 좀처럼 아이가 사라진 아파트 입구에서 눈을 떼지 못했다.

언제 껐는지 모를 TV를 다시 켰다. 켜자 기다렸다는 듯, 급했다는 듯이 목소리부터 나오더니 이내 목소리의 주인공이 뒤따라 나왔다. 여러 패널이 앵커를 중심으로 양옆으로 둘러앉아 열심히 설전을 이어가는 중이었다. 화면 왼쪽 상단에 '유병언 왜 잡지 못하는가?'라는 토론 제목을 달고 있었다. 아마도 도주 중인 유병언 부자를 다루고 있는 듯했다. 싫증난 이야기에서 눈을 떼려 할 순간 뉴스 속보를 화면 아래 붉은 글씨로 굵게 보여 주었다.

'장관 후보자들 인사청문회 보고서 채택 난항 – 청와대 곤욕'

뉴스 속보는 적어도 내게는 그냥 속보가 아니었다. 뭔가 천만 개로 산산이 흩어져 있었던 퍼즐 조각이 단번에 조합되는, 그래서 온전한 그림이 되는 순간을 경험하게 했다.

"설마……."

아직 확인된 바 없는 사실이긴 해도 당장은 가슴속이 풋풋했다. 그동안 텅 비고 허했던 가슴속…… 하지만 인제 뭔가 묵직한 돌덩이 하나가 들어온 것 같아 영영 돌아올 수 없는 길을 떠난다고 해도 의미 있는 길이 아닐까 하는 생각이 오전 내내 가슴을 끌고 다녔다.

누군가의 비밀을 가슴속 깊이 묻어 두고 혼자만의 비밀로 안고 간다면 아무것도 남기지 않은 허망한 삶이 아니라 세상에 의미 있는 뭔가 하나를 남기는 일이 아닐까…… 물론, 작위이긴 해도……

"무덤까지 가져가 주지…… 허허허…… 적어도 의리 있는 사람쯤으로 생각은 해 주겠지!…… 그런데 그런 사실을 그 녀석이 알아줄까?…… 허참."

오전 내내 미친놈의 독백은 그렇게 오후까지 이어졌고 열어 둔 베란다 창으로 언뜻 굵은 빗줄기가 보일 때까지 계속됐다. 굵은 빗줄기는 자신의 존재감을 방증이라도 하듯 벼락과 천둥을 동반했다. 난데없이 아파트 입구 쪽으로 눈이 갔다. 멍하니 부려진 시선은 허공을 헤매다 땅바닥으로 자꾸만 곤두박질 널브러졌다. 사람이 다닐 만한 시간대이지만 누구 하나 보이지 않았다. 다만 군데군데 세워진 자동차와 주차장 바닥만이 굵은 빗줄기에 흠씬 두들겨 맞고 있어 을씨년스러울 뿐이었다.

한 통의 전화가 낯설다. 이런 대낮에 걸려온 전화라면 보이스 피싱?…… 아, 아니다.

"승민 아빠! 승민이 아침에 우산 안 가지고 갔는데…… 챙겨 봐요. 일찍 갈게요."

아내의 일상은 한결같았다. 비가 오면 이렇게 우산을 챙기지 못한 아들을 생각하고…… 툭하면 전교조 교사들과는 생각 자체가 다르다며 머리를 바투 디밀고…… 가끔은 일찍 들어온다는 영혼 없는 행복의 메시지를 던지기도…… 어디서부터 어긋났을까?…… 아내의 일상, 나의 일상이……

아파트 단지를 조금 벗어나면 아이의 학교가 있다. 학교 수업을 마치면 학원 셔틀에 바로 픽업되는 탓에 내가 우산으로 녀석을 챙겨야 할 부분은 학교 1층 현관에서부터 교문 앞에 세워 둔 학원 셔틀까지, 그리고 우산을 챙겨 주는 일이다.

"아빠. 저 아저씨 알아?"

"누군데?"

"3반에 김민준 아빠."

"그래…… 누군데?"

"우리 집 바로 아래층에 살아."

"…… 민준이 형도 있어?"

"응, 있다고 했어."

"……."

남자는 호감형이었다. 학교 직원쯤으로 보이는 사람들과 현관 한쪽에 서서 열심히 이야기를 주고받았다. 혹, 나처럼 아이를 위해 우산을 들고 왔는지 살폈지만, 그의 손엔 우비나 우산 같은 건 보이지 않았다. 장관 후보자 명단에 오르내리고 있다는 남자는 당장에 장관이 된다고 해도 별

다른 이견이 없을 것으로 보였다. 나이에 비해 4학년의 아이가 있다는 것이 좀 의아했지만, 여하튼 세평의 인물로는 당장엔 손색이 없어 보였다.

아이를 태운 버스가 떠난 자리는 굵은 빗줄기가 대신했다. 마치 셔틀이 빗속 어딘가로 사라진 듯, 꺼진 듯한 황망함이 혈관을 타고 전신으로 나른하게 퍼졌다. 고개를 들었다. 장대비가 여전히 하늘을 뚫고 지칠 줄 몰랐다. 6차선 아스팔트 위로 쏟아지는 빗줄기는 쉬지 않고 튀고 튀어올라 모르긴 해도 무릎 높이까지 안개 띠를 만들어 놓았다. 마치 뿌연 연무의 안개 띠가 음흉한 손짓을 하는 것 같았다.

안개 자욱한 도로 위를 얼마쯤 걸었을까? 물에 흠씬 젖은 탓인지 낮고 부드러운 경음기 소리가 뒤에서 들렸다. 고개를 돌리자 쉴 새 없이 왕복하는 윈도 브러시 사이로 부드러운 경음기 소리와 달리 운전자가 뭐라 소리 지르는 모습이 이쪽저쪽 번갈아 가며 언뜻언뜻 보였다. 순간 학교 앞이라 경음기 사용을 자제한 건가 하는 생각이 들었지만, 그들의 행동을 봐선 꼭 그런 것만 아닌 것 같았다. 여차하면 차에서 내려 멱살이라도 잡을 기세였다.

"그래, 한번 잡아라…… 나도 이판사판이다. 이 자슥아……."

이판사판의 나와는 달랐는지 아니면 운명의 신이 그들을 배려한 탓인지 경음기의 주인공은 뿌연 연무 속으로 자동차와 함께 눈앞에서 사라졌다. 그러나 신은 한 블록을 걷고 인도로 올라선 내게 나와 같은 이판사판의 갈림길에 선 자를 허락하고 있었다.

"늦게 가더니 이렇게 빨리 돌아오는 거야? 우산도 없이?……."

"머리가 아파서 그래요."

"얼른 가자……."

"……."

둘은 장대 같은 빗속에서, 함께 쓴 우산 속에서 아무 말 없이 걸었었다. 하지만 지금 소파 위에 널브러져 거실 허공에다 시선을 붙박은 나는 확인되지 않은 하나의 비밀을 간직한 둔중함보다 한 생명의 절박함에 애달아 하고 있었다. 그랬다. 당치도 않은 시한부 삶의 녀석 때문이었다. 물론, 나 역시 마지막을 생각하고 사는 삶이긴 해도 이렇듯 애단 순간은 없었다. 모르긴 해도 아이보다 내가 조금은 덜 절박함에 호들갑을 떨고 있는 게 자명했다.

아이의 움푹 팬 눈이 새삼 그려지자 불현듯 아이 아버지의 해맑은 모습이 떠올랐다. 두 사람의 모습은 심한 대조를 이루며 머릿속을 헤집었다.

"아이는 저 모양인데……."

혼잣말은 돌연 거실을 돌고 돌아 다시 귀에 와 닿았다. 닿는 순간 벌떡 일어나 앉았다. 무슨 힘에 의한 끌림 같은 거였다. 당장은 모를 일이었지만, 순간이었다. 아이, 우리 아이 때문이었다.

저 아이의 아빠 그리고 아이, 나와 우리 아이…… 밝은 아빠와 어두운 아이, 어두운 아빠와 밝은 아이…… 서로는, 서로의 마음을…… 도대체 서로는 무슨 생각으로 살아가는 걸까?……

아이의 아빠는 큰아이의 고민을, 적어도 매일같이 옥상을 드나드는 일을 알기나 하는 걸까? 우리 아이는 아니, 내 아내는 내가 극단적인 생각을 하고 있다는 것을 알기나 하는 걸까?…… 정말이지 모두가 다 방관한 건가?…… 아이는 어미에게, 아내는 그들에게, 저 아이 아빠는 권력에 편승해서……

"아래층 이야기 아는 거 더 없어?"

"왜요? 무슨 일 있었어요?"

"일은 무슨…… 청문회 이런 게 TV로 자꾸 나오니까 궁금해서 그렇지."

"못 될 거래요."

"왜?……"

"…… 다른 건 몰라도…… 지금 아이 엄마는 불륜으로 만난 사람이래요."

"뭐?……"

"글쎄, 그래도 좀 높은 데 있는 사람이 주위 눈도 있을 텐데, 뭐가 그리 급해서 집 나간 아내를 기다리지도 않고 아이 학교 학부모회장과 덜렁 결혼했다지 뭐예요. 큰아이는 전처의 아이래요. 참나……"

"……"

"사실 끼가 있는 학부모들이 있긴 한데…… 아래층 여자와 남자가 그런 사람인 줄은 몰랐어요."

"혹, 유언비어는 아냐?"

"저도 처음엔 혹시나 했죠. 근데 재활용할 때 여자를 한번 봤는데 보통이 아닌 것 같아."

"아니, 당신!…… 당신은 선생이라는 사람이 확인도 안 된 소문을 가지고 어떡해……"

"아니, 내가 뭐래요? 그렇다는 거지……"

아내는 확신하고 있었다. 아니 그렇게 꼭 믿고 싶어 했다. 순간 따귀라도 한 대 때리고 싶었다. 정말이지 기억으론 이런 아내가 아니었다. 어쩌다가……

아내는 1년 5개월을 지나면서 그렇게 된 게 틀림없었다. 남편인 내가 단식하며 회사옥상을 점거하기 전 아내는 언제나 객관적인 사람이었다. 사실이 그랬다. 말을 할 때면 항상 균형을 잡고 한쪽으로 치우치지 않으려 했었다. 영락없는 선생이었다. 그런데 옥상에 오르고 난 후, 하나둘 남편을 외면하기 시작할 때부터 아내는 선생에서 조금씩 객관을 잃은 선생님으로 변했던 것이다. 그랬다.

"당신 요즘, 너무 한쪽으로 치우친 거 알아?"

"내가요?…… 언제?"

"예전과 달라도 너무 달라."

"예전?…… 그런가…… 사실 삶의 현장도 많이 달라졌으니 달라져야 하지 않나?"

삶의 현장이 바뀠으니…… 직장에서 잘린 채 방구석에 자리를 틀고 앉은 멍청한 당신 현실이 보이지 않는가? 하는 질타를 대놓고 가해 온 아내의 말이었다. 남편이 바보가 아닌 이상은 자신의 말을 알아들을 수, 그 이상으로 알아들을 수 있을진대……

"꼭 나 들으라고 하는 말 같군……."

"……."

아내의 묵언은 다시 한 번 더 모든 것을 사실로 확증하는 말이었다. 내심 아니라는 말을 듣고 싶었는데…… 그와는 달리 아내는 끝까지 묵언으로 일관하며 방증하는 데 힘을 실었다. 내 마음을 아느냐며 바투 머리를 들고 싶었지만, 그만두었다. 순간 그 아이가 생각났기 때문이다. 어쩌면 그 아이는 내 아픔을 알고 있지 않을까 하는 작위적 위로…… 동병상련…… 웃겨……

TV 맞은편에 걸린 시계를 올려다봤다. 5분이 늦은 시계는 오후 9시를 가리켰다. 옥상으로 올라가고 싶다는 생각을 한 것인지…… 하지만 쉬이 자리에서 일어나지 못했다. 아마도 작위적 위로의 진위를 유보하고 싶었던 탓이리라.

한데, 옥상에 올라가면 아이가 있을 것 같았다. 낮에 본 녀석의 얼굴에서 그것을 느낄 수 있었다.

쫓기다시피 서재로 들어왔다. 눅진한 습한 냄새가 책 사이사이에 뿜어져 나오는 것 같았다. 불을 켜자 눅진한 습기는 모양만 잃었을 뿐 그대로였다. 오히려 대놓고 코를 휘어잡는 듯했다. 슬며시 하마가 그려진 습기 제거제 통을 바라다보았다. 꽉 찬 통…… 순간 작년 초부터 저 자리에 놓여 있었다는 사실이 기억나자 가슴 한쪽이 한없이 꺼져 내렸다. 아내는 1년 5개월 전부터 변하기 시작한 게 자명했다. 그랬다.

"인제 5월인데 웬 습기가……."

컴퓨터를 켰다. '윙'하는 소리와 함께 서재의 습한 긴 침묵이 깨져 갔다. 완전히 깨질 때까지 시간이 걸렸다. 기다리며 의자 깊숙이 몸을 파묻고 눈을 지그시 감았다. 이렇듯 자리에 앉은 기억이 얼른 생각나지 않았다. 실로 몇 개월 만에 자리에 앉아 보는 듯했다.

세 식구의 42평 집은 크고도 컸다. 그런 나머지 이곳 서재는 내팽개쳐질 수밖에 없는 곳이기도 했고, 최근 소원한 아내의 모습에서도 서재가 휑한 것은 당연하기도 했다. 눈을 뜨면서 손바닥으로 책상을 쓸어 보았다. 깔깔함 대신 버석한 책상은 아내의 걸레질이 이미 오래전에 멈췄음을 새삼 깨닫게 했다.

푸른 화면 가운데 업데이트 창이 떠 있었다. 누르자 다시 부팅된다며 가만두라는 메시지가 떴다. 다시 눈을 감고 의자 깊숙이 몸을 묻었다. 나른함이 밀려왔지만 한 가지 사실을 확인해야 한다는 당위성이 나른함과 바투 섰다.

인터넷 창을 열고 불이 난 언론사의 홈페이지에 들어갔다. 복잡한 메뉴들이 잠시 무엇을 해야 할지를 잊게 했다. 하지만 뉴스 다시 보기 배너가 깃발이 휘날리듯 그런 휘날림으로 한쪽에 자리해 무엇을 해야 할지를 단번에 알게 했다. 그제야 화면을 열은 이유를 깨달았다.

청문회 시작을 전후해서 얼추 날짜를 잡고 날짜별로 뉴스와 토론을 확인해 나갔다. 좀처럼 아이의 아빠에 관한 이야기는 나오지 않았다. 물론 아이의 아빠가 누군지는 모르나 아내가 이야기한 그런 유의 보도나 토론은 어디에도 없었다. 아내의 말은 유언비어가 맞았다. 사실 아내는 누군가 그러더라는 말만 했지 TV 보도와 같은 나름 공증된 사실을 일절 언급하지 않았었다. 혹여, 모를 일이라 날짜 폭을 넓게 잡아 몇 번이고 확인하고 또 확인해 보았다. 컴퓨터를 끌 때쯤 까닭 모를 평안함이 가슴속 멀리 어딘가에서 꿈틀거리는 것을 느낄 수 있었다. 물론 끝까지 간직하고 가겠다는 둔중한 비밀이 와르르 내려앉았지만, 허망함보다 가벼움의 홀가분함이 먼저였다.

"그 아이가 그런 일을 할 리 없지. 방화라니…… 얼토당토않은 일이야."

순간 독백이 방문 틈을 지나 베란다를 타고 아래층 베란다를 또 타고 창을 넘어 아이의 방까지 들리지나 않을까 하는 객쩍은 생각에 실소가 나왔다. 내일이라도 아이를 만나 아이 아빠 이름이라도 알아봐야 할 것 같았다. 그냥 그랬다.

윈도가 완전히 닫히는 소리와 함께 자리에서 일어났다. 언뜻 창을 돌아봤다. 블라인드 뒤의 세계는 깜깜했다. 순간 그곳에 낯선 세상이 열리고 있는 듯했다. 하지만 그 낯선 세상이라는 것이 마냥 달가운 것만 아닌 그런 세상일 거라는 생각이 고개를 들 때쯤 얼른 서재를 빠져나왔다.

못 이기는 척이 아니라 아내는 분명 의무적으로 나를 받아들였다. 어제도 그랬고 오늘도 그랬다. 아니, 1년 5개월 전부터 그래 왔었다. 물론 둘의 욕정이 전혀 없는 것도 아니어서 의무적으로 으레 하는 관계지만 그렇게 비참하거나 비릿한 그런 느낌은 들지 않았다.

"좋았나?……"

"피곤한데 어서 자요."

어둑한 천장을 빤히 올려다보았다, 그리고 잠들기까지 1년 5개월 전을 더듬으며 혹여, 둘이 공감했던 격정의 순간이 있었는지 기억의 밑바닥을 훑고 또 훑었다.

*

지난밤에 아이가 죽었다. 적어도 아이에게만은 다른 세상이 열린 것이다. 아니, 아이가 나보다 먼저 다른 세상을 연 것이다. 어젯밤 서재에서 나오기 전 순간 낯선 세상의 기운을 느꼈던 것은 다른 세상이 열리는 순간이었다. 아이의 또 다른 세상······ 조만간 내가 갈 세상······ 아이의 행동이 무섭기도 하고 용기가 되는 듯했다. 분명한 건 사느냐 죽느냐의 갈림길에서 갈팡질팡했던 내게 자명한, 이보다 더 적나라한 신념을 줄 수 있는 일은 이제까지 없었고 어쩌면 앞으로도 영영 없을 것 같았다.

"우리가 일찍 아래층에 이야기해야 했나?"

"······."

"혹, 유언장 같은 건 발견된 건 없대?"

"······."

"이 사람 말이 없어?······."

"그냥······ 이런 일이 아래층에서 일어나다니 참······."

"······."

이 사람아! 인제는 당신이 사는 이곳에서도 같은 일이 일어날 거라고! 알아?······ 속에서 적의의 찬 악다구니가 터져 나왔다.

"날 잡아서 한번 내려가 보자고. 그래도 아이 친구 집인데."

"당신 혼자 가요."

"······."

엘리베이터 버튼 앞에 서면 인제는 몹쓸 인간임을 새삼 깨닫고 깨닫는다. 습관처럼 그렇다. 나 같은 자가 이런 곳에 살아도 되는지······ 아내 덤이긴 해도 굳이 선을 긋는다면 그래도 중산층에서도 상위 그룹에 속한 삶은 갈수록 내게 채찍을 가한다. 어서 이곳을 떠나라고······ 마치 버튼의 황색 빛은 부릅뜬 토끼 눈을 닮았다.

분리수거하러 내려가는 건 처음이다. 마음을 다잡고 다시 살아보려고 그랬나?…… 아니면 마지막은 내가 하고 가자는 체념에 가까운 발로에서 비롯된 것인지?…… 그것도 아니면, 도시 움직이려 하지 않는 아내 대신할 수 없이 나온 것인지?……

엘리베이터가 도착한 모양이었다. 버튼에 불빛이 사라졌다. 순간 25층에 살고 있음을, 살아가고 있는 나를 느끼는 순간이었다. 문이 열렸다. 텅 빈 곳에 누가 불을 켜 둔 것인지 오늘따라 환한 엘리베이터 안으로 쉬이 들어갈 수가 없다. 문이 닫혔다. 버튼을 눌러 다시 열었다. 또 닫혔다. 이번엔 팔을 집어넣자 문이 열렸다. 잠시 뒤 어렵게 닫힌 문이 금세 열리고 만다. 뭔가 잘못됐나?……

아이가 탔다. 아래층 아이다. 그 녀석의 동생이었다. 언제 우리 아이가 친구라고 한 녀석이다. 물론 그리 친한 친구는 아니겠지만……

"안녕?"

"…… 안녕하세요."

예기치 않은 일에 토끼 눈을 한 녀석이 인사를 하며 손에 든 노트를 얼른 뒤로 숨겼다. 경계하는 눈빛이 역력했다.

"아저씬, 바로 위층에 살아. 승민이 아빠야. 알지?"

"……."

"혹시, 너 형 어디에 있어?……."

"음…… 영락공원에요."

"그랬구나. 음…… 그런데 이 늦은 시간에 어딜 가?"

"……."

경계심은 뜻밖에 완강했다. 그 완강함은 25층을 다 내려올 때까지 그의 무기였고 그를 지키는 보호막이었다. 녀석이 종종걸음으로 먼저 나아가다 달렸다. 주차장 곳곳에 세워진 희끄무레한 수은등은 아이가 재활용 창고 쪽으로 가는 것을 그대로 비춰 주었다.

달리는 아이, 끝없는 아파트 숲, 수은등의 은은함, 정지한 듯한 밤의 정적…… 이 모든 것은 아이가 죽은 사실을 까마득히 잊어버린 듯했다. 불과 2주 전인데 말이다. 하지만 나는 여전히 어젯밤 일처럼 그 사건을 도시 잊을 수가 없었다. 마치 그 녀석이 가 버린 진위를 찾는 심경이랄까?…… 절박함이랄까?…… 그래야 할 것 같아서.

"아이에 관해 아시는 게 없습니까? 혹, 유서라도 발견되었나 해서요."

"제가 알 수가 있나요. 다만, 제가 제일 먼저 아이를 발견한 것뿐입니다. 저기 저 바로 저곳 아닙니까."

"그래요…… 감사합니다."

돌아서는 뒤에다 시비를 걸다 말고 그냥 가면 어떻게 하느냐는 듯한, 다신 그와 같은 질문을 받고 싶지 않아 이참에 결판을 내자는 듯한 비릿한 질문이 날아와 등에 꽂혔다.

"그런데 왜, 그러십니까?"

"아니, 궁금하기도 하고……."

"글쎄, 사장님이 궁금할 게 뭐가 있으시다고……."

"그냥 궁금하네요. 가끔 인사 정도 나눈 것뿐인데…… 정이랄까요…… 뭐."

"……."

순간 녀석의 동생이 내 앞을 황급히 지나 다시 엘리베이터로 향했다. 손에 아무것도 없는 것을 봐선 재활용 창고에 버린 모양이었다. 순간 속에서 꿈틀하는 것은 뭘까?…… 그 노트였다. 노트의 의뭉함은 마치 굵은 장대비처럼 내 위로 쉴 새 없이 퍼부으며 쏟아져 내렸다. 언뜻 붉은색이 기억에 오롯이 되살아났다.

"맞다. 붉은색이었지 아마."

창고 안의 희멀건 백열등은 붉은색 노트를 찾는 데 아무런 지장을 주지 않았다. 오히려 빛을 받은 붉은색 종이는 종이 더미에서 오롯이 돋보였다. 아이가 버린 노트는 녀석의 형 것이었다. 가슴이 쿵쾅거렸지만, 이미 노트를 끌어안은 나는 엘리베이터를 타고 있었다. 무작정 옥상으로 바로 올라가려 하다 큰 녀석이 꼭 나를 기다릴 것만 같아 그러지 못했다.

거실엔 이미 아무도 없었다. 휑한 거실을 뒤로하고 곧장 서재로 갔다. 문을 잠그고 녀석의 노트를 책상 위에 올려놓고 가만 자리에 앉았다. 돌연 숙연해지는 느낌에 좀 전까지 쿵쾅거리던 가슴은 언제 그랬냐는 듯 잠잠했다. 그러나 두려움 같은 뭔가가 내 영혼을 지그시 누르고 있었다.

아이 노트에는 사건의 전말이 기록되어 있었다. 그 전말 속의 아내는 단연 주인공이었다. 남편과 남편 주위에 있었던 사람들을 심판하고 싶었던 모양이었다. 그러나 정작 남편은 잃고 싶지 않은 탓에 누군가 희생양이 필요했다. 1년 5개월 전의 남편에 대한 보상을 받고 싶었던 것이다. 그런데 1년 5개월 전에 나는 도시 어떤 사람이었을까?……

'시나리오에 자질이 있는 것 같아…… 당신! 너무 큰 보상을 받았으니, 되레 돌려줘야 하지 않을까? 적어도 조금이라도 말이야…… 그래야 당신이 추구하던 합리적인 삶이라 생각해. 왜, 있잖아?…… 결혼 초기 아니, 1년 5개월 전까지 한결같았던 당신의 그 객관적이고 합리적인 모습?

기억 안 나?…… 당신의 그 지성적인 아름다움이 이토록 그립긴 처음이네…… 어쩌면 마지막일지도.'

아이는 소담한 우암사에 잠들어 있었다. 우암사라는 말을 하며 울먹이던 아이의 아빠가 눈에 선하다. 비 오던 그 날 학교에서 본 첫인상과 국장이라는 직급의 위상에 걸맞은 모습은 어디에도 없었다.

"죄송합니다."
"무슨 말씀입니까?"
"그냥 죄송할 뿐입니다."

나의 그 미안한 고백 속에 담긴 섬뜩한 결연함까지 느꼈을까?…… 그가 알아줬으면…… 그랬으면 좋겠다.

소담한 우암사는 이름에 맞게 그리 크지 않은 아담한 못을 끼고 있었다. 하지만 못은 휑했다. 모래톱 물결이 실바람에 오고 갈 뿐 어떤 생물 하나 보이지 않았다. 겨울엔 더 차고 휑할 것 같았다.

"아이가 추울 것 같군……."

그때까지 아이 뒤를 따르지 않고 있다면 얼음이 꽁꽁 언 날 한번 올라와 못에다 애꿎은 돌팔매라도 해야 할 듯했다. 구멍 난 얼음 위로 혹여, 아이의 몸부림이라도…… 또다시 얼고 또 얼겠지만…… 아, 아이는 내게 그 일을 맡기고 갔나 보다. 언제까지나 깨고 얼면 또 깨고 하는…… 그나마 숨이라도 쉴 수 있게…… 남겨 둔 또 다른 삶…… 우암사는 어스름 속에서 의뭉스럽게 나를 내려다보고 있었다.

11. 카멜레온 찬미

*

의자 깊숙이 파묻은 몸은 나른한 햇살을 받아 혼몽의 정점에서 어지러이 부산하다. 마치 물과 얼음이 한데 엉켜 있는 응고점처럼 질척거린다.

그저께부턴가 그랬다. 낯설지도 그렇다고 익숙지도 않은 의뭉한 공간은 그렇게 내 의식 세계에 들어와 또렷하다. 아마도 딸아이 때문이리라. 그렇지 않고서야 느닷없는 이런 공간이 의식 속으로 들어올 수는 없는 일이다. 지금까지 쭉 잘 살아왔지 않은가 말이다. 맞다. 그 인도 이야기를 듣고 난 후 그랬다. 딸아이가 맞다. 못난 녀석 같으니라고…… 녀석을 생각하자 벌써 면전에 와 닿았다. 그리고 그저껜가? 쏟아냈던 악다구니를 재현할 태세다. 저 녀석을 그냥……

그냥…… 뒤로 뭔가 터져 나왔을 법한 말을 뚝 하고 자른 건 부점장 K였다. 로또 대박의 마지막 그 숫자를 보지 못하고 깨어난 듯한 아쉬움과 황망함이 전신을 휘감으며 나른한 몸을 한없이 더 꺼져 들게 했다. 천지도 모르는 녀석에게 따귀라도 한 대……

부점장은 결재 서류를 황급히 놓고 사라져 간다. 나가기 위해 문 손잡이를 잡는 그의 비틀어진 모습이 건조하다 못해 와르르 깨질 것 같은, 언뜻 낯익은 모습에 의자 깊이 묻은 몸이 순간 용수철처럼 의자에서 튕겨 나왔다.

"어……."

아마도 속으로 삼키는 비명이라 그랬는지 나름은 크게 터져 나온 소리 같은데 K는 아랑곳없이 당장에 와르르 무너져 내릴 듯한 자신보다 더 깡마르고 건조한 문 닫는 소리를 흩뿌린 채 시야에서 사라졌다.

"뭐야, 저 사람……."

다시 의자 깊숙이 몸을 묻고는 눈을 감았다. 끊어진 잠을 다시 이으려 하지만 그러면 그럴수록 의식의 세계는 또렷해졌다. 급기야 혼몽한 부드러움이 아니라 딱딱하게 말라 비틀어진 건조한 공간 안에서 딸아이와 마주했던 일이 짜증스럽게 되살아나 그냥 단박에 눈을 뜨고 말았다.

눈을 뜬 시야로 찬찬히 빠져나간 K의 뒷모습이 뜬금없이 실루엣으로 다가올 때 그가 놓고 나간 결재판이 떼꾼한 눈에 들어왔다.

"살생부……."

또다시 눈을 감았다. 여전히 딸아이가 그곳에 있었다. 이번에는 감당할 수 없는 어마어마한 능력자로 면전에서 등을 돌리고 서 있었다. 눈이 자연스레 떠졌다. 그만 자리에서 일어나 등 뒤 밖을 내다보았다. 오전 내내 부유하던 황색 먼지는 어느새 납빛으로 변해 세상을 무겁게 덮고 있었다. 납빛으로 변했다 하여 죽을 쑤고 있는 매출이 올라가는 건 아닐진대 그래도 황색보다는 낫겠다는 생각에 K가 놓고 간 결재판이 다시 떠올라 몸을 돌렸다.

"점장님?"

"이 사람, 인기척도 없이 또 웬일이야?"

"그만두렵니다."

"결국, 또 그 이야기군."

"어제오늘 일도 아니고 해서 오늘부로 그만두겠습니다."

"……."

다시 나타난 K를 보자 조금 전 놓고 나간 결재판 속에 있는 것이 자못 궁금했다. 그만두는 마당에 뭘 올린 건가? 사직서는 이미 몇 주 전에 받은 일이라 아닐 테고, 그럼 뭘까?……

K가 나간 후 한참을 멍하니 섰다가 다시 자리에 앉았다. 그리고 결재판을 끌어당겼다. 그 속엔 생소하지 않은 내용이 잘 정리되어 있었다. 그것은 다름 아닌, 내가 점장이라는 자리에까지 올라오면서 겪었던 사례들이었다. 마치 나의 옛 과거를 상기하게끔 일목요연하게 잘 정리한 것 같았다. 살생부가 아니라 오히려 살생한 그 원흉을 정죄하는 내용과 진배없었다.

하기야 손수 살생부를 만들고 처단하고 또 살생부를 만들고…… 지금의 K와는 달리 일 속에서 나는 거침없이 앞만 보고 달렸다. 그 결과 원성을 뒤로하고 점장 자리를 몇 년 앞당겨 꿰찰 수 있었다.

한데 이후 정상에 선 어느 날인가, 나는 그동안 보지 못했던 것을 아니, 그동안 까마득히 잊고 있었던 것을 깨닫고 아연했다. 그것은 처음 가졌던 그러니까, 나름은 바른 신념이라고 할 수 있는 그런 종류의 풋풋한 정의감 같은 것이 가슴 한구석 한편에 빛바랜 채 있는 것을 발견했기 때문이었다. 어떤 것과도 타협하지 않겠다는 그런 신념은 그렇게 빛이 바랜 채 뿌연 먼지가 힘없이 공중에 부유하듯 가슴 속 한편에서 허망하게 떠돌고 있었다.

그런데 그런 빛바랜 신념이 K가 놓고 간 결재판 속에서 시퍼렇게 날이 잘 선 칼로 놓여 있었다. 그리고 그 시퍼런 칼은 느닷없이 딸아이 손에 들려져 뭔가 단박에 자를 듯한 기세로 내 앞에 바투 서 있는 느낌이다.

고속 질주하는 삶은 처음 품었던 신념을 주위로 흩뿌리며 털어냈다. 그 탓에 비린 냄새가 물씬 풍기는 신선하고 풋풋한 신념은 고속 질주하는 내게 아무런 장애물도 거칠 것도 없는 마치 사유의 세계에서만 존재하는 그런 휘황한 것일 뿐이었다. 혹, 어쩌면 그 신념이라는 것이 처음부터 내 속에 없었는지도 모를 일이었다. 사실이지 굳건한 신념이라는 게 있었다면 적어도 갈등이나 타협하는 과정에서 고뇌는 아니더라도 한 번쯤 이래도 되나 하는 생각 정도는 해야 했다. 물론 고속 질주의 속도가 어마어마한 탓에 그것을 인지 못 할 수도 있었겠지만.

여하튼 갑의 횡포에 치를 떨며 결코, 용납할 수 없는 일이라며 방방거리며 이 길에 들어선 나는 이 길에 들어서자마자 그만 신념의 항로를 잊어버리고 말았다. 내가 일을 이끄는 것이 아니라 일이 나를 끌고 삼켜 버린 탓에 정신을 잃고 말았던 거다.

하지만 나를 삼킨 일은 또 다른 세계였다. 확연히 새로운 룰이 적용되는 다른 세계였다. 그 세계는 생존 경쟁이 치열한 곳이었다. 그곳은 한 치의 타협도 용납도 허용되지 않는 곳이었다. 여차하면 눈 뜨고 코가 베이는 그런 곳이었다.

내가 먹기 위해 남이 굶어야 했고, 내가 올라서기 위해 남이 그곳에서 내려와야 했고, 내가 만족하기 위해 남이 부족해야 했고, 내가 풍족하게 되기 위해 남이 철저히 결핍해야 했다. 즉, 내가 살기 위해 남을 죽여야 했다.

　아내는 그때 갔다. 나를 두고 훌쩍 떠나갔다. 딸아이를 두고 훌쩍 떠나 갔다. 그렇게 사는 게 아니라는 악다구니는 지금도 선하다. 영화의 한 장면처럼 비가 오는 날이었지 아마. 작살비가 내리꽂히는 그 날, 아이와 나를 남겨 놓고 그렇게 빗속으로 떠나갔다. 그것도 혹여 아이가 따라나설까 봐 작살비를 퍼부으면서. 당신 그렇게 살지 마!…… 했던가?

　그렇게 떠나간 아내는 세무사와 재혼했다. 내가 부점장 시절 그러니까, 남편의 비열하고 역한 모습이 딸아이를 두고 떠날 만큼 가슴 한가득 차올랐을 때쯤 우리 업체를 담당하던 세무사랑 그렇게 떠나기로 작정했는지 이듬해 그렇게 둘은 하나가 되었다. 그렇다고 세무사 사무실에 들락거릴 때부터 눈이 맞았다는 이야기는 하고 싶지 않다. 다만 그녀의 지금 신념도 나와 딸아이 곁을 떠나기 전과 일반인지 아니면 그녀도 별수 없이 변질한 신념을 덮어쓰고 갑의 횡포를 저지르고 있지는 않은지 그게 궁금할 뿐이다.

　굳이 궁금한 게 더 있다면, 그때 내가 정말이지 폭주 기관차처럼 전력으로 달릴 그때, 아내는 나의 어떤 면을 보았으며 또 세무사의 어떤 면을 보았는지가 궁금하다. 사실 뭐, 얼핏 알 것도 같지만…… 아니, 안다. 그렇다고 떠나?……

　물론 세무사를 보는 순간 첫눈에 반했다는 말로 일관한다면 그뿐이겠지만, 내가 알리론 아내는 그런 여자가 아니다. 아내는 이성적인 사람이었다. 우리 결혼도 그랬으니까, 물론 당기는 데가 있었으니 이성이 발동돼 둘이 연애도 하고 결국, 결혼까지 했겠지마는 여하튼 아내만의 분위기나 수년을 함께 살아오면서 느낀 것을 미루어 볼 때 아내가 단박 감정에 이끌려 그 세무사랑 재혼하지 않은 것은 자명하다. 짐작건대 아마도 아내는 세무사에게서 내게 없는 힘을 보았으리라⋯⋯

"힘 있으면 단가? 진짜?⋯⋯ 사람을 이래라저래라 자기 맘대로 부르고 난리야. 연이 아빠 신경 쓰지 마요."

그때 나는 폭주 기관차처럼 달렸다. 미친 듯이 앞으로만 나아갔다. 하지만 아내는 남편의 그 모습에서 남편에게 없는 뭔가를 여실히 보았던 것은 자명하다. 정말이지 권력의 힘 같은 그런⋯⋯

아내는 남편에게서 세무사를 능가할 힘을 끝끝내 발견하지 못해 좌절했을 테고, 그것을 잡으려 죽으라 달려가는 남편의 그 비열하다 못해 측은한 광경을 목격하고는 남편이 그토록 부여잡고자 했던 힘을 이미 다 가진 세무사를 남편으로 치환했던 것이리라. 진짜 궁금한 건 그래서 그 힘을 쟁취해 뭘 하려고 했는지, 의뭉함은 아직도 가슴에 남아 펄떡거린다. 말이야 바른 말이지만, 내게 그렇게 사는 게 아니라는 말을 당당히 할 순 없었을 건데, 왜 그런 말을 했는지 모를 일이다. 나로서는 망연한 일이 아닐 수 없다. 사실이지 이 생각을 하면 도시 몇 날이고 잠을 이루지 못한다.

*

납빛은 좀 채 가시지 않고 고정된 채 건재하다. 사무실 창 너머로 걸어 다니는 사람들의 발걸음이 마치 납덩이에 눌려 천근만근이다. 하나같이 고개를 늘어뜨리고 걸어 다니는 모습은 오늘의 지친 국가 경제를 대변하는 것 같다. 국가 경제? 그렇다. 그만큼 경제가 침체한 상황이다. 세월호 일로 시작된 소비 지출은 곤두박질쳐 도시 회복될 기미가 보이지 않는다.

그런데 사실 세월호 사건과 소비가 무슨 연관 관계가 있는지 모르겠다. 어쩌면 세월호와 상관없이 이미 장기 불황으로 들어선 것을 정부가 마침 그 탓으로 돌리는 건 아닌지 모를 일이다. 그렇지 않고서야 이해할 수 없는 일이기 때문이다. 한 해 교통사고로 죽는 사람이 수천에 이른다. 그렇다면 국가 경제가 완전히 마비되어야 하지 않는가? 그것도 해마다 일어나는 일이기에 말이다. 물론 한꺼번에 단박 일어나야 하는지는 몰라도……

여하튼 오늘 K가 두고 간 결재판 안의 내용은 그런 것과 연관이 있어야 했다. 실적이 부실한 업체를 과감히 살점 도려내듯이 도려내야 하는 내용 말이다. 한데 엉뚱하게도 점장의 잘못이라면 잘못인 사례들을 상기하게 하는 내용이라니…… 그것도 빛이 바랜 과거의 내 모습을 말이다.

때론 그날의 매출을 들여다보면 아연하다. 돈을 물 쓰듯 하는 사람이 적지 않아서다. 백화점이 아니라 해도, 대형 할인점이 아니라 해도 그곳 못지않게 고액의 물건을 구매하는 사람이 우리 매장에도 수없이 많다. 그런 차원에서 보면 소비가 준 것이 아니라 빈부의 격차가 확연해졌다고 해야 옳다. 있는 자와 없는 자가 분명해진 것이라고 해야 옳다.

그리고 가끔 매장을 암행해 보면 한눈에 봐도 설렁한 업체는 그날의 매출과 정확히 비례한다. 고가품이라서 휘청하거나 중저가품이라서 몸살을 앓는 게 아니다. 마케팅도 그 이유겠지만, 시대 흐름을 타지 못한다는 게 제일 큰 이유다. 그것은 확연한 일이다. 아니, 내쫓아야 정신 차릴 업체는 어디가 달라도 달랐다.

한창때 나는 그런 업체를 족집게로 집어내듯 과감히 뽑아 내쳤다. 그것은 윗사람에게 엄청난 신뢰를 얻는 일이었다. 물론 그 신뢰에 걸맞은 행위는 날이 갈수록 악랄했고 성과는 컸다. 부점장인 내 앞에서 그들은 바들바들 떨었다. 아무리 건실한 업체라 해도 부점장 앞에서는 바람 앞의 촛불처럼 간당거렸다. 그야말로 여리박빙如履薄氷이라는 말이 실로 그런 상황을 염두에 두고 만들어졌다고 할 만큼 딱 맞았다. 물론 그들이 위태함을 견디지 못하고 나가떨어지듯 우리 가족 또한 그즈음에 결딴났지만……

"부점장, 내 방으로 오라고 해."

*

가난을 대물림하고 싶지 않았다. 신념이 속절없이 무너져 내린 것은 전력 질주의 속도 탓이었고, 또한 그 속력의 원동력이랄까, 힘이랄까 하는 것은 빈곤이었다. 그리고 보면 신념이 바닥으로 곤두박질한 것은 빈곤이라고 해도 옳겠다.

고등학교를 졸업하고 혈혈단신 도심 변두리에서 자취하기 시작했다. 군에 가기 전까지 허드렛일을 닥치는 대로 했다. 그러면서 이를 악물었다. 어쨌든 돈을 많이 벌어야 한다고……

그 옛날 수년에 걸친 아버지의 잇따른 사업 실패는 가정 경제를 깡그리 뭉갰다. 그 일로 촌구석으로 찾아든 일곱의 식구는 간국으로 끼니를 때우며 시절을 났다. 된장국 속에 든 구더기를 모른 척 이리저리 밀치며 아이들이 기겁하지 않게 했던 아버지. 비가 오나 눈이 오나 바람이 부나 천근 같은 몸을 새벽 4시부터 깨워 가족 생계를 위해 밤늦도록 새벽을 나서야 했던 어머니. 남모르게 동냥해 온 찬밥을 집에 있는 보리밥과 버무려 알 수 없게 해 손자들의 허기진 배를 채우게 했던 할머니. 가정 형편을 안 학교는 불우 이웃 돕기라는 이름으로 라면 10박스를 집으로 보냈을 때 극구 받을 수 없다며 악다구니로 일관했던 내가 동생들이랑 뒷방 구석에서 생으로 부숴 먹으며 배불러 했던 시간. 원 없이 먹을 요량으로 끓였던 라면이 불어 터져 결국, 할머니에게 들켜 죽지 않을 만큼 매 맞았던 여동생들. 모든 것이 용인되었던 막내는 그 라면으로 딱지와 바꿔 들어오다, 느닷없는 아버지의 매질에 천국과 지옥을 오갔던 일들……

이 모든 일은 갓 청년이 된, 그래서 가슴에 가난으로 얼룩진 상처를 씻어내기 위해 어떻게든 돈을 벌어 잘살아야 한다는 황금만능의 힘을 동경하게 했었다. 가난의 대물림은 절대 안 된다는 절절함으로 몸을 떨었다.

하지만 군은 그 생각을 바꾸게 했다. 군은 이 모든 질척거리는 얼룩들을 깡그리 불태워 가슴에서 발화시켜 버렸다. 그리고 그 발화되고 소멸해 말쑥하게 정리된 백지와 같은 곳에 정의를 그려 놓았고 나름의 신념을 채웠던 것이다. 군에 가면 사람 된다는 어른들의 말은 실언이 아니었다. 옳은 것이 무엇인지, 그런 것이 무엇인지, 신념이 무엇인지를 가슴속에 각인시켰다. 그것은 갓 청년의 얼룩진 가슴 속을 말끔하게 치우고 정리하는 순간이었다. 깨끗하게 정리된 메마르고 건조한 가슴은 금방이라도 타들어 갈 듯 뜨거웠다. 메마르고 건조한 가슴은 그렇게 옳은 것 바른 것을 습자지처럼 마구 빨아들였다. 마구 빨아들인 가슴은 인제는 미세하고도 민감할 만큼 예민해 정의롭지 못한 불의한 일은 절대 그냥 넘어가는 일이 없을 만큼, 청년의 가슴은 그렇게 정화되고 승화된 것이다.

한데 그런 나는 한 여인을 만남으로 또 다른 삶의 전환기를 맞았다. 어느 날 가슴 뜨거운 나는 아내를 만났다. 둘은 오랜 교제를 통해 서로를 알아갔다. 아니, 동생들이 즐비한 나는 급했지만, 아내는 느긋했고 나를 탐색했다. 그리고 교제 9년 만에 마음의 문을 열고 나를 받았다. 한데 그땐 몰랐지만, 딸아이를 놓고 부점장으로 일하기 시작했을 때, 그러니까 전력으로 달리고 있는 그때 나는 생뚱맞은 사실 하나를 깨달았다. 나는 아내에게 발기발기 까발려진 존재라는 것을…… 여차하면 치명상을 입을 그런 존재라는 것을……

*

속에서 쇄 하는 소리가 날쯤 K가 들어왔다. 여전히 건조하고 깡마른 먼지라도 풀풀 날릴 그런 걸음걸이다. 둘의 시선이 마주쳤다. 다른 때와 여실히 다른 느낌이다. 건조한 몸놀림과 다르게 눈동자는 차분히 가라앉아 있었다. 한창 일할 때와 또 다른 모습이었다. 아마도 모든 것을 체념한 듯한 여유에서 나온 것이랄까? 어쩌면 내가 점장이 된 어느 날 그동안 보이지 못한 것 아니, 잊고 있었던 아니, 정작 알고 있었던 것을 깨닫고 망연자실했을 그때의 내 눈동자가 저랬을지도 모르겠다. 둘은 이미 교감했다. 인제는 결딴났다고…… 하지만 나는 그 결딴의 끝자락을 쉬이 놓고 싶지 않았다.

"아이들을 생각해야지……."

나는 단박에 아이를 볼모로 잡는 비열함을 드러냈다. 당장은 그것만이 유일한 묘수라고 생각했기 때문이다. 물론 둘은 다 안다. 아이를 먼저 입에 담는 자가 비열한 쪽이 된다는 것을……

"각오하고 있습니다. 하지만 인제 아이들도 다 컸고……."

"딸아이들끼리 불편하겠어?"

"……."

"혼자서 힘들지 않겠나?"

"괜찮습니다."

뭐가 괜찮다는 건지 모르겠다. 체념이 아니라면 물론 그것이리라. 세상에 일할 수 있는 곳이 이곳밖에 없겠는가, 하는 그런 이야기일 거다. 하지만 세상일이 어디 생각만큼 만만할까? 백번 양보해 있다 한들 보란 듯 결재판에 넣어 둔 자신의 견해처럼, 자신의 신념이라면 신념을 쉬이 꺼내 놓을 수 있는 판이 있겠는가 말이다.

사실 지금에 와서 으레 그렇게 하는 줄 몰랐느냐는 타박으로 없던 일로 할 거니까 그냥 일에나 전념하라는 말을 하고 싶은 게 아니다. 누구나 그 위치, 그 자리에 있으면 그것에 걸맞은 일이 있기에 그래서 그것을 당연히 받아들여야 하는 게 아닌가 하는 것을 피력하고 싶었던 거다. '나도 그랬는데 자넨 별나다.'라는 말을 하고 싶었던 거다. 물론 나는 K를 '나도 그랬는데 자넨 별나다.'라는 말을 듣고도 가만히 있을 그런 사람으로 알았다. 나의 지레짐작은 이미 물을 먹었지만 말이다. 사실 지레짐작을 가당찮게 할 수 있었던 것은 다름 아닌, 가난의 아픔과 홀로된 아픔을 공감하는 사이라고 믿었기 때문이다. 물론 아내를 떠난 보낸 건 차원이 다른 일이긴 해도 허기진 외로움의 아픔은 같으리라고 믿었던 거다.

K가 돌아 나가는 것을 망연히 바라보고 선 나는 끝까지 잡으려 했던 그 끝자락이 이미 잘려져 있었다는 것을 뒤늦게 깨닫고 황황함에 가슴께가 단박에 깡말랐다. 건조한 그의 걸음걸이가 남긴 여운 뒤로 부점장이 되고자 은연중 아귀다툼으로 줄을 선 비릿한 이들의 얼굴이 먼지가 부유하듯 사무실을 붕붕 떠다녔다.

K는 나와 무엇이 다른 것일까?…… 폭주 기관차처럼 달리다 왜 '덜컥' 차를 세운 걸까?…… 그리고 그는 무엇을 본 것일까?…… 그렇다고 죽음과 사투하던 자신의 아내로부터 무슨 이야기라도 혹여, 그렇게 살면 안 된다는 그런 말이라도 들은 것은 아닐 텐데 말이지.

자리에 앉으려다 이내 돌아서 창 너머 어스름이 지는 서녘을 멍하니 올려다보았다. 갓 물들기 시작한 황혼의 핏기가 이상하리만큼 진한 모습은 마치 날이 잘 선 섬뜩한 칼로 보였다. 핏빛 속에 언뜻 사장이었나?…… 순간 숨이 턱 하고 멎는 순간이었다.

"K를 대신할 자가……."

*

"지현이 아르바이트한다는데?"

"그래?"

"무슨 일 있어? 지현이 집에?"

"…… 글쎄. 아빠가 그걸 어떻게 알아."

"점장님이 그것도 몰라?"

"…… 그만뒀어. 부점장 일."

"……"

그만뒀다는 말에 느닷없이 의뭉한 눈으로 나를 바라다보는 눈은 아내의 눈빛이었다. 왜 아내의 눈빛이었는지 모르겠다. 평소 아빠를 많이 닮았다는 말을 많이 듣는 딸아이인데 왜 이 순간 아내의 눈빛이었을까 싶다.

"아빠는 빼앗는 게 전문인가 봐."

"무슨 말이야?"

"아니야……"

"자진해서 그만둔 거야."

"…… 실적 없다고 마구 자른 게 아니고?"

"그런 게 아니라니까!"

"왜, 또 소리 지르고 그래."

"……"

어, 인도 선교의 결말을 아직 보지 못한 나는 뭔가 큰 힘에 떠밀려 수세에 몰리고 말았다. 당장 입도 뻥끗할 수 없는 형국이었다. 하지만 인도 선교는 안 될 말이었다. 사실 선교학과를 지원한다고 했을 때, 그때 극구 뜯어말렸어야 했는데 지금에 와서 그게 화근이 될 줄은 정녕 몰랐다. 아니다. 알았다. 아니 방관했거나 무지했다고나 할까. 그건 딸아이가 진로를 정하기 위해 갈팡질팡하던 고3 시점과 점장으로 막 올라서는 시점이 교차하는 통에 그만 고3을 놓고 말았던 것. 물론 뜯어말렸어야 했던 책임이 보호자인 내게 전적으로 있다고 생각한다. 하지만 또 한편으론 뜯어말릴 만큼 무리한 결정을 한 딸아이에게도 책임이 전혀 없다고도 할 수 없다. 사실 멀리서 막연하긴 해도 그래도 설마 설마 했다면, 그래서 딸아이를 믿었다고 했다면 떠난 아내 아니, 세무사의 아내인 그녀가 내게 돌멩이를 던지기라도 할까?

"내게서 인도를 빼앗지 마. 아빠."

아이가 연이어 또 포문을 열었다. 그러나 방어할, 공격할 태세가 전혀 되지 않은 나는 그냥 포탄에 찢어지고 망가졌다. 하기야 공격할 무기가 설령 내 속에 이미 장착되어 있었다고 해도 나는 결코 공격할 순 없었다. 그것은 한 번도 아니, 일전에 소리친 것 말고 딸아이에게 소리 지른 적이 없는 나는 바투 선 딸아이로부터 소리 지른다는 말을 들었기 때문이었고, 거기다 결정타는 빼앗지 말라는 말이었다.

딸아이 말처럼 아니, 그렇게 살면 안 된다는 말을 남기고 떠난 아내 말처럼 아니, 내가 아는 모든 사람이 아는 것처럼 나는 빼앗는 데 일가견이 있는 사람이 아닌가. 그들의 말을 빌리자면 빼앗는 삶을 산 사람이다. 그런 아버지의 딸이 빼앗지 말라는 결연한 말은 자신의 결정이 잘된 것이든 잘못된 것이든 여하튼 빼앗기면 안 된다는 절절함에서 나온 것일 게다. 사실 딸은 오래전부터 빼앗는 아비를 보고 자라 왔을 테니까.

"온 가족이 칼을 물고 죽는 꼴을 네 아버지가 꼭 보고 싶다면 그렇게 해 줄게."

고3이 되던 그해 엄마 없는 딸아이는 혼자서 한 통의 전화를 받고 몇 날을 식음을 전폐하다시피 했다. 그 일로 딸아이의 결정은, 신앙인이라서가 아니라 아마도 아비를 대신해 사죄하는 발로에서 비롯된 것일 거였다. 그 사죄의 길은 단박에 선교로 이어졌고 그것이 딸아이 장래를 규정했던 것이다. 그러기 때문에 나는 딸아이의 결정에 극구 제동을 걸 수밖에 없는 거였다. 먼저 결정타를 맞은 나는 희멀건 의식, 단지 생물학적 관계를 부여잡고 어눌한 말로 끝끝내 딸아이의 명치를 향해 일격을 날렸다.

"아빠 말은 빼앗자고 하는 게 아니라 진지하게 생각해 보자는 말이지."

"결국, 아빠 결정에 따르도록 할 거잖아."

"아닌 건 아니지. 아빠는 널 사지로 내몰고 싶지 않을 뿐이야. 하필이면 왜, 인도야?"

"아빠는 편한 선교지가 있다고 생각해?"

"물론이지. 다 알아봤다."

"……."

사실이다. 그리 위험하지 않은 곳을 몇 군데 알아본 것은 사실이다. 가까이는 일본이고 좀 멀다면 필리핀 정도다. 딸아이가 좋다면 피지나 그런 작은 섬에 가도 될 거였다. 딸아이의 성화에 못 이겨 간간이 교회당에 나갔던 탓에 우리 교구 담당이라는 전도사라는 사람에게서 정보를 얻을 수 있었다. 물론 그 정보로 인터넷상으로도 확인한 일이기도 했다.

"그러니 너무 편협한 생각으로 일관하지 마라."

"편협? 인제는 아빠 맘대로 말씀하시네."

"또 핏대 세워 너랑 싸우기 싫다. 아빠 말 들어."

"……."

"괜히 아빠 때문에 그런 결정할 필요 없다. 그건 다 지나간 일이야. 사람은 시간 속에서 살아가는 존재라는 걸 잊지 마라. 그리고 그 시간 속에서는 뭐든 변한단 말이야. 알아? 아빠의 일도, 아빠를 바라보는 시선도, 너의 결정까지도."

"정말 그럴까? 하지만 절대 변하지 않는 게, 아니 변할 수 없는 것도 있다는 거 알아?"

"그게 선교냐? 인도냐?"

"아빠!"

"굳은 신념이라는 것도 때에 따라선 변할 수 있는 거야. 그것이 잘못된 것이라면 당연히 바꿔야지. 그게 지성인 아닌가?"

딸아이는 지성이라는 이야기를 듣고선 곧바로 입을 닫았다. 순간 뜨악했다. 뭔가 치명적 실수라도 한 것 같아 그랬다. 만약 그렇다면 딸아이를 막을 수 있는 단지 하나밖에 남지 않은 생물학적 근거도 단박에…… 결딴난 일이 아닐 수 없다.

딸아이는 그만 자기 방으로 들어가 한동안 나오지 않았다. 지성? 뭐가 잘못된 건가?…… 딸아이의 동선이 궁금해 거실에 한참을 죽치고 앉아 있었다. 어니, 왠지 더는 꼼짝을 할 수 없었다고 해야 옳았다. 그러다 결딴이라는 말과 지성이라는 말을 곱씹으며 내 방으로 기신기신 돌아왔다.

텅 빈 공간이 부담스럽게 나를 눌렀다. 한두 해도 아닌 여러 해를 그렇게 살아온 나는 의아했다. 텅 빈 허함은 천 길 나락으로 나를 밀쳐 발기발기 까부쉈다. 순간 침대 위로 널브러졌다. 거실 조명과 판이한 형광등 빛이 망각을 단박 꿰뚫고 머릿속을 하얗게 파고들었다. 이내 전신으로 퍼져 나가는 무기력함……

지성? 딸아이 앞에서 그런 말 할 자격이 있나? 딸아이는 아장아장 걸을 때부터 엄마를 잃고 아빠랑 살아온 아이였다. 엄마의 사랑이 절실히 필요할 때 아이는 철저히 엄마의 결핍으로 살아왔다. 아니 살아냈다. 인제 딸아이는 여자가 되었고 한 가정의 어엿한 아내와 엄마가 될 그런 여자가 되었다. 그만큼 시간이 지났다. 그러나 여전히 딸아이는 엄마의 부재로 인한 결핍으로 떨며 산다. 엄마가 아니면 영원히 채울 수 없는 뭔가는 그렇게 딸아이 가슴 한켠을 뻥 뚫어 돌이킬 수 없는 천공을 안고 살아가게 했다. 그것은 내가 알고 딸아이가 알고 서로가 공감하는 일이다.

그런 딸아이에게 지성이라는 말을 했다. 그러고 보면 나는 지성과 거리가 먼 사람이다. 그렇지 않고서야 어찌 달려갈 길만 보고 가족이고 뭐고 죄다 내팽개칠 수 있었단 말인가, 그뿐인가? 어디…… 아내가 결국 그렇게 사는 게 아니라며 아이를 데리고 떠나려 할 때, 양육할 능력도 없으면서 가소로운 객기로 아이를 극구 빼앗지 않았던가. 하이고 그뿐인가? 어디…… 딸아이 고1 때 만취한 상태로 10년이면 강산도 변한다고 했는데 하물며 만물의 영장이라는 사람이 여태 묵혀 둔 썩힌 앙심을 꺼내 들고 잘살고 있는 아내를 느닷없이 찾아가 난장판 친 일은 어떡하고…… 고래고래 잘사는지 어디 두고 보자고, 보란 듯 나도 잘살아보리라고, 그래서 후회하게 할 거라고 동네방네 바락바락 깽판 친 것은 어떡하고……

"연아?……."

*

딸아이는 아비라는 생물학적 관계까지 깡그리 밟지 않았다. 그 탓에 둘은 많은 이야기를 나눴다. 딸아이는 내가 갓 청년 시절에 품었던 그런 신념을 복사한 듯 꺼내 놓고는 나를 또 이기려 했다. 둘은 신념이란 것을 가지고 이야기했다. 딸아이는 그 일례로 마지막 한 사람까지 다 인양하기 전에는 어떤 일이 있어도 세월호 선체를 인양하면 안 된다고 했고, 그래도 여론을 봐야 한다며 무엇이 국익에 이로운지를 타진해야 한다며 나는 냉철함을 이야기했고, 딸아이는 에볼라 감염 환자를 본국으로 이송한 미국 정부를 이야기하면서 치명적인 병균이 아니라 절대 변할 수 없는 그 나라의 국민이라는 사실을 먼저 인지하는 나라를 보라고 했고, 하지만 사실은 그렇지 않다고 했다. 그 사람으로 계속 늘어나는 감염 환자 때문에 실상 여론은 그렇지 않다고, 곳곳에서 시위와 정부를 질타하는 일이 일어나고 있다고 나는 맞받았다.

어쩌면 아빠 때문인지도 모르는 선교사 지원은 시간이 흘러 지금에 와서는 순수 신앙에 의한 결단으로 바뀐 일이라며, 나의 반대를 오염 없는 순수한 신앙을 근거로 밀어내려 했고, 하지만 발단은 아빠 때문이라며 그래서 일말의 책임이 있기에 아예 반대하는 게 아니라 좀 더 안전한 곳을 선택하게 하는 건 아빠의 도리라고 딸아이의 주장을 일축했다.

여러모로 낙후된 곳에 가서 힘겹지만 불쌍한 한 영혼이라도 예수를 알게 해서 구원받게 하는 일에 딸은 삶을 드리기로 했는데, 어찌 갑의 위치에서 그렇게 매몰차게 주위 사람들 그러니까, 당장 실적이 부진하다는 그 이유만으로 입주 업체를 내칠 수 있느냐고, 어쩌면 그와 같이 힘없는 사람들을 향해 나아가고자 하는 딸아이의 결정을 무작정 막으려 하느냐고 했고, 나는 그것이 경쟁 사회에서 살아남는 방법이며 사는 길이라면서 그 덕분에 네가 편히 공부하며 이렇게라도 남부럽지 않게 살아가고 있는 거라며 딸아이를 경쟁 논리와 경제권을 가지고 눌렀다. 그래서 결국, 얼는 게 뭐가 있느냐며 착각하지 말라는 악다구니에, 좀 더 눈을 크게 뜨고 주위를 둘러보라고, 지금 당장에 있는 이것들이 그 결과물이라며 나는 바락 악을 썼다.

어디까지 변할지 모르는 아빠의 모습에서 정작 참 아빠의 모습이 궁금해 아빠 본연의 모습을 보고 싶다고 했고, 이게 아비의 참모습이며 어쩌면 아니, 앞으로도 카멜레온처럼 때에 따라 변해 가는 모습의 아비가 본연의 아비 모습이라고 못 박았다.

아빠의 근원이 궁금하다며 아빠가 추구하는 게 뭔지 다그쳤고, 아비도 너처럼 한때 풋풋한 비린 냄새가 나는 싱그러운 청년의 때가 있었고, 품을 수 있는 꿈을 최대한 가슴 가득 품었던 때가 있었으며, 그 꿈으로 세상을 아름답게 설계했던 한때의 포부도 밝히며 소인배가 아니라는 사실을 장황하게 늘어놓으며 신념은 변하는 것이라며 공감하도록 했다.

하지만 딸아이는 떠나간 엄마가 다시 돌아올 수 없는 것은 사실이며 변할 수 없는 일이라며, 이렇듯 변할 수 없는 건 엄연히 존재한다는 것을 피부와 살갗에 와 닿도록 규명하면서 아침 이슬과 같이 잠깐 있다가 사라지는 아빠의 그런 어림없는 신념으로 나를 바꾸려 하지 말라는 말로 나름은 회심의 마지막 돌직구를 날렸다. 내가 마지막으로 결판낼 요량으로 변할 수밖에 없는 이유를 처음으로 돌아가 이야기하려 할 때 딸아이는 그만하라고 다시 문을 걸어 잠갔다.

*

K의 부재는 당장에 불편했고 점장이지만 현장으로 내려가야 했다. K

가 놓고 간 결재판 안의 업체 앞을 지날 때마다 생뚱맞은 낯선 곳에 와 있는 듯, 우리 매장 안이 아닌 듯했다.

K는 이번 달 매출이 부진한 업체를 그냥 악다구니로 두둔하지 않았다. 그들의 한 해 매출을 보라는 조언이 담긴 보고서에 불과했다. 그들 때문에 간간이 매장 전체 매출이 올라간 때를 지적할 때는 나를 치듯 격양된 뉘앙스가 물씬 풍겼었다. 거기다 그들을 내쳐질 수 없는 근거를 이야기할 때는 조금은 그들 개인적인 이야기도 언뜻언뜻 섞어 둔 것을 나는 느낄 수 있었다. 그것은 초창기 잠깐 내가 가졌던 마음과 같기에 K의 의도를 쉬이 읽을 수 있는 일이었다.

하지만 내가 그 초창기 때 그러니까, K가 그 때문에 그만두려고 한 일을 붙들고 감정을 추스르는 데 시간을 허비할 순 없다. 당장에 내가 해야 할 일이 있고 사실이지 전체가 살기 위해서 그러니까, 매출이 상당한 업체가 더 잘 될 수 있도록 해 매장 전체 매출을 끌어올리기 위해서는 어쩔 수 없는, 아니 당연히 내치는 일은 멈출 수 없다. 물론 사장이 있기에 사장으로부터 혹여, 잘못한 일이 있다면 그 책임에 관한 추궁이 뒤따를 것은 자명한 일이긴 해도 그 보다 나는 지금의 위치, 아니 그보다 더 높은 위치를 향해 나아가야 하는 당위성이 건재하기에, 그 더 높은 곳을 담보했기에 남을 내치는 일은 어쩔 수 없는 일이다.

피도 눈물도 없는 냉혈인이라 해도 할 수 없고, 출세를 위해 뭐든 할 수 있는 그야말로 때에 따라 색을 바꿔가며 삶을 모색하는 비열한 카멜레온이라 해도 좋다. 당위성 그것 하나만이라면 뭐든 할 수 있다. 물론 나는 지금 본다. 아니, 처음 품은 그 절절하고 그 풋풋했던 비린내 나는 나의 신념을 봤다. 아니, 다시 발견했었다. 그러나 딸아이와 이야기할 때 애써 누르고 눌러 그것을 말하지 않았다. 사실 가슴 가득 품었던 신념이, 꿈이 가슴 바닥에 내팽개쳐져 지독한 냄새를 풍기며 부패한 것을 감히 꺼내 말할 순 없었다.

하지만 이미 나는 그것에서 멀리 와 있다. 그 냄새 나는 것을 다시 끄집어내 어찌하란 말인가. 다만 멀찍이 느끼고 인지할 뿐이다. 그렇다고 누군가 나를 향해 돌을 던질 자는 없을 것이다. 어제의 적이 오늘의 우군이 될 수 있는 것이 현실이기에……

어찌 아는가? 떠나간 아내, 세무사의 아내가 다시 내 곁으로 돌아올지 어찌 알겠는가? 딸아이 말처럼 변하지 않고 불변하는 것도, 항상 변하는 일로 색을 바꾸는, 그래서 언제나 새로운 것도 없다. 모두는 그냥 그렇게 살아가는 것일 뿐이다. 딸아이는 그것을 미처 모르고 놀랄 뿐이다. 때가 되면 다 알겠지만……

당장에 집행해야 한다. 모두가 살기 위해서는 물론 내쳐지는 이들은 모두가 아니라 극히 일부라고 하겠지만, 남은 자들의 입장은 그렇지 않다. 여하튼 자질구레한 분분한 말은 각설하고 TF팀을 당장에 꾸려야 한다. 이것은 이미 사장의 눈과는 상관없다. 내 위치에선 그것 말고 할 수 있는 다른 길이 없기 때문이다. 휘황하게 색을 바꿔야 한다. 그것은 내가 해야 할 일이며 내가 가야 할 유일한 길이다.

그 당위성 가운데 보란 듯 잘살아보겠다는 것과 후회하게 만들어 줄 거라는 것도 비릿하게 포함되어 있다 해도 그건 어쩔 수 없는 일이다. 아니, 어쩌면 그게 내게 있어 제일 큰 화두일 수도 있겠고, 오늘의 나를 있게 한 것이기에, 내 삶을 역동적으로 움직이게 했던, 그렇고 그렇게 살아오게 했던, 또 하나의 당위성이라면 당위성이기에 그 당위성에서 절대 제외하고 싶진 않다.

"성 팀장, 내 방으로 오지. 참, 성 팀장 1번이지? 내가 진두지휘할 순 없는 일이잖아."

"네."

성 팀장의 목소리는 섬뜩하리만치 비장했다. 그 비장함은 언뜻 어둠을 걷어내는 듯했다. 등을 돌렸다. 창밖으로 청아한 하늘이 열려 있었다. 부풀고 싱싱한 꿈을 품은 청년을 맞이하기에 부족함이 없는 하늘이었다.

12. 아버지의 꿈

5년이라는 시간은 내게서 많은 것을 빼앗아 갔다. 뭐, 앞으로 도래할 시간까지도 이미 담보된 상황이라 그리 안타깝거나 자괴감 같은 것은 없다. 단지 무연히 빼앗기는 상황을 보면서도 아무것도 할 수 없다는 허망함이 가슴께를 넘어 이젠 목구멍까지 다다라, 언제 괴물 같은 뭔가가 툭 하고 속에서 튀어나올지 나도 모르는 일이 무서울 뿐이다.

1년 전까지 장기 입원 일수 때문에 병원을 전전긍긍하며 돌 때마다 병실의 내벽은 하나같이 통일된 색이었다. 생명력 없는 희멀건 색. 온전한 사람이라도 그 속에 오래 갇혀 있다면 뭔가 이상한 일이 일어날 것 같은 가히 저주의 색은 집에까지 따라나선 건지 여전히 벽과 천장 그리고 거실까지 희멀건 색으로 도배되어 있다.

그런데 사실 저 저주의 색은 이젠 익숙한 색이 되어 마음 한쪽에 자리해 있다. 그런 경험은 하지 않았지만, 어느 날 내 주위에서 흰색이 사라져 버린다면 아마 온전한 사람 구실을 할 수 없을 것 같다는 생각 아니, 확신은 언제부턴가 가끔 하는 상상의 결과물로 마음 한쪽 희멀건 저주의 색과 또렷이 장식되어 있다. 그런 면에서 나는 이미 정신병을 앓고 있다고 하겠다.

하지만 정신병은 아직 한 번도 밖으로 드러나지 않아서 그 일로 주위 사람들에게 피해 입힌 적이 없다. 하지만 벌써 그런 증상을 감지하고 다들 짐을 챙겨 나 모르는 사이 내 곁에서 떠나갔을 거다. 그러니 사람들이 없지. 더군다나 이번엔 다른 사람도 아닌 내 속으로 낳은 아이와 그 아이를 함께 기른 그녀까지 아니, 이젠 그들과의 얽혔던 추억까지도 다 사라지려 하고 있다.

그런데 아이는 그녀에게 휘둘려 그렇다 해도 이해가 안 되는 건 그녀다. 아직 발병도 하지 않은 병을 극구 끄집어내 그 병으로 일어날 수 있는 여러 가지 변수와 상황들을 나열한 뒤 쉬이 공감할 수 없는 주장을 성문화하다시피 해 내 앞에 던지고는 그 결과에 편승해 훠이훠이 떠나간다. 그런 면에서 그녀는 나쁜 년이다. 그리고 나쁜 년은 자신이 도출해 놓은 항변과 같은 이론을 주위 사람들과 좁게는 내게 증명이라도 하듯 계모이면서 의붓딸을 데리고 갔다.

아까부터 세세 거리는 숨소리는 아니, 뚫어 놓은 목구멍에서 끓는 고인 침 소리는 5년 전이나 지금이나 하나 변하지 않고 똑같다. 어떻게 저렇게 같을 수가 있을까 싶을 만큼 같다. 징글징글하다. 하다못해 '꺽꺽'이나 '캑캑'이라는 소리도 흔해 빠졌는데 왜 유독 저런 소리만 내는지 알다가도 모를 일이다. 목구멍 저 지점쯤에서는 저런 소리가 나올 수밖에 없는지 참으로 궁금하기 짝이 없다. 할 수만 있다면 나도 한 번 그곳을 뚫어서 확인해 보고 싶다.

인제 '세세' 거리는 소리가 날마다 영혼을 갉아먹고 있다는 것을 안다.

처음엔 갉아 먹히고 있다는 것을 눈치채지 못했다. 한데 어느 날 문득 절반만 남은 영혼을 발견하고 얼마나 기겁했는지 모른다.

정말 아내는 아이를 데리고 떠났나 보다. 시각이 오후 11시가 넘어가는 데도 기척이 없다. 다만 지금 희멀건 공간 안에서의 기척이라곤 세세거리는 소리와 온종일 컵라면 하나로 부족해 하는 위에서 나는 분탕질 소리가 전부다. 불알을 늘어뜨리고 끝없이 왕복하며 '뜨꺽뜨꺽' 소리 내던 자명종 시계도 오늘은 쉬는 모양이다.

허기는 희멀건 벽 때문에 생긴 휑한 정신병을 일순 저만치 밀고서 주방에 있는 요깃거리를 찾도록 뇌 속을 선명하게 그리고 깔끔하게 만들어 놓았다. 허기에 떠밀린 뇌는 결국, 주방 싱크대 위 컵 진열대에 낮에 먹고 남은 컵라면 하나를 선연히 기억해 냈다. 이어서 뇌는 천근만근 같은 몸을 일으키기 위해 턱도 없는 시도를 한다. 하지만 도무지 일어날 것 같지 않은 몸의 반응에 망연자실해 한다. 그러나 이미 허기의 포로가 된 뇌는 결코, 포기하지 않고 종용한다. 일어나 가서 가져오라고…… 가져올 때까지 그렇겠다고……

"안 먹으면 가는 거 아닌가? 자는 잠에…… 햐, 언제 잠 같은 잠을 자 보기라도 했나?"

자리에서 일어난다. 영영 자리에 붙박여 있을 몸은 컵라면이라도 먹어야 하는 당치도 않은 당위성에 떠밀려 기신기신 자리에서 일어난다. 아, 어지럽다. 분명 찌릿한 노란색이 눈앞으로 전광석화같이 지나갔고 이어 허허한 생목이 오르다 꾸역함을 남기고 휘적 사라져 버렸다. 허기가 등을 뚫고 어디론가 쑥하고 빠져나갔다는 망연만을 잠시 남겨 놓았다.

"먹어야 저놈의 일을 하지."

방을 나오기 전 전등을 끄고 방바닥 구석진 곳에 놓인 스탠드를 켰다. 스탠드가 켜지자 방 안의 밝기는 두 부분으로 나뉜다. 침대를 가운데로 해서 위로는 희끄무레한 공간을 만들어 놓았고 아래론 조금 전 전등을 끄기 전보다 더 밝고도 밝은 형광색 빛이 방바닥을 환하게 비춰 놓았다.

조금 전까지 보이지 않던 TV 리모컨이 눈에 들어온다. 지금까지 앉아 있었던 바로 앞에 놓여 있다. 왜, 보지 못했을까? 영영 변하지 않을 것 같은 저주의 희멀건 흰색 속에선 정말 모든 것이 나쁘게 변해 가는 것인가? 움직임도 어떤 변화도 없는 그야말로 역동성이라는 것이 완전히 사라진 듯한 공간은 그렇게 사람의 인지 능력까지도 변질시켜 버린 것인가?

거실엔 이미 어둠이 자신의 영역을 확보하고 당당하게 들어앉아 있다. 방 안과 대조적이다. 전등을 켰다. 그렇게 당당했던 어둠은 온데간데없이 단박 사라지고 희멀건 공간을 돌려준다.

정말이지 누구를 위한 흰색인가? 왜, 굳이 흰색으로 도배했을까? 분명한 건 환자를 배려한 일은 절대 아닌데…… 그렇다면 나를 위한 색이었던가?…… 그것도 아니다. 그러면 누구를, 무엇을 위해 희멀건 색으로 도배한 건가? 도대체……

"붉은색이든 검은색이든 어떤 색을 하든 이미 환자와 상관없는 색이니 바꾸는 게 낫겠어. 이러다 정말 나까지 미치겠어."

거실의 멈춘 시계는 11시 43분을 가리킨다. 하루 두 번은 정확히 맞을 거였다. 정확, 정확…… 세상에 정확한 것이 있었나? 정말 정확하게 살고 싶다. 적어도 하루 두 번은.

밑도 끝도 없이 영원히 부정확할 것 같은 아버지와 무슨 일이 있어도 하루 두 번 정확히 맞을 자명종 시계는 달라도 너무 다르다. 일순 자명종 시계는 불변하는 진리고 구원자로 보인다. 이 황망한 어둠의 골짜기에서 넉넉히 건져내 줄 구원자로. 손목시계를 내려다봤다. 11시 36분이다. 정말 그녀는 자기 말대로 오지 않을 모양이다. 그래도 혹시 했는데……

"언제 다 치웠나?"

거실에 있던, 아이와 연관된 물건은 어디에도 보이지 않는다. 그녀는 정말 작정했던 것인가? 그리고 다신 오지 않을 길을 간 것이 확실한 건가? 그래도 완전히 가시지 않은 미련이 꼬리를 물고 바투 늘어졌지만, 말끔히 사라진 아이의 물건으로 인해 미련의 꼬리는 결국 지그시 잘리고 만다.

"그래도 믿었는데……."

갈수록 확연해지는 그녀의 떠남은 그렇게 좁게 여겨졌던 24평 공간을 마치 황황한 광야로 만들어 버렸고 그 낯섦은 몸을 떨게 한다. 거기다 그 한가운데 버려진 듯한 외로움과 배신 그리고 절망 앞에 망연히 허허하게 한다. 인제 이곳에 살아있는 것은 나 말곤 없다. 한없이 외롭다. 기신한 걸음으로 깜깜한 주방 앞에 섰다. 살아있는 것은 하나가 더 있었다. 희미하게 돌아가는 냉장고는 분명 '나 여기 살았소' 한다. 주방 벽을 더듬어 전등을 켜자 주방에 있던 물건들이 하나같이 벌떡 일어나는 것 같다. 냉장고가 그랬고, 식탁이 그랬고, 식탁 위에 올려놓은 진황색의 빗살무늬 빈 꽃병이 그랬고, 벽에 걸린 여러 종류의 과일이 든 과일 바구니 그림 액자가 그랬고, 단박 느낄 수 있는 그녀의 손이 닿은 흔적들이 그랬다. 참, 느긋한 바퀴도 빼놓을 수 없다. 유독 바퀴가 많은 아파트라 기겁하는 아이를 위해 살충제를 언제나 끼고 살았던 그녀가 나갔다는 것을 바퀴들도 그새 알았는지 싱크대 위를 자신들의 무대로 삼고 인제 유유히 유영하듯 평화롭다.

"이래 놓고 가면 어떻게 해. 아마 내일은 오겠지. 뭐."

영영 떠난 줄 알고 있으면서도 애써 부인하는 마음에 '텅' 하고 소리가 난다. 그 소리는 아이가 떠났다는 것은 당장에 모든 것이 떠나갔다는 사실을 일깨워 주며 내는 소리였다. 깡마른 컵라면을 들고 냉장고 문을 잡았다. 일순 가슴 한쪽이 부푼다. 아니, 기대감이다. 어쩌면 거기에 그녀가 다시 돌아올 근거가 있을 것 같아서다.

순간 서글픔이 전신을 감싼다. 오래전 말라버린 눈물샘이 객쩍게 터져 하염없이 흘러내린다. 냉장고 문을 열었다. 허한 냉기와 깔끔한 그녀의 흔적이 와락 가슴께로 달려든다. 눈물샘은 달려드는 그것들에 놀랐는지 전보다 더 격한 물을 쏟아낸다.

깔끔하다. 그녀는 분명 다시 오지 않을 것이다. 냉장고로 인해 또 한 번 더 그녀의 부재가 기정사실로 되는 순간이었다. 그냥 닫으려 하다 유독 눈에 들어오는 김치통을 들고 문을 닫았다. 냉기가 문을 닫고 돌아서는 뒷덜미를 잡고는 쉬이 놓아 주지 않으려 해 뿌리치듯 주방을 황급히 나와 거실 바닥에 컵라면과 묵직한 플라스틱 통을 부려 놓고 소파에 깊이 앉았다.

방 안에서는 별다른 소리가 나지 않는다. 여전히 세세거리는 소리만 주기적으로 반복할 뿐 별다른 일은 없다. 유독 가을이 되면 가래가 심하게 끓었는데 올해는 그렇지 않다. 물론 그 흔한 폐렴 한번 근래에는 앓지 않았다. 주기적으로 하는 병치레가 사라진 탓에 조금은 수월해진 것은 기진한 최근의 내 상황을 아버지가 아시고 그러지는 않았을 터인데, 하여간 고마운 일이 아닐 수 없다. 그러고 보니 내게도 고마워할 일이 있었나 싶어 어색하고 아주 낯설다.

"고맙긴, 지금껏 해 온 내력을 생각하면 이게 고마운 일인가, 쓸데없는 소리."

소파 옆 손을 뻗으면 닿을 위치에 놓인 정수기에서 더운물을 받아 3분을 기다렸다. 꼬들꼬들한 면이 입안에서 깔깔하지만 허기진 배는 마냥 넘겨 줄 것을 두레질해댄다. 면과 국물이 목울대를 타고 세세 거리는 지점쯤을 지나 곧장 위 속으로 곤두박질하는 것이 느껴진다. 드디어 목적지에 도착. 허기진 배는 조금 전보다 더 격한 허기로 다시 종용하며 빨리 삼킬 것을 주문했다.

"컥컥"

후다닥 달려들었다. 아버지가 컬컬한 소리를 허공에다 흩뿌리고 계신다. 방에서 거실로 거실에서 주방으로 그리고 주방 냉장고 앞에서의 설렘과 눈물, 거기다 컵라면까지의 시간이 좀 길었던 모양이다. 그새 많은 양의 침이 목에 고였던 거다.

고인 침을 해결하고 아버지 얼굴을 올려다보았다. 희끄무레한 공간에 놓인 아버지의 얼굴은 여전히 석고상이 되어 아무 말 없이 그렇게 누워 계신다.

"아버지, 허공에다 무슨 말 하세요? 누군데 그렇게 뚫어지게 골몰합니까? 어머니?"

먹다 말고 달려온 일을 잊고 얼굴도 모르는 어머니를 난데없이 떠올린 까닭에 적잖이 객쩍다. 가끔 어머니 생각은 했는데 그 가끔이 지금이었다.

"아버지, 저도 외롭긴 외로운가 봐요. 연희 에미 연희 데리고 갔어요. 아버지."

희끄무레한 석고상은 앞만 쳐다볼 뿐 내게 대꾸하지 않는다. 뭐, 당연한 일이라 별다른 느낌은 없다. 단지 오늘 밤은 유독 외롭고 힘들다는 생각에 아버지 말씀이라도 한번 들었으면 한 거다. 객쩍은 바람만 희끄무레한 공간에 허적허적한다.

라면은 우동이 되어 있다. 미지근한 국물은 달고 짜고 매운 맛을 한꺼번에 가지고 입안을 넘어 목을 타고 쉴 새 없이 아래로 아래로 흘러내려간다. 일순 허기와 라면이 내장 어디선가에서 부딪혀 한판을 치르는 것인지 기분 나쁜 포만감을 주다가 급기야 생목을 일으킨다. 옆에 있던 정수기에서 찬물 한잔을 얼른 받아 삼키자 바투 기를 쓰던 생목은 대신 트림을 동반한 더부룩함을 남기고 그만 사라진다.

다시 방 안으로 들어오자 희끄무레한 윗공간 밑으로 환한 방바닥에 아까 확인한 리모컨이 꼼짝 않고 아버지처럼 그대로 놓여 있다. 리모컨을 누르자 조그마한 흑암의 세계가 단박 사위로 물러나고 새로운 세계가 TV 뒤에서 전면으로 터져 나온다. 생기가 펄떡이는 TV 안의 공간과 무연한 아버지와 내가 있는 공간이 괴리감으로 멀어져 있었던 것을 느낀다.

고정된 채널 속 화면엔 여러 패널들이 둘러앉아 담소를 나누고 있다. 볼륨을 최대한 작게 해 둔 탓에 마치 무언극을 보는 듯하다. 거기다 그들의 움직임이 거의 없는 터라 무슨 내용인지 알 수 없어 답답하다. 일순 새로운 신천지는 또 하나의 답답함을 방 안 가득 부려 놓고 있다.

"아버지는 저들이 하는 이야기 알겠어요?"

세세 거리는 아버지 목에서 고인 침을 한 번 더 빼내고 볼륨을 조금 높였다. 요즘 한창 주가를 높이고 있는 교회 목사님이 패널 가운데 앉아 계시다 내가 방바닥에 앉자 기다렸다는 듯 말씀을 시작하신다. 가히 달변가다. 거침없는 말씀은 함께한 패널이 파고들 수 있는 한 치의 틈과 여유를 허용하지 않고 계속된다. 일순 화면이 말씀하시는 목사님을 잡지 않고 목사님의 말씀을 듣는 패널 한 사람 한 사람을 잡고 그들의 표정을 클로즈업한다. 고개를 연신 끄덕이는 이, 멍하니 앞만 바라만 보는 이, 시선을 목사님께로 붙박은 이, 야릇한 웃음을 머금은 채 목사님의 말씀이 끝나기를 바라는 이, 주위를 두리번거리며 어찌할 바 몰라 하는 이까지 다양한 움직임을 화면에 담았다.

목사님의 감동적인 한편의 짤막한 설교가 끝나자 음향 시스템으로 조작한 것인지 일제히 환호하며 우레와 같은 박수가 터져 나온다. 패널들도 야단이다. 하나같이 미소를 머금은 모습은 행복해 보인다. 순간 우리 집 안에도 행복한 공간이 존재한다는 사실에 뜨악했다. 40인치의 행복한 공간은 미지의 세계로 가는 통로인 양 낯설고 이질감을 느끼고 한쪽 공간에 자리하고 있었다. 어쩌면 나 모르는 사이 아버지가 저 공간으로 단박 사라질 것 같은 생각에 꼼짝 않는 아버지를 돌아다 봤다.

모두가 환호하며 손뼉 치는 목사님의 짧은 설교는 나와는 전혀 상관없는 말씀이다. 그래서 행복이 없는 것인지 모르나 여하튼 나와는 다른 세계에 있는 말씀이다. 남을 위한 배려와 헌신과 희생은 궁극적으로 내게 하는 것이라고 한다. 그리고 조바심을 갖지 않고 지그시 기다리면 언젠가 그 결과물을 체험할 수 있다고 한다. 인내할 것을 주문했다.

조바심을 갖지 말라는 말씀이긴 해도 그 결과물이 적어도 살아 있을 때 어느 시점에 이루어진다는 것을 전제하는 말씀이었다. 혹, 죽는 일로 그 결과물을 다른 사람이 누릴 수도 있다는 그런 뉘앙스의 말씀은 분명 아니었다. 목사님도 그렇게 말씀하지 않았을 뿐 아니라 유한한 생명을 가지신 목사님께서 그렇게 확연하게 말씀하셨다는 것은 본인께 간증이 있기 때문이 아닐까 해서다. 여하튼 인내하면 누린다는 말씀 안에는 다분히 이승에서 이루어질 일들을 말씀하고 계셨다. 그런데 내가 목사님의 말씀에 공감할 수 없고 나와 전혀 무관한 이야기로 치부하는 것은 목사님의 말씀이 틀렸다고 느끼기 때문이다. 아니 틀렸기 때문이다. 물론 아직 나는 살아있다. 그리고 목사님의 말씀처럼 어느 시점엔가 그 결과물이 도래할지도 모른다. 하지만 그 결과물 자체를 나는 기대하지 않기 때문에 설사 그 결과물이 어느 날 화려한 옷을 입고 내 앞에 나타난다 할지라도 나는 모를 것이고 혹, 그 결과물을 발견한다고 해도 그 결과물을 신뢰할 수 없는 정신병을 앓고 있는 탓에 내게 별다른 느낌으로 와 닿지 않을 게 자명하기 때문이다.

"그런데 목사님이 이야기한 희생이나 인내는 내 상황과 차원이 다른 이야기지."

희생이라도 다 같은 희생이 아니고 인내라도 다 같은 인내가 아니라는 깨달음은 횅한 가슴에다 또다시 찬바람을 불어넣고는 책임지지 않고 망연히 사라져 버린다. 무심한 깨달음…… 하지만 횅함의 찬 기운이 마냥 낯설지만 않아 별다른 느낌은 없다. 꼭 있다면 그 차가움이 히말라야 산 꼭대기에 천년만년 덮여 있는 만년설과 같이 가슴께에 단단히 고착되어 가는 느낌에 무연히 무거움만을 느낄 뿐이다.

아버지와 만년설을 바라보며 높은 곳에 섰다. 나와는 달리 아버지는 추운데도 환자복을 입고 편안해 하신다. 오히려 당신이 입은 환자복을 벗어 내게 주려까지 하신다. 아버지는 속옷만 걸치고 앞으로 나아가신다. 남기는 발자국은 순간순간 사라져 없어진다. 아버지를 따라나선 나는 아버지의 발자국이 사라지는 통에 당황해하며 목청껏 아버지를 부른다. 소리는 허허할 뿐 앞서가시는 아버지를 돌려세우지도 멈추게도 못한다. 머리 위 이글거리는 태양은 천지에 하얀 햇살을 부려 놓았지만 열기는 어디에도 찾을 수도 느낄 수도 없다. 오히려 추위를 확연하게 느끼도록 음울한 몸속 촉수들을 깨워 놓을 뿐이다. 벌써 아버진 산 중턱에 올라섰다. 이쪽 내게는 없는 눈바람 속에 아버지가 들어있다. 시야가 확보되지 않아 아버지가 보였다 사라졌다 한다. 그럴 때마다 오줌을 지린다.

"컥컥."

아버지가 눈 속 아니면 크레바스 같은 곳에 빠져 다급히 내지르는 소리가 귀를 때렸다.

"아버지!"

후다닥 아버지에게 다가가 석션기를 이용해 고인 침을 제거했다. 아버지가 사라진 건 꿈이었다. 아버진 멀쩡히 침대에 누워 계신다. 꿈과 현실의 경계가 또렷해지자 어쩌면 망연한 생각이리라 여겨진다. 그렇게 가셨더라면…… 다시 만년설을 보고 싶다. 깊고 높은 얼음산을 보고 싶다. 아니 아버지가 눈 속을 헤매는 꿈을 다시 꾸고 싶다. 마냥 떠나고 싶다. 모든 것 버려둔 채 오돌오돌 떨어 급기야 얼어 죽을지언정 당장 그렇게 떠나고 싶다. 하지만 아버진 그러기 싫으신지 깊은 밤에도 허공에다 반쯤 눈을 뜨고 휘적휘적 걷고 계신다. 눈을 감기라도 하면 무슨 큰일이라도 날 것처럼 결연한 눈빛을 하고서.

"아버지, 눈 안 따가워요? 왜 자꾸 그래요……."

얼마나 잤을까? 시각은 오전 2시가 되어 있다. 다른 것은 모두 빠르게 사라지고 지나가는 것 같은데 유독 밤에만은 더디게 간다. 이 밤이 끝나려면 아직 많은 시간이 남았다. 길고도 긴긴밤이다. 물론 낮이든 밤이든 아버지나 내겐 그리 의미 있는 일은 아니다. 하지만 적어도 내겐 밤은 더 외롭고 쓸쓸하기에 거실에 부려지는 햇살이나 집 안의 사물이 눈에 들어오는 낮 시간대가 훨씬 좋다. 그것은 마치 사막 한복판에 버려진 듯한 자에게 우선은 앞으로 나아갈 수 있는 가느다란 희망의 끈이라도 붙들 수 있게, 방 안의 사물들이 보이고 사람의 손길이 닿은 것이 보여 때론 혼곤하지만 그래도 혼자가 아니라는 사실이 좋아서 그렇다. 하지만 인제는 밤이나 낮이나 완전히 별반 다를 게 없는 상황이 되고 말았다. 정말 밤이든 낮이든 아버지와 내겐 의미 없는 시간이 된 것이다. 인제 아무도 없으니……

아버지가 입원하고 난 후 6개월이 지나면서 90kg이었던 몸무게는 65kg으로 줄어들었다. 이후 조금씩 빠져 5년이 지난 지금은 60kg이 못 되는 몸무게임에도 먹는 것이 부실한지 몸의 움직임은 처음 90kg 때나 지금이나 같다. 단지 아버지의 기척에만 민감할 뿐이다. 거기에 비하면 아버진 당시 15kg 정도 빠진 후 여전히 그때의 몸무게 그대로다. 해서 60kg인 아버지를 일주일에 한 번씩 목욕을 시켜드리는 건 내겐 적잖이 역부족이었는데 인제는 정말 더 큰 일이다.

기신거리는 몸의 움직임을 간혹 대신해 줄 사람이 그녀가 떠나 허한 자리로 찾아든다. 서울 가 살면서 아버지 밑으로 들어가는 돈을 꼬박꼬박 부쳐 주는 의사인 동생이 그 자리의 주인공이다. 하지만 다시 보니 그 자리에 찾아든 건 의사인 동생이 아니라 의사인 제수씨다.

"아주버님, 저희는 돈을 대겠지만, 시간은 낼 수 없습니다."

5년 전 병원에서 화살과 같이 날아와 가슴과 귀에 꽂혔던 제수씨의 말이 오롯이 떠오른다. 한데 인제 적어도 일주일에 두세 번 정도는 간호인을 고용해야 할 것 같은데 지난번 동생이 돈 부치면서 했던 말 때문에 간호인을 부르는 건 쉽지 않을 터다.

"아버지 언제까지 저러고 계실 건지…… 집사람 요즘 들어 부쩍 짜증 내."

애써 먼먼 미래에나 혹 있을 법한 일로 치부했던 일이 5년이 지나는 가운데 어제 일어나고 말았는데, 끝까지 잡으려 하는 미련은 희끄무레한 윗공간에서 부유하며 날이 밝아 오기를 기다리는 것 같았다. 날이 밝으면 단박에 사라져 영영 자취를 찾지 못하는 곳으로 갈 것 같았다.

"이 밤이 새면 기정사실이 될 터…… 그래서 밤이 이토록 더딘 가?……."

비몽사몽으로 세세 거리는 목구멍에서 몇 번 고인 침을 뺐는지 모르겠다. 방 안 가득 들어찬 이른 아침의 미명은 방 안 두 밝음의 차이를 물리고 희멀건 공간을 하나로 만들어 놓았다. 스탠드를 끄면서 자리에서 일어났다. 아버지는 인제 잠이 드신 모양이다. 두 눈을 꼭 감고 계신다. 하지만 목구멍의 소리와 숨소리 그리고 간헐적으로 움직이는 손과 말의 미세한 움직임만은 잠들지 않고 여전히 깨어 있는 듯하다.

하루 시작의 기점을 정하지 않았지만, 방 안에서 거실로 나오는 시점을 하루의 시작으로 나름 정한 탓에 소파로 가서 앉으며 오늘 할 일을 정리해 봤다. 멍멍한 머릿속은 아무런 생각을 떠올려 주지 않았고 단지 습관적으로 하는 일을 몸이 먼저 반응하며 일깨운다. 기저귀 찾으러 잠시 앉았던 소파에서 일어나 나왔던 방 안으로 다시 들어갔다. 침대 밑 기저귀를 손에 들자 비로소 하루의 시작이 이렇게 시작되었음이 새삼 깨달아진다.

다시 소파로 돌아와 앉았다. 아까와는 달리 뭔가 명확한 판단을 내릴 만큼 머릿속이 맑다. 그 명확한 일이란 확인하는 절차였던 것이다.

전화를 걸었다. 단축 다이얼이 감사하다. 그렇지 않았다면 당장에 전화기를 내동댕이쳤을지 모를 일이다. 물론 어떤 식으로든 통화는 한번 하겠지마는.

수차례 통화음이 울렸지만 받지 않는다. 통화음이 들리는 동안 다시 돌아와야지 하는 말이 나도 모르게 준비된 것을 깨닫고 적잖이 당황스럽다. 밤새 미련을 붙들었다 내려놓았다 하며 반복했던 끝에 그래도 일단 한번 질러나 보자는 절박함의 발로였던 거다.

그러나 그녀는 전화를 받지 않는다. 마치 문을 꽁꽁 걸어 잠그고 외부의 것을 차단하고 있는 것 같았다. 통화음이 길게 이어지면서 답답함이 밀물과 같이 가슴께로 묵직이 밀고 들어온다. 목을 조르는 듯한 압박감에 숨이 턱밑에서 멈추는 듯하다.

그녀가 통화 버튼을 왼쪽에서 오른쪽으로 그으며 문을 연다면 답답하게 꽉꽉 막혔던 것이 일시에 '뻥' 하고 뚫릴 것 같은데 통로의 저쪽 끝은 끝끝내 열리지 않는다. 그녀는 인제 나를 차단해 버린 것이다. 마치 아버지가 일방적으로 나를 차단해 버렸듯이, 아버지가 일방적으로 죽음을 차단해 버렸듯이, 아버지가 일방적으로 온전한 삶을 차단해 버렸듯이 그렇게 일방적으로 차단해 버렸다.

저쪽에 있는 아버지와 그녀. 아버진 죽은 이처럼 나와 차단되었지만, 그녀는 살아 있으면서 나와 차단되어 버린 것이다. 사람과 사람 사이가 이처럼 차단된다는 것이 이렇게 간단하고 쉬울 줄이야! 거기다 그녀와는 전화기 하나로만으로도 충분히 가능한 일이 아니던가!

그러고 보면 아버지보다 그녀가 더 야속하다. 아버진 의식이 없어 그렇다 하더라도 그녀는 엄연히 스스로 숨을 쉬며 생각도 하고 침을 뱉을 수도 있지 않은가! 그런 그녀가 저쪽 끝을 봉하고는 영영 침묵하고 있다.

전화기를 내려놓았다. 귀에서 멀어져 가는 전화기에 담았던, 희망과 소망 혹 모를 기대와 꿈이 천 길 나락으로 곤두박질하는 듯하다. 새로운 날, 새로운 아침은 새로운 삶의 길을 열어 놓았다. 죽이 되든 밥이 되든 인제 의식 없는 아버지와 단둘이만 무인도에 안착한 것이다. 아니, 그녀가 아이를 데리고 이곳을 떠났기 때문에 버려진 것이 맞다. 하지만 원망하진 않는다. 아니, 무슨 말인가? 사실 터놓고 얘기하자면 그녀에게 머물러 달라든가 떠나지 말라든가 하는 말을 어떻게 할 수 있겠는가! 나를 봐도 알지만, 그녀의 피폐해진 몸과 혼을 아는 이상은 당연히 그럴 순 없다. 충분히 아니, 사실 차고 넘치도록 그녀는 헌신했고 희생했다. 그런 그녀에게 돌을 던진다? 실로 파렴치한이 아닌 다음에야 어찌 그럴 수 있겠는가. 단지 그녀를 나쁜 년이라고 한 것은 이것저것 따져 하는 말이 아니라 적지 않은 세월 함께 살아온 나날에 대한 미련으로 망연한 투정에 불과한 일일 뿐이다.

그녀는 새로운 삶을 향해 떠난 것이 아니다. 혼자 잘 먹고 잘살기 위해 떠난 것은 더욱 아니다. 단지 지금의 삶을, 지금의 현실을, 모르긴 해도 지옥이 있다면 이토록 질척거리는 저주의 구덩이 속에서 떠나고 싶었을 거다. 어떻게 아느냐고? 내가 그러니까. 적어도 당장은……

날이 더 밝아 거실로 부려진 햇살이 발등을 타고 오르려 할 때 멀리 그녀가 보인다. 휘적거리며 기신기신 발길을 옮기는 그녀가 저만치서 울면서 가고 있는 게 보인다. 발등으로 느껴지는 낯선 따뜻함은 마치 그녀가 흘리는 뜨거운 눈물이 아닐는지……

등에 업은 아이는 또 다른 짐이 되어 그녀를 억세게도 누른다. 인제 보니 정작 나쁜 년은 그녀가 아니라 그 녀석이었다. 햇살을 등에 업은 탓에 더 검게 보이는 거실에 있는 40인치 TV가 아까부터 노려보더니 깜박 졸고 나도 여전히 그대로다. 소파 위에 나뒹구는 리모컨으로 TV를 켰다. 아이의 체온이 느껴지는 눅진한 리모컨은 방 안 구석진 곳에만 있던 낯선 세계를 거실로 옮겨다 놓았다. 탤런트 이순재 씨가 어떤 병이 있어도 가입할 수 있는 사망 보험금 광고를 하고 있다. 언감생심, 드러누운 아버진 어떤 병이지만 가입은 불가능하다. 보험은 아버지를 위해 있는 게 아니라 나를 위해 있었다. 종편 채널이 다 이런 것인가? 어젯밤에 보았던 프로그램이 광고가 끝나자 곧바로 이어진다. 그 목사님…… 고등학교 때까지 열심히 나갔던 교회 목사님이 어젯밤과 달리 새삼 떠오른다.

그때 들었던 많은 설교 말씀 중에 유독 나면서부터 소경 된 자의 이야기가 떠올랐다. 어쩌면 어느 날 갑자기 일어나는 사건이라 그럴 거였다. 나면서부터 소경 된 일이 그의 죄인지 아니면 그 부모의 죄로 그런지 물었을 때 어떤 이의 죄도 아니고 다만 하나님의 영광을 위해 그렇다는 말씀으로 그 자리에서 단박 고쳐 주신 이야기에서 '단박'이라는 단어만 놓고 본다면 내게도 희망이 되는 이야기가 아닐까 싶다. 그래서 수많은 이야기 중에 유독 이 이야기가 떠올랐던 것이리라. 하지만 그 '단박'이라는 것이 일단은 예수님을 만나야 하는 필연이 남아 있기에 결국, 내겐 그리 달고 유용한 것이 아니다. 물론 예수님을 만나지 않고 어느 날 갑자기 단박 정신을 차리고 깨어날 수도 있지 않은가! 이런 근거로 많은 사람들이 인내할 것을 무언으로 종용하지만, 그건 3자인 그들의 무지에서 내뱉는 실언에 불과한 것 그 이상도 이하도 아니다. 그 '단박'이라는 것이 언제일까? 오늘일지 아니면 내일일지 그것도 아니면 모레일지…… 하지만 그동안 수많은 오늘과 내일 그리고 모레를 맞고 또 흘려보낸 나는 그 '단박'이라는 것을 억겁의 시간이라 단언하고 그렇게 믿고 있기에, 내겐 '단박'이라는 말은 절망이라는 말과도 같다. 사실 이루어질 때 하는 말이지 그러지 않고는 '단박'이라는 말은 멀고도 먼 억겁의 세월 속에나 있는 밑도 끝도 없는 말이지 않은가?

"쿨럭" 아버지다!……. 석션을 순식간에 뚫린 목구멍으로 밀어 넣고는 고인 침을 뺐다. 세세 거리는 톤이 거세다. 아, 아침 식사 시간을 잠시 잊고 있었다. 아버지 식사를 소반에 담아 주방에서 그녀가 나올 거로 믿고 있었던 거다. 첫 번째 맞는 현실이 어쩐지 어색해 몇 번이고 주방을 두리번거렸다.

보글거리며 끓는 미음을 휘젓는다. 어깨너머로 본 일을 그대로 따라했다. 역할이 바뀐 형국이지만 이건 불공평하게 일방적으로 바뀐 일이라는 생각에 화가 난다.

"오늘 오면 두고 봐."

적당히 식힌 미음을 조심스레 드렸다. 맛도 모르는 분이 지겹지도 않으신지 드릴 때마다 보기 좋게 소화해 내신다. 세세 거리는 소리가 조금은 잦아든다. 인제 포만감을 느끼시는가 보다. 언제나 그랬으니 당연히 그런 줄 안다. 그러고 보면 아버지와 내가 소통하는 대화의 말은 '세세'라는 소리가 아닐까 싶다. 세세, 쩨쩨, 세에세……

눈을 뜬 아버지가 천장을 올려다보고 계신다. 멀쑥한 아버지의 눈동자는 일순 인연이라는 말을 떠올리게 한다.

"다른 건 몰라도 자네는 부친의 눈을 쏙 빼닮았어."

어릴 적 아버지 고향 동생이라는 분이 가끔 집에 찾아오실 때면 언제나 했던 말이다. 그 말이 이날 아침 인연이라는 말을 방 안으로 끌어다 놓았다. 인연…… 인연…… 돌고 돌아 다시 만날 수 있는 인연…… 윤회…… 그렇다면 언젠가 다시 이런 일을 하게 될지도 모른단 말인데…… 물론 그땐 전에 그 일을 했는지 모르겠지만…… 하지만 전에 했던 것을 모르고 다시 같은 일을 하는 내 모습이 너무 측은해 견딜 수가 없다. 이건 아니다. 인연? 인연이라는 말은 좋은 일이든 불행한 일이든 거기에 적당한 타당성이 있기에 지어낸 말일 뿐이다. 블랙홀과 같은 아버지의 병은 내게 있는 청춘이라는 시간, 정력, 꿈, 소망이라는 희망 때론 좌절까지도 모두 빨아들여 한 인간의 존엄까지 말살해 가는데, 그것을 아버지와의 인연이라고? 인연, 윤회 그런 일은 없다. 아니 절대 일어나지 말아야 한다. 그렇지 않으면 난 틀림없이 이런 일을 다시 할 수밖에 없다. 왜냐하면, 적어도 지금 내 앞에 5년 동안 꼼짝 않고 누워 계시는 아버지에만큼은 어떤 불온한 생각을 먹지 말아야 하는데 실상은 그렇지 않기 때문이다. 인연…… 윤회…… 어디 그런 말을 함부로 한단 말인가!

물론 나는 아버지로 말미암아 세상에 왔다. 하지만 그건 내 의지와 무관한 일에 지나지 않은 일이다. 해서 인연이라는 말보다 굳이 한다면 우연이라는 말이 더 타당한 말일 것이다. 우연…… 맞는 말인 것 같다. 그래야 어쩐지 공평하지 않은가! 그녀가 떠나 것도 아마 불공평에 대해 반기를 든 일일 것이다.

"아버지 지겹지도 않으세요? 그림이라도 한 장 바꾸라고 한마디 해 보세요."

정말 지겹지도 않으신지…… 정말이지 희멀건 색들을 죄다 바꿔 버리고 싶다. 거기다 1년을 한곳만 바라보는 곳에 좋은 그림이라도 한 장 붙여 놓을까 싶다. 그러나 이 모든 일은 내가 해야 할 일이다. 그 사실만 오롯하게 살려 놓았다.

"쿨럭."

순식간에 석션이 들려졌다. 그리고 고인 침을 흡입해 냈다. 그것도 말끔하게. 쿨럭거린 소리는 또다시 세세 거리는 소리로 바뀌어 자연스럽게 된다. 자연스러움? 그것은 아버지 편에서보다 내 편에서 인지하는 감정이다. 왜 이토록 저 자연스러운 소리에 민감할까? 왜? 혹여, 아버지가 잘못될까 봐서? 그런 건가? 아버지가 누워 있으시는 시간이 길수록 내 삶의 끝이 짧아지는 것 같은 생각에 몸을 떨며 진저리치면서 아버지가 잘못될까 봐서?…… 아니면 아버지가 자리에서 벌떡 일어나는 꿈같은 일을 기대해서인가? 아니다. 그것만이 아니다. 내게도 꿈이 있듯이 아버지도 꿈이 있을 터, 자리에서 벌떡 일어나는 꿈 말이다. 나는 또 하나의 꿈을 품고 있었다. 아버지를 대신해 아버지의 꿈을 품고 있었다. 같은 꿈일지라도 두 개의 꿈이 내 속에 5년 전부터 있었던 거다.

아버지의 허기가 사라지자 인제 내게 허기가 찾아든다. 그러고 보면 뗄 수 없는 관계라는 말이 영 틀린 말도 아닌 것 같다.

"먹어야 이 일을 계속하지."

먹어야 할 당위성을 찾으니 이것저것 먹을 게 많았다. 여하튼 인연이든 우연이든 필연이든 간에 나는 당장 그와 연결되어 있고 그도 나와 연결되어 있다는 것은 불변한 일이다. 흔히 가족이라고 한다지 아마. 그렇다면 온전하지 않은 가족 중 한 사람을 대신해 꿈도 꾸어 줄 수 있으리라. 대신 꾸어 주는 꿈이라…… 한번 해 볼 만하다. 끊어진 내 삶을 이으려 몸부림치듯 아버지도 그럴 것이다. 생명을 이어 주는 일, 그것은 누구의 생명이라 할지라도 존귀한 것이리라. 내 삶이 존귀한 만큼.

커튼 뒤에서 가느다란 햇살 한 가닥이 사선으로 방 안을 갈랐다. 희망이 보였다. 뭔가를 갈라놓았다는 포만감과 역동감은 나를 주방으로 향하게 한다.

"잠시 있으세요. 아버지. 저도 먹고 올게요."

13. 침묵의 비명

벌써 2시간째다. 밀치고 벗어나려 하지만 부질없는 짓임을 허연 건물은 말한다. 야멸차다. 간혹 지나다닐 때면 아이가 다니는 학교라 무연히 바라다본 것도 같다. 한데 정작 기억에 없다. 하지만 지금 28도의 기온과 습도 52%의 공간 안에 공존하는 건물은 다른 어떤 건물보다 하얀빛으로 도드라진다.

　공간, 지금의 이 공간을 오전 내내 그렇게 밀쳐 냈건만 정작 공간은 이미 내 속에 아니, 나를 공간 속에 끌어다 놓았다. 기차 레일과 같은 기존 궤도를 돌고 도는 버스를 탄다면 곧장 이곳으로 갈 거여서 부러 승용차를 몰았지만, 결과는 마찬가지. 나 또한 기존의 기차 레일을 돌고 돌았던 거다.

　무섭다. 살이 떨린다. 결국, 모든 걸 몸 밖으로 쏟아내게 한다. 출근해 으레 마신 커피가 이 사달의 분수령이 된 거다. 출근, 담소, 커피…… 으레 해 왔던 일…… 잘못 살아온 것인가?…… 느닷없이 돌아보게 하는 이 낯섦……

　혹, 커피를 마시지 않았다면, 그랬다면 전화가 걸려 오지 않았을까?

업무 실적으로 위로부터 타박을 받고 있는 터라, 어떤 형대로든 충격을 줘야 했던 상부의 징계가 그런 식으로 터져 나온 것이었나? 그렇지 않고서야 어찌 일상이 되어 온 으레 있었던 일에 일타를 가할 수 있겠는가?……

정말이지 그렇다면 회사로서도 불행한 일이다. 적어도 내게 커피 타임은 일과의 출발 신호이며 시작을 알리는 순간이기 때문이다. 기준이 되고 원칙과 틀이 되는 커피 타임을 그렇게 깡그리 무시했으니, 그것도 간부인 내게 그런 식으로 권고했으니 어찌 회사에 득이 되는 일이겠는가!……

늦게까지 술에 찌들었던, 그래서 부은 간과 마치 병든 토끼 눈처럼 뻘건 눈동자를 원래 모습으로 돌려놓을, 그래서 업무에 차질없이 매진할 수 있게 하는 그 신묘한 약을, 인제 와서 즐기지 못하게 한다면, 배려해 주지 않는다면 인제 회사는 나를 버리든지 내가 회사를 버려야 할 시점이다.

왜, 하필이면 그 시간에…… 많고 많은 시간이 있음에도 말이지…… 전화…… 그것은 이 사달의 한가운데 있다…… 혹여, 회사의 높은 한 분과 아들의 학교가 무슨 연관이라도 있는 건 아닐까? 그래서 이번 참에 완전히 까뭉개버리려 하는 음흉한 저의가 있지는 않을까?…… 그렇지 않고야 어떻게 그와 같이 절묘한 시점에 때를 맞춰 그런 사달이 일어날 수 있겠는가?……

"급해서 그러는데……."

퍼질러지게 쏟아 낸 것과 상관없이 여전히 두렵고 살이 떨린다. 오전이 간당간당한 시각의 기온은 기상청의 예상을 이미 갱신한 것 같다. 정수리께서 이글거리는 태양이 습도를 깡그리 사원 탓에 체감 기온은 적어도 30도는 훌쩍 넘어선 게 분명했다.

도드라진 하얀 건물, 아들이 있는 건물을 아까부터 등지고 돌아선 나는 좀처럼 다시 몸을 돌리지 못한다. 대신 바다 위 하얀 꽃가루가 수없이 일어나 흩어지는 모습만 주시할 뿐이다. 자잘하게 부서지는 은빛은 마치 내 마음이다. 온전한 것 같으면서도 어떤 완력에 산산이 부서지는 듯한 내 마음을 똑 닮았다.

점심시간 끝날쯤에 오라고?…… 쯤에?…… 쯤에 맞춰 가야 하는 비천한 처지까지 끌어내린 게 아들의 비행이라면 이건 잘못되어도 단단히 잘못된 게 자명하다. 적어도 이 나라에선 어떤 죄를 지어도 죄인을 그렇게 대하지 않는다. 물론 상식 이하의 처우로 과거 군부 정권으로 돌아간 것은 아닌지 하는 의아한 일도 가끔은 있긴 해도. 그래도 지금은 그때와 같은 남산 어귀 어느 밀실에서 강압에 의한 수사로 소리소문없이 죽어 가는 일만큼은 없다고 생각한다. 아니 없다. 재판 날짜와 시간과 장소가 명확하다. 한데…… 저 하얀 건물 안 누군가는 분명 '쯤'으로 말하며 인간 존엄 위에 있음을 자인하며 아이의 아비를 능멸했다. 저런 곳에서 어떻게 제대로 된 인성 교육을 받으며 아이들이 자랄 수 있을까?…… 속칭 저들이 말하는 비행, 정말이지 비행을 저질러 버린 건 아들 잘못보다 저들의 잘못은 아닐까 싶다. 그렇다면 아들의 잘못을 탓하기보다 먼저 저들, 하얀 건물 속에 든 소위 선생이라는 자가 적어도 내게 먼저 잘못을 자인하며 용서를 구해야 하는 게 아닌가!……

하얀 꽃가루가 흩날리는 바다 위를 뭉툭한 상선 하나가 나아간다. 바다 위를 붕붕 떠다녔다. 맞다. 분명 두둥 구름과 같은 움직임이다. 그 뒤로 끝끝내 육지를 붙들고 이어진 야트막한 산이 붕붕 떠다니는 상선의 움직임을 방증해 준다. 마치 또래 아이들보다 큰아들의 모습이 얼른 보인다. 상선의 뭉툭함 때문이다.

'쯤'의 시간이 언제인지는 모르나 자명한 것은 아직 '쯤'의 시간이 아니라는 것은 느낄 수 있는 시간이다. 어디든 가서 시간을 보내야 했다. 점심은 생각하기도 싫다. 생각하기도 싫다는 생각에 순간 배가 아릿하다. 차에 올랐다. 창을 내리지 않은 탓에 찜통이다. 에어컨을 켰다. 순간 모르긴 해도 사막에서나 경험할 수 있는 불바람이 확확 쏟아져 나온다. 목덜미에 끈적한 땀이 불바람에 반응하며 금세 배어났다. 혹여, 잘못 켰는지 다시 확인했다. 모든 게 정상이다. 순간 얼마 전 에어컨 가스 주입 후 맞춰진 대로 줄곧 손 하나 대지 않았다는 사실이 새삼스럽다.

창을 내리려다 불바람의 기세가 주춤 누그러져 그만뒀다. 갈 곳이 없다. '쯤'이라는 시간은 시각도 아니면서 그 힘이 대단하다. 마치 가두리 양식장에 갇힌, 아니 저인망에 포획된 느낌이다. 다닐 수는, 움직일 수는 있지만, 자유롭지 못한 그런 망연한 시간과 공간과 삶의 무게……

커피를 마시자!

커피……

커피를 시작으로 아들을 얻었고 커피를 끝으로 아들과 떨어졌다. 둘은 커피를 좋아했던 탓에 그렇게 부부의 연을 맺었다. 하지만 커피로 시작된 연은 주례사가 당부한 고래 심줄과 같은 질김도, 내빈들 앞에서의 백년가약의 혼인 서약 맹세도, 아무런 힘도 쓰지 못하고 약해빠져 허물어져 버렸다. 커피는 끝까지 그것을 방증이라도 하듯 자신을 둘 앞에 놓고는 둘을 깨끗하게 갈랐었다.

"이것으로 볼 일 없겠지."

언젠가 나눠 가진 이혼 확인서를 커피를 마시며 순번을 기다려 접수했다. 그리고 혼자가 되었다. 허허…… 커피…… 그것은 혼자되게 하기도 하고 둘이 되게 하기도 하는 신묘한 마법의 음료였다. 오늘도 그 신묘한 음료로 말미암아 누군가 나와 같은 전철을 밟고 있겠지…… 희미한 때로는 아롱진 조명 아래에서…… 하지만 결코 미련하다는 생각은 들지 않는다. 아마도 커피는 인간이 알지 못하는 뭔가 신묘한 약효를 품고 있는 게 자명하다.

대낮인데도 커피숍은 침침하다. 구석진 곳에 자리한 몇몇 사람들의 호들갑스런 이야기가 여과 없이 들려온다. 하지만 귀찮아서인지 이쪽 귀로 들어왔다. 반대편 귀로 흘러가 무슨 이야긴지 의뭉스러움만 남는다.

창가에 앉으려다 수족관이 있는 가운데 쪽에 앉은 탓에 마치 커피숍 한가운데 중심을 잡고 앉은 것 같은 뜨악한 기분에 순간 머쓱하다. 침침한 실내와 달리 환하게 밝은 수족관이 묘하게 대조를 이뤘다. 하지만 아까부터 찾고 찾았지만, 높이가 약 1m에 폭이 약 50㎝ 되는 가로 2m 크기의 수족관엔 생물이라고는 아무것도 없다. 마치 허한 내 마음을 당장에 들여다보는 듯했다. 순간 누군가에게 휑한 마음이 들킬까 봐 맞은편으로 고개를 얼른 돌렸다. 시계가 있다. 얼핏 봐도 낡고 낡은 괘종시계다. 시계추는 앞에 놓인 커피잔에서 머리를 푼 뿌연 연무 속을 왔다 갔다를 반복한다. 무연할 뿐이다. 태곳적부터 그래 왔을 법한 나른한 시계추에 시선을 달고 '쯤'이라는 시간을 타진했다.

저 시간 어디쯤에서 둘은 헤아릴 수 없이 많이 만났을 것이다. 물론 헤어짐도 있었지만 말이다. 하지만 시간은 불행히도 책임질 수 없는 하나를 둘에게 안겨다 주었다. 지금의 아들이다. 초등 6년 동안 학교생활을 무덤덤 잘했던 아들, 그러나 중학교에 올라가자마자 문제를 일으킨 아들, 그 아들이다.

"아빠, 점심시간 끝날쯤에 학교 오래."

식어 빠진 커피를 내려다본다. 반쯤 남았다. 약차를 시킬 걸, 하는 후회가 진한 커피색만큼이나 진하게 뇌리에 퍼진다. 불현듯 칡차가 생각났다. 아! 일전에 함께 마셨던 그 약차…… 칡차…… 헤어진 지 벌써 4년이 되어 가지만, 기억은 여전히 발하지 않고 오히려 이런 땐 선연하다. 신께서 망각의 강을 인간에게 주셨다고 하셨는데…… 꼭 그렇지만은 않은 것 같다. 사람이 지어낸 소리가 맞다. 어떤 것은 선연히 기억나고 어떤 것은 까마득하고……

"아이는 내가 잘 키울 거야. 그러니 연락할 생각하지 마."

쉼없는 시계추에서 시선을 떼자 연이어 터져 나온 기억…… 어쩌면 흐르는 시간은 기억을 품고 있는 게 맞다. 그렇다면 시계추를 아니, 시간을 멈추게 한다면 기억은 자연 소멸하지 않을까?…… 시간이 멈추면 모든 게 제자리에 머물 거라는 추측이 틀린 게 아닐까?…… 하지만 시간을 누가 멈출 수 있으랴…… 어쩌면 그래서 추측이 난무하는지도 모른다. 여하튼 증명해 보일 수도 없는 터라 막 질러대는 거지……

시선을 떼어낸 시계추는 여전하다. 녀석은 '쯤'으로의 시간을 기억해 낸다. 그리고 자리에서 일어나게 한다. 녀석은 기억뿐 아니라 사람을 움직이게 하는 아니, 어마어마한 힘을 가진 게 맞다.

"오고 있어?"

"응."

"교무실로……."

"응."

3층에서 나오며 전화를 받았다. 전화를 끊고 계단참에서 한참을 멍하니 서 있었다. 이유는 없다. 그냥 발걸음이 그랬다. '쯤'으로의 시간은 틈도, 빌미도 허용하지 않고 모든 걸 좌지우지했다.

'쯤'으로의 시간은 오전 내내 적어도 내게는 건재했다. 바다도 그랬지만 커피숍도 '쯤'으로의 시간 안에 머물렀다. 아들이 있는 하얀 건물은 그렇게 '쯤'으로의 시간을 풀어 놓아 나를 옭아맸다. 커피숍에서 출발하자면 능선을 하나 넘어야 하지만 하얀 건물의 기운은 하얀 학교 건물이 보이는 바닷가나 능선을 넘어 보이지 않는 커피숍이나 일반이었다. 꼭 어느 시점인지는 모르나 '쯤'으로의 시간은 아까보다 조금 더 힘 있게 나를 끌어당겼다.

"입학 때 왔었나?……."

학교 입구는 주택가 골목을 돌아가야 하는 외길이다. 하지만 교차할 수 있을 만큼은 넓은 길이다. 한데 기억에 없는 길이다. 처음이다. 중학교에 입학한 지 인제 고작 6개월인데 그때의 기억까지 까마득한 건 아마도 그동안 헤어져 있던 4년의 세월과 무관하지 않은 모양이다. 입학 때 누군가 왔었다는, 언젠가 아들이 했던 이야기는 어미를 지칭하는 말이리라. '연락할 생각 마'라는 말을 '앞으로 아이 앞에 얼씬도 하지 마.'라는

말로 이해하고 4년 동안 보지 않고 살아온 터라 느닷없이 아빠를 찾는
아이의 부름은 가뜩이나 낯선 이 길을 더 아득하게 했다.

"이 길 끝에 녀석이 있다는 말이지……."

'쯤'으로의 처분은 학교 마당까지 자동차를 타고 가지 못하게 했다. 그
런 탓에 내려서 걸어가는 발걸음은 오히려 성큼성큼 학교를 눈앞까지 끌
어다 놓은 것처럼 하얀 건물을 당기고 당겨 놓았다. 아니, 하얀 건물의
힘에 끌려갔겠지……

"얼씬도 하지 말라는 인간은 어디 간 거야!……."

대뜸 터져 나온 말은 아내를 향한 아니, 전처를 향한 아니, 아이 어미
를 향한 몽니였다. 적어도 아이는 어미에게 먼저 연락했을 거였다. 그렇
다면 내가 지금 이 길을 가고 있는 것은 무슨 의미인가?…… 아내가 묵
인한 길?…… 혹여, 아이 아빠가 와야 한다는 그런 학교의 요구로 절치
부심하다 예잇 하며 꺼내 든 낭중취물의 결과?…… 사무실을 나와 자동
차에 몸을 실을 때 대뜸 들었던 생각은 다시금 살아 펄떡인다.

가파른 오르막. 땀이 등을 타고 흐른다. 등 어디쯤에서 멈춰 사윈다.
'참되고 바르게 꿈을 향해'라는 현수막이 언뜻 기억에 있는 모델 아이
를 담고 한쪽 벽면에서 나부낀다. 입학 때부터 내걸렸다면 6개월 동안
아이는 저 현수막을 보며 등하교를 했으리라. 모르긴 해도 수없이 보며
지나다녔던 아이는 저 현수막의 내용과 전혀 다른 삶을 살았다는 것인
가?…… 차라리 '담배 피우지 맙시다'라고 했다면 어땠을까? …… 그런
데 뭔가? 담배를 입에 대면 참되지도 바르지도 꿈도 없는 그런 삶이란
말인가?……

은근히 힘든 길은 울화를 치밀었다.

"'쯤'이 뭐야!"

무슨 큰 죄를 저질렀길래 살인범에게도 주어지는 재판 일정 같은 것도 내겐 없는 건가! 도대체 저들은 누군가!……

담배, 흡연……

사실이지 그게 무슨 죄인가? 무슨 큰 죄이기에 이토록 가슴을 태우게 하는가! 학칙이 한 나라의 헌법보다 더 상위에 있는 법인가! 저 집행자는 단두대 앞에 선 법관보다 더 위엄과 권위가 있다는 말인가! 그래서 담배 한 개비 때문에 아이는 물론이거니와 아이 부모까지 이렇게 처우하는 것인가!……

그들은 도대체 내게 무슨 말을 할 것인가!…… 아이가 담배를 피워 안되겠습니다?…… 안 된다는 말의 의미는? 정학? 전학?……

아직 점심을 덜 먹은 탓에 아이들이 운동장에 나와 있지 않아 멀리 건물 안에서만 '왕왕'거릴 뿐이다. 운동장쯤엔 인기척이 없다. 저 만큼에 정문이 횅하게 뚫려 있다. 마치 찬바람이 '윙윙'거리는 시베리아 허허벌판을 연상케 한다. 차라리 시베리아 벌판이었으면…… 정문 위로 또 한 장의 현수막이 걸려 너울거린다. 이번에 세월호 사건을 잊지 않겠다는 그런 내용이다.

무엇을 잊지 말자는 건지? 알기나 알고 내건 건가?…… 모르긴 해도 '쯤'이라는 시간으로 옥죄고 있는 그는 '그 아이들 중 담배 피우는 아이는 잊어도 됩니다' 할 법하다. 틀림없다…… 이 학교의 그는……

들어서자 반쯤 보이던 경비실이 한쪽 모퉁이에 구정물을 뒤집어쓴 듯 꾀죄죄한 모습을 하고 섰다. 경비실의 얼룩얼룩한 창문은 이미 오래전부터 경비가 없었다는 것을 말하고 있었다. 회사 경비실과는 판이했다.

"김 차장님. 안녕하십니까?……."

경비 박 씨의 살갑고 환한 얼굴이 언뜻 떠올랐다. 경비실에서 눈을 돌리자 마치 박 씨가 적적한 경비실에 남은 듯했다. 그랬다면 우군이 없는 나로선 우리 아이를 어떻게 해 보라고 부탁이라도 할 수 있을 텐데 싶다. 다시 오르막길이다. 이미 땀은 이마와 등을 흥건히 적셨다. 오르막길 양 옆으로 키 작은 히말라야삼목이 늘어서 가는 길을 뚜렷하게 해 주었다.

"인제 저 끝에 올라서면 운동장이다. 곧장 교무실이 보일 테고……."

손목시계를 보려다 휴대 전화기로 시간을 확인했다. 순간 와와 하며 구석구석에서 튀어나오는 아이들 소리가 들렸다. 아이들 소리는 시계의 시각과 '쯤'의 시간이 얼추 맞는 언저리임을 깨닫게 했다.

인조 잔디 운동장이다. 검푸른 인조 잔디는 정오의 햇빛을 받아 달궈져 눅진해 보였다. 언뜻 늪과 흡사했다. 아이들은 그 위를 내달았다. 늪은 오히려 탄력으로 아이들의 몸을 가볍게 들어 올렸다. 받았다. 했다. 하지만 어느 순간 쑥하고 집어삼킬 줄도 모른다는 섬뜩함은 '쯤'으로의 시간, 그를 기억하고서다. 삼삼오오 공을 주고받는다. 족히 대여섯 팀은 될 듯하다. 누구 하나 부딪히지 않고 민첩하다. 얼른 봐선 다 똑같은 공의 크기, 색깔임에도 자신들의 공을 절대 놓치지 않는다. 신기할 따름이다. 내 아이도 저런 선연한 신기함을 가졌을 터인데, 그 담배 한 개비가 모든 걸…… 총명함도 명철함도 신기함도 지혜로움도 선연함의 밝음도 회색빛으로 발해 버렸다. 그 회색빛 한가운데 그쯤이란 자가 있었다. 그는 누군가? 도대체 어떻게 생겨 먹은 작자인가?……

'와와'…… 나도 수십 년 전에 맨땅에서 그랬던 기억이 떠올랐지만, 너무 발한 영상이라 영상이 제대로 재생되지 못하고 허물어졌다. 이내 땀 범벅이다. 살아있는 느낌, 생동하는 역동의 힘, 소생하는 싱그러움이 눅진하고 검푸른 인조 잔디 위에서 펄떡인다. 하지만 내 아들은…… 없다.

내 아들은 점심을 먹고 지금쯤 교무실로 향하고 있을 거였다. 내가 계단참에서 이렇게 앉은 것같이 녀석도 교무실에 들어서기 전 호흡을 가다듬기 위해 층과 층 사이 있는 계단참에서 서성이고 있을지도 모른다. 아니, 어쩌면 황황한 가슴속을 달래려 화장실 어딘가에서 숨겨 놓은 담배 한 개비를 물고 있을지도 모른다.

나는 담배를 모른다. 아예 태어나서 지금까지 담배를 피워 본 일이 없다. 흔히들 있다고 하는 호기심도 없었다. 누군가의 권함도 없었다. 담배를 입에 물어야 할 절체절명의 순간도 없었다. 마지못해 입에 물어야 할 어떤 회유도, 유혹의 음란함도 없었다. 물론 그런 이유로 담배를 배우지 못한 것도 있지만, 선천적으로 몸에 맞지 않은 탓에 담배를 입에 대지 못했다고 해야 옳다.

도대체 연기 속에 무슨 성분이 들어 있길래, 정말이지 의사들이 이구동성으로 하는 그런 성분 때문인지 간접흡연으로 연기를 조금만 맡아도 얼굴이 달아오르고 구역질이 난 탓에 혹여 연기를 접하는 순간은 죽을 맛이다. 그런 나머지 독한 연기를 뿜는 사람을 보면 언뜻 '저 인간 폐암으로 안 죽나?' 하는 저주의 말이 목에서 간당간당했었다. 하지만 그 간당거림으로 끝난 일이 참 다행이라는 생각이 지금 든다면 누군가 돌을 던지려나……

'와와' 하는 소리에 고개를 들었다. 녀석 중에 나름의 골대에 골을 넣은 모양이다. 이제 '쯤'으로의 시간은, 아들과의 만남의 시각은, 무저갱의 권

력자 앞에 설 시각은 비릿한 힘으로 나를 자리에서 일으켰다. 머리가 핑
돈다. 어질하다. 전화벨 소리에 어지름은 와락 물러가고 대신 가슴 어딘
가가 '쿵'하는 소리가 난다.

"어디야?"

"요 앞."

"알았어."

간혹 통화는 했지만 4년 만에 볼 녀석이다. 그런데 녀석의 당당함이
의아하다. 그리 좋은 일로 만나는 것도 아닌데 시종일관 녀석은 당당하
다. 백번 양보해 아들이니 그렇다 쳐도 상황이 상황인 만큼 녀석의 당당
함은 또 하나의 무게로 달려든다. 느닷없는 무게는 계단참에서 올라설
무저갱의 사자 힘보다 당장은 세다. 한 발 내딛기가 천근만근이다.

"참 기가 차서……."

당황하면 생각이 멈춘다고 한다. 하지만 지금 내 머릿속은 걷잡을 수
없이 바쁘다. 수많은 생각이 분주히 꼬리에 꼬리를 물고 폭풍처럼 머릿
속을 휘돌아 친다. 좀 전까지도 계단참에서 인조 잔디를 바라보며, 히말
라야삼목 위로 드리운 짙은 푸른 하늘을 바라다보며, 께적한 내 구두를
내려다볼 때까지는, 어느 녀석의 골로 '와와' 하는 소리가 나기 전까지는,
휴대 전화로 정학이라는 낱말의 정의를 찾아 헤맬 때까지는, 자리에서
일어나 어질했던 전화가 걸려 왔던 순간까지는, 거의 움직임이 없는 강
물처럼 둔중했던 머리가 느닷없는 아들의 당당함과 무저갱으로 들어서
는 입구에서 둔중한 강물은 폭포수로 변해 터지고 깨지고 흩날렸다.

그 이전 기억은 없다. 아니 없다 하자. 다만 분명한 건 4년 전부터 나
는 아이에게 생물학적인 아비에 불과했다. 그렇게 존재해 왔고 처우 받

앉다. 그런 생물학적 아비가 인제 와서 무슨 증명을 해야 하는지…… 무슨 보증을 서라는 것인지…… 무슨 대가를 치러야 할 것인지…… 무슨 처방에 절치부심 몸을 떨어야 하는지…… 정말이지 단순 생물학적인 아비로서 할 수 있는 일이 있기나 하는 것인지…… 아들은 무슨 생각으로 아비를 불렀는지…… 그리고 그 어미는 왜 동의 내진 묵인한 것인지……

"미친년! 신경 쓰지 말라며……."

남은 계단을 올려다봤다. 위로 위로 부려 놓은 듯한 계단은 너울졌다. 발을 내디디면 푹 하고 빠져 버릴 것 같았다. 마치 무저갱으로 곧장 곤두박질할 것 같았다.

계단 끝 한쪽으로 언뜻 보이는 작은 불상이 계단참에서 망설이는 나를 내려다본다.

"참, 불교 재단이지…… 무저갱이 아니라 무간지옥으로 바꿔야 할 듯……."

그랬다. 저들은 당당했다. 하얀 건물 안의 그와 아들 녀석까지도. 그럴 수밖에 없는 노릇이겠지. 무간지옥을 앞에 놓고 실랑이를 하고 있으니……

무간지옥은 모든 법의 상위법이 되고 기준이고 원리가 되었다. 그렇다 하더라도 이건 너무 무지막지한 법이 아닌가! 담배 한 개비 때문에 무간지옥으로 들어가야 한다? 아무리 생각해도 이치에 맞지 않는다. 아무리 악법이라도 자기는 마음껏 하면서…… 그깟 담배 한 개비 때문에…… 죽일 놈…… 뭐, 무간지옥?……

아마도 이 학교 고무줄 학칙은 무간지옥을 근간으로 만들어진 모양이다. 하기야 지옥은 혼돈 그 자체니까 어련하시겠어…… 그렇지 않고서야 그런 처우가 있을 수 없다. 그렇다면 저기 저분, 가부좌로 앉으신 저분은 어리석은 중생들이 어떻게 살아야 할지를, 혹여 담배 한 개비에 무간지옥으로 떨어진다는 말씀을 하셨단 말인가?…… 그것도 미성년 나이에 담배 피우게 되면 그렇게 된다고?…… 담배와 백팔번뇌…… 어떤 인과 관계가 있기는 한가?……

나고 늙고 병들고 죽는 인생에 관한 답을 찾으러 떠나 젊은 나이에 도를 깨달았던 석가모니는 미성년 나이에 담배는 치명적이라는 도를 깨달았던 것일까? 그래서 그런 무지막지한 법을 정해 둔 것인가! 몸에 치명적이라서…… 그렇다면 치료는 고사하고 단박에 무간지옥으로 떨어지게 하신 것은 도에 문외한인 자가 생각해도 이치에 안 맞다. 무간지옥으로 떨어지게 하는 것보다 그렇게 살다가 병으로 그냥 죽게 내버려 둘 것이지 굳이 지옥으로 떨어지게 하실 것까지야 없지 않은가! 아니다. 자비의 석가모니께서 그럴 리 없다. 죽어 가는 중생들을 불쌍히 여겨 처자식을 두고 일찍 집을 떠나버린 석가모니께서, 중생을 위한 석가모니께서 그럴 리는 만무하다.

그렇다면 누군가의 모함이나 적어도 이 하얀 건물 안의 선생 중 무지한 누군가가 지옥문을 가지고 장난치고 있는 게 맞다. 지옥이라는 어마무시한 힘을 빌려 자신을 드러내고자 한 것이 자명하다. 반란이다. 이건 '쯤'의 시간, 그가 주도한 역모다.

"이…… 도대체가…… 까짓, 담배 한 개비에 이런 호들갑이라니…… 죽일 놈."

다리에 힘이 들어간다. 계단이 낮게 깔린다. 평평한 계단이라니…… 발을 내디뎠다. 몸이 앞으로 나아갔다. 자꾸만 나아간다. 발걸음이 가볍다. 어마 무시한 힘을 빙자한 누군가가 뒷짐을 지고 거만히 서 있는 모습이 가까이 있다. '쯤'으로의 시간을 정한 그자가 맞다. 그자가 계단 끝에서 기다렸다.

'아버님, 잘 들으세요. 석가모니께선 그런 엄격한 법을 두셨습니다. 그러니 어쩔 수 없습니다.'라고 한다.

"그러면 젊은 나이에 처자식을 두고 집을 뛰쳐나온 석가모니의 일은 벌 받을 일이 아닌가요?……."

멜로디에 깜짝 놀랐다. 뒤를 돌아봤다. 하지만 멜로디에 아이들의 반응은 없다. 점심시간이 끝난 게 아닌가?…… '쯤'의 시간이……

계단 끝에 올라서자 한 아이가 불상 뒤로 현관쯤으로 보이는 곳에서 뒷짐을 지고 유리문을 닦는 친구를 바라다보고 서 있다.

"얘야, 교무실은?"

"2층입니다."

기다렸다는 듯이 뒷짐을 진 녀석이 돌아보며 대답했다. 내 아이보다 험하게 생긴 녀석은 아마도 벌칙으로 이 시간 유리문을 닦고 있을 거였다. 녀석이 담배를 피운다면 내 아이보다 훨씬 많이 오래 피워 왔을 법했다. 그런 그가 단순히 유리문 청소라니…… 혹, 담배가 아닌가?……

"그런데 조금 전 멜로디는 뭐야?"

"점심시간 끝나기 전 예비 종인데요."

"오, 그래……."

녀석은 담배로 인해 벌을 받고 있는 게 틀림없다. '쯤'으로의 시간으로 지금까지 옭아맸던 그자를 대면해 또 한 가지 항변할 일이 생겼다.

"단순히 담배 한 개비에 사람을 이렇게…… 저 녀석들처럼 청소시키면 될 일을……."

현관에 들어서기 전 다시 뒤를 돌아보았다. 언뜻 바다가 눈에 들어왔
다. 바다에서 이곳 하얀 건물이 눈에 들어온 것처럼 바다도 그랬다. 하지
만 하얀 건물의 염력은 상상외로 힘이 컸다. 바다 끝까지 뻗쳐 있었다.
내가 섰던 거기까지만 그랬던 것이 여기선 달랐다. 아마도 석가모니의
염력을 깨달은 탓인지 여하튼 그랬다.

"더운데 웬 유리창 청소?"

"……."

"혹, 너희도 담배 때문에 그러니?"

"…… 아닌데요…… 쩜마는 싸웠는데요."

"넌?……."

"……."

갑자기 생겨난 힘은 육중하게 보이는 현관문을 쉬이 밀었다. 꾸역한
냄새가 후덥한 공기와 더불어 와락 달려들었다.

"2층이라……."

'쩜'이라고 옭아맨 괴물 그가 건물 2층에 도사리고 있을 거였다. 그리
고 콧구멍으로 담배 연기를 '훅훅' 내뱉고 있겠지, 아마…… 죽일 놈……

후덥한 열기가 무뎌지자 휭한 차가움이 달려들었다. 의아함?…… 삭막
함?…… 예비 종이 울리긴 해도 아직 돌아다니는 아이들이 많을진대 이
곳 현관만 텅하고 비어 있는 느낌은 마치 하얀 건물 속에 밀폐된 어떤 공
간과도 같다. '와와' 하는 소리가 간간이 들려 오지만, 외지고 밀폐된 공
간에선 아슴아슴 아득할 뿐이다. 다시 녀석들을 돌아다 봤다. 유리를 닦
는 두 녀석은 마치 밀폐되고 구별된, 아니 어쩌면 방치되고 출입이 금지

된 그래서 비밀의 공간이 된 이곳을 지키는 문지기처럼 보였다. 그랬다.

횡한 공간의 벽면이 우습게 시선을 끈다. 학교의 역사, 세계 지도, 100호짜리 비구상의 유화, 우리나라 고유의 문화재 사진…… 저것들은 누가 본단 말인가…… 횡한 이 공간에서……

어디에도 담배에 관한 이야기는 없다. 담배가 백팔번뇌의 근원은 아닐지라도 적어도 영향은 준다는 그런 언급조차 없다. 내가 지금 여기까지 와야 할 타당한 근거는 어디에서도 찾을 수 없다. 하지만 정작 나는 이곳 여기까지 와 있다. 눈앞 계단을 오르면 이내 우두나찰이나 마두나찰쯤으로 보이는 자가 서슬이 퍼런 눈을 하고 기다릴 근처까지……

아무래도 정학을……, 아! 전학이 아니라 정학이라…… 이게 무슨 말인가? 10일 동안 학교에 나오지 못한다고?…… 일 년에 3번을 그렇게 할 수 있다고?…… 그것도 등교 대신 어딘가에서 봉사 내진 참회의 시간을 갖게 한다고?…… 도대체 이게 무슨 말인가? 내 생전 그런 말은 몰랐다. 계단참에 앉아 휴대 전화로 날씨 화면을 밀어내고 검색했을 뿐, 생소하고 낯선 말이라 생각했다. 누군가 저의로 부러 만들어 놓은 그래서 내 아이와는 결코 상관없는 말이라 여겼다. 아니, 생뚱맞은 말이 아닐 수 없었다. 한데 그 말이, 그 요사스러운 그 말이, 낯설고 생소한…… 그 뜻조차 모르는 저주스러운 그 말은 지금 우리 아이를 두고 자기 증명을 하길 원했다.

"안 돼!"

횡한 공간에서 공명한 외마디는 되레 증폭된 음향으로 되돌아와 귀를 때렸다. 고개를 슬며시 돌렸다. 두 녀석이 의아한 표정으로 힐끔거렸다.

손을 들고 피식 웃어 보이자 이번엔 두 녀석이 유리문에 달라붙는다. 언뜻 유리가 없는 듯했다. 깨끗한 유리…… 닦을 게 없는 유리…… 그러나 저들은 헌법보다 상위법인 학칙에 따라 범법자의 신분으로 결코 유리문을 떠나지 못한다. 영영 문지기가 된 게 맞았다.

"모두가 미친 짓이야……."

계단을 향해 돌아설 때, 계단을 오르려 마음을 다잡았을 때, 우두나찰과 마두나찰과의 일전이라도 불사할 요량으로 어금니를 꽉 깨물었을 때, 그때 호주머니에 든 휴대 전화가 결전의 시작을 알리듯 징그럽게 부르르 떨었다.

"어디냐니까? 왜 안 와?……."

"다 왔어."

'담배는 아빠가 피웠어.'라며 아들은 그렇게 말하고 있는 듯했다. 아니, 피운 탓에 질책의 채찍을 들고 후려치려 여차 벼르고 있었다. '쯤'으로의 시간은 이렇듯 아들을 파렴치한 인간으로 나를 무지렁이쯤으로 만들어 놓았다. '쯤'으로의 인간은 아니, 괴물은 모든 걸 파괴해 놓았다.

응원인가…… 또 하나의 능멸인가……

파렴치한 녀석의 목소리가 채 가시기도 전에, 통화 종료라는 화면이 채 사라지기도 전에 '길이엄'이라는 글자가 화면 아래서 불쑥 올라와 투레질로 애달았다.

"왜?"

"도착했어?"

"그래."

"잘해."

남남이 이래도 되나?…… 아이 때문에?…… 단순, 아이 때문에 막말을 하나?…… 내가 왜? 무슨 이유로 이런 처우를 받아야 하나?…… 뭐, 잘하라고?…… 뭘?…… 뭘 잘하라는 말이지?…… 그래, 어떻게 해야 잘하는 건대?……

"미친년이 아닌가!……."

뜨악한 느낌, 뒤통수가 뜨겁다. 계단에 올랐다. 또 따른 염력이 느껴졌다. 아마도 두 괴물이 걸어 놓은 염력이리라…… 순간 계단 폭이 좁아졌다. 점점 좁혀간다. 몸 하나 간신히 지나다닐 그런 계단이 된다. 아니, 더 좁아진다. 아이도 이 계단을 이용했을까?…… 아니다. 아이는 적어도 2층 위에서 내려왔을 거다. 아이는 이 좁은 계단, 아비를 옥죄는 이 좁은 길을 알까?…… 길아!…… 생명의 길은 좁은 길이라 하지 않는가?…… 적어도 당장은 아니다. 아!…… 다 오르기도 전에, 두 괴물이 도살이고 있는 그곳에 도착하기도 전에, 일전을 치르기도 전에 중도에 주저앉아 버리는지…… 그래서 지옥에서 터져 나오는 뜨거운 불기운에 영영 소멸하고 마는지……

다시 또 전화다. '길이엄'이라는 자리에 이번엔 '김과장'이 자리 잡고 빤히 올려다봤다.

"무슨 일 있나?"

"곽 부장님이 찾았습니다."

"무슨 일인데……."

"글쎄요. 아마 실적과 관련한 일이겠지요. 뭐……."

"알았어. 빨리 들어갈게. 다시 찾으면 잘 말해."

"그러겠습니다."

…… 잘 말해? 어떻게?…… 사실 나도 잘해야 하는데…… 우두나찰과 마두나찰에게 정학만은 안 된다고 안 된다고 말을 잘해야 하는데…… 혹, 김 과장의 말을 들을 곽 부장의 반응이 느닷없이 궁금하다. 지금……

계단을 올려다봤다. 한없이 높고 깊다. 그리고 생소하고 낯설기만 하다. 내가 사는 세상과 다른 세상이 거기에 있었다. 그 안에 내 아이가 있었다. 담배 핀 내 아이가 거기에 있었다.

14. 상실된 삶

어제도 그자를 찾지 못했습니다.

찢어 죽여도 분이 삭지 않을 그 사람, 나의 범인 말입니다. 오늘은 아내가 남기고 간 막내 아이의 공개 수업이 있는 날입니다. 벌써 4년이 되어 갑니다만, 여전히 쑥스럽고 부끄러워 낯이 간지럽습니다. 하지만 아들 녀석은 아빠가 꼭 와야 한다며 아랑곳하지 않습니다. 얹혀사는 아파트 코앞, 10월의 초등학교 교정은 을씨년스럽습니다. 아니 제 마음이 그런지 스산하기 이를 데 없습니다. 언제까지 그렇게 살 거냐며 어머니께 들은 모진 꾸중 때문인지 텅 빈 운동장을 보며 제가 느끼는 교정의 분위기는 그렇습니다.

제법 떨어져 나뒹구는 포플러 낙엽들이 무리를 지어 돌아다닙니다. 마치 친구가 '와' 하고 외마디를 지르며 달려가면 맹목적으로 '와' 하며 뒤따르는 아이들처럼 그렇게 몰려다닙니다. 거뭇거뭇한 얼룩을 묻힌 짙은 갈색 포플러의 낙엽들은 지난 10월과 똑같은 모습을 하고 지루한 시간을 보내며 슬며시 저를 기다리고 있었나 봅니다. 하나도 변하지 않은 낙엽들은 그새 만신창이가 된 모습을 하고 나타난 저를 돌연 멀뚱히 쳐다보며 슬금슬금 피하듯 눈치를 보는 듯도 합니다. 흙색은 간곳없고 작열하는 태양 빛에 은색으로 달궈진 좁장한 운동장은 마치 비단을 깔아 놓은 듯 부드럽고 가벼워 보입니다. 아들 녀석이 뛰노는 놀이터라는 생각에 찬 서리가 내린 듯한 제 마음에 조금은 온기가 도는 듯합니다.

아는 체하는 학급의 어머니들이 부담스럽습니다. 아들 녀석은 힐끔힐끔 아빠를 돌아보며 연신 손을 들고 발표를 하려고 합니다. 그러나 손을 드는 모습은 언제나 자신이 없어 보입니다. 그 이유를 저는 압니다. 그래서 저의 마음이 여간 아프질 않습니다.

오늘도 일 년째 찾아 헤매던 그자를 찾아 길을 나섭니다. 억울하다며, 그 이유라도 알고 싶다며 속 시원히 한번 물어보기나 하자고 몇 날을 졸라서 알아낸 주소가 바르면 그 사람을 언젠가는 만날 수 있을 것이지만, 아무래도 형사가 혹시 하는 마음에 주소를 다르게 일러 주었다면 모든 게 허사입니다. 그런 마음이 들수록 두 사람 다 죽이고 싶을 만큼 밉고 원망스럽습니다. 그 사람이 산다는 허름한 이층집은 언제나 그 자리에 그 주소에 눌러앉아 있지만, 그 사람, 범인은 없습니다.

오늘도 범인의 집 주위를 서성거리다 시간이 되어 콜을 받고 자리를 떴습니다. 하루 7만 원은 기본이며 잘하면 15만 원까지 벌 수 있다는 사탕발림에 속은 이유도 있지만, 범인을 잡는 데 시간상으로 이만한 직장도 없을 것 같아서 한 치 미련도 없는 남의 차를 밤마다 몰고 다니는 일을 합니다. 아마도 범인을 만나게 되는 날, 경제적인 도움보다 씻을 수 없는 상처를 안겨다 준 이 일도 끝나는 날이 될 것입니다.

간신히 5만 원을 벌었습니다. 3시 차로 퇴근을 해서 1킬로를 걸어 집으로 돌아오는 길은 어떨 땐 하루를 돌아보는 여유로운 시간이지만 거의 힘겨운 시간입니다. 내일 아니, 오늘 아침에 먹고 등교할 아들 녀석의 아침거리가 손에 들려 있습니다. 삼각 김밥 두 개와 바나나 우유 한 개입니다. 이것은 아들 녀석이 아빠 다음으로 기다리는 것입니다. 어머니가 차려 준 아침밥을 먹지 않아 언제부터 이렇게 사다 날랐습니다.

혼곤한 시간에 아들 녀석이 일어나 학교 갈 준비를 합니다. 그야말로 전쟁입니다. 잠이 든 지 3시간 정도이니 저로서는 죽을 맛입니다. 물론 극단적인 생각마저 하고 있는 자가 이래죽으나 저래죽으나 별반 다를 것이 없겠지만, 그래도 혼곤한 아침잠의 방해는 견딜 수 없이 힘이 듭니다.

"아빠! 우리 반 모둠에서 나는 잔디 인형을 키울 거라 했거든 하나 사다 줘. 내일까지 알았지."

물론 일방적이지만 아침에 이루어지는 우리들의 의사소통은 완벽합니다. 잠시 이러다 말 일이지만, 기분 나쁜 두통을 머리에 이고서 저는 매일 아침 눈을 뜹니다. 언제나 10시 10분 전입니다. 정확해도 너무 정확합니다. 물론 어머니의 헤어드라이어 소리가 그즈음 있긴 하지만, 그렇지 않은 날도 있으니 언제나 10시 10분 전에 일어나는 일이 신기하기만 합니다. 당뇨로 고생하시는 아버지의 수발을 근 10년째 해 오시는 어머니는 칠순의 나이에도 아직 머리에 보라색 물을 들여 아침마다 드라이하십니다. 물론 외출하시는 곳은 텃밭뿐입니다.

"어머니, 머리 색깔이 좀 그렇습니다."

"내가 그런 게 아니고 미용사가 권해서 한번 해 본 기다."

"그래도 좀."

"쓸데없는데 신경 쓰지 말고 우짤끼고? 그라고 계속 있을 끼가?"

"알아서 할게요."

"빌어먹을 놈 지랄도 어지간히 한다. 고마해라. 니가 잘한 게 뭐 있노?"

"알았어요."

"맨날 안다, 안다, 새끼 불쌍하지도 않나?"

"……."

어머니 외출하실 때까지 그냥 누워 있을 건데 괜히 일어났나 봅니다. 아버지는 아무 말씀이 없으십니다. 다만 때꾼한 눈으로 저를 쳐다볼 뿐입니다.

"준비물 사 달라는 거 이자뿌지 말고."

"예."

"다른 거 사 오면 안 되고 꼭 거기라야 하는 거 알제."

"예."

"아, 자슥이 누굴 닮아 고집이 그리 세노. 더 이상 몬 키우겠다."

"……."

어머니는 저더러 들으라고 하시는 말씀이지만, 저는 정작 들어야 할 인간이 있다고 생각합니다. 그 인간입니다. 아이를 버리고 아니, 가정을 버린 2년 전 아내 말입니다. 얼핏 보면 가정 파탄의 원인을 두 사람 모두에게 전가할지 모르지만 그렇지 않습니다. 그녀는 일에 미친 사람이었습니다. 그러기에 우린 헤어진 것입니다. 그때 그녀의 한마디는 죽지 않고선 잊을 수 없는 큰 대못이 되어 제 가슴에 깊이 박혀 있습니다. 지금도 그때를 생각하면 온몸의 피가 역행하는 것처럼 사람이 이상해집니다.

오늘은 일찍부터 서둘러 집을 나섰습니다. 김 형사를 만나기 위해섭니다. 범인, 그자의 주소를 다시 확인하기 위해서입니다. 가는 길에 문구점에 들렀습니다. 샘플로 들어 온 거 어제 마지막으로 팔아 버렸다고 합니다. 구하기가 힘들 거라고 합니다. 천냥마트 이런 곳에 가 보라는 말을 했습니다. 김 형사는 현장에 나가고 없었습니다. 대신 반장이라는 사람이 저를 도둑놈 바라보듯 쳐다보았습니다. 한 이틀 들어오기가 어렵다며 면박을 하듯 쏘아대며 말을 거칠게 했습니다. 1년 전 저에게 누명을 씌울 때와 별반 다를 게 없어 보였습니다. 물론 그때의 반장은 아니지만, 형사계의 분위기가 언제나 이렇듯 살벌합니다.

경찰서를 나와 천냥마트에 들렀습니다. 결국, 잔디 인형을 구하지 못했습니다. 아직 출근 시간이 아니라 서점에 들렀습니다. 매장에 널린 베스트셀러들이 앞다투어 얼굴을 내밀고 독자들의 시선과 손을 기다리고 있는 듯합니다. 저는 베스트셀러 모음 칸에서 한쪽으로 밀려나 있는 한 권의 책을 집어 들었습니다. 3권짜리 장편 소설이었습니다. 두껍고 길어서 무조건 집어 든 것이었습니다. 그런데 막상 들고 보니 책 제목이 호감이 가는 책이었습니다. '언더 더 돔'이라는 책인데 유명한 미국 작가의 소설 작품이었습니다. 저는 잔디 인형 대신 3권의 책을 사 들고 출근하기 전 일단 집으로 돌아왔습니다.

"약속했단 말이야!"

"없는 걸 어째."

"3반에 민수는 어제 문구점에서 샀단 말이야!"

"아이 몰라."

"어떻게 할 건데, 그럼?"

"야! 완두콩이나 고구마 이런 거 하면 안 되냐?"

"안 돼!"

"안 되면 나 모른다."

웁니다. 아들 녀석이 웁니다. 5학년인 아들 녀석이 웁니다. 전혀 예측하지 못한 건 아니지만 당황스럽습니다. 이러한 모습을 집에 혼자 계신 아버지는 물끄러미 바라다볼 뿐입니다.

"맞을래?"

"약속은 꼭 지키고 싶단 말이야!"

아들 녀석은 교회 선생님과 학교 선생님이 언제나 강조한 말이라면서 그들의 말을 근거로 저를 다그칩니다. 돌아보니 그렇습니다. 엄마가 없어도 수업 시간에 필요한 준비물, 숙제, 실내화, 숟가락, 심지어 효도 쿠폰까지 끝까지 챙기는 아들이 지금처럼 떼를 쓰며 우는 것은 당연한 일이라 생각이 듭니다. 고사리 같은 손으로 등이랑 어깨를 주물러 주던 며칠 전의 일이 생각나 미안한 생각마저 듭니다. 저는 다시 문구점을 찾아가 사정을 이야기했습니다. 당장은 안 되겠지만, 며칠 있다가 다시 오라는 문구점 사장님의 배려가 있었습니다.

아들이 학원을 가고 난 후 저는 구입한 책을 들었습니다. 첫 장부터 흥미진진한 이야기가 전개되었습니다. 덕분에 출근 시간 전까지 3분의 1가량을 읽었습니다. 난데없이 한 마을을 돔처럼 덮어 버린 이상한 현상은 재미를 넘어 긴장까지 하게 하는 소설입니다. 출근하기 위해 물론 엄격히 말한다면 그자를 잡기 위해 나가는 시간에 아들 녀석과 다시 대면하였습니다.

"학원 잘 갔다 왔어?"

"응."

"아빠 간다."

"응."

"야! 그런데 너 갈수록 고집이 세진다."

"아빠, 고집이 센 게 아니고 주장이야!"

"말은 잘해요. 그게 그거지. 인마."

"아니거든요."

"얼씨구. 말하는 것 봐라."

"친구들한테 엄마 없다는 소리 듣고 싶지 않아서 그래."

"난데없이 웬 엄마 이야기?……."

"어벙하면 왕따에다 놀림 받아. 그래서 그래. 그리고 아이들이 엄마하고 같이 안 산다는 거 알잖아."

"근데 네가 엄마가 왜 없어?"

"지금은 없잖아."

아들 녀석이 이제 다 컸나 봅니다. 주위 친구들에게 책잡히고 싶지 않아서 그렇게 철저 하고자 했나 봅니다. 한편으론 마음이 놓였습니다. 아빠가 무슨 짓을 저질러도 별 탈 없이 잘 자라 줄 것이라는 생각이 들었기 때문입니다.

버스를 탔습니다. 오늘따라 끝이 없을 것 같이 긴 터널입니다. 순간 확하고 사방이 트이며 버스는 터널을 빠져나왔습니다. 그러나 터널 속의 어둠을 버스가 끌고 나온 듯 여전히 밖은 어둑어둑합니다. 오늘은 집으로 쳐들어갈 겁니다. 그동안 근처에서 그의 움직임을 살폈지만, 이젠 살아 있는지 죽었는지 확인해서 1년 동안 숨어 있는 그자를 잡아내 패대기를 쳐야겠습니다. 아니 1년 동안 가방에 숨겨 온 칼로 그를 찔러야겠습니다. 그것도 아주 깊이 찔러야겠습니다. 제 인생을 결국 끝장낸 그를, 저도 끝장내고 말아야겠습니다. 하지만 결국, 그자를 만나지 못했습니다. 그자는 그 집에 세 들어 사는 사람이었습니다. 벌써 7, 8개월째 나타나지 않아 집주인은 이러지도 저러지도 못한다고 했습니다. 그가 세 들어 산다는 방 입구에 싸인 우편물은 이미 흙탕물을 뒤집어쓴 지 오래된 듯했고 또 더는 우편물은 배달되지 않고 있는 듯했습니다. 그가 타던 자전거 타이어는 세월이 흘렀다는 것을 말해 주듯 푹 내려앉아 있었고 한쪽으로 방치된 듯한 낡은 구두는 이미 구두가 아니었습니다.

"법만 아니라면 당장에 치울 텐데 원……."

"신고해서 임의로 처리하면 안 되나요?"

그렇게 했는데 고가의 물건들이 조금 있다고 해서 구청에서 꺼렸나고 했습니다. 저는 주인의 넋두리를 들으며 그 집을 나왔습니다. 습관적으로 저는 휴대 전화기에 있는 콜센터의 프로그램을 로그인했습니다. 휴대 기기는 저의 마음도 모르고 곧바로 속절없이 울어 댔습니다.

셔틀에서 내려 500m쯤에 어머니의 텃밭이 있습니다. 오다가다 사람들이 쓰레기를 버리는 통에 어머니가 그곳을 치우고 텃밭을 일구었습니다. 구청 직원이 나와서 뭐라 하려고 해도 어머니가 손을 뗀다면 금방 쓰레기로 더러워질 것을 알기에 무언으로 어머니의 텃밭을 인정해 준 곳입니다. 그리고 이곳은 어머니가 머무는 세계이기도 합니다. 텃밭엔 온갖 푸성귀들이 널려 있습니다. 쌀과 보리를 빼고 다 있는 듯합니다. 그런데 하나 흠이 있다면 주위에 물이 없어 일부러 물을 길어 와 밭에 뿌려야 합니다. 비가 오는 날이면 어머니는 몸이 쑤신다고 하시면서도 좋아하십니다. 올해도 저는 어머니의 텃밭에서 올라온 시금치, 고추, 상추, 가지들을 먹고 있습니다.

"애비야! 아가 아침도 안 먹고 갔다. 우짤라고 그라는지 모르것다."

몽롱한 의식 속으로 미끄러져 들어온 어머니의 지청구는 빈정대는 말씀으로 바뀌어 막연히 생각하고 있던 극단적인 일을 하게끔 자꾸만 저를 부추기는 것 같습니다.

"알아서 할게요."

"또 그 소리. 알아서 하거라이."

어머니의 말씀과 동시에 켜진 헤어드라이어의 소리는 저를 벼랑으로 내모는 듯했습니다.

나쁜 년!……

'가족은 몰라도 회사 일과 직원들은 버릴 수가 없어요.'라고 한, 2년 전 아내의 말이 새삼스럽게 혼곤한 상태로 벼랑 끝에 선 저의 머리에 비릿하게 떠올랐습니다. 2년 내내 그 말을 떨쳐버리려 했건만, 그것은 영영 떨치지 못할 말인 듯합니다. 제가 죽어 없어지기까지는……

오늘 아침은 그냥 그대로 누워 있으려 했습니다. 하지만 계속 울려대는 휴대 전화기가 그렇게 하지 못하게 했습니다. 더구나 발신자의 이름은 마음을 급하게 만들었습니다.

"감사합니다. 사장님!"

잔디 인형을 가지고 돌아왔습니다. 텅 빈 아파트엔 저와 당뇨로 병든 아버지만 남아 있습니다. 어색한 공간이 오늘따라 견디기 어려울 만큼 버거움이 되어 가슴에 밀려듭니다. 그러나 아버진 언제나 웃는 표정입니다. 저는 압니다. 어머니의 간호와 간섭 그리고 보살핌이 없었다면 아버진 이미 이 세상 사람이 아니라는 사실을 말입니다. 아버지에게 어머니는 절대입니다. 그야말로 어머니의 삶의 영역을 벗어난 아버지를 생각할 수 없습니다. 자의든 타의든 그렇게 되어 버렸습니다. 그러나 결코 불행해 보이진 않습니다. 그리고 보면 아들인 저도 뭔가에 갇혀 있고 아버지도 어머니에게 갇혀 있는 듯합니다.

오전에 나가셨던 어머니는 누런색 바구니에 갖가지 푸성귀들을 수북이 담아 오셨습니다. 오늘 저녁은 아무래도 호박잎을 먹을 듯합니다. 정말 저의 예상대로 푸성귀로 만들어진 찬으로 저녁을 먹었습니다. 아들은 잔디 인형에 빠져 있습니다. 설명을 보지 않아도 친구에게 들었다며 자신 있어 하는 모습이 대견합니다. 아들은 아빠의 말에도 아랑곳하지 않고 잔디 인형에 빠져 있습니다. 저녁을 먹고 집을 나섭니다. 오늘따라 아들 녀석이 따라 나옵니다.

"왜 나와?"

"그냥. 잘 다녀오세용."

"오세용이 뭐야?"

"사랑합니다."

"웃기네."

가슴이 찡합니다. 전기가 순간 가슴으로 들어왔다 등 뒤로 단박 빠져나가 버린 듯합니다. 얼마 만인지 기억도 없습니다. 들었던 기억도, 했던 기억도 말입니다.

느닷없는 사랑 타령에 저는 휘청거리며 버스를 타러 아니, 범인의 집으로 향합니다. 물론 차가 저를 싣고 가지만 왜 그런지 발걸음이 천근만근 무겁습니다. 하루하루를 결딴내려고 하는 벼랑 끝에 무연히 서 있는 저에게 들려준 사랑의 고백이 아마도 그렇게 만들었나 봅니다. 하지만 저는 이미 먼 곳까지 와 버렸습니다. 아들의 느닷없는 사랑 고백은 다만 제가 지금 어디에 서 있는지를 알게 하는 그 이상도 그 이하도 아니라고 애써 몰아세웁니다. 왔던 길을 돌아갈 순 없기 때문입니다.

경계의 시간을 좀 더 많이 가져야 할 듯합니다. 일주일에 한 번씩 타는 자동차를 이용해 진을 치고 있어야 하겠습니다. 차 없이 그자의 집 앞을 서성이는 마지막 밤을 맞고 있습니다. 역시나 오늘도 범인을 만나지 못했습니다. 다른 때와는 다르게 몸도 마음도 파김치가 되어 돌아왔습니다.

*

비가 옵니다. 추적추적 내리는 비는 간신히 오후 늦게 그쳤습니다. 아버지는 잠시 나간 어머니를 기다리시는지 현관문을 아까부터 물끄러미 쳐다보고 앉아 계십니다. 물론 여전히 빙그레 웃고 계십니다. 아들인 제가 나가는 것을 보셨는지 당신을 쳐다보는 아들에게 시선을 가느다랗게 던지십니다.

"아버지, 다녀오겠습니다."

현관문을 열고 나오는데 아들이 들어옵니다. 그리고 느닷없이 '사랑합니다'라는 말을 합니다. 저 녀석이 최근 들어 부쩍 저럽니다. 아비의 맘을 눈치챘나 싶어 뜨악합니다. 한데 객쩍은 아들의 말은 쉽게 시들해지지 않고 여운을 남기며 현관을 나서는 저의 뒷덜미를 휘어잡는 듯합니다. 그것은 다름 아닌 아버지에게 빚진 아니, 서로에게 빚진 말이 되어 오롯이 살아났기 때문입니다. 지금껏 사랑한다는 말을 한 번도 주고받은 적이 없는 아버지와 아들의 모습이 새삼 깡마른 갈대와 같다는 생각이 들었기 때문입니다.

한때는 그렇게 풍류를 즐기시며 어머니를 힘들게 했던 아버지, 사랑한다는 말 한마디 없으셨던 무뚝뚝하고 무심했던 아버지, 월급날이면 어머니랑 숨바꼭질로 가정을 힘들게 했던 아버지. 그 아버지가 지금 저렇게 어머니의 손에 생명을 맡긴 채 하루하루를 사시고 계십니다. 저는 궁금합니다. 지금 아버진 정말 행복하신지……

쓰레기를 버리시고 오시는 어머니와 저는 복도 입구에서 또 만났습니다. 어머니는 무언으로 말씀하십니다. 조심하라고 말입니다. 그것은 제가 잘 압니다.

집주인에게서 뜻밖의 희소식을 듣게 되었습니다. 오늘내일 중으로 짐을 챙기러 오겠다며 범인의 친구가 왔다 갔다는 이야기를 했습니다. 그 소식은 심장을 벌렁거리게 했고, 저를 당황하게 했습니다. 당장에 그 일이 눈앞에 다가왔다는 생각이 들자 마음보다 육체가 먼저 반응을 보인 것입니다. 목이 타들어 갔습니다. 그리고 속도 쓰려 왔습니다.

난데없이 제 어미를 따라갔던 첫째가 생각이 났습니다. 엄마 혼자 간다면 엄마가 너무 외로울 것 같아서 엄마를 따라간다던 엄마보다 철이 든 첫째가 이 밤하늘 가득히 차올랐습니다. 첫째 딸의 말이라면 무조건 들어 줬던 저입니다. 그래서인지 괜스레 그 아이의 말을 듣고 싶습니다. '아빠, 잘살아야지' 하는 말 말입니다. '엄마하고 다시 아빠한테 올 때까지 막내 잘 돌보고 있어'라는 말 말입니다. 딸아이의 얼굴이 하늘 가득 차오르다 사라지자 범인, 그자의 얼굴이 흐물흐물 딸아이 대신 떠오르는 것에 아연했습니다.

그저 지극히 평범한 얼굴입니다. 아마도 처음 얼핏 보았던 그때의 영상이 남아 다시 재생되었는가 봅니다. 오늘내일 아니면 모레쯤 그를 보게 될지 모르겠습니다. 그를 만난다는 생각이 점점 뚜렷해지자 잊고 있던 일들이 하나씩 떠오릅니다. 먼저 남의 차를 몰고 다니는 일을 그만두게 될 것이고, 주일마다 아는 사람을 만나지나 않을까 하는 생각에 교회를 바꿔 가며 다녔던 일도 그만둘 것이고, 뭐니 뭐니 해도 좌절과 절망케 했던 범인에 대한 생각도 인제 끝나게 될 것이고……

그런데 홀가분해야 할 일만도 아닌가 봅니다. 자꾸만 휑한 가슴이 그것을 말해 줍니다. 사실 두렵기도 하고, 혹여 지옥에라도 떨어진다면 어쩌지 하는 생각이 느닷없이 생겨나 머리를 예리하게 파고듭니다. 물론 성서에는 자살이 지옥으로 가는 길이라는 말은 없습니다만, 그래도 왠지 께름칙함을 부인할 수 없습니다. 하지만 어쨌거나 그동안에 다잡고 또 다잡았으니 결행은 반드시 할 것입니다. 그것이 정도의 길이라고 믿었기 때문입니다.

며칠이 지났습니다. 범인은 나타나지 않았습니다. 집주인도 화가 나 있습니다. 저는 긴 매복의 시간을 갖기로 하고 마음을 다잡았습니다. 그런데 지루할 줄 알았던 시간이 오히려 반갑기까지 하는 겁니다. 그 이유를 곰곰이 따져 저 자신에게 물었습니다. 그랬더니, 극단적인 방법은 정도가 아니라는 결론을 염두에 두고 있는 것을 깨달았습니다. 황망한 일이 아닐 수 없었습니다. 그러나 범인을 마냥 내버려 둘 순 없습니다. 제가 받았던 아픔에 대한 상응하는 대가를 치러야 할 것은 자명한 일이라 여전히 생각합니다.

베란다에 놓인 잔디 인형 머리에서 푸른 잔디가 올라오고 있습니다. 신기하고 웃깁니다. 또 징그럽기까지 합니다. 생명은 저렇듯 자라는 것 같습니다만, 저는 죽은 생을 사는 것 같습니다. 몇 날을 지나도 범인은 나타나지 않고 있습니다. 물론 긴 매복의 시간이 이어지고 있지만, 언제 부턴가 저의 일상이 되어 아무렇지도 않습니다. 다만 용변을 보는 것이 불편할 따름입니다. 시간이 약이라는 것을 범인은 알고 있기라도 하는 것일까?……

읽는 책이 거의 끝나 갑니다. 그러나 끝날 때까지 미스터리 합니다. 그래서인지 방대한 소설은 하나도 지루하지가 않습니다. 갇혀 있는 돔에서 빠져나오고 싶어 하는 자들과 그렇지 않은 자들의 싸움은 이제 막다른 곳까지 왔습니다. 서로의 입장이 첨예합니다.

불현듯 아내가 생각납니다. 나에게서 아니, 가난에서 그렇게 빠져나오고 싶었던 것인가 하는 생각이 아울러 듭니다. 언제부터 그랬을까! 정말 숨통이 막혀 죽을 것 같았단 말인가? 하는 생각이 교차하면서 가슴이 또 터질 것 같습니다. 무엇이 그렇게 급했는지 조금만 참아 주었더라면 지금쯤 먹고사는 데는 별 어려움이 없을 것인데 말입니다. 물론 이것은 전적인 저의 생각입니다만 말입니다. 그렇다고 지금 아내가 잘살고 있는 건 아닙니다. 여전히 어려운가 봅니다. 그래도 지금이 좋은지는 확신이 서질 않고 궁금합니다. 오래도록 자리를 지키고 있어 그런지 범인의 집 근처에 있는 슈퍼 아저씨가 다가와 차 문을 두드립니다.

"여기에 차 오래 세워 두면 안 됩니다."

"아, 예."

"사람들이 지나다니다 불편하다는 말을 가게에 와서 합니다. 알아서 하이소."

"예."

오늘도 범인은 나타나지 않을 것 같습니다. 슈퍼에 들러 저녁 요깃거리를 샀습니다. 아저씨의 표정이 아까와는 다릅니다. 카 오디오에서 7시 뉴스가 시작됩니다. 성폭행한 자의 혐의가 충분하지 않고 도주의 우려가 없어 집으로 돌려보냈다는 말을 합니다. 항간에 쟁점이 되었던 사건인데 참으로 어처구니가 없습니다. 또 다른 도박 뉴스에 목사도 끼어 있다고 보도합니다. 속에서 훅~ 하고 신경질이 반사적으로 올라왔다가 속을 아련하게 만들고 천천히 가라앉습니다. 그렇게도 목사가 되고 싶었던 저에게 그 목사는 배신자입니다. 칼을 맞아야 할 사람이 또 한 사람이 있다면 저 목사가 아닐까 하는 생각이 들자, 불현듯 저의 범인이 순간 측은하게 여겨지는 것을 느꼈습니다. 하지만 그것도 순간입니다. 현장에 있던 순경과 형사들도 혐의가 없다고 한 일을 며칠 뒤 범인의 말만 듣고 일방적으로 죄인으로 몰아세웠던, 현장 검증한답시고 그것도 대낮에 시청 앞 공개된 공간에서 하지도 않은 행동을 강요하며 인권이고 뭐고 무시했던 일 년 전 그 사건이 지금 나오고 있는 뉴스와 오버랩 되었습니다. 피가 다시 거꾸로 흐르는 듯합니다. 피해자가 있고 목격자도 있는 사건을 혐의와 증거 불충분으로 무혐의 처리한 사건을 접하는 저로선 지금 다른 행성에 와 있는 듯합니다. 순간 모조리 쓸어 버리고 싶은 생각에 눈을 질끔 감았습니다. 저는 다른 것은 몰라도 이것만은 꼭 물어볼 것입니다. 왜 그렇게 했느냐고 말입니다. 내게 무슨 죄가 있느냐고 말입니다. 왜 죄가 없는 사람을 그렇게 누명을 씌웠느냐고 다그칠 것입니다. 한 가닥 마지막 희망의 끈이라고 잡은 것마저 당신 때문에 놓아야 했던 일을 어떻게 보상할 거냐고 말입니다.

아내가 그렇게 떠나고 이혼남이라는 딱지를 안고서도 신학을 마지막까지 마칠 수 있었던 것은 저와 같은 아픔을 가진 사람들을 위해서 목회를 해야겠다는 포부가 있었기 때문에 가능했던 것입니다. 그렇게 꺼져가던 불씨를 간신히 살려 놓았지만, 그렇게 취하지도 않은 사람이 자신의 차를 대신 운전해 준 사람을 도둑으로 몰아세웠던 것입니다.

어머니에게 전화가 걸려 옵니다. 뭔가 특별한 일이 집에 일어난 것입니다. 다행히 그런 생각은 저의 기우였습니다. 아들 녀석의 감기약을 사 오라는 말씀이었습니다. 오늘 새벽에 들고 가야 할 것은 김밥에다 감기약입니다. 하나가 더 늘었습니다. 콜을 받기 위해 차를 옮겼습니다.

손바닥 위에 놓인 휴대 전화기가 오후 9시 20분을 보여 주었습니다. 그와 동시에 아주 가까운 거리에서 콜이 들어왔습니다. 오늘은 일진이 좋을 듯합니다. 그냥 기분이 그렇습니다. 탄력을 받아서 그런지 회사에 입금하고도 팁을 포함해 11만 5천 원이나 벌었습니다. 간혹 자랑삼아 말하는 동료들의 이야기가 긴가민가했는데 사실인가 봅니다.

오늘 새벽은 유난히 달이 밝습니다. 반달에 약간 못 미쳐도 그렇습니다. 어머니의 텃밭이 달빛을 받아 풋풋합니다. 마치 흙들이 숨을 쉬기라도 하듯 김이 모락모락 피어오르는 듯해 보입니다. 뭔가 보여 차를 텃밭 옆에다 세웠습니다. 풋풋한 생명의 기운과는 달리 달빛을 받아 변형된 색을 한 고무 물통이 한쪽에 자리를 잡고 떡하니 서 있습니다. 그 모습이

참 혐오스럽습니다. 마치 앞으로 목회해야 하니 재판장님의 올바른 판단을 기대한다는 나의 간절한 바람에도 아랑곳하지 않고 유죄를 인정했던 그 재판관처럼 말입니다. 생각합니다. 밝은 날에 텃밭에 와서 저 물통을 다시 보아야겠다고 말입니다. 그냥 그랬습니다.

아들의 머리가 뜨겁습니다. 불덩이입니다. 녀석을 깨워 약을 먹이고 얼음으로 찜질했습니다. 그렇게 아침까지 저는 눈을 붙이지 못했습니다.

"애비야! 연금 고지서 나왔더라. 나가는 길에 갔다 내거라."

"네."

어제 번 돈이 고스란히 다 나가게 생겼습니다. 저는 무엇에 이끌린 듯이 또 그렇게 아침 일찍 일어나 범인을 만나러 나갔습니다. 나가는 길에 국민연금공단에 들러 보험료를 수납했습니다. 어머니는 자동 이체라는 것이 미덥지 못하다며 극구 공단을 방문하라고 하십니다. 물론 어머니 모르게 통장을 개설하면 되겠지만, 통장에서 빠져나가는 곳이 여러 군데라 연금을 꼭 먼저 처리하기 위해 저도 어머니의 말씀을 따르고 있습니다. 극단적인 방법을 정말 미루면 모를까 그렇지 않으면 어쩌면 앞으론 어머니가 오셔야 할 것 같습니다. 아무래도 자동 이체를 신청해야 할 듯합니다. 밤잠 자지 않고 번 돈을 고스란히 내고 나니 제 손에는 푸르죽죽한 영수 도장이 찍힌 작은 메모지 크기의 종이만 들려 있습니다. 얼마나 살려고 그러는지 몰라도 당장에 필요한 생활비를 이렇게 쓴다는 것이 저로서는 탐탁지 않습니다. 더군다나 극단적인 생각을 아직 완전히 떨쳐내지 못한 사람이 말입니다. 하지만 아버지에게 어머니가 보험이듯 저 또한 노년을 대비하는 유일한 길이 이 보험인 것 같습니다. 국가 체제를 다

부인하고 싶고, 다 부수고 싶고, 쓸어 버리고 싶어 하면서도 이미 저는 국가 기관에 저의 노후를 맡기고 있는 꼴입니다. 참 빌어먹을 일이 아닐 수 없습니다. 물론 범인과 함께 간다면 끝나는 일기도 하지만 말입니다.

　현장에 도착하니 오전 10시 반쯤 되었습니다. 슈퍼 아저씨의 성화를 무마시키기 위해 신문과 캔 커피를 하나 샀습니다. 사회면에는 어제저녁에 들었던 사건을 확인하라는 듯 차례로 기사를 실어 놓았습니다. 성폭행범의 얼굴은 가려져 있고 도박으로 물의를 빚은 목사는 그저 기사만 있을 뿐입니다. 상습적으로 도박했다고 합니다. 목사님도 그렇지만 목사님이 상습적으로 도박하는 것을 몰랐던 신도들도 오롯이 떠올랐습니다. 그 이윤 저도 모르겠습니다. 다만 관심과 사랑을 말하지만, 실상은 그렇지 못한 것이 아닐까 하는 조심스러운 생각이 들었습니다. 여하튼 신문 사회면은 가라앉았던 저의 마음을 마치 구정물 통을 휘휘 저어 놓은 듯 그렇게 저어 놓았습니다. 죄 없는 사람을 죄인으로 몰아가고 확연히 죄인 있는 사람을 무죄로 풀어 주는 이런 세상은 정상적인 세상이 아닐 겁니다. 피가 또다시 거꾸로 역행하는 것을 느낍니다.

　올 것이 왔습니다. 범인으로 보이는 자가 트럭에서 내립니다. 이층집 현관문을 밀고 들어가는 모습이 영락없는 범인입니다. 심장이 요동칩니다. 오금이 저립니다. 돈이 없어 소송까지 가는 것을 포기한 채 죄를 덮어쓸 수밖에 없이 만들었던 그 원흉이 저기 저 독 안으로 들어갔습니다. 손에 칼을 들었습니다. 아찔합니다. 극단적인 방법은 쓰지 말자는 생각이 일순 사라진 듯 눈에 죽일 범인만 보입니다. 일단 가방에 칼을 다시 넣고 가방을 들었습니다. 여차하면 찌를 것입니다. 느닷없이 제가 아닌 또 다른 제가 속에서 말을 합니다. 좋게 하라고 말입니다. 두 사람은 제 속에서 싸웁니다. 이층집 현관문 앞까지 가는 길은 멀고도 멀게 여겨집니다. 두 사람의 싸움이 한없이 긴 탓인가 봅니다. 갈팡질팡한 갈림길에 서 있는 저에게 집주인이 말합니다. 친구가 짐을 가지러 왔다고 합니다. 그때 짐을 가지러 오겠다고 말한 사람 말입니다. 범인이 아니라 범인의 친구 말입니다. 가까이서 보니 그런 것 같습니다, 범인은 안경을 쓰지 않고 대머리도 아닙니다. 친구는 범인과 제가 무슨 사인지를 묻고 할 말은 아니지만 지금 교도소에서 10개월째 수감생활을 하고 있다고 말했습니다. 참 이상합니다. 너무도 다행한 일이라는 생각이 불현듯 듭니다. 의미 없는 웃음이 저도 모르게 나옵니다. 그는 그렇게 또 하다가 된통 걸렸나 봅니다. 범인의 집에서 돌아 나오는데 아이들의 얼굴이 떠오르는 것은 무슨 이유일까 싶습니다. 아무래도 아이들에게 대한 미안한 마음이지 싶습니다. 이제 어떻게 하나 혼란스럽습니다.

일단 교도소에 범인을 만나러 가고 싶습니다. 정말 그때 왜 그랬냐고 꼭 묻고 싶기 때문입니다. 다른 사람은 몰라도 그만이 아는 진실을 꼭 듣고 싶을 뿐 인제 다른 것은 없습니다. 그때 범인의 집에서 돌아 나오면서 칼은 버렸습니다만, 그러나 그를 반드시 만나야겠다는 마음만은 버리지 않았습니다. 다만 도덕적인 결함을 벗고 싶기 때문입니다. 그것뿐입니다. 어찌 도둑놈이 목회자가 될 수 있겠습니까, 아참, 제가 이혼남이라는 사실을 깜박했습니다. 하나가 워낙에 커서 그것을 간과했나 봅니다. 아내도 만나 봐야 할 것 같습니다. 저도 별수 없이 틀에 맞춰 살아야 하는 인간임을 이제야 깨닫습니다. 저는 깨닫습니다. 아버지의 빙그레한 웃음의 의미를 말입니다.

15. 아무도 오지 않았다

몽이가 평소처럼 달려들어 머리카락을 헤집었다면 어땠을까. 물론 그랬다 해도 여전히 혼몽한 꿈과 현실을 왔다 갔다 하며 시간을 흘려보냈겠지만.

집이 쉽게 구해질 때부터 알아봤어야 했다. 매각 물건이라지만, 혈혈단신 무작정 도심으로 나온 촌뜨기에게 쉬운 거처가 되어 준 건 뭔가 처음부터 잘못된 일이었다. 한나절도 고생하지 않고 단박에 구한 집. 주인이 멀리 있다며 대신 관리한다는 사람의 말만 듣고 계약서도 없이 다달이 달세만 내기로 하고 든 집. 습기가 조금 문제지만 이보다 싼 집이 어디 있느냐는 말에 혹했던 방. 습기는 사람 하기 나름이라는 생뚱맞은 지론을 펴며 기꺼이 들었던 지하 방. 몽이와 함께한 난생처음 가지는 내 방.

하지만 그 방이, 생전 처음인 내 방이 어쩌면 무덤이 되고 말 처지다. 몽이만, 몽이만 까불었어도, 물론 그랬다 해도 지칠 대로 지친 내가 일어나기는 만무했겠지마는.

사람들의 분주함은 없다. 어디에도 그런 움직임은 포착되지 않는다. 어디선가 간혹 쿨럭거리는 물소리만 있을 뿐이다. 밀폐된 공간, 언제부터 시작되었을까, 그즈음에 나는 혼곤한 잠에 빠져있었을 테지. 피곤함에 찌든 육체에 떠밀려 영혼까지도 나락의 구렁텅이에 처박혀 허우적대면서…… 이렇게 밀폐되고 있는데……

깜깜한 공간. 불은 또 언제부터 끊어졌나, 모르긴 해도 물소리, 계단으로 와락 쏟아 흘러내릴 그때, 몽이가 겁을 먹고 펄쩍 내 곁 발치에 올라앉아 물끄러미 문 쪽을 바라보고 있을 그때 그랬을 거다. 바보 같은 녀석이다. 그때라도 나를 깨웠다면…… 물론 일어날 수 있었을까마는.

모퉁이 집이라 물이 잘 들어 왔을 거다. 술술 막힘없이, 어떤 제지도 없이 그냥 힘닿는 대로 수월히 흘러들었을 거다. 마치 널브러진 육체를 비웃듯…… 뭐가 못마땅해서, 무슨 저의가 있어서……

주인은 아니, 적어도 대리자는 알고 있으려나. 아니, 이웃하고 있는 사람이라면…… 참, 내게 이웃이 있었나? 주위에 사람들이 살았나? 도시 기억나지 않는다. 맞다. 못 본 것 같다. 별 보고 나가고 별 보고 들어오는 눈엔 없었다. 황급히 달려들어 골목 벽에다 오줌 쏟아내는 자는 가끔 있었지만, 이웃은 없었다. 아, 그렇다면 혼자 이 건물에 산단 말인가? 그럴리 없다. 적어도 대여섯 가구는 살 건물에…… 백번 양보해 아무도 없다고 하자. 하지만 대리자는 살고 있을 거다.

대리자는 지금쯤 이런 위급한 상황을 119에 알렸을 거다. 그리고 구조대원들은 황급히 달려왔든지 아니면 오는 중일 거다. 그들의 의해서 나는 조만간 이곳을, 물로 밀폐된 이곳을 무사히 빠져나갈 것이다.

다시 전원 버튼을 눌렀다. 전기는 여전히 끊어져 있다. 대리자는 전기부터 손을 봐야 하는데…… 119에 다 일임한 건가? 그러면 아직 구급대가 도착하지 않았다는 뜻인데…… 뭐하지, 빨리 오지 않고…… 지하 계단참에 난 유리문으로 흘러든 습기를 머금은 빛은 희뿌연 밝음으로 치환되어 밀폐된 공간을 더 컴컴하게 구석구석 부려 놓았다.

어, 공기! 어쩐지 답답하다 했다. 평소에도 그랬나? 이 또한 도시 기억에 없다. 공기가 줄어드나? 물론 숨이 막혀 죽지는 않을 거다. 적어도 그때까진 구조대가 올 거니까. 아니, 모른다. 물난리로 다른 곳에 들렀다가 온다면, 혹 접수된 구조 요청을 빼먹고 있다면 공기는 더 있어야 하지 않나? 평소 이렇게 답답한 기억은 없지만, 어쩐지 답답한 것은 사실이다. 공기, 공기를 아껴야 한다. 몽이를 죽여야 한다. 구석에 둔 야구방망이로 한 번에 때려죽여야 하나? 아니다, 그것으로 일단은 문을 두드려 보자. 적잖이 소리가 날 테니까, 혹 아직도 이런 상황을 눈치채지 못하고 잠들어 있을 대리자를, 이웃을, 구급대를 깨우고 부르는 데 적잖이 유용하겠다.

"방범용으로 가져다 둔 야구방망이가 이렇게 쓰일 줄이야."

방망이가 부러질 때까지, 손이 퉁퉁 부어오를 때까지 두드렸다. 하지만 여전히 묵묵부답의 정적. 그래도 한 번쯤은 들었을 거다. 이렇게 손이 부르텄는데, 못 들었다면 죽일 놈들이다. 미친놈들이 아니고는 그럴 수 없다.

물에 흥건히 젖은 전화기는 평소 때와 달리 무겁다. 스펀지라도 들었나? 물을 얼마나 먹었는지 모르겠다. 바닥으로 스민 물을 죄다 빨아 먹었나…… 병신! 알람이라도, 그렇게 오는 스팸 문자라도 하나 받던가!

하기야 10통 20통을 받는다 해도 나락에서 허우적대는 영과 육을 깨우진 못했을 테니, 무슨 소용이람. 아니다. 한 번쯤 일어났을지도 모른다.

나락의 끝쯤 바닥을 관장하는 어떤 괴물의 목소리쯤으로 알고 벌떡 일어났을지…… 아 참. 아니다. 이곳은 전파가 들어오지 못한다. 최신 전화기라 해도 알람 외엔 어떤 기능도 사용할 수 없다. 기가 찬다.

아, 그래서 유전 전화를 그렇게 놓으라고 했던가, 이럴 줄 알고…… 그러면 이런 일이 처음이 아니란 말인데, 여하튼 대리자가 잠들어 있지 않으면 이런 상황을 인지했을 거니까, 불행 중 다행이다.

"몽아!"

물이 흥건한 바닥을 피해 소파 어딘가에 올라앉았을 녀석. 뭐 잘한 게 있다고……

"몽아!"

때려죽이려 했던 생각을 감지했었나, 어디에도 없다. 기척도 없다. 조금 전까지, 방망이를 가지러 일어설 때까지 곁에 있었던 녀서이 아무런 기척이 없다. 영악한 놈.

"방망이 부러졌잖아."

하기야 눈치가 구단인 놈이 주인의 이런 생각을 알았으니 구조가 늦어지면, 그래서 산소를 더 아껴야 할 상황이 정말 생긴다면 무엇으로도 내려치지 못할까 지레짐작했으리라.

"몽아! 미안."

그런데 몇 시나 되었을까? 평소 일어나는 시각이 12시쯤이면…… 눈이 따가운 것을 봐선 그보다 훨씬 이전일 게 맞는데. 하지만 잠을 깨 불을 켜 보고, 문을 두드리고, 혼자서 욕을 하고…… 이렇게 흘러간 시간을 고려한다면 12시가 넘었으려나 아니면 아직 이른 아침, 또는 누구도 일어나지 않은 어둑새벽의 시각일 줄도 모르겠다. 여하튼 시각만이라도 안다면 막연한 두려움과 바투 맞설 수 있을 것 같은데…… 모든 게 너무 아스라하다.

문밖 저 많은 물을 밀어 넣은 원흉의 지랄 같은 빗소리는 어디에도 없다. 하기야 입구와 유리 창문을 물로 꽉꽉 채운 탓에 그 소릴 듣기는 만무하지만, 소리라도 듣는다면 고립된 두려움과 너끈히 맞설 수도 있을 것 같은데……

아, 혹여 계단참의 유리문이 박살이 난다면 큰일이다. 적어도 1, 2톤은 족히 순식간에 들어찰 것이다. 거기다 비가 여전히 내린다면 빗물이 이곳으로 곧장 흘러들어 1, 2톤이 문제가 아니라 삽시간에 어둠으로, 습한 공기로 눅눅한 밀폐된 공간은 깔끔하게 물로 채워질 것이다. 아니다. 어쩌면 이 공간에 있는 공기압 때문에 물이 더 이상 흘러들지 않을지도 모른다. 물론 물이 한꺼번에 쏟아져 들어온다면 말이다. 그렇지 않고 만약 틈새로 쫄쫄거리며 흘러든다면 그땐 끝장나겠지만.

"몽! 이리 와."

공기가 정말 모자라서인지 따가운 눈알과는 무관하게 머릿속 멍멍한 틈으로 아릿아릿 두통이 파고든다. 가죽 소파의 바닥은 당장은 깔끔하다. 살이 닿는 곳마다 부드득 마찰음을 낸다. 길게 두 다리를 뻗어 보지만 달갑지 않다. 모로 누워 두 다리를 배 가까이 끌어당겼다. 다리가 배에 붙자 순간 따스함이 복부 한복판에서 아스라이 펴져 나가다 이내 그만이다.

"어서 오라니까."

녀석은 영악하다. 어떤 소리도 내지 않고 숨었다. 혹여, 잡힐까 봐, 들킬까 봐…… 교활한 놈……

촌이지만 그 흔한 개 한 마리 없었던 우리 집. 수의사가 되겠다고 했을 때 모두가 다 차라리 보신탕집이 낫겠다는 비아냥에도 어머니는 틈틈이 모아 둔 쌈짓돈으로 지금의 몽이를 사 주셨다. 어머닌 그렇게 만류하시는 아버지와 가족을 설득해 나와 몽이를 떠나보냈다.

"남자는 모름지기 큰 뜻을 품어야 한다."

어머니는 아들이 수의사가 되고자 하는 꿈이 큰 뜻이라 여기신 모양이다. 물론 어머니가 생각하셨을 그 큰 뜻은 얼마 못 가 보기 좋게 망상으로 뭉개져 허공에 사위었지만.

하지만 수의사를 이은 또 다른 약사의 꿈은 어머니의 큰 뜻을 꼭 깡그리 뭉갰다고만 할 수 없다. 그러니까 어머니가 생각하신 큰 뜻은 약사로 바뀐 것일 뿐이었다. 하기야 그것도 한때이긴 하지만.

"김 군, 매장 관리자 어때? 자네 부모님도 돕고 말이야."

점장의 말은 어머니가 생각하신 큰 뜻이 최종 귀착하는 데 일조했고, 의뭉하게 요동쳤던 미래를 확고히 붙들게 했다. 그러나 매장 관리자 직전에 있던 나는 지금 모든 걸 잃을 순간에 놓였다. 마치 어머니가 생각하신 처음 그 큰 뜻이 영영 공중분해 한 것처럼 위기에 처해 있다.

전원을 눌렀다. 여전히 끊어져 있다. 거리 곳곳에 물난리로 어수선한 모습을 TV를 통해 볼 수 있다면 이토록 답답하진 않을 텐데…… 아, 고립…… 위급한 이들이 많은 탓에 구조대가 늦다.

"제기랄! 비가 얼마나 온 거야!"

언뜻 구조대원 한사람이 국민 몇 사람을 관리하는지를 최근 뉴스를 통해 들었던 일이 뇌리를 때린다. 그때 생각하기로 저러다 다 죽겠다는 생각을 아니, 말을 한 것 같다. 지금이 꼭 그 실체의 현장이다. 아! 시간 안에, 산소가 다 떨어지기 전에 도착할 수 있을지.

"몽아, 우린 같이 살고 같이 죽는 거야."

객쩍은 말에 여전히 아무런 기척이 없다. 그동안 녀석에게 쏟았던 관심과 녀석이 내게 보였던 신뢰는 한 번의 실수로 단박에 끝난 건가, 퇴근이 늦어지면 혹여, 녀석이 어떻게 될까 노심초사한 일은 뭔가? 이렇듯 신뢰가 뚝 하고 단박에 끊어진 건가? 하기야 죽인다는데……

"그래, 알아서 해."

이와중에도 졸음은 아슴아슴 두통 틈에 끼어들어 영과 육을 둘로 쪼개며 나른하게 달려든다. 충혈된 듯 따끔거리는 눈은 나른함에 응답이라도 하듯 눈꺼풀을 내린다. 천근만근이라는 말의 뜻이 이런 건가…… 뇌 속에 산소가 부족하면 잠이 온다고 했는데, 정말이지 이런 상황에서 잠이 온다는 것은 분명 산소가 부족한 게 맞다.

"이렇게 자다가 콱 가는 건 아니겠지."

눈을 감았지만, 아니 눈은 감겼지만, 의식은 다시 또렷이 살아난다. 또렷한 의식은 가만있지 못한다. 마구 돌아다닌다. 한동안 물속 지하 공간을 벗어나지 못하고 공간에서만 뱅뱅 돌고 돌다 간신히 벗어난다. 먼저는 몽이를 찾아 안고, 다음은 사람들이 우르르 몰려와 물을 마구 퍼내고, 그다음에 문이 열리고 하늘이 훤히 뚫린 세상 밖으로 몽이와 같이 여러 사람의 희한한 환대를 받으며 나가는 데까지 생각은 바쁘고 펄떡인다. 황급히 준비해 출근해서 점장에게 늦은 진위를 이야기하고 이해를 구한 뒤…… 다시 지하로 돌아온다.

세상이 물바다인데 119구조대원의 구조는 언감생심. 달동네 같은 곳에 있는 외딴 지하방의 위기를 누가 알까. 대리자는 여전히 술에 취해 코를 골며 자고 있든지 관심이 없든지 할 테고, 이웃은 물론 이웃이 있다면 그들 또한 자기 살기 바쁠 터인데…… 결국, 지하 공간의 압력을 이긴 물이 계단참에 있는 유리 창문을 와장창 깨고 순식간에 방으로 밀려들 거다. 쏟아져 들어오는 물은 그나마 있던 공기를 밀어내고 공간을 물로 한가득 꽉꽉 채울 테고, 나와 몽이 폐로 너끈히 밀고 들어올 테다. 밀고 드는 물은 급기야 공기가 남은 폐로 들어차 폐의 탄성을 유지하는 계면 활성제와 만나 거품을 만들어 그야말로 입에 게거품을 물게 할 테다.

조금이라도 연명하려면 몽이를 정말 죽여야 하나, 그것도 목을 비틀어 한 번에 콱…… 도리어 몽이가 달려들어 내 목을 콱…… 저주받은 영혼처럼 지하방을 떠돌던 생각은 이런 눈덩이를 만들어 놓는다.

"허……."

생각은 다시 일어선다. 섬뜩하다. 안 된다. 잠시 끊어졌던 생각의 끈이 다시 이어지지 못하게 눈꺼풀 뒤 숨은 따가운 눈동자를 마구 찔러 깨운다. 지친다.

희뿌연 밝음은 도시 밀폐된 공간을 깨우지 못한다. 여전히 눅눅한 캄캄함만 더할 뿐이다. 비스듬히 누웠는지, 반듯하게 누웠는지, 등받이를 향해 누웠는지, 천장을 보고 누웠는지 아니면 바닥으로 떨어져 바닥 어딘가에서 천장을 바라보는지, 벽을 바라보는지 도시 모를 일이다.

"냉장고……."

아무것도 없을 거다. 세 끼니를 다 밖에서 해결하니 그럴 수밖에 없다. 단지 물병은 적잖이 있을 거였다. 사람이 먹지 않고 나름대로 버틸 수 있는 것은 물이 있으면 된다고 했다. 언뜻 그런 사례가 기억난다. 하지만 아니다. 그건 누군가 지어낸 이야기다. 이렇듯 배가 고파 죽을 지경인데 무슨 소릴 했는지 모르겠다.

생각의 끈과 실랑이하다 잠이 들었던 모양이다. 한데 얼마나 잤는지 짐작할 수 없다. 1시간을 잤는지 2시간을 잤는지 3시간을 잤는지 아니면 하루를 잤는지 이틀을 잤는지……

숨 쉬는 어려움보다 허기는 더 힘이 든다. 몽이 녀석 때문에 공기가 더 줄어 숨쉬기가 쉽진 않지만, 허기는 당장 내 팔뚝의 살이라도 뜯어 먹게 할 기세다.

인제 발목까지 들어찬 바닥의 물은 냉장고를 향해 가는 길에 찰랑거리며 찬 기운을 마구 튀긴다. 아릿아릿하게 전신으로 퍼지는 싸함…… 아니, 얼어붙는다. 사지를 뻐근하게 얼린다. 살아서 냉장고까지 도달할 수 있을까?……

아, 물…… 그냥 방 안의 물을 마시면 될 일…… 아니다. 그래도 물병의 물을 마셔야 한다. 그래야 온전히 살 수 있기 때문이다.

"바닥의 물이라니……."

의지는 굳은 사지를 풀었다. 냉장고 문을 열고 손 가는 대로 집어 든다. 당연히 물병이 손에 들린다. 뚜껑을 따서 쉴 새 없이 입안으로 물을 들이붓는다. 물이 닿는 부위마다 살아나는 낯선 뜨뜻함이 전신으로 퍼진다. 이상하다. 찬물에 뜨뜻함이라니……

퍼뜩 생각난 것에 기신기신했던 몸이 화들짝 놀란다. 감지하는 인지 능력은 허기와 비례하는가 보다. 가슴이 느닷없이 쿵쾅거린다.

"이러다 전기라도 들어오면 진짜 끝장이야."

소파를 향해 내달린다. 뭘 밟았는지 한쪽으로 기우뚱하다 간신히 중심을 잡고 기신기신 걸어온 반대 방향을 기억하며 계속 나아간다. 평소 같으면 한두 걸음이면 소파에 도달했겠지만, 당장은 멀고도 먼 길이다. 결국, 한두 군데 더 부딪히고서야 소파에 올라앉을 수 있다.

인제 소파는 뿌드득 대신 미끄덩하게 몸을 받는다. 순간 아릿함이 발끝에서 전해 온다. 아마도 바닥에 둔 스테인리스 그릇이지 싶다. 스테인리스 그릇이면 몽이의 밥그릇이다.

"몽!"

어딘가에 올라앉았는지 배가 고플 녀석은 정말이지 꼼짝도 안 한다. 그렇다고 발목까지 오는 물에 익사한 건 아닐 테고 녀석의 무반응이 인제는 섬뜩섬뜩하다. 순간 녀석과 장난칠 때 번뜩였던 갯과의 야성이 벽 어딘가에서 번뜩이는 듯해 싸하다.

"몽, 그러지 말고 이리 와."

허기를 물로 채운 탓에 뱃속이 요동친다. 아마도 몇 날은 지난 것 같다. 그러지 않고서야 이렇듯 허기에 인한 절절함이 있을 수 있는가 싶다. 물론 한 번도 이렇듯 허기져 본 일이 없기에 모를 일이지만, 움직일 때마다 출렁이는 뱃속 때문에 멀미가 날 지경이다.

"도대체 어쩌려고 물을 이렇게 마신 거야! 미친놈."

구석진 곳인가, 그러니까 비키니 옷장과 TV 테이블 사이에서 언뜻 움직임이 있었던 것 같다. 여전히 뿌연 밝음의 어둠은 방 안을 컴컴하게 묶어 두었고, 눈이 어둠에 익숙하도록 결코, 용인하지 않았지만, 뭔가 구석진 곳에서의 움직임은 어둠 속에서의 더 어두운 뭔가였기에 인지할 수 있었다.

"몽!"

정말이지 전에도 이런 일이 있었단 말인가?…… 대리자는 정말 나를 죽이려 하는 건가?…… 혹여, 유선 전화를 놓으라는 자신의 말을 듣지 않아 쌤통이라 생각하는가? 아니면 나는 모르겠으니 알아서 하라는 말인가?……

"계약서를 적지 않은 이유가 이런 일 때문이었나?…… 죽일 놈."

이곳에서 나간다면 대리자를 제일 먼저 발기발기 찢어 죽일 것이다. 자기에게 무슨 해를 끼쳤다고 이곳에 밀어 넣어 죽기를 바라나?…… 죽어 마땅하다. 그것도 사지를 찢어서 흔적도 없이…… 나를 이곳 지하방 물속에 흔적도 없이 매장하려 하듯이……

뱃속의 출렁이는 물은 힘없는 나를 중심 잡지 못하게 하고 소파 위에 곤두박질치게 한다. 소파 위에 널브러지자 느닷없이 한기가 찾아든다. 아니 깨닫는다. 아마도 깨달음은 조금 전 구석진 곳의 공포 때문이리라. 한기가 일시에 달려들어 온몸을 다시 뻐근하게 한다. 이대로 굳어져 버릴 것 같은 느낌이지만, 손가락 하나 꼼짝하고 싶지 않다. 아니, 할 수 없다. 그러나 생각의 나래는 전보다 더 활개 치며 허공을 떠다닌다.

구석의 실체에 갔다가, 굶어 죽은 몽이, 익사해 배가 볼록 나온 몽이, 눈을 까뒤집은 몽이, 여차하면 목을 물려고 호시탐탐 기회를 엿보고 있을 어딘가에 숨은 몽이, 대리자의 발기 찢어지는 사지 그리고 비명, 앙갚음의 환희까지 휘휘 떠다닌다.

"요즘은 귀농이 대세라는데 넌 왜 자꾸 밖으로 나가려고 한다냐?"

아버진 몽이를 데리고 떠나는 자식을 끝까지 붙들려고 말씀하셨다. 그

때 나는 속으로 아니, 혼자 구시렁거렸다. 아마 인생에 있어 전혀 도움 안 되는 늙은이라고 했으리라.

흑암의 공간을 돌고 돌던 생각은 느닷없이 아비지를 떠올린다. 그리고 가슴 한가운데를 한없이 무너지게 한다. 인제서 말이지만 어머니의 생각, 자식을 향한 어머니의 지지는 틀린 거였다. 아버지가 맞았다. 아버지를 생각하자 생각이 지하방에서 휘황한 세상 밖으로 다시 터져 나간다.

그 많은 논과 밭 그리고 과수원을 제쳐놓고 집 뒤의 고추밭과 가지밭이 가슴 가득 아슴아슴 밀고 들어온다.

아……

"느그 형들은 과수원이랑 논으로도 공부시키는 거 간당간당했어야. 그란데 넌 여그 이것 가지고도 모자람이 없었어야."

그땐 고등학교 졸업하고 대학을 포기한 상황이라 아버지의 말은 귀에도 들어오지 않았을 뿐 아니라 영영 농사나 짓고 살라는 저주의 말처럼 여겨져 얼마나 원망했는지 모른다. 한데 지금에 와서는, 지금의 지하방, 그것도 물속 공간의 희한한 방 안에선 아버지의 그 말씀은 생명의 말씀이고 축복의 말씀이었다.

"그냥 그때 눌러앉아 있었으면……."

춥다. 몸이 차갑다. 아마도 지금쯤 몽이도 얼어서 서서히 죽어가고 있을 거였다. 불쌍한 녀석…… 인제는 힘이 남아 있어도 내 목은 물지 못할 거였다. 사실 문다고 한들 이렇게 뻣뻣해져 가는 목에 이빨이 박히기라도 하겠는가.

어, 물소리다. 고개를 그쪽으로 돌린다. 삶의 절절함인가, 뻣뻣한 목이 순식간에 돌아간다. 아무것도 없다. 아니다. 물 흐르는 소리다. 다시 들어도 물 흐르는 소리가 맞았다. 오장육부의 기력과는 달리 생각과 청각은 갈수록 선연해져 뭐든 생각하고 듣는다.

기신 일어나 앉았다. 도시 방향을 잡을 수가 없다. 아릿한 두통이 그 자리에 있을 뿐 소파의 위치, 앉은 위치 그리고 어딘가 바라보는 시선의 위치는 엉망진창으로 혼란스럽다.

뿌연 밝음의 진원지를 찾아 충혈되고 기력 없는 눈동자를 머릿속 어디쯤에서 굴린다. 덜거덕거리는 눈 돌아가는 소리가 뇌에서 요동친다. 두통이 단박 휘몰아친다. 순간 눈을 찔끔 감는다. 좀처럼 쉬이 사라지지는 두통은 그 자리에서 윙윙거리며 맴돌 뿐 결코 자리를 내놓지 않고 악착같이 착 달라붙어 머릿속을 휘젓는다.

그 탓에 시각 세포가 충격을 받은 것인지 뿌연 밝음의 진원지가 선뜻 눈으로 들어오는 게 아닌가! 조그마한 유리창, 계단참 바닥에 손바닥만한 유리문이 전과 달리 선연히 눈에 들어온다. 하지만 거기서 들려오는 소리는 지옥의 진혼곡이다.

촬촬촬……

자리에서 벌떡 일어난다. 숨이 턱 하고 턱밑에서 틀어막는다. 다시 혼절하듯 자리에 털썩 주저앉는다. 그리고 다시 창을 향해 고개를 든다. 여전히 진혼곡은 흘러나온다.

"몽아!"

지옥의 진혼곡은 잃었던 힘을 되찾아 준다. 털썩 주저앉았던 소파에서 다시 일어선다. 그리고 고래고래 고함친다. 다시 찾은 힘은 지하방 이곳저곳으로 옮겨 다니며 닥치는 대로 붙잡고 던지고 쓰러뜨린다.

"몽아! 이곳에서 나가야 해!"

뿌연 창가로 다가가자 촬촬거리며 흘러나오는 진혼곡의 차디찬 기운이 몸으로 와락 와락 튀어 오른다.

"거기 누구 없소! 여기 사람 있단 말이요!"

차가운 기운은 어느새 무릎까지 와 닿는다. 섬뜩한 기운이 허기진 뱃속을 뚫고 지나 뇌리를 때리며 요동친다.

"이 개새끼……."

처음엔 누구에게 한 것인지 모른다. 한데 뱉은 말이 어두운 공간에서 공명돼 한층 크고 음산함으로 귓속을 파고들어 고막을 때렸을 때, 누구를 향해 뱉은 것인지 비로소 안다.

정말이지 대리자는 지금 뭘 하고 있는 건가, 아직도…… 그것도 몇 날 며칠 방구석에 틀어박혀 자고 있단 말인가?…… 119는 물 건너갔단 말인가!…… 이렇듯 입구를 철문으로 만들어 놓고……

한적한 곳, 외딴곳, 어머니 아버지가 모르는…… 아니, 점장까지도 모르는 이곳…… 지옥으로 떨어지기 위해 기다리는 이곳…… 사람들과 아득히 멀고 먼 이곳…… 오래전부터 잊혔던 외딴 이곳…… 철저히 버려진 이곳…… 누구 거기 없나요?……

육체가 얼어 가고, 영혼이 지옥의 진혼곡으로 공포에 절어 가고 모든 게 멈춰 가는 순간이지만, 누구 하나 없다. 철저히 혼자다. 눈물이 흐른다. 언제 이렇게 철저히 버려진 날이 있었던가, 끝까지 곁에 두려 붙잡았던 아버지, 그래도 꿈을 향해 가는 아들을 끝까지 지지해 주셨던 어머니, 미래를 바라보며 우왕좌왕 갈피 잡지 못하고 헤맬 때 명확하게 앞날의 비전을 선연히 제시해 주었던 점장…… 나는 결코, 혼자가 아니었다. 한데 지금 나는 혼자다. 버려진 자다. 개조차도 떠난 철저히 외면된 자다.

그것은 전적으로 대리자 탓이다. 인제 보니 대리자는 지옥을 채우기 위해 지옥과 상관없는 자를 무작정 잡아다 지옥문 그러니까, 이 지하방에 가두는 그런 역할을 담당하는 놈이었다. 아마도 지옥문을 지키는 우두나찰이나 마두나찰의 졸개쯤일 게 자명하다.

진혼곡은 끝없이 흐른다. 아까 구석진 곳에서 뭔가 움직였던 것은 아마도 우두나찰이나 마두나찰 중에 하나가 아닌가 싶다. 그렇다면 영영 지옥으로 떨어지는 것은 자명한 일인가?

두둥 떠다니는 의자와 뭐가 들었는지 기억에 없는 조금은 무거운 책상을 끌어다 진혼곡이 흘러나오는 아래에 끌어다 놓고 밟고 올라서서 진혼곡을 틀어막는다. 옷가지로 틀어막지만 여의치 않다. 틈 사이로 흘러드는 진혼곡의 기세는 비열하고 잔인하다. 밀도가 높지 않고 촘촘하지 않은 옷가지는 그냥 허울뿐 진혼곡의 음향을 더욱 야릇하게 만들어 놓을 뿐이다.

문을 안으로 열 수 있다면 이래 죽으나 저래죽으나 한 번 시도해 볼만도 한데 그것도 허락하지 않는다. 대리자는 틀림없이 모든 것을 계획하고 나를 이곳으로 불러들인 게 자명하다. 끝없이 흘러드는 진혼곡의 물소리……

"몽!"

몽이는 없다. 진짜 없다. 녀석이 물속에 빠진 것인지 아니면 어딘가 높은 곳에 올라앉았는지 정말이지 어떤 기척도 없다. 하기야 보이는 것은 희뿌연 진혼곡의 진원지만 보일 뿐이어서 녀석이 어디에 올라 있는지,

정말 물에 빠져 익사한 건지, 굶주려 기력을 잃고 늘어졌는지는 확인할
수 없다. 당장 눈에 보이지 않는다. 아직도 내 목을 물려고 기회를 엿보
고 있지는 않을 텐데.

희뿌연 창은 여전히 그대로 희뿌옇다. 더하지도 덜하지도 않다. 여전
히 밖엔 비가 억수같이 쏟아지고 있을 거였다. 아니라 해도 적어도 내렸
던 빗물이 계속 흘러내려 모퉁이 지하 공간으로 흘러들 거였다. 한 번쯤
일기 예보라도 봐 두었다면…… 하기야 미친 듯이 일하고 미친 듯이 소파
에 널브러지는 게 일상인 내가 일기 예보를 접하기는 만무한 일이지만.

책상과 그 위 의자에 올라선 가슴께까지 차오른 물은 거칠 것이 없나
보다. 밀폐된 공간의 공기 압력은 어쩌고 이렇듯 밀고 들어오는 건가, 공
기가 빠져나간다는 말인가, 그래서 숨쉬기가 어려웠단 말인가…… 그렇
다고 내가 모르는 곳으로 공기가 밀려 빠져나가는 것은 아닐 테고.

깡깡 틀어 막힌 지하방의 환기구는 출입구가 유일한데 절대 그럴 리
없다. 아니, 어쩌면 저 대리자가 나 모르게 수작을 부렸다면 충분히 가능
성은 있겠지만. 하기야 죽이려 작정했으니 어련하실까.

"개새끼!"

첨벙……

아, 선반…… 녀석이 허겁지겁 달려온다. 물이 묻은 털 아래로 파르르
떨고 있는 몽이. 녀석이 창문에 매달리기 시작한다. 녀석도 인제 창문을
본 것인가? 간신히 부여잡을 수 있는 턱에 두 발을 올리고 사력을 다해
뒷다리를 허우적댄다.

아…… 몽이를 불렀던 건 살아 펄떡이는 모습이 아니라 주검을 확인하

고 싶었던 거였다.

"몽, 그러면 아저씨들이 오기 전에 힘이 다 빠져 안 돼."

몽은 아랑곳하지 않는다. 그리고 다시 선반 쪽으로 허우적대며 사라진다. 아마도 나보다 선반을 더 신뢰할 수 있는가 보다.

"이리 와. 몽!"

하기야 와 본들……

순간 허기가 큰 파도처럼 영과 혼과 육을 덮는다. 이어 차가움과 싸함 그리고 얼얼한 추위는 기신한 몸을 절망케 한다. 9월인데 이렇게 추울 수가 있나……

가슴께를 넘은 물을 피해 나도 모르게 까치발을 한다. 그때 손에 잡힌 건 빨랫줄이다. 방을 가로지른 빨랫줄이 손에 잡힌 거다. 나일론의 미끈거림은 오줌을 지리게 한다. 아랫도리쯤의 따스함…… 몽롱한 의식으로도 그 부드러움을 감지한다. 부드럽고 감미로운…… 야속하게 사위는 아쉬움과 절절함……

다시 한 번 찔끔 힘을 준다. 도리어 우당탕…… 물속으로 곤두박질한다. 물이 기다렸다는 듯이 코로 입으로 밀고 들어온다. 순간 눈알이 핑하고 돌고 돈다.

"컥!"

물 밖으로 고개를 내밀자 이번엔 물 대신 눅눅한 공기가 가슴으로 폐로 벌벌거리며 밀려든다. 깊이 들이마셨다 내뱉는다. 머리가 순간 또 핑하고 돈다. 코 가장자리가 벌에 쏘인 듯 칼에 베인 듯 아릿하게 후비며 달려든다. 마치 생선 판매장에서 생선 가시에 느닷없이 찔려 기겁했을 때와 다름없다. 비릿한 뭔가가 몸속으로 쑥 하고 파고드는 것까지 흡사 닮았다.

목구멍에서 간당거리는 호흡. 다급히 빨아들이며 내뱉는 과정에서 의지와는 달리 흡입되는 눅진한 습기…… 폐 안에 물이 가득 들어차 여차 움직인다면 출렁거릴 것 같다. 허허한 가슴팍엔 분명 물이 가득 들어찼으리라…… 인제 곧 게거품을 입에 물리라……

"몽이……."

아, 이젠 알 바 아니다. 나도 너도 간당간당한 갈림길에 서서 뭘 기대할 게 있다고…… 너도 훨훨 나도 훨훨 그렇게 가자꾸나. 하기야 꿈을 품기 위해 몽이라고 지었던 이름의 의미가 사라진 지도 이미 오래…… 가거라 가. 그러고 보니 참 미안하다. 주인 잘못 만나 이런 개고생을 하다니. 개니까 개고생이겠지만, 주인 잘 만났다면 이러지 않아도 될 것을…… 미안, 몽……

어, 이러다 갑자기 전기라도 들어오는 날엔 어찌 되나? 다시 머리가 쭈뼛한다. 익사가 아니라 감전사가 아닌가?…… 그런데 감금한 대리자는 어느 쪽을 택할 것인가?…… 그나저나 어느 쪽이 덜 고통스러울까? 익사? 감전사?…… 감전사가 낫겠다. 단박에 갈 수 있으니 사실 지금의 고통 그러니까, 진혼곡을 들으며 서서히 고통 한가운데로 몰려 허우적대다 가는 것보다야 낫지 않을까, 그것도 단박에…… 물론 대리자 마음이긴 해도……

전기? 전기는 이 난리 통에 온 동네는 아니더라도 적어도 이 건물만큼은 나간 게 틀림없다. 그렇지 않고는 이곳만 전기가 나갈 리 없다. 하지만 지금까지 전원이 들어오지 않았다 해도 대리자만이라도 이 건물에 산다면 오늘내일 중으로 전원이 들어올 거다. 그러면 자연스레 전기에 감전될 것이다. 물론 대리자의 선택과 관계없이⋯⋯

아, 감전사! 차라리 고통 가운데 천천히 죽더라도 익사가 낫겠다. 단박 죽는 건 너무 허무하지 않은가? 이렇듯 살려고 발버둥 치는데⋯⋯

"제발, 전기만은 안 된다."

어, 뭐지 진혼곡이 흘러나오던 진원지가 어둑해진다. 밤이 되는 건가? 전기만은 절대 안 된다. 새삼 어둠이 무섭다. 지금껏 어둠 속에 있었건만. 또 다른 어둠에 무서움이라니⋯⋯ 어둑함과 함께 진혼곡도 멈춘다. 왜? 밤이라서 노래를 멈춘 건가? 그런 건가? 아니면 더는 비가 내리지 않는다는 의미인가? 아⋯⋯ 진원지가 방 안에 차오른 물에 잠기기 시작했구나⋯⋯ 익사든 감전사든 인제는 둘 다 의미는 없다. 먼저 오는 게 임자다.

내일 아침 미명에 희뿌연 밝음이라도 한 번 더 볼 수나 있을까?

"여기 사람! 여기 사람이 있다고!⋯⋯."

좁은 공간은 여지없이 소리를 되돌려 귀를 때린다. 귓속이 얼얼하다. 가뜩이나 트인 귀밝기로 귓속 촉수가 펄떡이는데 거기다 고래고래 고함을 쳤으니⋯⋯

"여기 사람 있다고!⋯⋯."

소리에 코피가 터졌나? 코에서 뭔가 흘러내린다. 코안에서 흘러내릴 거라고는 콧물이나 피밖에 없다. 끈끈한 걸 봐선 피가 맞다. 계속 흐른다. 순간 머리가 가벼워지는 느낌, 정말 코피인가? 이러다 몸속 피가 몽땅 흘러나와 저체온이나 과다 출혈로 죽을지도 모를 일이다. 어쩌면 잘됐다. 자는 잠에 고통 없이 스르륵 영혼은 떠나고 몸뚱이는 가라앉고⋯⋯ 아, 그거 좋겠다.

어, 뭔가 다리 쪽에 부딪힌다. 뭔가? 물귀신이라도…… 전에 이곳에서 이렇게 죽은 물귀신…… 어쩌면 그럴 수도 있겠다. 아, 그래서 지하방엔 언제나 습기가 배어 있었구나. 물귀신이 있었으니…… 한데 그동안 물귀신은 호시탐탐 지금과 같은 날을 기다린 건가? 그래서 뭐 어쩌려고…… 원통해서 분이라도 풀기 위해? 잡아먹기라도…… 그것도 아니면 뭐? 뭐?……

"다리 잡아당기지 마소. 보면 모르오? 나도 당신과 같이 곧 가오…… 그러니 뭐 급하게 당길 이유가 있소? 조금만 기다리시오. 혹, 다시 밝는 새날이라도 한번 보고 간다면 좋을 것 같소이다만. 물론 뭐 특별한 이유는 없소만……."

어둠, 정적, 그리고 영혼을 삼킨 두려움…… 몽이는 아마도 나보다 먼저 갔으려나? 파닥거리는 소리도 없었는데…… 어쩌면 물귀신이 단박에 데리고 간 줄도 모르겠다. 사실 몽이가 살아 있을 만한 곳은 어디에도 없다. 선반이라 해도 지금의 물 높이에선 생존 가능성은 희박하다. 모르겠다. 인제는 정말 모르겠다. 나도 가는 마당에 그래 저쪽 나라에서 만나자. 그래도 끝까지 함께 있었던 건 너밖에 없었으니……

까치발의 유용함도 인제는 그만이다. 헐떡이는 입과 코로 연신 비릿한 물이 들어온다. 공기도 적당하게 떨어진 모양이다. 절묘한 순간…… 물과 공기가 한 움큼씩 바뀌는 이 절묘한 순간…… 이 순간을 과연 누구 기획한 것인지 자못 궁금하다. 그렇지 않고서야 어찌 이런 절묘한 순간을 연출할 수 있단 말인가? 물론 먼저는 대리자일 거다. 아니 대리자가 맞다. 대리자가 아니라고 백번 양보해도 다른 누구는 아니다. 대리자가 이 모든 것을 기획하고 감독까지 한 게 맞다.

"이 개새끼!"

개새끼라…… 나도 개새끼다. 그러니 개죽음을 당하는 거지. 그리고 또 몽이나 나나 뭐 다른 게 있을까? 몽이도 개죽음, 나도 개죽음…… 언젠가 죽는다는 아버지 말씀에 어머닌 발끈하셨지……

"비가 안 와서 나락이 햇볕에 말라 타 죽는 거나, 개울로 끌려가 몽둥이질로 객사하는 개새끼나 별반 다를 바 없지라……."

"그러지 말고 양수기라도 돌려 봐요. 하다못해 구정물이라도 올라올 줄 누가 안대요."

"허이구, 구정물이라도 올라오믄 내 손에 장을 지질겨."

두다다다……

진혼곡은 다급히 클라이맥스에 올랐나 보다. 인제 한 영혼의 입성이 임박했다는 것이리라…… 어쩌면 우두찰나나 마두찰나의 음흉한 소릴지도……

두다다다…… 저 소리…… 저 소리…… 꼭 아버지 손바닥 가라진 것처럼 쩍쩍 갈라진 논바닥에 구정물을 퍼 올리는 양수기 소리와 닮았다. 소리는 혼곤한 의식 속에서 요동친다.

오래 두었다.

미치지 못하는 필력에다 모자란 글이라 부끄러워 오래오래 묵혀 두었었다.

이상한 경험을 했다.

4월의 꽃향기 대신 미세 먼지와 눅진한 봄기운이 한데 엉겨 휘청거리던 어느 날 오후였다. 잊고 오래 묵혀 두었던 원고 파일이 노트북 속 폴더 안에서 서로 휘감고 휘청거리는 환영을 보았다.

짙은 색 가래… 기어코 검붉은 피가 흘러나왔다.

냄새가 진동했다. 썩은 냄새였다. 그들이 그 속에서 썩고 부패했다.

몰랐다. 잊었던 것이… 혼자만의 삶을 위해 질척거리므로 바빴던 것이… 그것이 그들을 옥죄며 무지막지 감금했다는 것을 몰랐다.

전혀 몰랐다.

클릭…

삐질 흘러나오던 검붉은 피와 역시 묻어 나오던 냄새가 광활한 세계를 향해 한꺼번에 터져 나왔다. 그리고 17인치 화면 가득 여기저기 펴져 숨을 할딱거렸다. 모두가 간신히 살아나왔다.

미안했다. 그리고 속내 어딘가가 불끈하는 용기가 생겼다. 아마도 간신히 살아나온 그들의 모습에서 뭐든 못하겠는가 하는 비겁에 편승한 것이리라!

부끄럽지만 수년간 쓰고 쓴 원고를 한 권으로 묶어 정리하고 싶어 용기를 냈다. 그래야 나의 정체성을 잊지 않을 것 같아서다. 그리고 책 속 주인공들에 대한 도리인 것 같기도 하고…

원고 정리를 하면서 다시 녹슨 필력에 기름을 치고자 한다. 나날이 매끄럽게 나아가는 아니, 우렁차게 내달리는 전차와 같은 필력으로 살아났으면 하는 바람 간절하다.

이번 엮는 단편집은 나의 등단작을 중심으로 구성하고자 했다. 이번 출간은 모두에게 나를 공개하는 동시에 나를 끝 모르게 숨기는 기로의 순간이지 싶다.

단편집이 나오기까지 애써 주신 도서출판 맑은샘에 거듭 감사드리고 사랑하는 가족과 공가고 은혜교회에 이 책을 드린다. 하나님과 모두에게 감사드린다.

2017년 5월
어느 날 새벽 온천천을 거닐며…

굴레의 덫

초판 1쇄 인쇄 2017년 08월 24일
초판 1쇄 발행 2017년 08월 29일
지은이 전홍웅

펴낸이 김양수
편집·디자인 이정은
교정교열 장하나

펴낸곳 도서출판 맑은샘
출판등록 제2012-000035
주소 경기도 고양시 일산서구 중앙로 1456(주엽동) 서현프라자 604호
전화 031) 906-5006
팩스 031) 906-5079
홈페이지 www.booksam.co.kr
블로그 http://blog.naver.com/okbook1234
페이스북 https://www.facebook.com/booksam.co.kr
이메일 okbook1234@naver.com

ISBN 979-11-5778-235-2 (03810)